1939

UNGEDULD DES HERZENS

焦灼之心

Stefan Zweig 史蒂芬・茨威格

李雪媛、管中琪——譯

導讀　人性的掙扎——在軟弱的憐憫與奉獻的憐愛之間

劉惠安

當人面對身心受創者時，常不禁油然地生出悲憫的心，理所當然地伸出援手，不僅助人，還似乎展現出己身的優越和崇高，何況這樣的行為，尚可為自己帶來工作和生活中的好處，但助人的互動模式，造成了對價形式的後果，卻也產生了原本助人者須面對自己可笑的懦弱和無盡的軟弱，隨後的悲劇結果幾乎就此成為定局。

這是個亙久以來一直出現的故事，背景雖在一九一四年第一次世界大戰爆發前奧匈帝國邊境的偏僻小城，但亦可能再現於二十一世紀今日的某個地方。讀者可看出本書主題在論述同情的兩個面向：一是出於軟弱，排拒他人痛苦，保護自己心靈；另一為具創造力，以耐力容忍，不計自己得失，盡意發揮助力為職。

故事的起點是一個年輕奧地利輕騎兵連少尉軍官調防至匈牙利邊界小鎮，陰錯陽差地成為當地幾乎擁有一切地產貴族家中的常客，席間暢談彼此間不同生活領域的趣事，不僅彌補其單調軍旅生活和匱乏的家庭溫暖，也為富豪府內帶來異常的歡樂，尤其是坐在輪椅上的貴族千金，每日翹首期盼軍官的造訪，讓他深感自己發揮同情的助人行為，彷彿減輕了富豪宅邸內每個人的憂傷及重擔，對病人的同情參雜著柔情，而她的痛苦更引發出同情的神奇力量。

雖然他已覺察到自己無由的被動與反感，但在少女的父親和家庭醫生的請託下，卻又同意為她的康復提供全力的口頭協助，說出幻夢似的療程康復計畫，引發出千金的期待康復與渴望憐愛，進而為軍官套上婚戒，當場引爆出剎那的幸福歡樂，讓軍官飄飄然以為自己成為上帝救世主，但少女推開輪椅吃力歪斜地嘗試走向軍官卻重摔在地面的那一刻，他卻恐懼悔恨，倉皇離開回到同袍和當地民眾面前，全然否認已經傳遍當地的婚約，且想盡方法離開，在搭上火車後，心中的歉意和不安，讓他在途中傳了封電報給少女，意圖說明自己公務在身，不得不暫時離開。

然而第一次世界大戰突然引爆，造成全面的混亂，這個訊息亦無法傳遞，少女在毀滅真相降臨之際，由家中的高塔躍下，結束自己的生命，軍官從此浪跡天涯，在戰事中衝鋒陷陣，企圖藉此得到解脫。直到多年後，在歌劇院內突然認出家庭醫生與其終生不棄不離的失明配偶，黑暗中面對此畢生擔負接納照顧盲妻犧牲奉獻者，覺察到審判似乎降臨，自己當年的懦弱和罪過亦無所遁形，慚愧悔恨之餘，竄出歌劇院，卻認清：過去的一切是終生無法遺忘逃脫的。

個人原本以為一九三九年（二次大戰爆發之際）完成的作品應是對納粹政權發展的起因及對參戰和反戰的論述，卻由故事的情節開展，主軸架構出一個少不更事的軍官、兩個令人敬畏的長者和兩位妙齡女郎，其中一位有若驕縱公主的輪椅少女，對騎兵與富豪女兒互動的言不由衷，悲喜交加的情節發展，好奇於故事主角人物展現同情的結局，欲罷不能地閱讀，以致再三回味作品的轉折，不由讚嘆作者的創作功力。

作品中對消逝帝國的最後絢爛，藉由輕騎兵隊員的訓練職責，情緒起伏展現出的悍馬英姿，以及貴族宅邸的酒光食色、紙醉金迷，讓軍官流連忘返，沉迷於對人伸出援手，自己彷彿化身為天使，甚至是上帝，救人脫離苦海，卻讓身心孱弱倔強的女子編織出無盡的情網，也讓軍官墜入了無以當面拒絕的深淵，造成無可挽回的後果，自己終生良心的譴責。

在作者史蒂芬・茨威格藉由第一人稱主角這位輕騎兵軍官的敘述與對故事關鍵人物之一康鐸醫生的描寫，可具體地觀察到本書所論述兩類同情心的對照代表；尤其細膩描寫出軍官漫不經心的發揮惻隱憐憫行為，一再地以主動助人發揮同情，夾雜壓抑己身被動的不耐情緒，卻引發出病人被動誤為接受到的挑逗，而主動地獻上愛的表白，其實愛情的表達在於當下雙方的感受並無對錯，可一旦弄假成真，卻否定愛、使人驚、讓己慌時，就帶來完全出人意料的致命傷害，這應是作者撰述的重點，也似乎預表其個人對生命的悲哀無力感。

茨威格出身於奧地利的猶太世家，經歷第一次世界大戰與戰後奧匈帝國的解體，再陷於二次世界大戰，為逃避納粹政權的迫害，先移居到倫敦，取得英國國籍，但納粹政權在歐洲的軍事優勢，讓他繼續不得不輾轉到北美，落腳於巴西，因疑患憂鬱症，於一九四二年初仰藥自殺，其妻亦於當日隨其而逝。茨威格畢生完成眾多創作，此作品為其唯一的長篇小說，情節張力亦充滿戲劇、幽抑、絕望和悲劇性，正為世人論其作品洋溢的特色。

《焦灼之心》點出了猶太人世代背離上帝、歷經試煉與苦難，深體己罪，卻無以解脫，等待救贖的心境：

人性本善良，豈容人挑逗，一旦遇試探，折人亦損己，終生雖內咎，難蒙上帝憐。

（本文作者為輔仁大學德文系副教授）

目錄

導讀　人性的掙扎——在軟弱的憐憫與奉獻的憐愛之間 009
序曲 017
第一章 032
第二章 050
第三章 058
第四章 067
第五章 075
第六章 089
第七章 098
第八章 109
第九章 121
第十章 137
第十一章 158
第十二章 174
第十三章 189
第十四章 201
第十五章

第十六章 215
第十七章 232
第十八章 250
第十九章 263
第二十章 273
第二十一章 287
第二十二章 299
第二十三章 317
第二十四章 331
第二十五章 339
第二十六章 352
第二十七章 359
第二十八章 372
第二十九章 381
第三十章 393
第三十一章 402
第三十二章 411

序曲

「凡有的，還要加給他」，這句話源自智慧之書《聖經》，每個作家大可放心轉借成下面的意義證明：「凡述說多的，還要述說給他聽。」一般人總以為詩人仗著源源不絕的想像力寫作，儲備了取之不盡的事件與故事，這種想像最荒謬不過了。真相是他根本不必杜撰，只要被人物和事件找到就好，假如他還有睜大眼睛觀察、豎起耳朵傾聽的敏銳度，這些人物和事件便會不停找他做故事重述者。凡經常試圖詮釋命運者，來對他述說自己命運的人也絡繹不絕。

寫這個故事也是全然出乎我意料，而且幾乎原封不動地在此複述當事人完整吐露的遭遇。某個維也納的夜晚，手裡提著採購的大包小包、疲憊不堪的我正在郊區四處尋找一家我以為人氣下滑、門可羅雀的餐廳。不料一腳才踏進門就懊惱自己誤判了，因為頭一桌立刻有個熟人用各種手勢展現真誠喜悅站起身，盛情邀我同坐；坦白講，我無法以同等狂熱的喜悅回應這個人。若說這位殷勤的紳士為人不佳或令人厭惡就太過分了；他只是天生性好強迫交際，這類型的人像小孩子集郵一樣鍥而不捨地蒐集朋友，而且對每個收藏樣本特別引以為傲。這位好好怪客，副業是博學多聞又能幹的檔案管理員，把全部的生活意義局限在這卑微的滿足裡：報紙上偶爾出現一個名字，他都可以滿懷虛榮、理所當然地攀親帶故加上一句「他是我好友」或「啊，我昨天才見到他」，或「我的朋友A跟我說……，我的朋友B認為……」，這樣不厭其煩把全部字母過濾一遍。他會忠實地為朋友的首演鼓掌叫好，打電話祝福每位隔天要登台的女演員，也絕不會忘記每個人的生日，隱瞞報紙上的負評，若有正面讚美則會一片好心寄給他。如此看來他並不壞，因為他的熱情是真心誠意，要是偶爾請他幫個小忙，或甚至讓他的「朋友收藏室」多一件新「珍品」，他會雀躍萬分。

不過，此處沒必要在這位「愛參一腳」先生（維也納人用這個輕鬆字眼揶揄那群花俏的附庸風雅族群中心地善良的食客）身上浪費唇舌，因為他們無人不知，無人不曉。大家也心知肚明，如不狠心粗魯一點便拒絕不了他們這種無害的親切。我只能無奈地在他身邊坐下，和他閒聊了十五分鐘。隨後有位身材高大的紳士步入餐廳，紅潤的娃娃臉和迷人的斑白鬢髮十分引人注目；走起路來腰桿筆直，讓人立刻猜出他曾是軍人。不由分說，我的鄰座立刻以他慣有的殷勤跳起來打招呼；那位先生對這種熱情活力與其說做了禮貌回應，倒不如說是無動於衷。不待這位剛進門的客人向急忙上前招呼的侍者點菜，我這位愛參一腳的朋友便已湊過身來，在耳邊細聲說：「你知道他是誰嗎？」我早知他習慣賣弄收藏家的驕傲，每一件稍微有趣的樣品都得拿出來炫耀，唯恐他長篇大論解釋來龍去脈，便淡淡回他一句「不知道」，繼續用叉子切我的薩荷蛋糕。不料我的不痛不癢反而挑起這個愛攀親帶故傢伙的興奮神經，用手小心遮著嘴，低聲對我耳語：「他就是軍需總部的霍夫米勒，你一定知道，那位在戰時獲頒瑪麗亞·泰瑞莎勳章[1]的英雄。」這則事實似乎未能如他所盼引起我的震撼，於是他開始狂熱地翻開愛國事蹟讀本，滔滔不絕述說騎兵上尉霍夫米勒戰時的彪炳功勳，先在騎兵隊，然後在駕駛偵查機飛越皮亞維河時獨自擊落了三架敵機，最後在機槍連中堅守前線陣地長達三天——這一切加上許多小細節（在此均略過不提），述說時還不時流露他誇張的驚訝神情，不解我怎麼對這號偉大人物一無所知，畢竟連卡爾皇帝[2]都曾親自頒授他奧地利軍人最難得的「裝飾」勳章呢。

我終於受不了誘惑向另一桌望去，想從兩公尺遠的距離一睹被蓋上歷史印記的英雄風采；不料卻一腳踢到鐵板，反射回來的是一道嚴峻憤怒的目光，似乎在告訴我：這傢伙對你吹噓了我什麼？有什麼好瞅的！這位紳士明顯不友善地把椅子往旁邊一挪，斷然背對我們而坐。我滿懷羞愧地收回視線，就此避免露出好奇眼光，連他那張桌子的桌巾也不去瞧。不多久，我向這位好心多嘴公告辭，才剛要跨出門，就發現他馬上往那位英雄的桌子靠過去了。他大概也會用同樣的熱情對他述說我的豐功偉業吧。

我們之間僅止於這一來一往的眼神交流，而我也會忘了這匆匆一瞥的偶遇。但無巧不成書，第二天在一個小型聚會裡，對面又坐著這位拒人於千里之外的紳士。不過比起前一晚的運動休閒裝扮，身穿晚禮服的他顯得格外引人注意，也更優雅。我們彼此都在努力掩蓋一個小小的微笑，那種在大團體中兩人共同保守一個祕密的詭異微笑。他認得我，一如我認得他；也許我們還同樣氣惱或在嘲笑昨晚那位失敗的皮條客。起初我們避不交談，不過很快就證明這樣行不通，唇槍舌戰早就如火如荼四下展開了。

1 以奧匈帝國女皇瑪麗亞・泰瑞莎（Maria Theresia, 1717-1780）命名的軍人最高榮譽勳章。

2 卡爾一世（Karl I, 1887-1922），奧匈帝國最後一位皇帝，一次大戰戰敗後帝國瓦解，一九一八年十一月被廢。

只要我一提這事發生在一九三八年，大家便能輕易猜到我們當時討論的話題。後來的編年史家會發現，在一九三八這一年，推測世界大戰是否可能再次爆發，幾乎主宰了驚慌失措的歐洲各國的所有對話。每場聚會都無可避免地熱烈討論這個話題，讓人有時會覺得根本不是我們這些活人在猜測與希望中發洩恐懼，而是氣氛本身令人緊張兮兮，讓人想藉著話語擺脫沉重不堪的時代氛圍。

東道主引領這場討論，身為律師的他，性格也十分自以為是。他以坊間流行的觀點來證明流行的謬論，認為新一代知道戰爭的真相，不會再如上次大戰那般毫無準備便投入一場新戰爭。只要動員令一下，步槍就會朝後方開火，尤其像他這樣的前線退伍老兵，絕不會忘記什麼在等著他們。他像以食指輕彈掉菸灰一般，漫不經心地把大戰爆發的可能撇得一乾二淨，話出口此際卻有數十萬計工廠正在生產炸藥與毒氣，這種信誓旦旦的誇張口吻令人氣結。於是我口氣堅定地反駁，我們不應老是相信我們願意相信的事，指揮戰爭機器的部門和軍隊組織也同樣不會睡大覺，趁我們陶醉在烏托邦幻想的時候，他們正努力利用和平時期事先把群眾徹底組織妥當，訓練成隨時都能舉槍射擊的狀態。在此和平時刻，多虧宣傳手段完美高明，人民的奴性已迅速成長到不可置信的地步。我們必須看清事實，從廣播電台把動員消息放送到家中這一秒鐘起，絕不會出現任何抗議阻力，因為今日的個人意志如塵粒一般微不足道，完全不算什麼了。

在座的人想當然耳都與我意見相左。因為事實證明，人類自我麻醉的本能，總會讓人忍不住想藉著全盤否認，以立即擺脫內心意識到的危險；何況隔壁廳已經擺好豐盛晚餐，廉價樂觀主義發出的警告聽來就更加刺耳。

意外的是，那位瑪麗亞．泰瑞莎騎士此時竟然情義相挺。怎會偏偏是他，剛才我還本能地以為他也持反對意見。是啊，他激動地說，如果今天還想把人的意願考量進去顯然太荒謬了，因為在下一場戰爭中真正發揮效用的是機器，人充其量只是機器的配件。早在前次大戰時，他在戰場上就沒遇過多少明白贊成或確切反對戰爭的人。大多數人彷似一團隨風吹起的塵土，被捲入巨大的戰爭旋風不得抽身；渺小的個人宛如大麻袋裡的一粒豌豆，毫無意志地被搖來晃去。總之，比起逃出戰場，也許有更多人是刻意逃入戰場。

我訝異地聽著，對他繼續激動地滔滔不絕尤其感興趣。「我們不必欺騙自己。倘若我們今天大張旗鼓宣傳一場異國戰爭，譬如太平洋的玻里尼西亞或非洲某個角落的戰爭，一定會有成千上萬、甚至數十萬不明就裡的人前來響應，也許他們只是為了逃避自我或不愉快的生活環境。依我評斷，真正的反戰力量幾乎等於零。與隨波逐流相比，個人反抗一個組織需要更大的勇氣，也就是個人的勇氣；然而在我們這組織發展更健全、更機械化的時代，如此特殊的勇氣已經絕跡了。我在戰場上幾乎只見到群眾勇氣，也就是隊伍和團體展現的勇氣。倘若我們仔細檢視這個概念，不難發現許多詭異的成分：虛榮心、輕率與魯莽，甚至無聊，尤其有更多恐懼——沒錯，懼怕落於人後、懼怕遭人恥笑、懼怕獨自行動，尤其懼怕自己成為對抗多數群眾熱情的少數；我私下接觸過許多公認為戰場上最英勇的人，他們恢復平民身分後一世英名引人非議。您看，」他禮貌地轉頭向此時滿臉掃興的東道主說，「我自己也不例外。」

我喜歡他說話的格調，很想迎上前去，可惜女主人已在招呼客人入席。由於我倆的座位距離相當遠，整晚沒有交談的機會，直到大家準備動身離開，我們才在衣帽間相遇。

他對我微笑說：「相信我們共同的監護人已經間接替我們做了介紹。」

我抱以同樣的微笑回答：「而且十分詳細。」

「他可能形容得過分誇張，說我是戰神阿基里斯，還把我的勳章大大炫耀一番了吧？」

「差不多是這樣。」

「是啊，他對那枚勳章感到光榮得不得了，對您的著作也一樣。」

「真是怪人一個！不過比他更糟的大有人在。對了，假如您願意，我們可否一起走一段路？」

於是我們走出門，路上他突然轉身對我說：「請相信我，如果我說這些年來瑪麗亞·泰瑞莎勳章最令我痛苦難受，絕非是在說好聽話，因為它實在太引人側目！我的意思是，說真的，當年我在戰場上得到這枚勳章，把它掛在胸前時，起先當然激動不已，畢竟我從年輕就受訓成軍人，在軍校聽到這勳章的事就如同聽到傳說一樣。每場戰役也許只有十多人能得到這等勳章，簡直跟天上落下的星辰一般少見。對，這對一個二十八歲的年輕人確實意義重大！你突然站在全體官兵面前讓大家驚嘆，胸前掛了一個彷彿小太陽般閃閃發亮的東西；還有那高高在上、遙不可及的皇帝向你握手道賀。可是你看：這樣的嘉獎榮耀只有在軍人世界裡才有意義，才受到承認。戰爭結束後還要一輩子被蓋上英雄戳章，在別人眼前晃來晃去，真是荒謬可笑，只不過偶然一次短短二十分鐘的勇敢行為——很可能並不比其他幾萬人更英勇，只因為幸運之神降臨在你身上，被人注意到罷了；你還能活著回來也許更令人詫異。如果走到哪裡人人都盯著你身上這塊小金屬片，抬起滿懷敬畏的眼光看你，儼然當你是活動紀念碑，一年後你就真的受夠了。時時刻刻成為眾人注目焦點令我怒不可遏，也是我在戰後立刻恢復平民身分的關鍵原因之一。」

他的步伐開始變急躁。

「剛才說過，這只是原因之一；其實主要還是出於私人因素，也許會讓你更容易了解。主要是因為我徹底懷疑自己的資格，尤其是自己的英勇精神；我心裡比所有好奇旁觀的陌生人清楚，隱藏在這枚勳章背後的根本不是英雄，反而是個絕對的懦夫，一個只想逃脫絕望困境而瘋狂投入戰爭的人，與其說他是充滿責任心的英雄，倒不如說是規避自我責任的逃兵。我不知道你的想法如何，至少我覺得，威名顯赫、頭頂光環的人生不自然也難以忍受。自從我不必再把英雄標記掛在制服上拿出去獻寶後，心頭真覺得如釋重負。現在如果有人把我過去的輝煌歷史再挖出來，我仍然會憤怒無比。我乾脆對你承認吧，昨天我差點就要跳到你桌旁教訓那個只會吹噓的傢伙，他應該去吹噓別人，不要拿我來吹噓。你眼中的敬意讓我整晚耿耿於懷，為了反駁這個吹牛大王，我巴不得強迫你聽我解釋，我走過何等崎嶇坎坷的路才成了英雄——這個故事不尋常，至少能證明勇氣往往只是軟弱的另一面。老實說，我此刻就能毫不猶豫地說給你聽，一個已經過了四分之一世紀的往事早已不是他本人的事，而是另一個人的事了。你有時間嗎？不會覺得無聊吧？」

不由分說，我當然有空；我們在無人街道來來回回走了長長的路，往後數日也都在一起。我只小幅更動了他的敘述，也許把重騎兵改成輕騎兵；同時為了避免他人認出，也把部隊駐紮的位置挪到別處，所有人物姓名也逐一更改。但主要故事完全沒加油添醋，而且現在起不是我，是敘述者本人現身說法。

第一章

整件事就像法國人所說的是樁gaffe（蠢事），都是因我的愚蠢而起，完全是無心之過。雖然我後來試圖扭轉過失，但是正如我們急著想要修好手錶裡的齒輪一樣，操之過急往往壞了整隻錶。即使今天，事情過了這麼多年，我仍舊理不清自己的愚蠢究竟在哪裡結束，真正的過錯又從哪裡才開始；也許我永遠都無法釐清。

當年我二十五歲，擔任某輕騎兵團的現役少尉，不能說我對軍官階級特別有熱情或是發自內心的使命感，但是在一個傳統奧地利公務員家庭裡，有兩個女孩和四個總是吃不飽的男孩圍著一張寒酸的飯桌，當然就不會多問他們的志願和興趣，而是早早把他們送進職場的烤爐裡，免得對家庭經濟造成長久負擔。我哥哥烏里希在小學就因為用功過度把眼睛弄壞了，家人只好把他送去神學院；我因為骨骼強壯被送進軍校：一旦上了軍校，人生就會自動發展下去，不必再為此傷神。國家自會替你安排一切，短短幾年內按照國家預定的模式把一個面色蒼白、半大不小的男孩塑造成一個長著軟髭的預備軍官，把他送進部隊好立刻派上用場。有一天適逢皇帝大壽，還不滿十八歲的我已塑造成形，不消多久軍服領子也別上了第一顆星[3]，頭一階段目標到此算是達成。從此，每隔一段時間即可自動晉升，直到老年得痛風退伍為止。在開銷頗高的騎兵隊裡服役絕非我個人願望，而是我伯母黛西的奇想。她嫁給我伯父是再婚，當時伯父正好從財政部轉到某家銀行擔任收入較優渥的董事長。既富裕又愛擺派頭的她，無法忍受霍夫米勒的同姓親戚中有人「敗壞」家族門風，只因為他在步兵隊服役。她由於這個突發奇想，每月補貼我一百克朗，所以在她面前我必須隨時卑躬屈膝、感激涕零。待在騎兵隊或甚至任何現役軍官職務是否合我的心意，這個問題從來沒人想過，我自己想得最少。我只要坐上馬鞍就覺得自由自在，也不會去思考馬脖子以外的問題了。

一九一三年十一月，應該是有道命令從某單位不小心傳到另一個單位，因為我們在亞洛斯盧的騎兵連，突然疾風似的被調到匈牙利邊界的一個小駐防點。提不提小鎮真實地名都不重要，因為一件制服上的兩個鈕釦不可能比兩個奧地利鄉下駐防地更相似。這裡或那邊的軍事設施都一樣：一座軍營、一個騎馬場、一個操練場、一座軍官賭場，加上三家旅館、兩家咖啡廳、一家蛋糕店、一個小酒館、一間破舊的歌劇院，在裡面表演的都是大劇院解聘的過氣女歌星，她們也兼差替軍官和一年志願兵做溫柔體貼的「服務」。無論何處，在軍中服役意味著忙碌單調，每個時辰都是按照一百多年來鋼鐵般固定的規則分派勤務，休閒時間也沒有多大變化。軍官餐廳裡全是熟悉面孔，聽到的也是熟悉的對話，咖啡廳裡打著相同的牌局、相同的撞球。人有時不免訝異，親愛的天主竟然願意在一個只有六百或八百個屋頂的小城四周，布置另一個天空、另一番景色。

和從前加里西亞的駐地相比，這個新駐地倒有個優點：那裡有快車站，一邊靠近維也納，另一邊離布達佩斯也不遠。有錢的人——服役騎兵隊的人，包括那些志願兵，大都是形形色色的富家子弟，部分出身名門貴族，部分是工廠老闆少爺——只要及時從部隊偷溜，可以搭五點的火車去維也納，再搭兩點半的夜車趕回來。他有充裕的時間上劇院，在環城大道上閒逛，扮演優雅的紳士，偶爾還能找尋刺激；最讓人稱羨的幾個人甚至還長租了小公寓或下榻地點。可惜我每月微薄的薪資無法負擔這類讓人精神煥發的放蕩行徑，休閒娛樂僅局限在咖啡廳或蛋糕店，躲在那裡打打撞球或下更便宜的象棋，因為下注打牌通常很傷荷包。

應該是一九一四年五月中旬的一個下午，我照樣坐在蛋糕店裡，跟偶爾一同消磨時間的兄弟在一起，他是金天使藥局老闆，也是我們駐防地的副市長。例行的三盤棋早已下完，因為提不起興致，只好有一搭沒一搭地閒聊——在這個鳥不生蛋的窮鄉僻壤還能去哪裡？——我們的對話彷彿即將燃盡的菸，冒出的煙霧讓人昏昏欲睡。此時，店門突然打開了，一襲隨風飄逸的A字裙夾著一道清新的風，把一個漂亮俏麗的女孩送進來：一雙褐色杏眼，深色的臉頰，穿著品味不俗，最重要的是，終於有新面孔出現在這天主就快遺忘的角落。可惜這個聰慧的小仙女根本不理睬我們眾人驚豔的目光；她渾身光采照人，以急速矯健的步伐邁過店內九張大理石小桌，直往販賣櫃台走去，在那裡一口氣訂了十幾種奶油大蛋糕和燒酒。我立刻注意到身兼蛋糕師傅的老闆對她打躬作揖、畢恭畢敬——我從未見過他燕尾服背後的衣縫繃得這麼緊。甚至連他老婆，那位臃腫粗笨的鄉村維納斯，平時對軍官們的討好巴結（因為每到

3 意指少尉軍階。

月底經常會欠些小帳）總是不給好臉色，此時竟也從收銀台的位置站起來，差點沒把自己融化在禮貌客套中。正當蛋糕師傅忙著記訂單時，這個漂亮女孩漫不經心地嚼著幾塊巧克力，和老闆娘葛羅斯邁爾太太閒聊；也許我們拚命伸長了脖子張望有點失態，她卻連一個眼神都沒施捨。這位年輕小姐自然不必為了提蛋糕盒而累壞嬌貴的玉手，因為葛羅斯邁爾太太恭順地再三保證，絕對會準時送貨到府。她也不會想到要像我們小老百姓一樣在收銀機前付現。我們大家立刻明白：她是ＶＩＰ貴客！

訂完了貨，她轉身準備離開，葛羅斯邁爾先生立刻忙著跳起來為她開門。就連我的藥劑師朋友也從位置上站起來，恭謙有理地巴結問候。她以從容大方的友善態度答謝——天啊，好一雙絲絨般細緻、小鹿般的褐色眼睛！——不等全身已裹滿恭維讚美糖衣的她踏出店門，我連忙好奇地向兄弟打聽這朵荒漠中的奇葩。

「什麼，你不認識她？這就是那個誰的姪女……」——從現在起我將稱呼此人凱柯斯法瓦先生，這當然不是他的真實姓名——「你應該知道凱柯斯法瓦家族吧？」

凱柯斯法瓦：他像撂下一張千元克朗大鈔般把這個名字說出來，盯著我瞧，想當然耳期待我敬畏有加地回應「原來如此！當然知道！」。我不過一介初升等的菜鳥少尉，剛調來這個駐點幾個月，全無概念的我怎會知道這位高深莫測的神呢！於是趕緊禮貌地請他詳述，藥劑師先生也不負所望，帶著鄉下人的驕傲愜意地開講——不用說，當然比我在此的重述更加巨細靡遺。

他跟我解釋，凱柯斯法瓦是這一帶的首富。放眼望去的一切都是他的，不僅是這座凱柯斯法瓦城堡──「你一定知道的呀，從操練場看出去，大道左邊有個平頂高塔和一座大型老花園的黃色城堡」──而且坐落在通往R地路邊的大型糖廠、布魯克的鋸木工廠和M地的養馬場，這些都歸他所有；在布達佩斯和維也納還有六、七幢房子。「是啊，真令人不敢置信，我們這個小地方出了這麼一位超級大富豪，還像貴族那樣懂得生活。冬天待在維也納賈克因巷的小宮殿，夏天去溫泉勝地度假；只有春天才會在此地的房子住上幾個月，不過我的天啊，真是豪華！聘自維也納的四重奏樂團、香檳和各式法國葡萄酒，樣樣精挑嚴選，極品中的極品！」現在，假如我願意讓他效勞，他可以幫我引見，因為──邊說邊擺出得意的誇張手勢──他與凱柯斯法瓦先生是熟友，早年經常和他有生意往來，知道他非常喜歡邀軍官上門作客；只要他一句話，我立刻就能成為座上賓。

好啊，有何不可？這個鄉下駐防地宛如腐臭的蟹池塘，快被悶死了！林蔭大道上的女人你全都見過，每頂夏季便帽和冬帽、高貴服飾和家常便服，看來看去總是那些。任憑視線停駐或移開，不只女僕跟小孩，連狗都認得。賭場裡波希米亞胖廚娘的全部菜色也吃膩了，只要瞥一眼餐廳裡永世不改的菜單，就能慢慢扼殺人的味蕾。每條小巷裡每個名字、每塊招牌、每張海報，每棟樓的每家商店、每扇櫥窗，你都能倒背如流。你可以像服務生歐根一樣精確知道本地法官先生幾點鐘會來咖啡館報到，在窗子左邊角落位置坐下，準時在下午四點三十分整點一杯米朗琪咖啡；公證官一定會在十分鐘之後，四點四十分整進門，他好歹跟別人口味不一樣，因為胃不好的緣故喝熱檸檬茶，抽著一成不變的維吉尼亞雪茄，說著千篇一律的笑話。哎，反正你對這一帶每張面孔、每套制服、每一匹馬、每個馬車夫、每個乞丐都再熟悉不過，你甚至把自己也看爛了。何不從這單調乏味的磨坊中溜出去透透氣呢？再說還有這個漂亮女孩，那對小鹿般的褐色眼睛！於是我裝出一副不在乎的樣子（絕不能在這推銷藥丸的傢伙面前露出嘴饞猴急的模樣！）對這位恩人說，當然，我很樂意認識凱柯斯法瓦家族。

果然——看看這位厲害的藥劑師，一點都沒口出狂言！——兩天後，他就帶著施恩捨惠的驕傲神情，把一張印好的邀請卡拿到咖啡店來給我，上面以精美書法填了我的名字，邀請卡上寫著：拉尤斯·馮·凱柯斯法瓦先生敬邀少尉安東·霍夫米勒先生於下週三晚間八點整共進晚餐。感謝天主，好在我們這樣的人也不是頭一回進大觀園的劉姥姥，知道如何應對這種場面。星期日上午我套上最英挺的尉官制服，戴著白手套，穿上光亮的漆皮鞋，鬍子刮得乾乾淨淨，唇髭灑一滴古龍水，出門做上任後的第一次拜訪。凱柯斯法瓦家的僕人老邁、謹言慎行，身上一襲講究的制服，他接過我的名片，喃喃地表示歉意，主人錯過少尉先生來訪一定感到十分遺憾，可惜他們上教堂去了。這樣更好，我心想，不論勤務或私事，就職拜訪總最教人發麻。總之義務已盡到，星期三晚上就去赴宴，希望會是個愉快的夜晚。我自忖，反正凱柯斯法瓦家的事到星期三就解決了。沒料到兩天後，也就是星期二，凱柯斯法瓦先生竟派人把一張摺疊名片送到我住處，讓我感到受寵若驚。無可挑剔，我心想，這些人做事真得體，登門造訪兩天後就禮數周到地回訪我這個無名小軍官，恐怕連將軍也得不到比這更多的禮貌與尊重。我心中著實抱著美好預感，雀躍地期待週三的晚宴。

可是老天從一開始就對我惡作劇——人真該有些迷信，多注意細微徵兆。週三晚間七點半，我一切準備就緒，穿上最好的軍服、全新的手套、光亮的漆皮鞋，熨好的褲子堅挺得像刮鬍刀，當勤務兵正忙著幫我撫平大衣皺褶，檢查全身上下是否完美無缺時（我總是需要勤務兵幫忙更衣，因為在我照明不足的房間裡只有一面小小手鏡），有人在外面猛敲門：是傳令兵。值勤官史坦胡貝爾伯爵暨馬術教練是我好友，他要我趕去士兵營房。兩名騎兵可能因為酒後亂性發生爭吵，其中一人拿起卡賓槍毆打對方頭部。現在這個笨蛋血流不止、張大嘴昏倒在那裡，頭顱是否完整還是未知數。不巧軍醫溜到維也納去度假了，上校也不見蹤影，好好先生史坦胡貝爾情急之下偏偏要拖我去幫忙，真該死！他負責照顧傷者，我得寫筆錄，並且派傳令兵去各單位，看看能否在咖啡館或其他地方盡快找到一位醫生。這麼一搞已經七點四十五分，看樣子十五分鐘或半個鐘頭內一定走不了。真該死，偏偏在今天給我出這種鳥狀況，偏偏在我受邀的晚上！我越發焦急地猛看手錶；就算只在這裡多耗五分鐘也不可能準時赴約了。可是公事重於一切私事的紀律已經滲透到我們軍人骨子裡，我不能私自溜走。情況值棘手之際，唯有派勤務兵乘馬車（這奢侈樂子花了我四克朗！）去凱柯斯法瓦家，替萬一遲到的我表示歉意，說明部隊有突發事件云云。幸好軍營的麻煩事沒耽擱太久，上校帶著火速找到的醫生親自趕來，於是我可以不著痕跡地偷溜了。

然而事情卻禍不單行：不巧今天市政廳廣場上一輛馬車都沒有，我必須等人打電話叫雙頭馬車來。這樣耗下來，等我趕到凱柯斯法瓦家大廳時，牆上時鐘的長針已不偏不倚地向下垂，不是八點，而是八點半整。見到衣帽間掛得厚厚一疊的大衣，再從僕人些許不自在的神情可以明白，我真的遲到很久——

偏偏這是初次拜訪，真是糗到極點！

不過至少僕人——這次是白手套、燕尾服、筆挺的襯衫配上僵硬的臉——安慰我，勤務兵在半小時前就傳述了我的消息，並領著我進會客室，只見紅絲綢緊掩四扇大窗，水晶吊燈光亮耀眼，布置得極高雅，我從未見過如此貴氣的會客室。慚愧的是那裡只有我一個人，從隔壁大廳清楚傳來此起彼落的杯盤碰撞聲——懊惱呀，懊惱，我這才想到他們已經入席用餐了！

我努力打起精神，只等僕人一把前面的拉門推開，立刻快步跨過飯廳門檻，腳跟用力一併，鞠躬敬禮。頓時大家全抬頭看我，十雙、二十雙陌生眼睛盯著這個沒啥自信、杵在兩根門柱間的客人。一位老先生立刻站起身來，無疑就是主人，他快速扯掉身上的餐巾迎面走來，伸出手歡迎我。他本人跟我想像的模樣差了十萬八千里，絲毫不像馬札爾鄉村貴族那樣蓄著小鬍子。這位馮．凱柯斯法瓦先生兩頰豐厚，因為酒過三巡而紅光滿面。金邊眼鏡後面有一對稍顯疲倦的眼睛掛在暗沉的眼袋上，肩膀有些前傾，說話聲音輕如耳語，偶爾微微咳嗽：削瘦秀氣的臉下方留著一小撮細細的白色山羊鬍，容易讓人誤以為他是學者。老先生殷勤好客的態度撫平了我的不安；他立刻打斷我的話說：不，不，他才應該道歉。他非常清楚值勤中常有突發狀況，我還特地派人通知他，實在太多禮了；只不過他無法確定我能不能出席，於是先請客人用餐了。現在我不妨馬上就座，稍會兒他會逐一為我介紹在座賓客。只是這位——他陪我走到桌邊——是他女兒。一個尚未發育完全的小女孩，蒼白纖細又嬌嫩，和他一樣柔弱，此時她停止與旁人交談，抬起頭來，灰色雙眸怯懦地瞟了我一眼。匆匆掠過我眼前的是一張清瘦緊張的臉孔，我先向她鞠了躬，接著一左一右對其他客人致意。不必為了介紹的繁文縟節而放下手上刀叉，打斷用餐，客人們顯然很高興。

起先兩、三分鐘我覺得相當彆扭，在座客人沒有一個來自軍中，我既無同伴，也沒有認識的人，更不見小鎮上的紳士名流——全是素不相識的陌生人。大多數客人似乎都是附近的地主和其妻女，不然就是公職人員，大家都穿便服出席，除了我以外，沒一個穿軍裝的人！天啊，我這麼笨拙害羞的人要怎麼跟這些陌生人攀談？幸虧座位安排得不錯，旁邊就是那個任性驕橫的褐眼女孩，那個漂亮的姪女，她似乎在蛋糕店裡注意到我驚豔的目光了，因為她就像見到舊識一樣衝著我友善微笑。她那咖啡豆般的雙瞳，而且真的一笑就發嗲，彷彿烘焙咖啡豆的劈啪聲響。濃密黑色秀髮下掛著一對小巧迷人、清透薄亮的耳朵，我心想：那對耳朵宛若生在青苔叢中的粉紅紫羅蘭。她裸露的雙臂那樣柔潤光滑，撫摸起來想必像剝了皮的水蜜桃一樣滑嫩。

坐在漂亮女孩身邊的感覺真好，加上她滿口可愛的匈牙利腔調，教人想不愛上她都難。這般耀眼明亮之地，如此華麗高檔的餐桌擺設，身後有穿制服的侍者伺候，面前是最精緻美味的佳餚，在此用餐真是一大享受。左邊女賓客帶有輕微的波蘭口音，即使身材稍嫌粗壯，卻似乎也引起了我的欲念，難道這一切是酒精在作怪？先是淡金色白酒，然後是血深的紅酒，此刻又是冒著香檳般氣泡的葡萄酒，身後侍者戴著白手套，從銀製醒酒壺和大腹酒瓶中為我們不停慷慨地斟酒。真的，誠實的藥劑師果真沒誇大其辭，凱柯斯法瓦家的氣派顯然直逼皇室。我從未享受過這等豐盛大宴，做夢更想不到竟然有如此精緻、高檔、豐盛的餐點。瓷盆裡一道比一道鮮美珍貴的佳餚，源源不絕地接連上桌；綠色萵苣妝點著一條條淡藍色鮮魚，四周鑲著龍蝦肉片，浮游在金色的醬汁裡。閹雞騎在米飯層層堆疊的寬馬鞍上，布丁在泛著藍焰的蘭姆酒中燃燒，五彩繽紛的甜蜜自冰淇淋蛋糕流湧而出，繞了大半個世界來到這裡的珍奇水果躺在銀色水果籃裡親吻倚偎。餐點似乎永無止境，永無止境……最後的高潮是七彩烈酒，有綠色、紅色、白色、黃色，還有蘆筍般粗大的雪茄配上香醇咖啡！

一幢美輪美奐、有如魔術仙境的豪宅——真要感謝那位善良的藥劑師！——好一個耀眼明亮、富麗堂皇的幸福夜晚！我今晚有如脫韁野馬般輕鬆自在，不知道是不是因為左右和對面客人一雙雙閃閃發光的眼睛與一串串豪放嘹亮的聲音，彷彿他們也忘了貴族的矜持，逕自脫序地打開話匣子——總之，我平常的拘謹全都煙消雲散了，不但毫無顧忌地談天說地，同時對左右兩位小姐奉承諂媚，大口喝酒，大聲說笑，目光輕浮又肆無忌憚，而且我的手偶爾會有意無意撫過美麗的伊蘿娜（就是那位「可口誘人」姪女的芳名）裸露的臂膀。對我這舉動她似乎也輕鬆以對，毫不見怪，因為她也和大家一樣，被這頓豐盛筵席徹底解放，變得輕鬆愉快、無拘無束了。

難道是珍貴的匈牙利托凱葡萄美酒和香檳聯合起來作怪？漸漸地，我感覺全身在一股飄然自在之中盪漾，大膽縱情，近乎豪放不羈。還差一點點，這個幸福感就會十全十美地飛起來，令我陶醉銷魂，我此刻無意識的想望，在下一刻便豁然開朗。因為會客室後的第三個大廳——僕人在不知不覺中又將滑門推開了——赫然揚起輕柔的樂聲，是一首四重奏，正巧是我心中希望聽到的舞曲，富節奏感卻柔和，一首華爾滋，兩把小提琴負責主旋律，一把低沉的大提琴憂傷地伴奏；中間還有鋼琴犀利的斷奏，強而有力地打著拍子。是啊，音樂，音樂，就是少了音樂！此刻有音樂，也許還能隨之翩翩起舞，跳一曲華爾滋，任憑自己擺盪、飛翔，讓心靈更能感受到這股輕盈！真的，凱柯斯法瓦山莊一定是座魔法屋，儘管放心去做夢，夢想都會成真。大伙兒於是站起身，推開座椅，成雙成對——我對伊蘿娜伸出手，再次感覺到她那微涼、柔軟而膨潤的肌膚——走進會客室，只見全部桌子都被童話中的小矮人搬走似的，椅子倚著牆放在四周。光滑的褐色鑲木地板熠熠發亮，簡直是專為華爾滋設計的溜冰場，隔壁大廳傳來的音樂也隱隱在為我們助興。

我轉身望著伊蘿娜，她會意地笑著，雙眸已經回答說「好」。我們立刻迴旋起舞，兩對、三對、五對舞伴在光滑的鑲木地板上翩然起舞，謹慎和年長的賓客則在一旁駐足欣賞或閒聊。我喜歡跳舞，舞技還很好。我倆纏繞著盪過大廳，我想，那晚大概是我有生以來跳得最棒的一次。下一支華爾滋則有請我的另一位鄰座；她跳得也十分出色，我彎下腰，聞到她的髮香，整個人沉浸在微醺裡。啊，她跳得實在太好了，一切都太美好了，這幾年來我不曾這樣幸福過！我幾乎渾然忘我，恨不得擁抱所有人，向每個人表達最誠摯的感激，覺得自己是那樣輕鬆，那樣熱情奔放，那樣飄然年輕。我猶如一陣旋風，從一位女伴身邊跳到另一位女伴身邊，談笑風生、迴旋飛舞，陶醉在幸福的暖流裡，完全忘了時間。

突然——我不自覺地看了看錶：十點半了——這才驚恐地想起：我談天跳舞已經玩了將近一個鐘頭，卻還沒邀請主人的千金跳舞，真是糟透了！我只和左右兩位鄰座小姐及其他兩、三位我最喜歡的女士跳了舞，卻徹底把主人千金拋在腦後！真是太失禮了，簡直是侮辱人嘛！現在得趕緊補救，一定要立刻彌補！

不過糟了，我完全記不得那女孩的模樣，我只是在她面前匆匆行了個禮，當時她早已入席；在那一瞬間只依稀記得一個嬌柔脆弱的身形，還有那灰色雙眸迅速拋過來的好奇眼神。可是她躲到哪裡去了？身為主人千金，總不會逃跑了吧？我心神不寧地沿著牆巡視，把所有女士小姐審視一遍，但沒有一個像她。最後我走進第三個大廳，四重奏樂團就在這裡，隔在一扇中國屏風後面表演，然後我鬆了一口氣，因為她就坐在那裡，那一定是她，一個柔弱纖瘦的身軀藏在淡藍色禮服裡，夾在兩位老太太中間坐在內室角落，一張擺著淺盤鮮花的孔雀石綠色桌子後面。她小小的頭微微低垂，整個人宛如融入音樂裡，一旁豔紅火熱的玫瑰恰好讓我注意到，她蒼白近乎透明的前額在厚重的褐紅色秀髮下閃爍。可是我沒那麼多閒情逸致仔細觀察，謝天謝地，我的心頭如釋重負，終於找到她了，總算還來得及補償疏忽。

我直接往桌子走去，就著一旁的音樂聲彎腰鞠躬，禮貌地做了一個邀舞的動作。陌生的眼睛訝異地抬起來注視我，話說到一半打住的雙唇微張。然而她動也不動，絲毫沒有起身隨我走的意思。難道她沒了解我的意圖？於是我再次行了禮，腳上的刺馬釘也輕輕一碰：「小姐，有榮幸請您跳支舞嗎？」

接下來發生的事情太可怕了。她前傾的上身驀地向後一退，彷彿要躲開別人揮來的重重一拳；體內血液立刻衝向慘白的面頰，方才還微張的雙唇死死緊閉著，只有一雙眼睛如死魚般直盯著我，我這輩子還未曾見過那副驚恐神情。下一刻，她嚴重痙攣的身體猛然抽搐，然後用雙手撐著桌子掙扎著站起來，桌上的花盤被震得乒乓作響，還有個木頭或金屬類的沉重東西從她的沙發椅上掉落到地板。她一直用雙手牢牢抓著搖晃的桌子，孩子般輕盈的身軀也顫抖個不停；雖然如此，她卻沒有逃走，只是更死命地抓住那沉重的桌面，止不住的搖晃與顫抖從痙攣的雙拳直衝髮梢。忽然間，整個情緒爆發開來：一陣抽泣，狂野而原始，有如窒息中的吶喊。

說時遲哪時快，左右兩位老太太立刻圍上去把她撐住，不斷撫摸、安慰那震懾的小女孩。她終於鬆手了，那雙痙攣的手輕輕放開桌子，人又向後跌回沙發椅去。哭泣不但沒停，反而更加激烈，像血崩，又像急性嘔吐，一陣一陣地抽搐發作。倘若屏風後面的音樂停頓片刻（樂聲把這一切都掩蓋住了），啜泣聲應該會傳到舞廳去。

我杵在那裡，呆若木雞，嚇得無法動彈。到底——到底發生了什麼事？我無助地看著兩位老太太設法安撫泣不成聲的女孩，等她回過神來後，卻又羞愧難當地把頭埋在桌上。一陣又一陣抽噎的衝動實在擋不住，一波又一波地衝擊她削瘦的身子，直抵肩膀，每一次衝擊都震得花盤乒乓亂響。而我，只能手足無措站在那裡，全身關節凍寒，衣領猶如熾熱的繩索勒住喉頭無法呼吸。

「對不起，」我終於低聲結結巴巴擠出這三個字。兩位老太太忙著撫慰那啜泣不已的女孩，對我連一眼都不瞧。我跌跌撞撞回到客廳，這裡似乎還沒人察覺有異，雙雙對對的舞伴在大廳裡如狂風飛舞，此時，我忽然覺得天旋地轉，必須靠著柱子撐住身體。究竟發生了什麼事？我做錯了什麼？天啊，追根究柢是我在筵席上喝太多也喝太快，才會迷迷糊糊闖了蠢禍！

剎那間音樂停了，舞伴各自散開，行政區長也一鞠躬放開伊蘿娜。我立刻撲上前去，把一臉驚愕茫然的她強拉到一旁：「請幫幫我！看在老天爺分上，幫幫我吧，告訴我這是怎麼回事！」

顯然伊蘿娜誤以為我把她拉到窗邊是要說些有趣的悄悄話，因為她的目光突然變得嚴厲：我激動的模樣想必看來不是讓人心生憐憫，就是教人害怕。我挾著狂跳的脈搏述說一切，說也奇怪，她的眼神也流露出和房裡那女孩同樣的驚駭，斥責我：「你是瘋了嗎……？難道你不知道……？你沒看見……」

「沒有，」我結結巴巴地答道，再次被令人不解的恐懼徹底毀滅，「看見**什麼**？……我什麼都不知道，我第一次來府上啊！」

「你難道沒注意到，艾蒂絲……是個瘸子嗎……？沒看見她那雙可憐殘廢的腿？若不拄著拐杖，她根本連兩步路都走不了啊……可是你……你這個粗……」（她很快嚥下即將破口而出的罵人字眼）——「……你還邀這個可憐的女孩跳舞……噢，太可怕了，我得馬上去看她……」

「不！」絕望之餘，我一把抓住伊蘿娜的手臂，「等一等，請等一等……請代我向她道歉。我怎麼會想到……我只在用餐時見過她，才看了她一秒……請務必跟她解釋……」

滿眼憤怒的伊蘿娜已經抽回手臂，迅速跑過去了。我站在會客廳的門檻邊，喉嚨噎緊得直想吐，大廳裡人聲鼎沸，談笑喧譁（忽然令我難以忍受），一片鬧哄哄，亂糟糟。我心想：只要五分鐘，我愚蠢的行為就眾所周知了。五分鐘，譏諷、嘲笑與指責的眼神就會從四面八方湧來；而明天，上百片唇舌爭相走告，全城會紛紛議論我的魯莽行徑，跟著清晨的牛奶送至家家戶戶門口，然後傳到街頭的廝混場所，再帶進咖啡館、各個機關。明天，就連我部隊裡的人也都會知道這件事。

此時我彷彿在霧霾中看見那位父親帶著抑鬱愁容——莫非他已知曉？——正穿越大廳走來。是要過來找我嗎？不行，千萬別在這個時候和他碰面！一股恐慌突如其來湧上心頭，無論是對他或是對大家。我搞不清楚自己在做什麼，踉踉蹌蹌地走向門口，走出大廳，走出這幢地獄般可怕的房子。

僕人做了一個尊敬而懷疑的手勢，驚訝地問道：「少尉先生已經要離開了嗎？」

我回答：「是的。」自己卻也被這話嚇了一跳。我真的想走了嗎？在他把大衣從掛鉤上拿下來那一刻，我才清楚意識到，這樣膽怯地逃跑等於又犯下新的錯誤，也許更是讓人不能原諒的蠢事。但現在反悔已經太遲了，我總不能把大衣交還給他，他已經微微躬身幫我打開大門，我也無法再回大廳去。驟然間，我已站在這該死的陌生宅邸前，寒風襲面，心卻被羞愧燙得炙熱，像快要窒息一樣呼吸困難。

第二章

這就是那件帶來不幸的蠢事，整件風波就是因它而起。如今事隔多年，我以平靜的心情重新回想這幕幼稚、招來一切厄運的插曲時，我必須說，我其實是完全無辜地一腳栽進這個誤會裡；邀請一位雙腿麻痺的女孩跳舞這種「蠢事」，就算再聰明、經驗再豐富的人也可能會發生。然而，因為當時緊接而來的驚嚇，不但讓我覺得自己像個無藥可救的蠢蛋，而且還是個粗人、罪犯，我好似鞭打了一個無辜的孩子。假如我能沉著鎮定就能補救一切，可惜我卻無法挽回地搞砸了。宅邸前第一道冷風襲上額頭的當下，我立刻明白了這點，我就像個罪犯，非但沒有道歉，反而就此一走了之。

那一刻我獨自站在宅邸門前的心境，真是筆墨難以形容。燈火輝煌，窗內的樂聲業已沉默，可能只是樂師稍事休息吧。不過，我在罪惡感過度趨使下，不由得全身滾燙燃燒起來，都是因為我而中斷了跳舞的歡樂，此刻大家都蜂擁擠進那小小的內室，只想安慰那傷心啜泣的女孩，全部賓客，包括仕女、名紳還有小女孩們，紛紛激動地在那扇深鎖的門後，異口同聲怒斥那個罪大惡極的男人，無端去邀請一個跛腳的小女孩跳舞，幹了狠毒的惡作劇後還畏罪潛逃。等到明天——這時我全身不由自主直冒冷汗，可以感覺到帽子下面汗水的冰冷——全城都會知道並四處廣播，在背後議論我丟臉的糗事。腦海中已浮現這些人的模樣，我的同袍，費倫茲、密斯里維茲，特別是約士奇這個該死的笑話王，他們會噗哧笑著朝我走來，譏諷道：「喏，小東尼，你幹得真好！只要把你身上的韁繩一放，就能讓整個部隊出醜！」之後這些嘲諷譏笑還會在軍官餐廳持續好幾個月。只要我們中間有人幹了什麼蠢事，十年、二十年還會在同袍聚會上被拿出來咀嚼回味一番。每件驢事都會永傳不朽，每個笑話都會變成化石。直到今天，十六年了，他們還在重述騎兵上尉渥林斯基那個老掉牙的無聊故事，說他從維也納回來，大肆吹噓如何在環城大道上認識了T侯爵夫人，當晚還在她家公寓共度春宵。兩天後，報紙上就刊登了一則被T侯爵夫人解雇的侍女醜聞，她在各個商店、每段豔遇中假冒自己是T侯爵夫人，到處招搖撞騙。到頭來，這個卡薩諾瓦大情聖還得去部隊軍醫那裡療養三星期。若是誰在同袍面前出過糗，就會成為永遠的小丑，他們絕對不會忘記，也不會原諒。我越是描繪、想像這幅景象，就越被這荒謬念頭燒灼。此時此刻用指頭輕輕一扣手槍扳機，似乎會比往後數日要忍受的地獄折磨輕鬆百倍，等著同袍知道我的丟臉事，還是在背後說長道短、暗地嘲笑，這種等待讓人軟弱無能。天啊，我太了解自己了；只要嘲笑譏諷一起、流言開始亂飛，我絕對沒有抵擋的能耐。

至於我是怎麼回家的，現在已經無從得知了。我只依稀記得一把拉開櫃子，拿出用來招待客人的斯利波維茨梅子白蘭地，先灌兩、三杯下肚，設法壓下喉頭那陣討厭的噁心感，然後連衣服也沒脫逕自往床上一倒，試著去思考。可是黑暗中產生的奇思妄想彷彿溫室裡的花，受熱帶氣候溫度刺激蔓生亂長，從溼熱土壤中不斷竄出，離奇亂衝，成了刺眼的藤蔓植物將人團團勒住，無法呼吸。夢境在我異常灼熱的大腦中跑得飛快，構成最荒誕不經的恐怖畫面彼此追逐。我想我這輩子都抬不起頭來了，被社交界遺棄，遭伙伴取笑，受全城人非議！出於恐懼，我再也不想踏出這個房間，再也提不起勇氣上街，就怕遇見任何一個知道我罪行的人（由於那一夜過度激動，我覺得犯下的罪行就是那件再簡單不過的蠢事，而我成了眾人的笑柄，被窮追猛打）。我終於昏沉地睡去，但處在驚駭持續沸騰、發酵的狀態下，只得到淺而不安的睡眠。當我一睜開眼，又赫然見到小女孩那張憤怒的臉，她顫抖的雙唇，掙扎抓住桌子的小手，聽見木頭掉落地面的聲音，事後回想起來我才恍然大悟，那一定是她的拐杖。一股荒謬的恐懼突然襲上心頭，房門會不會猛地一開，就看見那位一身黑外套、白色滾邊胸衣，戴著金邊眼鏡，留著薄薄、細心修過的小山羊鬍的父親，步履沉重地走到我床邊。我嚇得一跳而起，站在鏡子前端詳自己因一夜驚恐而滿是汗水的臉，真恨不得揮拳擊打蒼白鏡面中那個笨蛋的臉。

幸好天已經亮了，走廊上的腳步聲、石子路上的推車聲清晰可聞。站在明亮的窗前思考，要比蜷縮在容易招來鬼魅的邪惡黑暗中思考來得清楚。我告訴自己，也許一切並不是那麼糟，也許根本沒人注意到。可是那個面色蒼白的可憐病人，那個癱瘓的女孩，她當然永生不會忘記，不會原諒！此時腦中突然靈光乍現，我有了一個充滿希望的點子。我匆匆忙忙梳理亂七八糟的頭髮，穿上軍服，從茫然不知所措的勤務兵身邊閃過，他只能在背後用一口破爛的斯拉夫德語向我拚命喊著：「少尉先生，少尉先生，咖啡已經煮好了！」

我疾風似的衝下營房樓梯，飛奔過一群衣衫不整、站在院子裡無所事事的輕騎兵，他們連立正敬禮的時間都沒有。我從他們身邊呼嘯而過，衝到營區大門外，在少尉身分可以容許的速度下直奔市政廳廣場邊的花店。由於我心急如焚，根本忘了清晨五點半店門還沒開，不過運氣好的是，古特納太太除了賣花卉之外也賣蔬菜。一輛卸了一半馬鈴薯的推車正好停在門口，於是我猛敲窗子，不久就聽見她踩著樓梯下來。我情急之下隨便編了一個故事：今天是好朋友的命名日，我昨天卻忘得一乾二淨，可是過半個鐘頭我們就要出勤了，因此希望能馬上把花送去。快把花拿出來吧，快點，店裡最漂亮的都拿出來！這個胖老闆娘身上還裹著睡衣，立刻拖著破拖鞋下來，打開店門，把她最高檔的寶貝秀給我看，一大束長柄玫瑰：我要多少？我說全部，統統都要！就這樣簡單紮起來，還是要放在漂亮的花籃裡？好吧，好吧，就要一個花籃。這個月僅剩的薪水都賠在這籃闊氣的鮮花上了，月底這幾天只好扣下晚飯錢跟上咖啡廳的費用，不然就得借錢了。不過，此刻這些對我來說都無所謂了，甚至還很高興能用重金來彌補我的小丑行徑，因為在這段時間裡我一直有個衝動，想重重懲罰自己的愚笨，為自己幹的兩件驢事付出慘痛代價。

這不就天下太平了嗎？最美的玫瑰裝飾在漂漂亮亮的花籃裡，而且馬上就會派人準時送去了！不料古特納太太死命地跑到街上追著我問，是啊，這花該送到哪裡？給誰呀？少尉先生什麼也沒交代。噢，原來如此，我真是蠢得可以，激動得什麼都忘了。我交代她送到凱柯斯法瓦山莊，要感謝伊蘿娜當時驚嚇得脫口而出，讓我現在能即時想起那可憐受害者的名字：送給艾蒂絲．馮．凱柯斯法瓦小姐。

「當然，當然，凱柯斯法瓦家的老爺們，」古特納太太語氣驕傲地說，「可是我們最死忠的主顧呢！」

接著，下一個問題來了——我正打算離開，她又追問我是不是要寫張卡片？卡片？噢，是啊！送件人！送花者的名字！不然她怎麼會知道花是誰送的呢？

於是我又回到花店，掏出一張名片寫上：「懇請原諒。」不行，這怎麼可以！這不又犯下第四個錯誤了嗎？幹嘛還教人想起我的蠢事？不然要寫什麼呢？「由衷深感遺憾。」——不，這更糟了，搞不好最後她還會認為這遺憾指的是她。最好什麼都不要寫，一個字都不要寫。

「只要附上這張名片就好，古特納太太，除了名片，什麼都不要。」

現在終於鬆了一口氣。我急忙趕回軍營，匆匆灌下咖啡，勉強熬過訓話時間，可能比平時更緊張、更漫不經心。假如一個少尉早晨精神不濟地來執勤，在軍中大家不會覺得特別奇怪。多少軍官常在維也納通宵達旦之後疲憊不堪地回到軍營，眼睛幾乎睜不開，連騎馬小跑步時都會在馬背上睡著。說實在的，不斷發號施令、檢驗考察、騎馬散步對我而言反而來得正好。勤務多少能轉移我內心的不安，當然，不愉快的記憶依舊盤旋在兩個太陽穴之間，一大塊苦如膽汁的海綿依舊堵在喉嚨裡。

然而到了中午，我正要去軍官餐廳，一名侍衛兵在後面瘋狂追著我喊「少尉先生」。他手裡拿著一封信，一個稍長的長方形信封，英式藍色紙張，飄著淡淡的香氣，背面是一個清晰細緻的徽印，聳直細長的女性筆跡。我慌慌張張撕開信封讀道：「敬愛的少尉先生，衷心感謝您美豔的贈花，實在受之有愧，直到此刻還令我驚喜萬分。誠摯邀請您光臨寒舍喝下午茶，任憑哪天都好。不必事先知會，因為我——遺憾的是——總是窩在家裡。艾蒂絲·馮·凱。」

輕柔的字跡。令我不由得憶起那孩子的纖纖手指是如何猛壓桌子，想到那蒼白的臉是如何驟然燒得發紫，宛如把波爾多紅酒倒進杯子裡。我讀著這幾行字，一遍、兩遍、三遍，舒了一口氣。她不著痕跡地跳過我的愚蠢，又巧妙、得體地暗示自己身體的殘缺！「我——遺憾的是——總是窩在家裡。」再沒有比這更高貴的寬恕方式了，沒有分毫受委屈的抱怨。於是我的心頭落下了重擔，原本臆測會被法庭宣判無期徒刑，現在法官起立，戴上四角法帽宣判：「無罪釋放。」不由分說，我得盡快去向她道謝。今天是星期四，那就等星期日出門去拜訪她，噢，不，還是星期六就去吧！

§

然而我並有沒遵守自己的承諾。我太沒耐性，心中的不安一直逼迫我把罪過徹底彌補回來，盡快擺脫慌亂與不快。恐懼感一直刺激我的神經，唯恐在軍官餐廳、咖啡廳或其他地方會有人開始談論我的倒楣事：「哎，你倒是說來聽聽！你去了城外凱柯斯法瓦家，他們家到底怎麼樣啊？」希望到時候我已經能從容鎮定地回答：「他們真是討人喜歡！昨天我又到他們家去喝下午茶了。」聽見這樣的回答，每個人一定可以立即感覺到我在那兒並非不受歡迎。我衷心希望整件事到此為止，就這樣告一段落！無奈內心的煩躁不安到了隔天——也就是星期五——還在持續發揮影響力，當時我正和軍中最好的兩個朋友費倫茲和約士奇在大街上閒晃，我突然做了個決定：今天要去拜訪凱柯斯法瓦一家！於是立刻跟好朋友道別，這突如其來的舉動令他們兩人覺得莫名其妙。

路途其實沒有特別遙遠，大步走頂多半個鐘頭。一開始穿過市中心的五分鐘有點無聊，然後順著滿是塵土的鄉間大道往前走，這條大道也可以通到操練場，我們的馬早已認得路上每一顆石子和每一處彎道（幾乎可以鬆開韁繩讓馬兒自己走了）。大約走到一半，左手邊出現一座小教堂緊鄰著橋，從那兒岔出一條小路，這條被老栗子樹遮蔽得不見天日的小路可算是私人道路，少有行人、馬匹或車子經過，小路旁有一條蜿蜒小溪，溪水悠悠流淌。

小城堡的白色圍牆和柵欄門已出現在眼前，說也奇怪，我越靠近它，勇氣就消逝得越快，就像在牙醫診所前要按門鈴時還不斷找藉口想打道回府，我也恨不得能立刻逃之夭夭。一定要今天拜訪嗎？難道不該把那封信看成對方泯除一切尷尬恩仇的表示？我不由自主放慢腳步，這時候打消念頭回頭還來得及；人如果不想走直路，看到有條彎路就會喜不自勝。於是在我踏上搖搖晃晃的木板過了小溪，從綠蔭小路拐到草地上，打算先繞城堡外圍走一圈。

坐落在高聳石牆後面的是一幢巴洛克晚期風格的兩層樓建築，占地面積廣闊，房屋外漆上麗泉宮[4]的黃色配上綠色的窗葉，頗具老奧地利風味。隔著一座庭院，幾間低矮的屋子聚集在一座壯觀的大花園裡，顯然都是僕人的住所、管理處或馬廄，我第一次夜訪時完全沒注意到那座大花園。現在透過牛眼窗——每面高牆上的橢圓形缺口——往裡面看，才注意到凱柯斯法瓦這座城堡根本不像它的室內裝潢那樣，會讓人誤以為是一幢時髦的現代別墅，反而比較像是實實在在的鄉村地主莊園，一棟舊時代的貴族宅院，在波西米亞地區參加軍事演習時有時會看到這類房子。唯一讓人覺得突兀的是一座兀自矗立的四角塔樓，形狀有點像義大利鐘樓，也許是從前此地城堡遺留下來的。事後我才想起，之前從操練場上望出去就經常看到這座奇特的塔樓，我一直以為那是村莊的教堂鐘樓，現在才注意到這座樓少了一般常見的柱頂，奇特立方體上的屋頂是平的，如果不是拿來做日光浴，就是做為氣象觀測站使用。我越意識到這座舊式莊園的貴族氣息就越覺得不自在，這種地方一定格外重視禮節，偏偏我的初次登場那樣笨拙！

繞了一圈，從另一側再回到柵欄門前，我終於下定決心。邁步走過石子路，路旁分立兩排精心修剪的筆直路樹。好不容易來到門口，我用力扣下沉重的青銅門環，這裡依然承襲古風不使用門鈴。僕人很快就出現了，奇怪，他對於我這個不速之客一點也不驚訝，既沒有多問，也沒有收下我準備好的名片，只是恭恭敬敬地鞠了個躬，請我到會客廳稍候一下，他說兩位小姐都還在房間裡，不過她們很快就會過來。看來我即將受到熱烈歡迎，這一點毋庸置疑。他待我如事先通報過的訪客，繼續領我往前走。我惴惴不安地再度來到壁面裱上紅綢的會客廳，那是當時大家跳舞的地方，我覺得喉頭苦澀，彷彿又哽住了，隔壁一定就是那個房間，災難就發生在那個房間的角落。

我當時幹蠢事的地點就在那扇飾以金色雅緻圖案的奶油色拉門後面，這會兒雖然看不見，一切卻依舊歷歷在目。不過幾分鐘，門後陸續傳來椅子挪動的聲音、低聲耳語的聲音、來來回回窸窸窣窣的聲音，顯然那扇門後面有好幾個人。我利用等候的時間觀察這間會客廳：一整套路易十六風格的古典家

4 麗泉宮（Schloss Schönbrunn），坐落在維也納近郊的巴洛克藝術建築，外觀為黃色。

具，左右兩面牆上掛著高布林壁毯[5]，通往花園的幾扇玻璃門邊牆上有幾幅古畫，畫的是威尼斯大運河和聖馬可廣場。儘管我對這些東西完全沒有概念，但我知道它們一定價值不菲。我並沒有進一步分析這些藝術珍品，因為我正聚精會神聆聽隔壁房間的動靜。我聽見盤子碰撞的聲音，有扇門嘎嘎作響，這會兒還聽到不規律、單調又生硬的拐杖拄地聲。

終於有隻還看不見的手從裡面拉開門扉，迎面走過來的正是伊蘿娜。「少尉先生，你來了真令人開心！」她邊說邊把我帶到我再熟悉不過的房間裡。就在同一個角落，同一張孔雀石般青綠的桌子後面，同一張沙發長椅上（他們為什麼要重現讓我尷尬的場景？），坐著那位癱瘓的女孩，一條雪白毛毯密密實實地蓋住她的下半身，這樣人家就不會看到她的腿——看來是不希望我想到「那件事」。艾蒂絲從她專屬的角落露出笑臉歡迎我，她的親切友善無疑是經過事先練習的，畢竟這次重逢多少延續了初次見面的難堪，她有些費力地把手越過桌子伸給我，我立刻從她不自在的神情裡注意到她也在想著「那件事」。我們兩人誰也沒辦法先開口寒暄。

多虧伊蘿娜適時拋出問題，打破這窒息的沉默。

「少尉先生想喝什麼？茶還是咖啡？」

我回答：「喔，完全由你們安排。」

「不，少尉先生，想要什麼直說無妨！千萬別客氣，一點也不麻煩的。」

「如果方便的話，請給我咖啡。」我做出決定，很高興自己的聲音聽起來不至於太沙啞。

這個棕髮女孩相當機伶，一個簡單問題輕輕鬆鬆化解了初始的緊張，可是她也很不夠意思，因為她隨即離開房間去交代僕人為我準備咖啡，留下我和我的受害者單獨在房間裡，真覺得很不自在。是該說點什麼的時候了，再怎麼樣也該製造話題，偏偏喉嚨像被塞子堵住了，眼神也透露出些許尷尬，我完全不敢往沙發的方向瞧，因為她一定會認為我在緊盯著藏匿她癱瘓雙腿的毛毯。所幸她比我鎮靜許多，先開口跟我說話，態度有點緊張急躁，卻讓我第一次認識到她的這一面：

「少尉先生，您要不要找張椅子坐下？那裡那裡，請把那張扶手椅挪過來一點。您怎麼不把佩刀解下來？我們不是要和平相處了嗎？……看您想要放在那邊那張桌子上或窗台上都可以……隨您的便。」

我把扶手椅緩緩拖過來，還是不知道眼睛該看哪裡才好，她倒是很果決地幫了我一把。

「我還得謝謝您送來那麼漂亮的花……那束花真的很漂亮，您看看它插在花瓶裡多美呀！那個……那個……我很抱歉，我當時真的太衝動了……我那天的表現很糟糕，太失控了……整個晚上我都不能睡，覺得很丟臉，您明明是一番好意……又怎麼會知道呢？而且，」她突然笑了，笑聲聽起來尖銳又緊張，「而且您確實也猜中我內心的想法……我的確故意坐在那兒好仔細觀察別人跳舞，您過來的時候，正是我最想和大家一起跳舞的時候……我真的很喜歡跳舞，可以看別人跳舞好幾個小時，就這麼看著，彷彿我的身體也可以感受到每一個跳舞動作……不騙您，真的是每一個動作。好像跳舞的不

5 高布林壁毯（Gobelins）源於法國巴黎的高布林家族，原是專為王室製作織錦畫壁飾，高布林因此成為織錦畫壁飾的同義詞。

是別人，而是我自己，我就是那個正在轉圈圈、彎著身、一會兒向後退、一會兒讓人帶著移動、不停擺動身體的舞者……您可能無法想像有人可以這麼傻……您知道嗎？以前還是孩子的時候，我就已經很會跳舞了，而且瘋狂地喜歡跳舞……現在每次做夢也會夢到跳舞。我知道聽起來很蠢，我在夢中跳舞，我出了……出了這樣的事，對爸爸來說也許不壞，否則我一定會離家跑去當舞者……這件事最讓我痴迷，在我的想像裡，以自己的身體、藉每一個動作、投注全副心力每晚感動千百個人，緊緊抓住他們的視線，觸動他們的心靈，昇華他們的情感……這一切該有多麼美好，多麼美好……您看我有多瘋狂……我還蒐集了所有偉大舞蹈家的照片，每一位我都有，有莎哈瑞、帕芙蘿娃和卡兒莎維娜[6]，我有她們每一個人的照片，所有她們詮釋的角色和舞姿，您等一下，我給您看……在那裡，全都收在那個盒子裡……在壁爐那邊……在那個中國漆盒裡。」（由於不耐煩，她的聲音開始帶有怒意。）「不對，不對，不對，左邊那堆書旁邊……啊，您真是笨手笨腳……對了對了，就是那一個。」（我總算找到她說的盒子然後遞給她。）「您看，我最喜歡最上面這一張，帕芙蘿娃詮釋垂死的天鵝……如果我能追隨她，如果我可以到現場親眼看她跳舞，我相信那一定會是我生命中最幸福的一天。」

在我們後面，伊蘿娜離開時經過的那扇門上的鉸鏈開始發出細微聲響。艾蒂絲像被逮到似的，砰一聲迅速把盒子蓋起來，像發布命令一樣對我說：「不准跟任何人提起這件事！我跟您說的這些話一個字都不准說出去！」

進來的白髮僕人蓄著一臉奧匈帝國皇帝的頰鬢，修剪得整整齊齊，他小心翼翼地推開門，伊蘿娜跟在他身後推著橡膠輪子茶車進來，上頭擺滿茶點和飲品。她把東西擺放好後跟我們一起坐下，我頓時覺得自在許多。一隻肥嘟嘟的安哥拉貓躡手躡腳地跟著茶車走進來，親暱地在我腳邊蹭來蹭去，多虧這隻貓為我提供了很好的話題，我先稱讚牠，接著我們開始有問有答，我回答她們我會在這裡駐紮到什麼時候、對駐防地有什麼感覺，也讓她們知道我認不認識某某少尉、有沒有常到維也納去。我們自在輕鬆地閒聊起來，原本的緊張氣氛在不知不覺間消逝無蹤，慢慢地，我甚至稍微敢從側面端詳這兩個女孩，她們兩人完全屬於不同類型。伊蘿娜已經完全是個成熟女人了，性感嫵媚，身材豐滿健美；在她旁邊的艾蒂絲半似小孩半似少女，年紀差不多十七、八歲，還沒發育完全的樣子。她們兩個形成強烈對比：一般人會想跟其中一個跳舞，想親吻她；對另一個只會像縱容病人那樣輕柔地安撫她、保護她，尤其想安慰她，因為她身上散發出不安的氛圍。她的面容沒有一刻顯得平靜，不時左顧右盼，一會兒緊張兮兮地挺直上身，一會兒又彷彿筋疲力盡似的癱在椅子上。不只動作很神經質，說話的時候也一樣，她說話的方式很跳躍，短促而沒有間斷。我想，也許不受控制和焦躁不安的情緒能補償她動彈不得的腿，又或者她經常微微發燒，使得手勢和說話的拍子十分急躁。可惜我沒有太多時間仔細觀察，因為她提出一連串問題，加上輕快靈巧的陳述方式，吸引了所有人的注意。我很意外地融入興奮又有趣的話題裡。

6 莎哈瑞（Saharet, 1897-1922），澳洲舞者。帕芙蘿娃（Anna Pawlowa, 1881-1931），俄國芭蕾舞者。卡兒莎維娜（Tamara Karsawina, 1885-1978），俄國芭蕾舞者。

過了一個鐘頭，說不定是一個半鐘頭，會客廳那頭突然出現一個身影。有人似乎害怕打擾到我們，悄悄地走進來。進來的不是別人，正是凱柯斯法瓦。

「請坐，請坐。」我正恭恭敬敬地站起身來，他把我按下，然後彎下身，很快地在孩子的額頭印上一個吻。他還是穿著那件鑲有白色滾邊、繫著舊式領結的黑大衣（我從來沒見過他有其他裝扮）。那對眼睛躲在金框眼鏡後面仔細觀察，讓他看起來像個醫生，他也的確像個靠近病床的醫生，小心翼翼地在癱瘓女孩的身邊坐下。奇怪，他進來不過一會兒工夫，整個房間像是罩上了一層憂鬱。原本我們聊得很自在，然而他的舉止過分小心，時而從旁溫柔注視他的孩子，因此擾亂了談話氣氛。過不了多久，他也察覺到我們的不自在，於是很努力地硬是找了些話題。他詢問部隊的狀況，問起騎兵上尉的近況，也問了據說現在在國防部擔任師團長的前上校的情形。他似乎認識這些年來在部隊裡的每一個人，熟悉得出人意料，不知為何我有一種感覺，他有意特別強調他和每位高階軍官的獨特交情。

我想，再待十分鐘吧，然後就可以悄悄告辭了。這時又有人輕輕敲門，那位僕人進來，走路有如打赤腳似的沒有聲音，他低聲對艾蒂絲耳語，她突然控制不了情緒暴怒起來。

「他可以等，不對，他今天根本就不應該來煩我，叫他走，我不需要他。」

她這一動怒，讓我們全部的人很難堪。我發覺自己待太久了，於是尷尬地站起來準備離開，她卻像對待僕人一樣粗暴地對我嚷道：「不行，你留下來！我們什麼都還沒聊到。」

她蠻橫的語氣其實很失禮，連她的父親也感到為難，他一臉無助又關切地勸道：「可是艾蒂絲……」

也許是看到父親的驚慌失措，也許是發現我不知所措地站著，艾蒂絲才意識到自己情緒失控，她突然轉向我：「請原諒，不過約瑟夫真的可以等，不用這樣闖進來。沒什麼大不了，不過是每天例行的折磨罷了，按摩師要帶我做伸展練習，簡直無聊到極點，一、二，一、二，伸、屈、屈、伸，說什麼只要我照做，我的腿就會好起來，這是我們醫生大人的最新發明，完全是個多餘的折磨，跟其他方法一樣沒有半點意義。」

她挑釁地看著她父親，彷彿要父親負責，老人難為情地（在我面前羞愧地）彎下身子對她說：「可是孩子……妳真的要相信康鐸醫師……」

話講到一半就停住了，因為艾蒂絲的嘴角開始抽搐，纖巧的鼻翼也在顫動。那晚她的嘴唇也是這樣抽搐，我擔心她又要發作了，沒想到她整張臉突然泛紅，乖順地喃喃低語：「好吧，我去就是了，雖然沒什麼意義，一點意義也沒有。少尉先生，不好意思，希望您很快會再來。」

我鞠了個躬，正打算告辭時，她又改變主意了。

「不對，請您再陪爸爸一會兒，等我走出去再離開。」她特別強調「走出去」三個字，語氣尖銳又急促，頗有威脅意味。她隨即拿起桌上一個小小的銅鈴搖了搖——後來我才發現，整棟房子裡到處都有這樣的銅鈴擺在桌子上，放在她伸手範圍內，好讓她隨時喚人，完全不需要花時間等候。鈴聲尖銳刺耳，剛剛在艾蒂絲發脾氣時悄悄退下的僕人馬上出現了。

艾蒂絲命令他：「幫我。」接著用力把毛毯扔在一旁。伊蘿娜彎下身子，低聲跟她說話，只聽見這個情緒激動的女孩不耐煩地對女伴嚷道：「不要！約瑟夫只要把我撐起來就好，我要自己過去。」

接下來的畫面讓我膽顫心驚。僕人彎下身子，熟練地把雙手架在艾蒂絲的腋下，一把撐起她輕盈的身體。她直挺挺地站著，雙手抓住扶手椅的椅背，先用挑釁的眼神掃過在場的每一個人，再拿起蓋在毛毯下的兩根拐杖，緊咬嘴唇，將全身重量倚到拐杖上面——拐杖嗒嗒篤篤地響——她很吃力地走著，搖搖晃晃，一會兒衝向前，一會兒歪歪扭扭，怪模怪樣。僕人在後面伸出雙臂緊盯著她，萬一她失去平衡或腿軟可以及時扶住。嗒嗒，篤篤，一步又一步，每一步參雜著叮叮噹噹、哧哧嚓嚓的聲音，像是繃緊的皮革和金屬輕柔的摩擦聲。她的腳關節必須穿戴支撐器，我實在不忍直視那兩條可憐的腿。看到她逞強前進的強硬姿態，我的心彷彿遭冰雪入侵揪緊了一下，我頓時明白她的示威意圖，她不准人幫忙，也不肯坐輪椅，是為了告訴我——就是我，要告訴我們所有人：她是個殘廢。出於絕望的報復心態，她要我們痛苦，拿她受的苦難折磨我們，她不控訴天主，而是指責我們這些健康的人。在這難受的挑釁時刻，我反而感受到她在無助絕望中承受了多麼巨大的痛苦，遠比上次邀她跳舞，害她絕望崩潰時強烈千倍。終於——時間彷彿靜止了——她好不容易晃到門邊，粗暴地把搖晃、重心不穩的瘦削身體從一根拐杖丟到另一根拐杖。我實在沒有勇氣再看她一眼。光是拐杖的生硬響聲、每跨出一步敲在地板上的嗒嗒聲、拖著支撐器行走的吱嘎聲，以及奮力前進發出的沉重喘氣，就已經讓我激動到心臟跳起來打在軍服上。即使她已走出房間，我還一直屏住呼吸豎耳傾聽，在那扇緊閉的門扉後面，恐怖的聲響越來越小，最後終於聽不見了。

直到寂靜無聲了我才敢再次抬起眼來，這才注意到老先生已經悄悄站起，眼睛用力地注視窗外，非常用力地注視窗外。在游移不定的逆光中只見到他的輪廓，佝僂的身影還是藏不住顫抖的肩膀。即使這位父親已經習慣每天看著孩子如此費力前進，這一幕仍舊傷透了他的心。

房裡空氣在我們之間凝結。幾分鐘後，這個昏黑身影終於轉過來，他的腳步遲疑，彷彿踏在溼滑的地面上，輕輕地走過來。

「少尉先生，這孩子沒有惡意，請您千萬別放在心上，即使她有點粗暴，可是……您根本不知道這些年來她受了多少折磨……一直在試不同的方法，偏偏又進展遲緩，我知道她已經失去耐心了，可是我們還能怎麼辦？我們只能不斷嘗試，不試怎麼行啊！」

老人在孤伶伶的茶車前停下來，說話時並沒有看我，躲在暗沉眼瞼下的眼睛直楞楞地盯著茶車。他像在夢遊一樣把手伸進打開的糖罐，抓了一塊方糖捏在指尖轉來轉去，呆呆地注視著，然後扔在一旁，看起來就像個喝醉酒的人。他的視線遲遲沒有離開茶車，宛如那對他有獨特的吸引力。他無意識地拿了一根湯匙，拿起來又放下，然後對著湯匙說起話來：「真希望你知道這孩子從前的模樣！以前她成天跑上跑下，風一樣爬上樓、進出房間，讓我們擔心受怕。十一歲那年，她已經騎著小馬奔馳在草地上，快得沒有人可以趕上她。我們常常很害怕，我是指亡妻和我，這孩子膽識過人又身手矯健，做什麼事都輕而易舉，大家都有種錯覺，好像她只要張開雙臂就可以飛上天了……可是她偏偏發生這種事，偏偏是她……」

稀疏白髮中間的分髮線朝桌面越垂越低，他的手還在不停撥弄茶車上隨意擺放的東西，透露出緊張不安。他放下了湯匙，抓起閒置的糖夾在茶車上鬼畫符（我明白他是因為感到羞慚，覺得很不好意思才不敢抬頭看我）。

「話說回來，如今要逗她開心還是很容易。就算是最微不足道的小事，也能讓她開心得像孩子手舞足蹈，再愚蠢的笑話也能逗得她哈哈大笑，也會因為一本書興奮不已。我真希望你有看見她收到花時興高采烈的模樣，她本來還擔心冒犯到你，這下可以鬆一口氣……你一定不知道，她對一切多麼敏感……她的感受比我們強烈幾百倍。她現在頻頻失控，我相信沒有人比她更懊惱……可是你要她……你要她**怎麼**控制住自己……復原得這麼緩慢，要怎麼要求一個孩子一直維持耐心？上天給她這樣的打擊，要她怎麼保持冷靜？她從沒做過壞事……也從未傷害過人！」

他直勾勾盯著顫抖的手用糖夾在空中畫出來的圖形，突然受驚一樣倏地把糖夾放到桌上弄得叮噹作響。好似他忽然清醒過來，意識到不是在跟自己，而是在和一個素昧平生的人說話。他清清喉嚨，換了副清醒、抑鬱的嗓音，開始生硬地道歉。

「請原諒，少尉先生……我實在不該拿家務事煩擾你！我會這樣是因為……實在忍不住說出了口……只不過想跟你解釋……希望你不會對這孩子留下不好的印象……你……」

也不知道哪來的勇氣，我打斷他結結巴巴的話走向他，驀地伸出雙手握住了陌生老人的手，一句話也沒說，只是抓住他冰冷、枯瘦、不自覺怯縮的手緊緊握了一下。他訝異地望著我，眼鏡鏡片斜角向上閃著光芒，後方遲疑的眼神柔和又不知所措地探索我的眼睛。我很怕他在這時候開口，不過他什麼也沒說，只見到他的黑色瞳孔越來越擴張，彷彿要掉出來。我再次感受到心中一股激動，為了擺脫這感受，我倉促地鞠個躬，然後走出去。

僕人正在前廳幫我穿大衣，我突然感覺到背後有一陣風。不用轉身也知道是老先生跟著我走出來，他正站在房門口，打算向我致謝。我不想讓自己面有愧色，所以假裝不知道他站在我身後，在脈搏狂跳中迅速離開這不幸的家。

第三章

隔天清晨——房子仍罩在死灰色的薄霧裡，百葉窗全緊閉著，守護著居民的酣夢——一如每個早晨，我們騎兵中隊已經奔馳在前往操練場的路上。先用跳躍步伐走一段不平整的鋪石路。騎兵隊員在馬鞍上搖來晃去，個個睡眼惺忪、動作遲緩、心情惡劣。整支隊伍慢騰騰地穿過四、五條巷弄，到了寬敞大路上開始用小跑步，接著向右踏上空曠的草地。我下令隊伍快跑，坐騎的鼻子噴出一口氣，立即嘶嘶叫地向前飛奔。馬已熟悉這片柔軟、舒服、空曠的草地，牠們真是聰明。不需要人鞭策，甚至可以鬆開韁繩，只要大腿輕輕一夾，牠們就會全力衝刺。馬跟人一樣，也能感受興奮與淋漓暢快。

我騎在隊伍最前面。我熱愛騎馬。呼嘯的冷風打在額頭和臉頰上，我可以感覺到汩汩血液自臀部流向鬆弛的軀幹，彷若生命的熱力在體內生氣勃勃地循環。早晨的空氣非常清新，還嘗得到夜露的滋味，嗅得到鬆軟泥土的氣息和曠野的遍地花香，並能感受到馬兒呼吸的溫暖鼻息四處流動。清晨的第一回馳騁總是能提振精神，不僅可以搖醒睡意猶濃的身體，也能驅走如濃霧般的昏沉呆滯。不知不覺中，承載著我的輕盈感覺逐漸擴展到胸口，我嘴唇微張，將撲面清風一飲而盡。「駕！駕！」我感覺視線越來越明亮，感官越來越活躍，身後傳來節奏規律的佩刀撞擊聲、馬兒此起彼落的喘息、慢悠水泉流淌的沙沙聲，和尖銳的馬鞍摩擦聲，還有馬蹄整齊畫一的節拍。這支由男人與馬組成的隊伍融為一體，化為一隻半人半馬的怪物，情緒高昂地向前狂奔。前進！前進！前進！駕！駕！駕！啊，就這樣奔馳，一直馳騁到世界盡頭吧！我這樂趣的主宰與創造者心底自豪不已，坐在馬鞍上不時回頭看手下的士兵。突然發現這些勇敢的騎兵隊員全換了面孔，斯拉夫人那種沉重沮喪、呆滯無神、睡眼惺忪的模樣像煤灰從眼底一掃而盡。他們察覺到有人在注視他們，一個個挺起背坐直，用微笑回應我眼中的喜悅。我留意到就連這些遲鈍的農村子弟也沉浸在馳騁的快感裡，享受過往人們飛行的夢。因為年輕，因為宣洩了壓力，他們都跟我一樣得到肉體上的快樂。

我突然下令：「停！小跑步前進！」所有人倏地勒緊韁繩，整支隊伍像突然停止運作的機器一樣瞬間減速。他們有點困惑地偷偷瞟向我——他們相當了解我，也相當清楚我抑制不住的縱馬慾，因為隊伍通常會一股作氣地狂馳過草地，直到抵達操練場為止。然而，我覺得彷彿有隻陌生的手勒緊我的韁繩，剎那間令我想起一件事。我不自覺注意到左邊地平線邊上那片白色方形圍牆、城堡花園的樹和平頂塔樓，就像有一顆子彈直直射入心口：說不定有個人正在那兒望著你！這個人之前因為你的跳舞興致而傷心，現在又因為你的騎馬狂熱再度傷心，這個人受限於癱瘓的雙腿，看見你像小鳥般輕盈馳騁一定羨慕不已。不管怎麼說，我突然覺得很羞愧，羞愧自己可以健康、自由自在地盡情奔馳，羞愧自己很幸運能擁有健康的身體，能夠體驗這種肉體上的快樂，實在是上天很不合宜的偏愛。馬兒慢吞吞地走，我讓身後那群失望的弟兄跟著自己慢步穿越草地，我沒有看他們，但可以感覺到他們在等我的命令，等我讓他們再度策馬奔馳，可惜他們的等待是徒然。

當然，此刻受到奇特心理障礙困擾的我很清楚，這種自我折磨愚蠢又無意義。因為不許自己享樂，所以也不讓別人享樂；因為別人不快樂，所以也不讓自己快樂。我知道這樣一點意義也沒有。我也明白，就在我們開心說著老掉牙笑話的時候，世界上每一秒鐘都有人躺在床上呻吟和死去，千千萬萬窗子後的人受制於貧困，許多人在挨餓。我知道這世上有醫院、採石場、礦坑，此刻在工廠、機關、監獄裡有數不盡的人被迫勞役，若受到無謂的折磨，更加重了他們的苦難。我很清楚，只要開始想像世界上正在同步上演的不幸就會讓人無法入眠，收起嘴角的微笑。不是這種臆測、想像出來的苦難讓人驚慌失措、心灰意冷，唯有心懷同情的靈魂親眼目睹，才有可能真正感受到震撼。我彷彿跌入逼近又真實的幻覺裡，原本興致高昂、沉浸在騎馬樂趣裡的我驀地瞥見那張蒼白扭曲的臉，看見她拄著拐杖拖著身體穿過大廳，也聽見拐杖拄地的聲音，還有暗藏住、用來支撐患病關節的器具所發出的刺耳吱嘎聲。我大吃了一驚，沒有多想也沒有遲疑立刻拉住韁繩。令人振奮神往的奔馳你不要，反倒讓整支隊伍踏著沉重步伐前進，這對誰有好處？現在對自己這樣說也沒用了。這震撼一擊觸動到內心靠近良知的地方，我再也沒有勇氣精神奕奕、自在正常地享受健全身體帶來的樂趣。隊伍一路磨磨蹭蹭、拖拖拉拉地走到通往操練場的小路，一直到完全離開那座城堡的視線範圍，我才振作起來對自己說：「荒唐！忘掉這些愚蠢的多愁善感吧！」然後下令：「前進！向前衝！」

§

事情從拉住韁繩那一瞬間開始，也是同情裡奇特毒素開始散發的第一個徵兆。一開始只是模模糊糊的感覺，就像生了一場大病後醒來，頭腦還昏昏沉沉的，覺得好像遭遇過什麼事或正遭遇了什麼事。我的生活圈一直很小，日子總是過得漫不經心、得過且過，只關注同袍與上級認為重要或有趣的事，自己不曾特別關心什麼，別人對我也如此。我從來沒有為了什麼事而激動。我的家庭關係正常，工作和職業生涯也都安排規畫妥當，而我現在才意識到這種無憂無慮的生活讓我對一切都漠不關心。現在突然有件事令我掛念，從外面察覺不到，明顯看來也不重要。然而，我從她受傷的眼眸中驚覺，原來人的痛苦可以那樣深沉，那憤怒的眼神在我體內炸開，驀然自心底流出一道暖流貫穿全身，引發的狂熱激情連自己也無法解釋，就像病人無法解釋自己的病情。起先我只知道自己已跨出那個自由自在的舒適圈，踏入一個帶來新刺激卻又讓人不安的全新領域。我生平第一次看見感情裂開一個深淵，這深淵莫名散發出誘惑，讓我想探測深淺，想要一步跳進去。然而直覺提醒我，不可以向大膽的好奇心屈服，它警告我：「夠了！你道過歉了！你已彌補過你做的蠢事。」可是心裡另一個聲音低聲說：「再去一次！再去感受一次背脊發涼的滋味，感受恐懼和緊張交織的滋味。」接著又聽到直覺說：「別鬧了！不要強迫自己，不要再攪和進去！你這種涉世未深的年輕人根本無法應付，只會做出比第一次更蠢的傻事來。」

出乎意料之外的是，我根本不需要自己做決定，因為凱柯斯法瓦的信在三天後出現在我的桌上，問我星期日是否願意到他家用晚餐。他說星期日受邀的都是男客，其中有一位是國防部的F中校，他曾經跟我提過這個人，當然他女兒和伊蘿娜也非常歡迎我光臨。他的邀約讓我這樣靦腆的年輕人感到十分得意，承認這點並不讓我覺得丟臉。人家並沒有忘記我，而且信上提到F中校要出席，像是在暗示凱柯斯法瓦（我立刻明白他是出於感激）正暗地為我謀取獲得提拔的機會。

我立刻接受邀請，一點也不後悔。那一晚令人相當滿意，在部隊裡沒有人真的在乎我這個低階軍官，在那裡卻受到講究的年長紳士誠摯款待，凱柯斯法瓦一定用了什麼方法讓他們注意我。生平第一次有高階長官願意屏除階級優越感對待我。他問我是否滿意所屬的部隊，有哪些晉升機會。只要我去維也納或無論有什麼需要，他鼓勵我儘管去找他。還有那位公證人，一個活力充沛的禿頭男士，生得一張圓臉，脾氣看起來很溫和，一再邀請我到他家去。一位糖廠經理則是一直找我說話——完全不同於軍官餐廳裡的交談。在軍官餐廳裡，上級的任何意見我都必須「絕對順從地」贊同！我心中油然產生一股舒服的踏實感，不過半小時光影，我已經和他們暢所欲言了。

兩個僕人再次端珍饈佳餚上桌，這些美食在過去只有聽家境富裕的同僚吹噓過。我第一次嘗到鮮美的冰鎮魚子醬、酥皮鹿肉派和雉雞，還有各式教人心神舒暢的美酒。我明白讚賞美味佳餚很蠢，但我為什麼要否認？我不過是個位階低、要求不高的年輕少尉，懷著幼稚的虛榮心和幾位有名望的年長紳士一同享用人間美食。哎呀可惜了，我一直想著真是可惜了！瓦夫盧胥卡那傢伙真該來看看，他這個面色像乾酪一樣蒼白的志願兵老是吹噓他們在維也納薩荷大飯店吃得多豐盛！他們真該到這座城堡來見世面，保證他們會目瞪口呆！沒錯，這些忌妒鬼如果有機會瞧見我在這裡樂在其中，看見國防部中校向我舉杯敬酒，看見我和糖廠經理像朋友一般交談，聽他很認真地對我說：「我很驚訝您跟所有人都熟。」

舊日的仕女小閨房裡已擺好了咖啡，冰鎮的法國白蘭地倒在寬口大腹杯裡不斷端上來，還有形形色色的各式烈酒，當然也有圈著一截華麗紙箍的名牌粗雪茄。大家在聊天，凱柯斯法瓦走過來，俯身慎重地問我是想和他們一起打牌，還是想跟小姐們聊天。我立刻表示想跟小姐們聊天，因為冒險跟國防部的中校玩一局終究不太自在。贏了，說不定會惹毛他；輸了，我的月俸就再見了。而且我想到皮夾裡最多也不過才二十克朗。

牌桌在隔壁架起來的時候，我坐到兩個女孩身邊，怪的是她們兩人今天看起來都特別漂亮，究竟是美酒作祟，還是心情好所致？一切看起來都好迷人。艾蒂絲不像上次見面時那樣蒼白萎黃、病容滿面，可能為了尊重客人而擦了腮紅，也可能真的是興奮的情緒讓兩頰增添些許紅暈。無論如何，今天她嘴邊沒有緊繃、焦躁抖動的紋路，執拗的雙眉沒有抽動。她穿著一襲粉紅色的連身長洋裝坐在那裡，沒有毛皮，沒有毯子遮住她的缺陷；我想大家的心情都很好，根本沒有人想到「那件事」。至於伊蘿娜，我甚至懷疑她喝到微醺了，她的眼神如痴如醉，她笑著將美麗豐潤的雙肩往後一靠，我必須往旁邊站開一些，以免抗拒不了誘惑，會假裝不小心碰到她裸露的嫩臂，實際上卻是故意的。

一口白蘭地立即讓人身暖心也暖，一支味道濃烈的雪茄搔得鼻子又癢又舒服。剛吃過美味豐盛的大餐，這會兒身邊坐著兩位美麗動人、情緒亢奮的女孩，即使最愚蠢的笨蛋也能開心地侃侃而談。我很清楚，除非該死的靦腆個性來搗亂，不然一般而言我稱得上是能閒聊的人。然而我這一次狀況奇佳，真的很有興致和她們閒扯，和她們閒扯的當然都是些很蠢的小事，都是部隊裡最近發生的事。譬如上星期郵局快要關門的時候，有位上校想捎封快遞到開往維也納的快車上，他叫了一個槍騎兵，一個真正的斯拉夫農家小伙子，再三叮囑那封郵件必須立刻送到維也納。結果那個蠢蛋急急忙忙衝到馬廄，把他的馬安上馬鞍，然後策馬直奔通往維也納的公路去了。如果沒有人打電話通知下一個指揮部，那頭蠢驢真的就要騎上十八個小時。上天可作證，我說的不是什麼需要聚精會神聆聽的深刻大道理，真的是一些平凡瑣事、軍隊裡流傳的老掉牙故事和最近發生的新鮮事罷了。沒想到這些故事讓兩個女孩十分開心，一直笑個沒完，這點倒是讓我很吃驚。艾蒂絲的笑聲如銀鈴般清脆響亮，最尖銳的高音有時稍顯刺耳，不過她真的很開心，快樂真誠地發自內心，因為她瓷器般透明的臉龐越來越紅潤，一縷健康甚至美麗的氣息映亮了臉龐，那對灰色眼眸以往總是有幾分剛強與銳利，現在因為單純的喜悅閃閃發亮。只要她忘記被束縛的身體，我喜歡看著她，她的動作越來越不受拘束，舉手投足越來越自在。她很自然地將身體往後靠，開心地笑，暢快地喝，把伊蘿娜拉到身邊，胳臂搭在她的肩膀上。我那些蠢話真的把這兩個人逗到樂不可支。如果說的故事得到熱烈迴響，說故事的人會受到鼓舞，我因此想起了許多早已遺忘的故事。我感受到全新的勇氣，不再靦腆膽怯，和她們一起笑，並且逗她們笑。我們依偎在角落裡，像三個玩瘋的小孩。

然而，當我正盡情說笑，沉浸在這個快樂的小圈子裡時，卻也有意無意察覺有人在觀察我。他越過眼鏡的玻璃鏡面，從牌桌那邊看過來的眼神溫暖、幸福，大大提升了我的幸福感受。這位老先生偶爾會悄悄地（我認為他在別人面前會不好意思）、小心地越過紙牌看我們一眼，有一次剛好與他四目相對，見他親密地向我輕輕點頭。在這一刻，他全神貫注的臉像個正在聆聽音樂的人一樣熠熠生輝。

就這樣時間接近了午夜，我們的閒聊瞎扯沒有停止過。一些非常可口的三明治又送上來，有意思的是並非只有我動手享用，兩個女孩也拿了不少，也盡情暢飲香醇濃烈、黑裡透紅的陳年英國葡萄酒。可惜天下沒有不散的筵席。艾蒂絲和伊蘿娜像老友一樣與我握手道別，彷彿我是她們親愛可靠的好伙伴。我理所當然地承諾很快會再來，可能就是明天或後天。然後我和另外三位男士一起走到前廳，等主人派車送我們回家。僕人正在幫中校穿衣，我就自己取下了大衣。突然感覺到有人想幫我披上大衣，這個人不是別人，正是凱柯斯法瓦先生。我嚇了一大跳正急著婉拒（我一個年輕小伙子怎麼可以讓一位老先生服侍？），他靠過來低聲和我說話。

「少尉先生，」老人怯生生地低聲說，「少尉先生，您不曉得，您一定無法想像，能夠再聽到那孩子開懷大笑讓我多開心。她平常總是悶悶不樂，今天她就像以前一樣，如果……」

中校在這個時候走向我們，親切地對我笑。「怎樣？要走了嗎？」凱柯斯法瓦當然不敢在他面前繼續說下去，但是我可以感覺到他的手突然輕觸我的袖子，怯生生、極其輕柔地撫摸我的袖子，好似人家親熱撫摩小孩或女人那樣。這一下輕撫膽怯羞澀，卻隱含了難以估量的柔情與感激。我感受到滿滿的幸福和深深的絕望，這體會再一次震撼了我。我以軍人身分恭敬地陪同中校邁下三步階梯，朝車子的方向走去，然而我得努力打起精神，以免讓人發現我正心慌意亂。

第四章

那一晚思緒激烈波動，我無法立刻入睡。表面上看來沒有充分理由——老先生只不過輕柔地撫摸了一下我的袖子，沒發生別的事——然而這壓抑的舉動表達出的熱烈感謝，已足以在我內心引起軒然大波。在這動人心魄的觸碰裡，我感受到一股發自內心、純潔又狂熱的柔情，我從不曾從女人那裡體驗過。我生平第一次清楚意識到，我這樣的年輕人能夠幫助世界上某一個人，我這麼一個渺小、平凡、缺乏自信的軍官竟然有能力讓別人快樂，我內心的震撼無以言喻。這突如其來的發現教我有些陶醉，為了釐清這一點，我也許需要再次提醒自己：我一直深信自己是個多餘的人，沒有人對我感興趣，沒有人在乎我。這想法打從孩提時代起就如影隨形，欺壓著我的心靈。無論在軍校或軍事學院裡，我都是那種不好不壞、完全不引人注意的中等生，從來不討人喜愛或得到偏愛。進了部隊後，情況也沒有好轉。因此我深深認為，如果有天我突然消失，像是從馬背上摔下來把頸子摔斷了，軍中同伴可能只會說聲「真令人惋惜」或是「可憐的霍夫米勒」，一個月後就不會有人覺得少了我有什麼關係。有人會頂替我的位置，騎我的馬，這個人可能會跟我一樣，把我的工作做得很好或很差。在過去兩個駐防地的時候，我跟我的軍中伙伴一樣和幾個女孩談過戀愛。亞洛斯勞那位是牙醫師助理，維也納新城那位是身材嬌小的裁縫女工。我們會一起出去玩，安娜爾休假時，我帶她進我房間，生日時送她珊瑚項鍊。我們彼此說過一些綿綿情話，或許確實是出於真心。然而等我一調遣，我們很快就各自找到安慰。剛開始三個月我們還有必要偶爾通幾封信，然後我們有了各自的朋友，差別只在情感衝動時，她溫柔傾吐的對象從東尼換成斐德爾，過去早被忘得一乾二淨。目前為止從來沒有一個地方讓我這個二十五歲的年輕人產生強烈、狂熱的情感，我對人生早就不忮不求，只想克盡本分，絕對不要遭人議論。

然而我真沒預料到會發生這種事，我驚訝又好奇地自省，怎麼可能？我這樣平庸的年輕人也有能力影響別人？我，一個連五十克朗財產都沒有的人，帶給一個富翁的快樂竟然勝過他的朋友？我，霍夫米勒少尉，可以幫助人？可以安慰人？如果陪一個癱瘓、悵然若失的女孩坐一、兩個晚上，陪她說話聊天，她的眼睛會因此閃閃發亮，臉頰變得紅潤有生氣，整幢沉悶陰暗的屋子會因此明亮起來，只因為我存在？

奔騰的思緒帶領我飛快穿越漆黑的巷弄，全身走到發熱。很想扯開大衣，好讓心自由舒展。這份驚喜意外催生出一份新的驚喜，還帶來教人越發沉醉的感受，原來和陌生人交朋友如此簡單容易，容易極了。我到底付出些什麼？不過釋出些許同情，在城堡裡度過兩個快樂、輕鬆、興奮的夜晚，光這樣就夠了嗎？每天把所有空閒時間耗在咖啡館，和無趣的軍中同伴玩單調乏味的紙牌遊戲，在林蔭大道來回散步溜達，真是愚蠢至極！不行，從現在開始不能再過這種無意義的生活，不能再讓日子渾渾噩噩空轉下去！就在我加快腳步踏過這輕柔夜色時，一股真實的熱情讓我這個突然覺醒的年輕人決定，從現在起要改變自己的人生。我要減少上咖啡館的次數，不再玩愚蠢的撲克牌也不再打撞球，快刀斬亂麻地停止所有浪費時間、對別人沒益處、讓自己變笨的消遣。寧可多去拜訪那位生病的女孩，每次去之前多準備一些話題，這樣就能一直跟兩個女孩說些新鮮有趣的事。我們還可以一起下棋，或一起輕鬆愜意地度過美好時光。單單一個助人的念頭，從現在起成為對別人有用的人，就足以教我激昂振奮。喜出望外之餘我很想放聲高歌，甚至想做些瘋狂的事。人唯有明白自己對別人的意義，才會感覺到自身存在的意義與使命。

§

於是就這樣，也只因為這樣，接下來幾個星期的傍晚以及大多數的晚上，我都在凱柯斯法瓦家度過。這樣親密的談天說地很快就成為習慣，也變成帶著危險的寵溺。但是對於一個從小在不同軍校之間流浪的年輕人來說，在冷冰冰的軍營和煙霧瀰漫的軍官宿舍外意外找到一個家、一個心靈歸宿，這是何等的吸引力啊！值勤完畢大約四點半或五點，然後我散步過去，手都還沒碰到門環，凱柯斯法瓦的僕人就已經開心地開了門，彷彿他早就從神奇的窺視孔發現我到來。我從所有的體貼裡看出，他們已經很自然地把我當作這個家的一分子，完全迎合我的每一個小缺點和偏好。總是隨時準備好我喜歡的那款香菸，我上次隨口提到想讀的書，總會很剛好地出現在一張矮凳上，書不僅是全新，內頁也已經很周到地裁開了。擺在艾蒂絲的躺椅對面的扶手椅是專屬於「我」的位置。諸如此類的小細節和瑣事雖然微不足道，卻為一個陌生空間增添了舒適的家庭溫暖，讓人在不知不覺中感到輕鬆愉快。我坐在那裡比和軍中同伴坐在一起更自在踏實，無論閒聊還是說笑都隨心所欲。我第一次察覺，形式的束縛會限制心靈真實的力量，人唯有不受拘束，真正的心智才會顯現出來。

其中還不知不覺混合了另一種更神祕的感覺，使得我每天和兩個女孩聚在一起都興致高昂。從小時候被送到軍校開始，我這十年、十五年來一直生活在只有男人的地方。從早上到夜裡，從夜裡到清晨，無論在軍事學院的宿舍、演習時的帳篷、房間裡、餐桌上、行軍途中、馬術學校還是課堂上，呼吸的空氣往往充斥著男人的氣味。最初是男孩子，後來是年輕小伙子，總之都是男人、男人，他們精力充沛的舉止、堅定沉重的步伐、低沉的喉音、熏人的體臭、他們的放蕩不羈，有時候甚至粗鄙低俗，我都已經習以為常。我自然真心喜歡軍中大多數的伙伴，也的確無法抱怨他們沒有同樣真誠地待我。這種氛圍還缺了一股振奮，沒有含氧量足夠的空氣，也少了迷人、讓人心動、鼓舞的力量。就像我們出色的軍樂隊，儘管演奏精準明確卻終究只是冷冰冰的銅管樂，聽起來生硬粗糙，只按照節拍演奏，因為他們缺乏小提琴那種輕柔弦樂音色。我們軍中伙伴混在一起時就是這樣，就算是最美好的時刻也總是少了一分柔和，除非每次都有女性在場或是有女性接近的氣息。早在當年我們十四歲的時候，大家兩兩一組穿著合身筆挺的軍裝走過市中心，只要看見其他男孩在跟女孩調情或漫不經心地閒聊，心中的渴望就教我們發現，神學院式的軍營生活殘暴地奪走了我們的青春，與我們同齡的小伙子每天在街上、林蔭大道上、溜冰場上、舞廳裡理所當然不受拘束地和年輕女孩來往，而我們這些被隔離、被限制住的人，只能遠遠觀望這些穿短裙的精靈，當她們是有魔力的仙子，和女孩說上一句話就像做夢一樣遙不可及。這種遺憾無法自記憶中抹除。即使後來遇上各形各色討人喜歡的女子，也不過是乏善可陳的速食愛情，根本無法彌補這種少男情懷。在社交場合與年輕女孩偶遇，我每每會變得遲鈍、害臊、說話結巴（雖然我已經和十幾個女人有過肌膚之親了）。由於長久以來缺乏和異性往來，我永遠不可能表現出單純、自然、落落大方的態度來。

這種自己也不想承認的孩子氣渴望，不想跟滿臉鬍碴又粗魯的男性同伴在一起、只想和年輕女孩交朋友的渴望，沒想到忽然之間以最完美的方式獲得滿足。每天下午，我這位在場唯一的男士坐在兩個女孩中間，她們清亮的女性嗓音讓我全身舒暢（我實在想不出更好的表達方式），這是我第一次和年輕女孩在一起不會害臊，這種幸福感受幾乎無法形容。通常只要年輕男女獨處的時間稍長，很容易會變成乾柴烈火。由於情況特殊，我們相處沒有演變成這種關係，反倒只有獨特的幸福滋味在增長。幾小時的閒談裡沒有絲毫曖昧，要不然黃昏時分的促膝談心會衍生出致命的吸引力。我很樂於承認，伊蘿娜讓人想一親芳澤的豐唇、豐腴的手臂、輕柔搖擺間流露出的匈牙利人性感風情，一開始就讓我這個年輕人神魂顛倒。好幾次必須努力箍緊雙手對抗強烈的欲望，以免把這個有一雙黑亮笑眼的溫暖柔軟小東西一把擁入懷中狂吻。不過打從我們相識不久，伊蘿娜就告訴我，她兩年前已經和一位在貝斯柯瑞特的候補公證人訂婚了，只要艾蒂絲身體復原或者健康情況好轉，她就會和那個男人結婚。我猜凱柯斯法瓦一定允諾給這可憐的親戚一筆嫁妝，只要她能堅持到那時候。再說，倘若我們之間沒有真正的熱戀，卻在她那楚楚可憐、無助地困在輪椅上的女伴背後偷偷摸摸親吻或手來腳去，這樣的行為多麼粗鄙惡劣呀！所幸一開始的誘惑很快就煙消雲散，我的傾慕轉向那病弱可憐、受命運冷落的女孩，而且感覺越來越真摯。對病人的同情有種神祕化學作用，不知不覺中參雜了柔情。坐在這癱瘓女孩身邊，和她聊天，逗她開心，看到她緬緊的薄唇因為笑容和緩下來；有時候她一時情緒暴躁發脾氣，只要輕撫她的手，她就會覺得不好意思而平靜下來，然後我會接收到她灰色眼眸流露的感激。這些幽微的親暱感讓我與這瘦弱、無法保護自己的女孩，建立起互信互賴的真心情誼，帶來的快樂更甚於和她的好姊妹一同上演熱情如火的風流戲碼。也多虧了這些輕微的衝擊，才讓我在自己身上發現了全然陌生且從未料想到的溫柔情感，一切都該歸功於短短這幾天來的許多新體悟！

全然陌生的溫柔情感無疑更危險！因為再體貼的努力都是白費。健康的人和生病的人、自由自在的人和無法自由行動的人，他們的關係根本不可能永遠。不幸會讓人脆弱，不間斷的痛苦折磨會讓想法偏差。就像債權人與債務人之間根深柢固的尷尬不會消失，正因為一方扮演施惠者，另一方扮演受惠者，彼此的角色無法改變。因此潛藏在病人心中的神經質會強烈抗拒每一分擔憂。必須時時留神，不要跨越那道難以察覺的界限，以免關心非但不能安撫，反而使這個容易受傷的女孩受創更深。她如此受寵，一方面希望大家把她當公主服侍，當小孩子溺愛，然而無微不至的照顧又會在下一秒激怒她，因為她更清楚意識到她沒有照顧自己的能力。為了讓她拿書本或茶杯不至於太費力，別人把矮凳挪到她身邊，她立刻眼底冒火厲聲斥喝：「你以為我自己拿不到我要的東西嗎？」這個癱瘓的女孩像一隻關在籠裡的野獸，平時溫馴地討好看守人，偶爾還是會冷不防伸出利爪，說自己是個「可憐的殘廢」，毫不留情地撕毀在場輕鬆自在的氣氛。遇上這種緊張時刻，每個人都要竭盡全力克制自己，以免受到她的惡劣情緒干擾，對她做出不公正的評斷。

我可以一再克制住自己，連我自己都很意外。對人之常情有了初步認知後，其他的認知也會不知不覺應運而生。人若能夠對世間特有的一種痛苦感同身受——這是種神奇的啟蒙教育——之後他能理解所有形式的痛苦，包括最怪異和看來荒謬至極的。因此艾蒂絲偶一為之的搗亂行徑絲毫不會困擾我；她的發作越不合理、越折騰人反而越能撼動我。我漸漸理解到，為什麼這家的父親和伊蘿娜，甚至全家的人都歡迎我的來訪和陪伴。長期的病痛不僅使病人筋疲力竭，也把其他人的同情消耗殆盡；強烈的情感是不會持續到永久的。顯然父親和女伴的心靈深處都和焦躁的可憐病人一樣受著折磨，心力耗盡、聽天由命地忍受。病人對他們來說終究是病人，癱瘓早已是事實，每次病人一時發作，他們只能垂下視線等候風波平息。他們受的驚嚇已不像我每次被嚇到的那麼嚴重，相較之下，每次只有我一再被她的痛苦撼動，也唯有在我面前，她才會為自己的過分感到羞恥。每當她突然暴怒，只需要略微提醒她「親愛的艾蒂絲小姐」，她的眼神會立刻變得卑微，臉頰泛紅，假使雙腳沒有困住她，她一定立即逃走，沒臉看自己。每次和她道別，她一定會用我完全無法招架的方式乞求讓我動容：「你明天會再來對不對？你不會因為我今天說過的蠢話而生氣不理我吧？」這時候心中產生的驚訝總令我費解，除了真心同情之外，我什麼也給不了，然而這樣的我竟然能對別人有這麼大的影響力。

不過這就是青春，每一種全新認知都能讓年輕人興奮激昂。一旦受到感動，便能獲得源源不絕的力量。同情是種力量，不僅能鼓舞振奮自己，甚至超越了自己去撫慰別人。我一發現自己擁有這種力量，內心也開始出現奇特的轉變。第一次意識到同情的新力量，血液就像注入了毒素，變得越來越溫熱，越來越鮮紅，流動速度越來越快，越來越猛烈。像是得到一記當頭棒喝，我再也無法理解自己為何如此愚鈍，一直在迷濛中過著昏暗渾噩的日子。從前壓根沒注意過的事物，現在起能令我激動、振奮。看過別人痛苦，內心那銳利、洞悉人世的眼便像是甦醒了，到何處都可以看見許多教我著迷、激動、震撼的細節。然而在我們的世界裡街坊相連，屋舍毗鄰，處處能感覺到人的命運，灼熱的苦難一路延燒到世界最底層，所以我不敢鬆懈，開始過著緊張專注的生活。譬如在試騎新馬時，我注意到自己無法再像以前一樣往頑強馬兒的屁股狠狠抽鞭，因為一想到馬兒的疼痛因我而起，我就會非常內疚，馬臀上的鞭痕就像是會灼人，讓我的皮膚隱隱作痛。或者當我們那位脾氣暴躁的騎兵上尉掄起拳頭，狠狠揍向一個可憐斯拉夫槍騎兵的臉，只因為這個小伙子沒把馬鞍裝好，我的手指在這一刻便會不由自主抽搐起來。挨揍的小伙子全身筆直地站著，雙手乖乖地貼著褲縫，在場其他士兵只管袖手旁觀或是幸災樂禍地笑，只有我，只有我注意到那個遲鈍小伙子羞怯低垂的睫毛早已潤溼。甚至在軍官餐廳中聽到嘲笑笨拙同袍的蠢笑話，我也突然覺得無法忍受。自從在這個沒能力保護自己的女孩身上體會到弱者所承受的折磨後，各種粗暴行為都會讓我義憤填膺，各種無助處境都會引起我的同情。我會開始注意過去忽略的許多瑣碎之事，都是從那件意外把同情熱淚注入我的眼睛後開始，那些單純、簡單的小事從此可以讓我緊張與感動。比如說，我注意到常光顧的那家菸草店的老闆娘總是把人家給她的硬幣貼到圓亮的眼鏡前面觀察，頓時懷疑她罹患了白內障。我打算明天小心地探問她，說不定可以請軍醫哥德包姆來為她檢查一下。我也發現志願兵近來故意冷落紅髮小個子K，我才想起報上刊登了他伯伯因為貪汙瀆職而入獄的消息（這個可憐男孩能怎麼辦？）。於是我利用用餐時間故意坐到他身邊，跟他聊了很久，我從他感激的眼神中察覺，他明白我這麼做是為了告訴其他人，他們對待他的方式多麼不公平，多麼卑劣。還有一次是為了隊上一位士兵求情，要不然上校就要罰他做四小時苦役。我不斷做新嘗試，每天都樂在其中。我對自己說：從現在開始要盡力幫助每一個人！不再懶散，不再凡事無所謂！在奉獻中提升，結識他人的命運以充實自己，用同情心去理解、感受別人的痛苦。我非常訝異自己有這樣的轉變，心因為感謝這位生病的女孩顫抖不已。我在不知情中傷了這個可憐女孩的心，她的痛苦卻授予我同情的神奇力量。

第五章

可是過不了多久，我就從這種浪漫情懷中清醒了，以一種最徹底的方式。事情是這樣的：那天下午我們一起玩多米諾骨牌，爾後促膝長談，大家聊得太開心，以至於誰都沒有注意到時間已經很晚了。終於我在十一點半的時候瞥了一眼時鐘，嚇了一大跳，於是急忙告辭離開。就在那位父親陪我一起走到大廳的時候才聽見屋外狂風颯颯，聲音像是千萬隻黃蜂過境。狂風暴雨打在前簷上。凱柯斯法瓦要我放心：「我會派車送您進城。」我拒絕他的好意，認為沒有必要。如果司機僅僅因為我的緣故得在晚上十一點半穿戴整齊，到車庫裡把停好的車開出來，真的會讓我覺得非常不好意思（對人有同理心、體貼入微，對我來說都是全新體驗，我也是近幾個星期才學會的）。可是要在這種惡劣天氣裡穿著薄薄的漆皮半統靴，渾身溼答答地在泥濘的林蔭大道上走半小時，還不如坐在有柔軟座椅的轎車裡，舒舒服服地讓人飛快送回家有吸引力，於是我屈服了。老人堅持冒雨陪我走到車邊，還幫我圍上毯子。司機發動引擎，轎車一鼓作氣地衝進暴風雨，載我回家。

坐在無聲滑行的轎車裡十分舒適愉快。車子正朝著營房前進，速度快得像變魔術一樣。我輕敲玻璃，囑咐司機把車子停在市政廳廣場——不要讓凱柯斯法瓦的高級轎車停在營房前比較好！一個小小的少尉儼然一副大公爵的模樣，讓高級轎車載到營房，由一個身穿制服的司機伺候著下車，我很清楚這絕對不是一件好事，配戴黃金勳章的高層不會想看到這種炫耀行徑。而且直覺也警告我，盡可能不要將這兩個世界混淆在一起，我在外面那個奢華世界裡自由自在、無拘無束、獨立自主、備受款待；另一個是我服役的世界，必須卑躬屈膝，像個可憐蟲一樣，為一個月只有三十天而不是三十一天感到如釋重負。我的一個自我在無意識中不想讓另一個自我發現，有時候我真的無法分辨到底哪一個才是真正的東尼·霍夫米勒。是在軍營裡服役的那個人，還是在凱柯斯法瓦宅邸享受的那個人？營房外面的那一位，還是營房裡面的那一位？

司機依照我的意思把車子停在距離營房兩條街的市政廳廣場上，我下車後把衣領高高豎起，想要趕快穿過寬闊的廣場。然而就在這時候風雨瞬間增強，一陣狂風挾暴雨直直打上我的臉。與其勉強穿越兩條街衝回營房，不如找個大門屋簷躲幾分鐘；也許街尾那家咖啡館還沒打烊，可以安安穩穩地坐在裡頭，等待老天爺把灑水壺的水倒光。走到咖啡館只需要經過六棟屋子，看吶，煤氣燈的濛濛光暈在咖啡館模糊的窗子上發亮，伙伴們果然還窩在老位置上，這可是彌補交情的大好機會，因為我早該露臉了。可是偏偏昨天、前天、整個星期還有上星期，我都沒有來這家咖啡館。他們有充分理由生我的氣；人一旦背信忘義，最起碼要維持表面上的禮節。

我拉開咖啡館的門。為了節省，咖啡館前半部的燈已熄滅，攤開的報紙四處亂放，侍者歐根正在結算收入，不過後面遊樂廳的燈還亮著，我看到軍裝鈕釦的微光。他們果然還坐在那裡，永遠的撲克牌牌友：約士奇中尉、費倫茲少尉和軍醫哥德包姆。看來牌局早就結束了，但是個個在我熟悉的咖啡館慵懶氣氛中昏昏欲睡，沒人想站起來。我的出現打斷了他們無聊的假寐，簡直是天上掉下來的禮物。

「各位，東尼出現了！」費倫茲大聲向其他人打警報，平常我們總是嘲笑他得了一種咬文嚼字的慢性病，模仿軍醫的誦詠口氣說：「閣下大駕光臨真教我們的小屋蓬蓽生輝！」六隻笑意疲憊的眼衝著我眨呀眨。「你好啊！你好啊！」

他們高興，我也高興。真的都是我的好兄弟，這段期間我沒打聲招呼也沒做任何解釋卻不見人影，他們一點也不見怪。

我和滿臉倦容、拖著腳步走過來的服務生點了一杯黑咖啡，把椅子挪好，免不了問上一句：「怎樣，最近有什麼新鮮事？」這是我們每次碰面固定的開場白。

費倫茲把他那張大臉鼓得更大，閃閃發亮的眼睛幾乎消失在紅蘋果般的大臉裡面。他像拉開麵糊一樣慢慢地張開嘴：「喔，最新鮮的事啊！」他微微一笑，「就是尊貴的您大發慈悲，再度駕臨我們這間寒酸的咖啡館。」

軍醫這時身子往後靠，開始模仿凱因茨[7]的語調：「大地之主馬哈德最後一次降臨塵世，化為凡人，同感悲苦喜樂。」

三個人全都調侃地看著我，我立刻覺得有點火大，暗忖最好自己先招供，免得他們開始問我為什麼

7 約瑟夫・凱因茨（Josef Gottfried Ignaz Kainz, 1858-1910），維也納知名的劇院演員。

這些日子都沒出現，剛剛又從哪裡過來的。我還來不及採取行動，費倫茲已經使了一個怪異的眼色，頂了約士奇一下。

「你們看，」他指指桌下，「喏，還有話說嗎？天氣這麼糟，他竟然還穿著漆皮半統靴和這身高貴軍裝！哇，還真厲害！我們的東尼剛剛還待在溫暖的屋子裡呢！他應該和城外那個老討債鬼混得不錯吧！聽藥房老闆說，每晚都有五道菜，魚子醬、閹雞、正牌波士酒和頂級雪茄之類的，跟我們在紅獅飯館吃的豬狗食物簡直有天壤之別！喲，我們的東尼，我們全都低估他了，看這小子多狡詐。」

約士奇立刻幫腔：「說到義氣，他可就差了點。啊對，親愛的東尼，你本來可以去跟城外那位老朋友說：『老友啊，我跟你說，我在軍中有幾個好伙伴，他們都是中看正直的傢伙，不是拿刀子狼吞虎嚥的大老粗，不如我帶他們來給你們認識認識吧。』可是你沒有，你心裡一定在想：讓他們去痛飲啤酒！讓他們的喉嚨被難吃的紅燒牛肉嗆得冒煙！看看我們的友誼多可貴！我早就說過了，你只顧著自己，不會想到別人！不然至少帶根味道重的赫門．亞普曼雪茄[8]回來？這樣的話，今天就可以饒了你。」

三個人一起哄堂大笑，咂嘴弄舌。我的血液瞬間從脖子衝到耳根。見鬼了，凱柯斯法瓦每次在前廳與我道別時確實都會塞一根頂級雪茄給我，該死的約士奇究竟是怎麼猜到的？難道雪茄從大衣胸前的兩顆鈕釦間露出來了？但願這些傢伙什麼都沒注意到！我一臉窘迫，硬是擠出笑容。

「赫門．亞普曼雪茄當然厲害了！低檔雪茄你絕對不會賞臉！我想你也可以試試三等菸。」我把菸盒遞給他，可是就在那一瞬間，我的手忍不住抖了一下。前天是我的二十五歲生日，兩個女孩不知怎麼打聽到的。到了晚餐時間，當我正從盤子上拿起餐巾，赫然發現裡面包了一個菸盒給我當生日禮物。費倫茲注意到我的新菸盒。在我們這個小集團裡，一丁點芝麻綠豆小事都可以教人大驚小怪。

「嘿，那是什麼？」他咕噥著：「有新玩意！」他直接從我手上拿走菸盒（我能怎麼辦？），只見他這裡摸那裡翻，最後把菸盒放在掌心掂掂重量。「你看，照我說，」他把頭轉向軍醫，「這菸盒絕對貨真價實，拿去！仔細瞧瞧，你那了不起的父親既然是做這一行的，你應該多少也懂一些。」

軍醫哥德包姆確實是波蘭小鎮德羅活貝奇一個金匠的兒子，他把夾鼻眼鏡架在稍嫌肥腫的鼻子上，接過菸盒，掂掂重量，仔細檢查每一面，像個訓練有素的專家一樣用指關節敲一敲。

「貨真價實，」他最後斷定，「純金製，鐫刻，重量十足，用來幫整個部隊的人補牙都還綽綽有餘，要價大約七百到八百克朗。」

軍醫這番話教我震驚（我一直以為那只是個鍍金的菸盒），他說完把菸盒傳給約士奇，約士奇比其他兩個人更尊敬地捧著它（啊！我們這些年輕小伙子是多麼尊敬貴重物品啊！）。他仔細賞玩了一番，最後掀開紅寶石盒蓋驚呼：「喂喂喂！裡面有刻字！你們聽你們聽！敬祝親愛的朋友安東・霍夫米勒

8 英國銀行家赫門・亞普曼（Herman Upmann）於一八四四年創立的雪茄品牌，第一位非古巴人在哈瓦那使用自己名字為品牌設立工廠的人。強烈、刺鼻並帶有泥土味為其特色。

生日快樂。伊蘿娜，艾蒂絲。」

這會兒三個人全都盯著我。「老天爺！」費倫茲最先出聲，「你最近倒是挑到好伙伴了！讓我致上最高敬意！我最多能送你銅製的火柴盒，這樣的東西門都沒有。」

我的喉頭一陣痙攣，明天整支部隊的人都會知道這個純金菸盒的事，知道我從凱柯斯法瓦家獲得這份禮物，知道菸盒裡刻了什麼字。費倫茲一定會拿我出來炫耀，在軍官餐廳裡說：「把你那個珍貴菸盒拿出來秀一下！」我只能乖乖拿出菸盒，給騎兵上尉、少校，甚至給上校看。每個人都會拿它在手上掂重、估量一番，再揶揄地端詳盒內刻字，然後無可避免會問一堆問題，開一些玩笑，礙於他們是上級，我不能有半分失禮。

窘困之餘我只想趕快結束話題，於是我問道：「怎樣……有興趣玩撲克牌嗎？」

他們好意的微笑頓時變成捧腹大笑。「你聽過這種事嗎，費倫茲？」約士奇撞了他一下，「現在都十二點半，人家都要打烊了，他才想開始玩牌！」

軍醫把背往後靠，舒服又懶洋洋地說：「沒錯沒錯，幸福的人不重視時間的。」

他們開懷大笑，又繞著這個無聊玩笑嬉鬧了一會兒。然後歐根走過來很客氣地催促：打烊時間到了！外頭雨勢變小，所以我們一起走回營房，在那裡握手道別。費倫茲拍拍我的肩膀說：「你這好傢伙，終於又歸隊了。」我感覺這句話是發自他內心。剛才我為什麼那麼氣他們？他們個個勇敢誠實，沒有一絲妒忌和不友善，就算他們跟我開了點玩笑，也根本沒有惡意。

§

他們真的沒有惡意，這些正直的傢伙！不過他們的大驚小怪以及背後的竊竊私語，無可挽回地破壞了我內心的安全感。與凱柯斯法瓦家迄今建立的特殊關係，大大增添了我的自信。我生平第一次扮演給予的角色，第一次覺得自己幫助了別人。我現在才知道別人如何看待這份關係，更應該說，其他人對所有內在關連並不知情，無可避免只能從表面看這件事。他們如何能理解同情此種微妙的樂趣？如何能理解我一頭熱地栽進——我無法用別的辭語表達——這種樂趣中？從他們看來，我待在那間殷勤好客的富饒之家是為了親近有錢人，為了省下晚餐費用，為了收到禮物。他們心中沒有惡意，這些好伙伴賜給我一個溫暖的角落，上等的雪茄；我為了這樣的「樂趣」讓人百般奉承，他們並不認為有什麼不正直或不正當之處，可是這正是教我生氣之處。因為按照他們的觀點，我們這樣的騎兵隊軍官在筵席上坐在富商旁邊，只會讓富商面子十足。費倫茲和約士奇欣賞把玩純金菸盒之餘，絲毫沒有責怪的意思；我若去跟資助者敲一筆竹槓，他們反而還會尊敬我一些。然而，我現在正氣自己在懷疑自己。我難道跟寄生蟲有什麼兩樣？身為一名軍官、一個成年人，可以每晚接受人家的款待和殷勤嗎？拿黃金菸盒來說，我根本不應該收下的；絲質圍巾也一樣，最近有次外頭狂風大作，他們幫我披上了這條圍巾。騎兵隊軍官不該讓人塞雪茄到口袋裡，只為了我在回家路上享用。更遑論一匹馬！天哪！明天我一定要趕快跟凱柯斯法瓦說清楚。現在我才想到，前天他嘟噥著我那匹棕色閹馬（當然是我自己分期付款買來的）體格已大不如前，他終究說得沒錯；只是他要從他的養馬場裡挑一匹三歲大的上等駿馬借給我，這匹馬絕對可以為我增添光采，可是不合我的身分。沒錯，「借」，我已經明白他是什麼意思！就如同他允諾要給伊蘿娜一筆嫁妝，只要她能照顧他那可憐的孩子到最後。他也想把我買下來，以現金買我的同情、買我說的笑話、買我的陪伴！我這個頭腦簡單的傢伙差點跌入陷阱，沒注意到已自降格調成了寄生蟲。

荒唐！一會兒後我又跟自己說，還想起老先生如何大受感動地輕撫我的衣袖；每次我還沒踏進門，他的臉就已經亮起來。我想起把我和兩個女孩緊緊相繫的真摯兄妹情誼。她們不在意我有沒有多貪一杯，就算是留意到了也只會覺得開心，讓我和她們在一起感到舒適自在。荒唐！瘋狂至極！我一再跟自己說，荒唐透了——這個老先生竟然比我自己的父親還疼愛我。

內心一旦開始失衡，所有自我調適與惕勵都沒有幫助！我感覺到約士奇與費倫茲的鼓嘴咂舌、驚愕詫異已摧毀了我恬適自在的好心情，不禁捫心自問，你真的只是出於同情、出於同理心才去接觸這戶有錢人家？難道沒有一丁點愛慕虛榮、耳目之欲？無論如何我一定要弄清楚。第一步就是決定從現在起暫停造訪，明天下午到凱柯斯法瓦家的例行拜訪就此取消。

第六章

第二天我缺席了。公務忙完後，我和費倫茲及約士奇一起遛達到咖啡館，我們在咖啡館讀報紙，照樣玩撲克牌。我的牌運爛透了，因為在我正前方裝了護牆板的牆上嵌了一面圓鐘：四點二十分、四點三十分、四點四十分、四點五十分，我應該專心計算牌的點數，可是卻一直在算時間。我通常在四點半的時候去喝茶，杯盤和茶點在那時都已就緒，如果晚到了十五分鐘，他們總會急切地問：「今天怎麼回事？」我準時出現對他們來說宛如天經地義。約莫從兩個半星期前開始，我沒有一個下午缺席過，或許這會兒他們也和我一樣焦急地盯著時鐘，一等再等。我是不是應該出去撥通電話，告訴他們我不會過去了？也許派個小兵去通知會比較好……

「我說東尼，你今天真的很丟臉，牌這樣要玩不玩的，專心一點好不好？」約士奇很生氣，狠狠地瞪了我一眼，我心不在焉害他被加倍扣分，我連忙打起精神。

「喂，我能不能跟你換個位置？」

「可以呀！不過為什麼要換？」

「不曉得。」我撒謊，「大概是店裡的噪音把我搞得很煩躁。」

事實上是因為我不想看到那面時鐘，不想看到分針無情地一分鐘、一分鐘往前推。我感到煩躁不安，思緒不時飄向別處，有個念頭不斷在折磨我：我是不是應該撥通電話跟他們說一聲？我第一次察覺，踏入別人的生活後就沒辦法像電源一樣，說接通就接通，說切斷就切斷，每一個介入別人命運的人，多少會喪失些許自身的自由。

我開始責罵自己是該死的混帳，每天大老遠走半小時到城外可不是我的責任義務。再者，依照情感糾葛的祕密法則，被惹惱的人總會不自覺地把怒氣發洩到無辜的人身上，如同撞球受到撞擊後總會連帶影響別顆球，我的氣憤沒有針對約士奇與費倫茲，反倒是針對凱柯斯法瓦一家。偶爾該讓他們等一下！讓他們知道，我不是會被禮物和盛情款待收買的人，也不像按摩師或體能教練，時間到了就得出現。千萬不能創下先例，更不能讓習慣變成義務，何況我也不想讓自己受義務束縛。我就這樣困坐在自己愚蠢的執拗裡，在咖啡館裡耗了三個半鐘頭直到七點半，只為了讓自己相信、證明自己完全是自由之身，想去就去，想走就走，凱柯斯法瓦家的珍餚美饌和上等雪茄根本無關緊要。

七點半時大家一起動身離開，費倫茲提議到街上晃一下。就在我要尾隨兩個朋友走出咖啡館時，一個熟悉的眼神打我身旁快速掠過，那不是伊蘿娜嗎？錯不了，她身上那件酒紅色洋裝和飾有寬帶的巴拿馬草帽前天才教我驚豔過。就算沒看過她這身裝扮，從背影、從她走路腰枝輕搖的樣子我就能認出她。只是她匆匆忙忙要趕去哪裡？那可不是散步的步伐，簡直在衝鋒陷陣。不管怎樣，我得趕快追上這隻美麗的鳥，無論牠飛多快！

「失禮了。」我有點粗魯地向同伴辭行，他們一臉錯愕，我則努力想追上大街上飄舞的紅裙。我無法遏制滿心的喜悅，期望能在駐防地與凱柯斯法瓦的姪女巧遇。

「伊蘿娜，伊蘿娜，等一下，等一下！」我在她身後喊著，她走得非常快。終於，她還是停下來了，沒有一點驚訝的樣子，顯然剛剛經過我身旁時早就注意到我了。

「太好了，伊蘿娜，我竟然會在城裡碰到妳！我一直希望可以和妳一起在我們的駐防地散散步。到我常去的點心店去坐一會兒好嗎？」

「不行，不行。」她有些尷尬地低聲說，「我趕時間，他們在等我回去。」

「就讓他們多等五分鐘，大不了我寫一封道歉信讓妳帶回去，不會害妳罰站的。走吧，不要那麼嚴肅嘛！」

我真想摟住她。我真的很開心能在另一個世界裡遇見她，遇見兩個女孩中可以帶出來的那一個，如果伙伴能看到我和她這樣的美人在一起就更好了！不過伊蘿娜依然動也不動，神色慌張。

「不行，我真的得趕快回去。」她急促地說，「車子已經在等了。」確實，在市政廳廣場上等待的司機恭恭敬敬地向我行禮。

「至少讓我陪妳走過去搭車吧？」

「那當然。」她漫不經心地嘟噥，「那當然……話說……你今天下午為什麼沒有過來？」

「今天下午？」我故意慢慢地反問，好像在回想似的，「今天下午？啊！對了，今天下午出了一件倒楣事，上校要買一匹新馬，我們全部的人都得一起去，去看馬和試馬。」（事實上這已經是一個月前的事了，我真的很不會說謊。）

她有點猶豫，似乎想反駁。她為什麼一直在絞手套？她的腳為什麼如此不安地抖動？這時她突然脫口說：「你應該會跟我一起過去用個晚餐吧？」

堅持到底！我內心的聲音急忙說，絕對不能讓步！至少今天要堅持住！於是我遺憾地嘆了口氣：「真的非常可惜，我很想很想到府上去，不過今天的行程老早就定了，晚上有一個聯歡晚會，我實在沒辦法缺席。」

她眼光銳利地盯著我——奇怪了，她的眉心在這一刻也出現跟艾蒂絲一模一樣焦躁不安的皺紋。她一句話也沒說，我不確定她是故意不說話，還是因為不好意思開口。司機幫她開了車門，她砰地一聲猛力關上車門，隔著車窗問我：「明天你會來吧？」

「會的，明天一定過去。」才說完，車子已經開走了。

我還是有點介懷。伊蘿娜為何如此行色匆匆？為什麼這樣拘謹？好像很怕被人看到和我在一起。為何這樣急著離開？還有，基於禮貌至少該請她幫我向那位父親致意，請她代我問候艾蒂絲幾句，他們根本沒有招惹我！可是我另一方面又很滿意自己的保留態度。我堅持下來了，現在他們至少不會認為我硬要巴結他們。

§

雖然我答應伊蘿娜隔天下午同一時間過去拜訪，但為了謹慎起見，拜訪前先撥了通電話過去。就算只是表面上的禮節，還是嚴格遵守比較好，至少形式上的禮節意味著安全。我想藉此表明，我不願意成為這間房子的不速之客，從現在起，每次都想先詢問是否方便或歡迎我登門拜訪。這一回我根本不需要懷疑，因為大門已打開，僕人已經在門口恭候，我才剛進門，他就急急忙忙告訴我：「小姐們在塔樓露台上，她們請少尉先生您一到就立刻上去。」他還補充一句：「我想少尉先生還沒有上去過，那裡的美麗景色一定會得您讚賞。」

正直的老約瑟夫沒說錯，雖然這棟奇妙難解的塔樓屢次引起我的好奇，我確實不曾上去過。我之前說過，塔樓原本是很久以前一座頹圮或是被拆除的城堡的一隅（女孩們對它的前身也不是很清楚），這棟四四方方的宏偉塔樓多年來都空著當作倉庫使用。艾蒂絲小時候為了嚇她的父母，時常沿著損壞嚴重的樓梯往上爬到塔頂的房間。那個房間裡堆滿了雜物，睡眼惺忪的蝙蝠嗡嗡作響地飛來飛去，每踏上老舊腐爛木板上一步，就會揚起帶霉味的厚重灰塵。這個冰雪聰明的孩子偏偏選這個閒置不用的雜物間當遊戲空間和藏身處，因為那裡充滿了神祕感，髒汙窗戶的視野一望無際。後來不幸降臨，她再也不敢奢望靠動彈不得的兩條腿爬上高樓上的浪漫雜物間，她感到所愛被掠奪了。她父親時常觀察她，看她苦澀的眼眸痴望童年時期深愛過卻瞬間失去的樂園。

為了給她驚喜，凱柯斯法瓦利用艾蒂絲待在德國療養院的三個月期間，委託一位維也納建築師改建舊塔樓，在上面建了一個舒適的觀景露天陽台。艾蒂絲在秋天出院，健康幾乎沒有明顯進展，增建的塔樓已裝好跟療養院一樣寬敞的電梯，病人隨時可以坐著輪椅到上面欣賞風景。艾蒂絲意外贏回了童年世界。

這位做事有點倉促的建築師較重視工程技術上的方便，忽略了建築風格的協調，建築師替這一棟未加修飾的立方體戴了一頂光溜溜的六角尖塔帽，與其說它呈現瑪麗亞．泰瑞莎時期典雅華麗的城堡巴洛克風格，倒不如讓這頂幾何風格的帽子出現在碼頭船塢或發電廠。話雖如此，這位父親最初的願望算是實現了。艾蒂絲興奮得不得了，這個露天陽台讓她喜出望外地擺脫了狹窄單調的病房。她可以用雙筒望遠鏡從專屬觀景台上眺望遼闊的景色，鄰近地區的景致盡收眼底，觀察農人播種收割、商業交易和人際交遊。經過長久的封閉，她再度與世界接軌，花好幾個小時瞭望鐵道上像玩具一樣生氣勃勃的火車，噴著一圈圈長煙橫越大地，街道上沒有一輛車可以逃過她滿滿的好奇心。我後來才知道，我們好幾次騎馬出遊、操兵演練及閱兵遊行，她都用望遠鏡一路相隨。出於一種奇特的嫉妒，她特意隱瞞這個僻靜的郊遊地點，家裡的訪客不會知道她的祕密基地。受邀踏入外人平素不得進入的觀景台意味著一種殊榮，要不是忠心的約瑟夫一時興高采烈露了餡，不然我根本不會注意到。

僕人要帶我乘電梯上去。看得出來他十分驕傲，因為這樣一部要價不菲的運輸工具由他一個人操控。他也告訴我，除了搭電梯外還可以爬小螺旋梯抵達屋頂。螺旋梯很明亮，每層樓側面的內陽台都有光線照入。我一聽就立刻決定不搭乘電梯。我立刻鮮活地想像自己一階階拾級而上，看著景致越來越往遠方開展，每一個無窗小窄洞的畫面都教人驚嘆。風靜天清，夏日的大地宛若鋪上燦燦金紗，屋宇農舍散落田野間，煙囪吐出的裊裊炊煙畫出一圈圈靜默的圓。每個輪廓都像是利刃從鋼青色天空上切割下來，可以看到蓋著稻草的小茅屋，屋脊上當然掛了幾窩鸛巢，穀倉前鴨兒戲水的池塘閃爍著金屬般的光芒。蠟色田野中穿插幾抹玩具國一般的極小身影。鬼斧神工的方塊田上有斑點乳牛在吃草，有些婦人在除草，有些在洗衣服，牛隻踩著沉重步伐拉著拖車，還有一路疾駛的輕巧小馬車。爬到九十階左右，視野裡滿是匈牙利平原風光，一直延伸到微微起霧的地平線那端。遠方雲彩湛藍，一抹青山緩緩升起，也許是喀爾巴阡山，我們這個小鎮簇擁的洋蔥尖塔在左側閃閃發光。我認出了我們的營房、市政廳、校舍、練習場，調到這個駐防地以來，我第一次發覺這個偏僻世界的平淡之美。

然而我無法過分沉浸在眼前美景，因為我已經抵達了陽台，必須準備向病人問安。一開始根本看不到艾蒂絲，她專屬的柔軟藤椅背對著我，藤椅像彩色的弧形貝殼把她的細瘦身軀完全包覆起來，看到椅邊的桌子上擺了幾本書和打開蓋子的留聲機，我才察覺她在。我略微遲疑，不知該不該驟然走上前，深怕會嚇著正在休息或在做清夢的人。於是我沿著四方形的陽台踱了一圈，好讓自己正面走向她。等我小心翼翼、躡手躡腳地到她面前，才發現她睡著了。她細瘦的身軀被仔細裹好，腿上蓋了柔軟的毯子，頭靠在白色的枕頭上，略微側向一邊，金紅色的頭髮圍住孩子氣的鵝蛋臉，落日為它塗上一層琥珀金的健康光澤。

我不自覺地停下腳步，利用遲疑等待的時刻，像賞畫一樣注視沉睡中的她。即使大家經常聚在一起，我卻從來不曾真正有機會直視她，因為敏感與過度敏感的人若被人細瞧會心生反感。即使聊天時偶爾看她一眼，生氣的細紋也會立刻出現在她眉心，她會眼神慌亂，唇邊洩露不安情緒，表情沒有一時半刻平靜。只有現在這時候，她閉著雙眼半躺在那裡，不會反抗也不會動，我才能注視她那帶點稜角且稚氣尚存的臉（我覺得自己鬼鬼祟祟像在做賊）。她稚氣未脫的臉參雜了女性特質與些許病容，充滿獨特的魅力。她的唇像口渴的人一樣微張，呼吸輕輕的，光這樣的小動作就讓她孩童般平坦的胸部像丘陵起伏，彷彿為此氣力耗盡，蒼白的臉被金紅色的頭髮包圍，埋在枕頭裡。我小心翼翼地越靠越近。她的黑眼圈、太陽穴上的青筋、鼻翼的粉透光澤洩漏出，她雪花石膏般的蒼白肌膚僅像一件單薄無色的外衣在抵禦外襲。我心想，這個人會是多麼敏感！肌膚表面下的神經像是不受遮掩地跳動，絨毛般輕盈的身軀承受了多麼難估量的苦難，她本應能像精靈一樣輕快地奔跑、跳舞搖擺，偏偏被鍊條鎖在堅硬沉重的地上！被束縛住的可憐人！我再次感受到內心的熱流，那股被痛苦耗盡卻又刺激強烈的同情巨浪，每每在我思及她的不幸遭遇時席捲而來。我的手不住顫抖，想要溫柔輕撫她的手臂，想要俯身探向她，卻又怕她突然醒來認出我，唇上的笑意便會蕩然無存。每次只要想到她或看到她，渴望溫存的心就會拌和了同情，促使我靠近她。不要吵醒她，睡覺可以讓她忘卻真實世界裡的身體痛楚！趁病人熟睡時接近他們的心靈多麼美妙，所有擔心害怕的想法都被囚禁，他們也完全忘記了已身殘疾。偶爾一抹微笑落在他們半啟的唇上，就像蝴蝶落上一片晃動的葉子，這微笑非常陌生，根本不像他們，只要一清醒就會立刻被嚇跑。我想這是上天的恩賜，所有癱瘓、行動不便、被命運剝奪健康身體的病人，至少在睡夢中全然不知身體的殘缺，至少在溫柔欺人的夢裡以為自己擁有美麗勻稱的身體，在黑暗籠罩的睡夢世界裡，這個受苦的女孩至少能暫時逃離緊箍肉體的詛咒。最令我動容的無非是她的雙手，那雙手交疊在毯子上，皮下血管密布，關節纖纖欲折，修尖的指甲略帶淡青色。柔細、無血色又無力的一雙手，力量也許只夠輕撫鴿子和兔子這類小動物，想要握緊或抓東西就嫌虛弱了點。這麼柔弱無力的一雙手要如何抵抗真切的病痛？如何爭取、抓住和持有什麼？一思及此，我的情緒不免激動起來。想想自己的手，這雙結實有力、肌肉發達又強壯、能夠操著韁繩馴服烈馬的手幾乎讓我作嘔。我的眼光不由自主地往上移到毯子上，這條毛茸茸的毯子沉甸甸地壓在她瘦削的膝蓋上，對這個小鳥般輕盈的人兒來說實在太沉重。在這塊毯子下藏著一雙無力、毫無生氣的腿（我不知道這雙腿究竟是碎裂了、癱瘓了，或只是很虛弱？我從來沒有勇氣問個仔細），架在鋼製或皮製的支撐器上。我只記得她每次移動時，這套殘忍的裝置就像鏈球一樣重重掛在她不聽使喚的關節上，她只能拖著這個惹人厭的東西行走，一路發出叮噹聲響。她，嬌柔的人兒，脆弱的人兒，偏偏是她，如果她能漂浮、奔跑和翱翔，都會比走路自然許多！

這個念頭讓我不寒而慄，一股傷痛汩汩湧出流到腳底，彷彿能聽見靴刺震動的叮叮聲，清脆的聲響細微得幾乎聽不見，卻好似已闖入她淺淺的夢。紊亂的深呼吸還沒讓眼皮睜開，兩隻手倒是已經要醒過來：十指先是翻開，接著伸長，然後繃緊在一起，就像剛睡醒在打呵欠。接著眼皮誘人地眨動，詫異的眼光在四周探視。

她發現了我，眼神立刻定住，光是視覺接觸還無法立即連結到有意識的思考與記憶，不過猛一動之後她完全清醒，認出我來了。血液被她的心臟猛地一抽，一股紫紅瞬間湧上雙頰。又有人在水晶杯裡斟紅葡萄酒了。

「我真蠢！」她說著，兩道眉毛蹙攏在一起，然後緊張兮兮地伸手把往下掉的毯子拉向自己，好像她赤身裸體被我撞見了。「我真蠢！我一定睡了好一陣子。」接著她的鼻翼開始微微顫動——我認得這山雨欲來的徵兆。她一臉挑釁地盯著我。

「為什麼不馬上把我叫醒？沒有人盯著人家睡覺的！根本就不應該。人在睡覺的模樣看起來很可笑。」

我覺得有點難堪，我的體貼反倒惹她生氣了，只好趕緊說蠢笑話來為自己開脫。我說：「寧可睡著的模樣可笑，好過清醒時讓人取笑。」

不過她已經用兩隻手臂把自己從椅子上撐起，眉間的紋路刻得更深了，嘴唇四周也開始如閃電般顫動。她犀利地看著我。

「你昨天為什麼沒來？」

這一擊太出人意料，我頓時啞口無言。她追根究柢地繼續問：「你一定有什麼特別理由讓我們坐著乾等，不然你至少會撥通電話過來。」

我這個豬腦袋！我應該要猜到她會問這個問題，應該事先準備好答案才對！可惜我只能尷尬地踱步，腦袋繞著老掉牙的藉口打轉。我說，我們突然要檢查新來的補給軍馬，直到五點左右我還滿心希望可以偷溜，偏偏上校還要給全部的人看一匹新馬，諸此這般種種。

她的鐵灰眼眸嚴峻而銳利，從頭到尾盯著我。我交代得越瑣碎，她的視線越是猜疑。我看見她擱在扶手上的手指上下抽動。

「那麼，」最後她非常冷酷生硬地問，「檢查補給軍馬這個動人故事是怎麼結尾的？上校先生後來有買下那匹全新的馬嗎？」

我感覺到是我害自己誤涉險境。她穿著無指手套的手連敲桌子一次、兩次、三次，像是要甩掉關節裡的騷動不安。然後她威脅地抬眼看我。

「別再說這些愚蠢的謊言！你說的話裡沒有一個字是真的。你怎麼敢跟我這樣胡說八道？」

她的手越發急遽地敲打桌面，後來她索性把手套使勁拋出去，在空中畫出一道弧線。

「這一整段廢話沒有一個字是真的！一個字也沒有！你根本不在馬術學校，也沒有檢查什麼補給軍馬。四點半的時候你就已經坐在咖啡館裡頭了，據我所知根本不會有人把馬騎到那裡去。別再想矇騙我！我們的司機在六點的時候很湊巧地看到你在那裡玩牌。」

我依舊一句話也說不出來，但她猛然把話鋒一轉：「再說，我為什麼得在你面前扭捏作態？難道因為你說了這些謊話，我就得在你面前假惺惺？**我**一點也不怕說實話，所以要讓你知道，我們的司機在咖啡館看到你根本不是出於偶然，而是我特意讓他去的，只為了打聽你到底怎麼了。我原本以為你是不是生病了，還是遇到了什麼事？因為你一通電話也沒有撥過來，而……如果你可以站在我的立場想，我這樣一個神經兮兮的人……根本無法忍受人家讓我等……我就是無法忍受……所以我就派司機進城去。他在營房聽人家說，少尉先生安然無恙地在咖啡館玩牌，因此我請求伊蘿娜去探聽你為什麼這樣冷落我們……是不是因為我前天說了什麼冒犯你……我有時候確實也對自己的肆無忌憚很沒轍……所以，如你所見，和你坦承這一切我心中無愧……而你努力編造幼稚離譜的藉口……你對朋友撒謊，難道不覺得這樣的行為很卑劣嗎？」

我想回答她——我想，我甚至有勇氣把費倫茲和約士奇那個愚蠢故事完完整整告訴她，可是她立刻強硬地下達命令：

「不要再編新的故事了……不要再編新的謊話了，我無法再忍受！我已經被謊話餵到要吐出來。從早到晚每個人都在餵我吞謊話：『妳今天看起來氣色真好，妳今天進步多了……太好了，已經進步好多，比之前好太多了。』從早到晚都要吞這些定心丸，沒有人知道我都快被噎死了。為什麼你不直截了當地說：『我昨天沒空，沒興致。』我們並沒有把你長期預訂下來，我會很高興你能撥個電話告訴我：『我今天不出城了，我們寧可在城裡閒晃。』你覺得我就那麼傻，難道我會不懂，要你每天來這裡擔任好心看護很過分嗎？難道我會不懂，一個成年人寧可騎馬四處遊玩，或用健康的雙腿散步，也不願意終日困在別人家的椅子上打發時間嗎？讓我反感和無法忍受的只有一件事：藉口、騙局和謊言，這會把我掐到無法呼吸。我沒有像你們所有人以為的那麼笨，我已經可以忍受善意的真誠，即使那很令人嫌惡。你知道嗎？就在幾天前，我們家新雇了一位來自波希米亞的清潔婦，原來的那位過世了。第一天，她根本還沒有跟任何人說過話，就注意到人家怎麼把拄著拐杖的我扶到扶手椅上，她嚇得手中的清潔刷都掉了，大聲叫出來：『老天爺啊，真是太不幸了，真是太不幸了！一個出身這麼富有、這麼有教養的小姐……竟然是個殘廢！』伊蘿娜立刻像個瘋婆子大罵這名實話實說的婦人，打算馬上開除她，把她攆走。可是我卻覺得很**高興**，她的驚嚇反應讓我很開心，因為那出自真心，在沒有任何心理準備下看到那個情景，受到驚嚇才是人性的反應。我馬上給她十克朗，她立刻跑去教堂為我禱告……因為這件事我那一整天都很開心，真的很開心，我終於知道陌生人第一次看到我的**真實**感受……可是你們，你們總是認為要用虛偽的體貼來保護我，甚至還以為你們該死的體貼會讓我開心……難道你們以為我腦袋沒長眼嗎？難道以為在你們的閒話與口吃背後，我就感覺不到你們和那位勇敢且獨一無二的真誠婦人一樣恐懼和不舒服嗎？你們認為每次我拿拐杖的時候，我會不知道你們全都突然屏住呼吸嗎？我難道不會注意到你們的慌張，硬是要擠出話題聊天嗎？好像我完全不懂你們老是餵我吃鎮定劑加糖、糖加鎮定靜這類作嘔的甜言蜜語……我可是很清楚，每次門在你們背後關上，我像個屍體一樣躺到床上之後，你們全都鬆了一口氣……我也很清楚你們如何虛情假意地嘆氣：『這可憐的孩子。』可是你們也對自己非常滿意，因為你們無微不至地犧牲了一小時、兩小時的時間陪伴『這個可憐、生病的孩子』。我根本不需要任何人犧牲！我不要你們覺得自己有責任，每天要端出一定分量的同情來服侍我，我對這種憐憫的同情嗤之以鼻，完全不屑。我不需要任何同情！如果你想來就來，不想來就不要來！但請真誠對我，不要編些什麼檢查補給軍馬和試騎新馬的故事！我沒辦法……沒辦法再忍受謊話和你們那些讓人反感到極點的體貼！」

最後幾句話完全無法控制地衝出口，她目光灼灼，一臉慘白。然後她一陣抽搐，像是筋疲力竭一樣把頭靠在椅背上。隔了一會兒，血液才慢慢流回到因激動而不停顫抖的唇上。

「所以，」她輕輕吁了口氣，彷彿覺得十分丟臉，「我有必要把話一次說清楚！現在我說完了！這件事到此為止。麻煩給我……給我一根菸。」

這時我表現異於平常，平時我很能自制，我的兩隻手堅定有力。不過她這次意外大爆發太讓我震撼，我的四肢像癱瘓一樣動彈不得，活到現在從沒有事讓我如此震驚。我吃力地從菸盒裡抽出一根菸給她，幫她點燃火柴。就在要遞火柴的時候，我的手指抖得太厲害沒辦法拿穩，火苗在空中一閃就熄了。只好再點一根，這一次還是一樣在我顫抖的手上晃了一陣，好不容易才為她點燃菸。我的動作如此笨拙，她一定注意到我內心的震驚，因為她用一種驚訝不安的聲音輕輕問我：「這是怎麼了？你在發抖……什麼……什麼讓你這麼激動？……這些事跟你又有什麼關係？」

火柴棒上的小小火苗熄滅了。我一聲不吭，她很吃驚地喃喃自語：「我這些廢話怎麼會讓您如此激動？爸爸說得果然沒錯，你真的是一個……一個非常奇特的人。」

就在這時候，我們背後傳來一陣輕微的隆隆聲。那是電梯的聲音，它正要上升到我們所在的陽台。約瑟夫打開電梯門，凱柯斯法瓦像是做錯事一樣畏縮地走出來，肩膀不自覺地縮在一起。他每次都是以這身姿態靠近生病的女兒。

第七章

我急忙起身問候剛走過來的凱柯斯法瓦。他很拘束地點了點頭，然後俯身親吻艾蒂絲的額頭。爾後一陣詭異的沉默。這裡每個人都能察覺到屋內發生的每一件事，這個老人一定也感覺到我們之間的緊繃氣氛。他垂著眼，不安地站在一旁。我覺得他是恨不得馬上逃離這裡。此時艾蒂絲有意打破僵局。

「你看看，爸爸，少尉先生今天第一次上來參觀陽台。」

我接著說：「真的，這裡真是美極了。」話一說完，我立即尷尬地意識到自己說了很無趣的客套話，於是說不下去了。為了化解拘束的氣氛，凱柯斯法瓦俯身探向扶手椅。

「我擔心再過一會兒妳在這裡會太冷，要不要下去比較好？」

艾蒂絲回答：「也好。」大家都很開心，這樣一來就可以找些能轉移注意力的無意義事情，像是把書整理好、幫她圍上披巾、搖鈴。這裡也備有鈴鐺，就跟屋裡每張桌子上準備的一樣。兩分鐘後，電梯隆隆升到頂樓，約瑟夫小心翼翼地把癱瘓女孩坐的扶手椅推進電梯裡。

「我們馬上就下去。」凱柯斯法瓦溫柔地對她揮手。「妳要不要先梳洗，準備吃晚餐？我和少尉先生可以利用這段時間到花園散步。」

僕人關起電梯門，坐在輪椅上的癱瘓女孩宛如沉入墓穴般直墜深處。老人與我都不由自主地別過頭去。我們一語不發，但是我倏地感覺到他步步遲疑地接近。

「如果你不介意，少尉先生，我想和你聊聊……我的意思是想麻煩你一件事……我們還是去我的辦公室好了，就在管理大樓那邊，可以嗎？當然，如果不排斥的話……不然……不然我們去花園散步也可以。」

我回答：「是我的榮幸，馮・凱柯斯法瓦先生。」就在這時候電梯又隆隆地升上來要接我們下去。我們搭電梯下樓，越過庭院，朝管理大樓走去。我留意到凱柯斯法瓦小心翼翼、緊挨著牆壁躡手躡腳地走，他縮起身子，像是怕被人逮到似的。我不由自主地——我別無他法——同樣踩著輕巧小心的步伐跟在他身後。

到了牆面未經細心粉刷的低矮管理大樓盡頭，他打開通往他辦公室的那扇門。跟我營房裡的房間比起來，這間辦公室的裝潢並沒有講究多少。一張十分廉價的書桌已經嚴重耗損，幾張老舊的沙發椅上處處都是汙漬斑點，糊在牆上的壁紙已破破爛爛，上面還掛了幾張顯然好些年沒使用過的老舊表格，就連那難受的霉味都讓我很不愉快地想起我們自己的國庫辦公室。光第一眼就能看出——這短短幾天內我已明白——這個老人將所有奢華、所有享受都花在孩子身上，自己卻節儉得像個吝嗇的農夫。由於他走在前面，我第一次注意到他黑色大衣的手肘處已經磨損得厲害，說不定已經穿了十年、十五年。

凱柯斯法瓦把辦公室裡寬敞的黑皮革高腳椅推給我，那是唯一一張舒服的椅子。「請坐，少尉先生，你請坐。」他說話的語氣溫柔而懇切。在我抓住他推過來的椅子之前，他給自己拉了一張搖搖晃晃的藤椅。然後我們倆乾坐著，挨得很近。他可以開始了，現在應該要開始了，我理解自己滿頭心焦，等著他開口，像他這樣的有錢人、一位百萬富翁，會需要我這個卑微少尉的幫助？可是他只管固執地垂著頭，彷彿在端詳自己的鞋子。我聽到他略微前傾的胸部發出的呼吸聲，壓抑而沉重。

凱柯斯法瓦終於抬起頭來，額頭沁著汗珠，他摘下起霧的眼鏡，少了這層閃閃發光的保護，他的臉立刻變得不一樣，看起來更赤裸、更可憐、更悲觀。跟大多數近視的人一樣，沒戴眼鏡時的眼睛看起來比有戴時更沒光澤、更疲憊。從他略微發炎的眼緣得知，這位老人睡得很少，而且睡得很差。我再度感覺到心中那股溫熱的狂流——那是同情，我現在知道了，我心中再度掀起了同情的巨浪。現在坐在我面前的不再是有錢的馮．凱柯斯法瓦先生，而是一位憂心忡忡的老人。

這時他清了清嗓子開始說：「少尉先生，」僵硬的聲音還不肯聽他使喚，「我想請你幫個大忙……我很清楚我沒有權利勞煩你，你還不是很認識我們……而且，你也有權拒絕……當然你可以拒絕……或許這是我痴心妄想，強人所難。不過打從第一眼看到你，我就很信任你，我立即感覺到你是一位好人，樂於助人，沒錯，沒錯，沒錯。」我做一個手勢，表示他過獎了。「你是好人，擁有某種特質，能讓人感到安全踏實，有時候……我有一種感覺，好像你被送到我這裡來是……」他話說到一半打住了，但我知道他想說的是「天主的旨意」，只是他沒有勇氣說出來。「你被送到我這兒來，成為我訴說真心話的對象……我想要拜託你的不會太多……瞧我這樣喋喋不休，竟然沒有問過你是不是想聽。」

「我當然想聽。」

「謝謝你……人一旦老了，只消看一眼，就能完完全全看清一個人……我知道好人的模樣，是我妻子讓我知道的，願天主賜她進入天堂……她的死對我而言是第一件不幸，不過今天我會說，也許這樣比較好，因為她不需要和我一起親眼看見這孩子身上的不幸……她一定會受不了。你知道五年前是怎麼開始的……一開始我也**不相信**會這麼久……我們怎麼會想得到，一個好端端的孩子本來跟其他孩子一樣跑跑跳跳到處玩耍，像顆陀螺到處轉……然後突然間，這些都變成過去式，**永遠**的過去式……話說，每個人從小到大都敬畏醫生……只要在報紙上讀到哪個醫生帶來什麼奇蹟，某某醫生能縫合心臟、某某醫生能移植眼睛，就認為……我們一定會相信，不是嗎？這種輕而易舉的事對醫生來說會有什麼……她只是個孩子……一個孩子，健健康康地來到這個世界，一直以來都很健康，一定很快就會好轉的。因此剛開始的時候我根本一點也不驚訝，因為我從來**不相信**，沒有任何一刻相信天主會這樣打擊一個孩子，一個無辜的孩子，永遠永遠……真的，如果事情發生在**我**身上——我的一雙腿已經帶我四處奔波夠久了，我還需要它們做什麼……而且，我不是一個好人，做過許多糟糕的事，我也……唉呀！我剛剛到底在說什麼？……真的……，真的，如果事情發生在我身上，我能夠理解。可是天主怎麼會瞄不準，打擊一個沒有錯、一個無辜的……我們怎麼能理解一個活蹦亂跳的人，一個小孩子的雙腿突然就這樣**壞死了**？只因為一個不起眼的東西，一個芽孢桿菌，醫生們這麼說過，他們說過這類的話……可是這只是一種說辭，只是一個藉口。另一方面，殘酷的事實是孩子不過是躺在那裡，突然間四肢都僵硬了，再也無法走動，而當時我就站在旁邊，卻連一點抵抗的能力都沒有……根本讓人**無法**

理解啊！」

他急急忙忙用手背揩去溼亂頭髮上滴下的汗水。「當然，所有的醫生我都問過了……只要哪裡有名醫，我們就去……我把所有的醫生都請來了，醫生們個個侃侃而談，以拉丁語表示意見、討論、主持會診，一個用這種方法試，接著換另一個用另一種方法試，都說他們抱持希望，充滿信心，然後拿了他們該拿的錢，他們離開了，一切依然如故。是呀，確實**有些**改善，事實上也真的大為好轉。以前她總是得平躺，整個身子癱瘓……現在至少兩隻手、上半身已經恢復正常，她可以自己撐著拐杖走路……確實有比較好了，不對，應該說好太多了，我不能誣賴人家，真的好太多了……不過還是沒有人可以完全治好她……每個人都只是聳聳肩說：『要有耐心，要有耐心，要有耐心……』只有一個人可以和她一起堅持下去，只有一位，就是康鐸醫生……我不知道從維也納來的你有沒有聽說過他？」

我只得搖搖頭，我從來沒聽過這個名字。

「這是當然的，你怎麼會知道他，你是個健康的人，他也從來不喜歡自吹自擂……他甚至不是什麼教授，從來也沒有在大學裡教過書。我也不認為他的診所會有很多病人……意思是他不會去**找**很多病人來看病。他根本就是一個怪人，非常特別的人……我不確定這樣解釋對不對，他對每名庸醫都能處理的尋常病例不感興趣……只對其他醫生聳肩離去的困難病例感興趣。我一個大老粗，自然不能宣稱康鐸醫師比其他醫師還要優秀，但我知道，相較於其他醫師，他是比他們都好的**好人**。我會認識他是因為我太太，我親眼目睹他如何為我太太奮戰……即使到了最後一刻，他是唯一不願意放棄的人。當時我感覺到，這個人和每一位病患同生共死。他有，我不知道表達正不正確……他就是有熱忱，比疾病還要強韌的熱忱……不像其他人，只是汲汲營營想賺錢，想成為大學教授，想成為宮廷參事……他根本就不為自己著想，只想到其他人，想到受苦的人。不可諱言，他真的是一個很棒的人！」

老先生相當激動，他的眼睛剛才還疲倦萬分，這會兒已經閃爍著熾熱的光芒。

「一個非常棒的人，我跟你說，他從來沒有丟下任何人，對他來說，每一個病患都是他的責任……我知道我沒辦法正確表達……可是他就像是會有罪惡感，如果他沒辦法幫上病人的忙……他覺得是**自己**的錯……為此——你可能不相信我，可是我跟你發誓，這是真的！有一次，他打算做的事沒有成功……他跟一位快要瞎掉的婦人承諾一定會幫助她重見光明……後來那名婦人真的瞎了，他就娶了她。你想想看，一個年輕人娶了一名失明婦女，這名婦女比他大七歲，人長得不漂亮，又沒有錢，還是個歇斯底里的人，現在成了他的負擔，對他一點也不感激……可不是嗎？這說明了他是個什麼樣的人，你一定可以理解我有多幸運，可以找到這樣一個人……他待我的孩子如己出，我的遺囑裡也有提到他……一個人可以這樣幫助我的孩子，除了他沒有別人了，願天主保佑！願天主保佑！」

老人雙手交握猶如禱告，然後身體猛地一震，向我挪近了一些。

「聽我說，少尉先生，我想請求你，我已經告訴你康鐸醫師多麼具有同情心……不過你看，你知道嗎？……**正因為**他是這麼好的一個人，這也讓我擔心……我一直很害怕，你知道嗎？……我很擔心他因為顧及我的感受而沒有說出實情，沒有說出全部的實情……他總是跟我保證，總是安慰我，情況一定會越來越好，這個孩子一定能夠完全康復……可是，每次只要我仔細問他什麼時候可以康復，或是這樣的情形還要拖多久，他總是一味逃避我的問題，只說：『要有耐心！要有耐心！』可是人心裡總有個明確答案吧……我是個生病的老人，我總得知道自己能不能活著看到這一天，她能不能康復，**完全**康復……我沒有辦法了，請相信我，少尉先生，我**不能**再這樣活下去……我必須知道她是不是一定能治好、什麼時候能治好……我**一定**要知道，我再也無法忍受這種不確定感。」

他站起來，整個人激動不已，三步併兩步迅速走到窗邊。我已經很熟悉這種反應，每當眼淚在眼眶裡打轉，他就會像這樣突然轉身離開。他也不想要別人同情，和他女兒那麼相似！他的右手笨拙地伸進暗慘慘的黑上衣裡，從裡面的口袋裡掏出一條手帕，白費力氣地作勢要揩去額頭的汗水，我卻很清楚看見他紅腫的眼皮。他在房間裡來回踱步一次、兩次，發出一陣陣低聲嘆息，我已分不清這是腐壞的地板在他來回步行時發出的聲音，還是這個年邁老人自己發出來的？他像個游泳的人，在蹬腿游出去之前突然吸了一口氣。

「請你原諒……我想說的其實不是這個……我想說什麼？哎……康鐸醫師明天又會從維也納來，他在電話裡說的……每隔兩、三個星期，他總會定期過來看看……如果可以按照我的意思，我根本不會讓他離開……他可以在這裡住下來，無論付他多少錢我都願意。可是他說他需要保持一定距離觀察，為了……一定的距離才能……是啊……我想說什麼？我知道了……我要說他明天會過來，明天下午要幫艾蒂絲做檢查，每次都會留下來吃晚餐，然後搭夜間快車回去。我在想，如果有人偶然問他，這個人必須是陌生人，跟這件事情沒有任何關係，是他完全不認識的人……這麼問他……很偶然地，就像在探聽一個認識的人的消息……問他癱瘓的狀況到底怎麼樣，問他是不是認為這個孩子真的還能夠康復，**完全**康復……你聽到了嗎？**完全**康復。還有，他認為目前這種狀況還要多久……我有預感他不會對你說謊……他不需要對你掩飾什麼，面對你，他可以平靜地說出實情……換作是我，他可能就會有所保留，我畢竟是孩子的父親，一個又老又病的人，他知道如果說實話會撕碎我的心……當然你不能讓他發現你已經和我談過……必須在**非常**偶然的情況下問起，好似別人順便跟醫生探聽消息……你願意……可以為我做這件事嗎？」

我怎麼能夠拒絕？坐在我面前的老人眼眶泛淚，猶如等待最高法院判決的號角，等著我答應他的請求。無須考慮，他說的我全都答應了。他的雙手猛地伸向我。

「我早就知道……你那時候再度來訪，對那個孩子那麼好，我就知道了……之後……對，你知道的……我當時就知道你能夠理解我……你，就只有你能夠為我去問他……我向你承諾，對你發誓，無論事前事後都不會有人知道，艾蒂絲不會知道，康鐸不會知道，伊蘿娜也不會知道……只有我知道你幫了多大的忙，幫了我一個多麼了不起的忙。」

「你太客氣了，馮．凱柯斯法瓦先生……這不過是舉手之勞。」

「不是，這不光是舉手之勞……這是**相當**大的……一個**非常**非常大的忙，你幫了我一個大忙……一個**非常**非常大的忙，如果……」他突然縮一下身子，連聲音聽起來都有點畏縮膽怯。「如果我哪天有機會可以……可以為你做點什麼的話……也許你可以……」

我的反應一定十分吃驚（莫非他現在就想報答我？），因為他結結巴巴地匆匆補了幾句，他每次一激動，說話就會開始結巴：「不是的，請不要誤會……我的意思不過是……我不是指物質上的……我的意思只是……我是指……我的關係還不錯……我認識許多政府部門人士，也包括國防部的人……在現今社會裡，有個可以指望的人不是壞事……所以我的意思不過是……每個人都會有機會的……就這樣……這就是我想要表達的。」

他把雙手伸向我的膽怯尷尬姿態，讓我感到羞愧。談話期間他從來沒有抬頭看我一眼，一直往下看，宛如在跟自己的兩隻手說話。現在他不安地抬起頭來，伸手摸索之前脫下的眼鏡，用瑟縮顫抖的手指擺弄著。

「也許這樣比較好，」他喃喃自語道，「我們現在過去，要不然……要不然艾蒂絲會注意到我們離開太久了。沒辦法，對她一定要非常非常小心，自從她生病後，她就……不知道怎麼搞的，她就變得比任何人還要敏感。在房間裡就可以知道屋裡發生的每件事……別人還沒告訴她，她就可以猜出所有事……結果她最後都會……所以我才建議我們現在過去，免得她起疑心。」

我們走去會客廳，艾蒂絲已經坐在輪椅上等了。我們一踏進會客廳，她立刻抬起銳利的灰色眼眸迎接我們，像是要從我們有些尷尬、微微低垂的額頭讀出我們剛剛說了些什麼。由於我們隻字未提，她整個晚上沒說幾句話，一直專心在自己的世界裡沉思。

第八章

凱柯斯法瓦請求我盡可能無拘無束地向未曾謀面的醫生打探麻痺女孩的復原機會，我在他面前把這件事形容成「舉手之勞」，表面上看來也真的只是一件微不足道的事；但我實在很難細述這件突來的任務對我個人有多重大的意義。一個年輕人忽然面對別人賦予的使命，而且必須完全靠自己的精神和力量去完成，這樣最能增加他的自信心，幫助他塑造出自己的性格來。雖然從前也肩負過他人託付，但總是勤務、軍隊方面的責任，只是奉上級命令去執行任務的軍官，局限在限定影響範圍內，譬如對騎兵中隊發號施令、指揮運輸、採購馬匹、調解小兵糾紛之類。所有命令與執行符合國家的標準規定，也都有白紙黑字或明文根據。若有疑難爭論，只消徵詢經驗豐富的老鳥就可以確實完成委託任務。然而，凱柯斯法瓦的請求實非軍官的職權所及，對象是仍屬未知的內在的我，能力與執行的極限還有待探索。這位無助的陌生人在朋友及熟人圈裡偏偏選中我，這種信任比曾經受過的任務表揚或同伴讚美都還令我高興。

可是，這份喜悅也帶來沮喪，因為我最近才看清，過去自己對周遭的關心與同情是多麼愚鈍和漫不經心！我怎麼能夠跟這家人來往好幾個星期，卻連最簡單、最理所當然的問題也沒問過：這個可憐的小女孩會不會一輩子癱瘓？難道醫生高明的技術不能找到治好四肢衰弱的方法？這恥辱教人無法忍受：我竟然連一次都沒問過伊蘿娜，問過她父親或團裡的軍醫。從一開始我就很宿命地把癱瘓當成事實接受，折磨老父親多年的焦慮與惶恐現在像一顆子彈直穿入我的心坎。倘若這位醫生真的能解脫那孩子的痛苦該有多好！假如套上枷鎖的可憐雙腿能再次自由邁步，假如這個被天主欺騙的造物能再次像風一樣奔跑、在樓梯上下、沉迷在自己歡笑的餘韻中，幸福又快樂的該有多好！這想法讓我迷醉，腦海中想像著我們兩、三個人騎馬飛躍田野，想像她不是在監禁的房間裡等我，而是能站在大門口歡迎我，陪我一起散步，這些情景真是充滿了樂趣。此刻的我已經迫不及待地數時間，巴不得能快點向陌生的醫師打聽消息，簡直比凱柯斯法瓦本人還焦急。在我生命中，沒有一項任務如此重要。

第二天，我比平常更早（特地為此請了假）出現在凱柯斯法瓦家。迎接我的只有伊蘿娜一個人，她告訴我，維也納來的醫生已經到了，現在正在艾蒂絲房裡，似乎要做徹底檢查。他已經來了兩個半鐘頭，待會兒艾蒂絲可能會因為疲倦而無法過來；我得將就與她相伴。她補充：就看我有沒有更好的打算。

從這些話裡我很欣喜地發現（一個只有兩個人知道的祕密總是會讓人特別虛榮），凱柯斯法瓦並沒有讓她知道我們之間的約定，但我也不動聲色。於是我們下棋消磨時間，過了好久才聽到隔壁房間傳來殷切期盼的腳步聲。凱柯斯法瓦和康鐸醫師終於一邊熱烈討論一邊走了進來，我必須強迫自己鎮定，壓抑心中的震驚，因為我對他的第一印象是非常失望。一旦從別人口中聽過某個素昧平生的陌生人的許多有趣事蹟，大腦的視覺想像力就會不由自主地勾勒出畫面，還會不客氣地濫用大腦裡最珍貴、最浪漫的記憶素材。凱柯斯法瓦在對我描述康鐸的時候，我為了把他想像成一位天才醫生，便抓住一些公式化特徵，就像平庸導演和劇場髮型師慣用的「醫生」舞台造型：有修養、目光炯炯有神且犀利、舉止優越、言語機靈充滿哲理——我們老是無可救藥地一再幻想特殊的人擁有特殊的氣質，第一眼就能讓人驚豔。當我要向面前這位始料未及的矮胖先生致意時，難堪得像有一拳狠狠揍上我的胃——他既是個禿頭又是大近視，皺巴巴的灰色西裝上還沾著菸灰，領帶打得歪七扭八。先前幻想他有一對診斷力精確的犀利眼睛，便宜鋼製夾鼻眼鏡後面的眼神卻是昏昏欲睡又散漫。凱柯斯法瓦還來不及開口為我介紹，康鐸就已經把他溼答答的小手伸過來，很快便轉過身去菸桌點菸，伸起懶腰來。

「好啦，總算可以休息了。不過親愛的朋友，我得馬上老實告訴你，我肚子餓得咕嚕響，最好一會兒就有東西吃。如果晚餐還沒備妥，也許約瑟夫可以先拿些點心給我，奶油麵包或隨便什麼都好。」說著便大剌剌地攤坐在扶手椅上：「我每次總忘記下午這班快車沒有餐車，這又印證了奧地利典型的不關國家痛癢……」然後又說：「哎呀，太好了。」他突然停頓下來，只等僕人拉開餐廳的門，「你分秒不差的精神真教人放心，約瑟夫。光衝著這點，我也要大大誇獎你們的主廚。今天我忙得要命，根本來不及吃午餐。」

說著他索性大步走到餐廳坐下，也不等我們，逕自著急地圍上餐巾，嘖嘖有聲地大口喝起湯來——我覺得稍嫌大聲了點。他在忙碌之際既沒有對凱柯斯法瓦，也沒對我浪費唇舌說一個字，光吃飯就夠他忙的，兩隻近視眼還同時瞄準著葡萄酒。

「妙哉——你們大名鼎鼎的斯楚摩洛特尼酒[9]，還是一八九七年分的！這種酒上次喝過，光為了它，我就應該坐車衝到你們這兒來。不，約瑟夫，先別斟酒，最好先給我一杯啤酒……好，謝謝。」

他一口氣乾掉一杯啤酒，從迅速上桌的大盤子裡夾了好幾大塊食物放進餐盤，然後開始舒舒服服地細嚼慢嚥起來。由於他根本無視我們在場，我才有時間從側面觀察這位大快朵頤的仁兄。極度失望的我察覺到，這位受人景仰的紳士只有一張平凡痴肥的臉，圓得像滿月，還像月球表面那樣滿是坑洞與膿疱，鼻子長得像馬鈴薯，下巴的輪廓看不見，濃密的鬍碴蓋住紅紅的兩頰，脖子短得像顆球，簡直稱得上維也納方言裡所說的「酒囊飯袋」——脾氣好卻咕噥沒完的享樂主義者。他就用這副愜意模樣坐在那裡大吃大喝，鈕釦開了一半的西裝背心被弄得皺巴巴；他那處變不驚、慢條斯理的咀嚼模樣漸漸開始挑撥我的神經——也許是因為我想起中校和工廠老闆就在這同一張餐桌上待我禮貌親切；也許是因為我心中憂慮：這個十足的老饕每次嘖嘖品酒前一定先舉起酒杯對著光細看，我能從他口中騙取到機密問題的精確答案嗎？

「嗯，最近這一帶有什麼大新聞？田裡收成如何？前幾個星期的天氣不會太乾，也不會太熱吧？我是從報上得知這些消息的。工廠呢？你們糖業公會又決定要漲價囉？」康鐸有時會停止狼吞虎嚥，順口蹦出這些讓我覺得不著邊際、根本不需要別人認真回答的問題。他似乎故意忽視我，儘管我聽聞過醫生典型的粗魯作風，仍然對這個好脾氣的大老粗心生莫名的憤怒。害我氣惱得一句話也不想說。

---

9 Szomorodni，匈牙利甜點酒。

他一點也不覺得我們在場有干擾到他。最後大家轉移陣地到會客廳，僕人已經貼心地準備好黑咖啡，他輕鬆地吁了一口氣，不偏不倚地摔進艾蒂絲專屬的特製躺椅。這張椅子特別設計了許多方便的機關，譬如旋轉書架、菸灰缸和可調式椅背。憤怒不僅會讓人惡毒，也會讓人目光敏銳，看他懶洋洋地攤在那裡，一雙短腿裹在鬆垮垮的襪子裡，肥肥的肚子活像個搖晃布丁，我不禁得意起來；為了表示我一點也不稀罕去高攀他，於是轉過一張扶手椅背對著他坐下。康鐸卻對我明擺的沉默和凱柯斯法瓦緊張不安的來回完全無所謂。老人像個幽魂一樣在會客廳裡出沒，只為了把雪茄、打火機和干邑白蘭地放在醫生方便的位置——康鐸馬上不客氣地從盒子裡拿了三、四根進口雪茄，兩根放在咖啡杯旁備用。雖然那張躺椅已欣然配合他肥胖的身軀深陷下去，他似乎還嫌不夠舒適，不安分地翻來覆去，直到找著最舒適的位置為止。等喝完第二杯咖啡，他才像一隻酒足飯飽的野獸滿意地長舒一口氣。我覺得他真是噁心到極點。這時他突然四肢一伸，滿臉嘲弄地對著凱柯斯法瓦眨眨眼睛。

「喏，您怎麼急得像熱鍋上的螞蟻，捨不得讓我好好享用這根上等雪茄？就因為您等不及想聽我報告！不過您了解我這個人。您知道的，我一向不喜歡把吃飯和看病混為一談，更何況我剛才是真的餓壞了，也累壞了。我今天從早上七點半起就馬不停蹄地四處奔波，不只胃空空如也，就連整個腦袋都乾涸了。那麼……」他徐徐吸了口雪茄，噴出一個灰色的煙圈，「親愛的朋友，我們現在開始吧！一切都很好。行走練習、伸展練習都相當好。比起上次，也許今天稍微好了那麼一點點。正如方才所說，我們可以滿意了。只不過……」他又吸了一口雪茄，「只不過從整體來看……也就是一般人所說的心理層面，我覺得她今天……您先別嚇到，親愛的朋友……我覺得她今天有些不一樣。」

雖然康鐸有事先警告，凱柯斯法瓦還是驚恐不已，只見他握在手裡的小湯匙開始猛打顫。

「不一樣……您這是什麼意思……怎麼不一樣？」

「這──不一樣就是不一樣……親愛的朋友，我又沒說是惡化。套句老爸歌德說的，您可不能任意解讀我的話。我自己暫時還不太清楚到底發生了什麼事，不過……不過就是有什麼地方不對勁。」

老人手裡仍握著湯匙，顯然是無力把它放下來。

「什麼……什麼不對勁？」

康鐸醫師抓了抓腦袋。「嗯，如果我知道就好了！反正您別擔心！我們說的是正經學術，不胡扯誇張，而且我最好再清楚明白講一次：我不覺得病況有變化，而是她自己的內心有變化。她今天好像有心事，但我不知道是什麼。我第一次有這種感覺，不知怎麼的，她好像從我手中溜掉了。」他又吸了一口菸，一對敏捷的小眼睛迅速轉向凱柯斯法瓦。「您知道嗎？我們最好現在就開誠布公。我們可以攤牌，不用不好意思。那麼……親愛的朋友，現在請老實明白告訴我：你們在這段時間是不是失去耐性而去找了別的醫生？我不在的時候是不是有別人幫艾蒂絲做過檢查或治療？」

凱柯斯法瓦嚇得跳起來，好像有人指控他犯了重大罪行似的。「我的天，大夫，我以孩子的性命向您發誓……」

「好了……好了……拜託別發誓詛咒！」康鐸醫師連忙打斷他。「不發誓我也相信您。解決了，我的問題！算我錯了！我沒命中，診斷錯誤，就算宮廷參事和教授也會犯錯嘛。真是蠢到家了……我可以對天發誓，這……那一定是有其他什麼事……不過說也奇怪，真的很奇怪……您允許我……」他替自己斟了第三杯咖啡。

「是，不過她究竟怎麼了？什麼地方變了？……您是什麼意思？」老人乾癟的嘴唇結結巴巴擠出這句話。

「親愛的朋友，您真是難倒我了。任何憂慮都是多餘的，我再說一次，以名譽擔保。如果有任何嚴重的情況，我怎麼會在一個陌生人面前……抱歉，少尉先生，我沒有惡意，我只是認為……我就不會坐在這張扶手椅上說了，而且還這麼愜意地品嘗白蘭地——這果然是極品。」

他又靠回椅背，雙眼閉上片刻。

「是啊，她到底有什麼改變，這實在很難輕鬆解釋，這已經是能解釋的極限了。我首先猜想有個陌生醫師干涉了我們的治療——真的，這點我不再相信了，馮．凱柯斯法瓦先生，我向您發誓——原因是今天艾蒂絲和我之間有些事頭一次進行得不順利，以往的連結不在了……您等等……也許我可以表達得更清楚一點。我是說……在長期治療的情況下，醫生與病人之間無可避免會產生特殊連結，也許把這種關係稱之為連結甚至太過粗糙，因為它指的是『接觸』，僅止於肉體上的。特別的是，這種關係夾雜著信任與不信任，彼此牽制，互相吸引又互相排斥，不過當然，這種關係每次都不同，我們也已經習慣了。有時候醫生覺得病人變了，有時候卻是病人覺得醫生變了；有時候只要一個眼神便能了解彼此，有時候卻各說各話……是啊，雙方的互動關係極其微妙，難以掌握，更無法測量。最簡單的解釋方法就是做個比較，甚至不惜冒險做個粗糙的比較。也就是說，與病人的關係就像您離開幾天後回來了，拿出打字機打字，它還是跟過去一樣運作正常，打出來的字完全沒變；不過您還是從說不出來的小地方感覺到有人用過這台打字機。或者少尉先生，如果有人把您的馬借去騎了兩天，保證您也會感覺出來。可能是步伐或姿勢不對勁，不知怎麼牠好像掙脫了您的掌控，可能您也說不出來從什麼地方注意到這些變化，因為這些變化小到微不足道……我知道，這些都是十分粗糙的比喻，醫生與病人的關係當然細膩得多；方才已經跟您說過，如果硬要解釋艾蒂絲從上次到現在的變化，我真的會非常難堪。不過的確有東西讓她改變——可是我恨自己找不出來。」

凱柯斯法瓦氣喘吁吁地問：「可是這……有什麼具體表現？」我發現康鐸所有的發誓懇求都不足以安撫老人的心，他整個額頭因為滲出汗水而閃閃發亮。

「怎麼具體表現？嗯，就是從一些小事，難以捉摸的小事。從伸展練習的時候我便注意到她在反抗我；我還沒來得及開始正正經經檢查，她就已經跟我鬧革命：『沒必要，跟以前一樣。』平常她總是迫不及待等著我的診斷結果。後來我建議一些特殊練習動作，她又說了些愚蠢的話，例如『哎呀，這根本沒用』，或者『做這個不會有進步』。評語本身並不重要，但是艾蒂絲心情惡劣或神經受到過度刺激。親愛的朋友，她以前從未這樣跟我說話。喏，也許真的只是因為心情不好……每個人都會有的。」

「但是真的嗎？……她的病況沒有惡化？」

「還要我保證幾次您才相信？倘若真是如此，做醫生的我難道不會跟做父親的您一樣緊張？可是您看，我一直老神在在的，而且對她這種叛逆心態一點都不生氣。坦白說，您這小女兒的舉止比前幾個星期來得更煩躁易怒、更激動，也更沒耐性。可能也給您製造了不少難題吧？不過另一方面，這種反抗也代表著生命意志在強化，想恢復健康的意志變強了：生理機制運作變得越有力、越正常，自然就越發想迫使自己戰勝病魔。請相信我，我們並非如您所想像，特別喜歡言聽計從的『乖乖牌』病人。這種病人自動自發的精神不強。我們醫生比較希望見到病人有激烈、甚至暴躁的反抗意志，比起最有效的藥物，表面上胡鬧的反應有時反而更有療效。所以我再鄭重強調一次，我一點都不擔心。假如現在要採用新療法，可以苛求她付出最大的努力；按目前的狀況來看，此刻也許是善用她心理力量的最佳時機。」

他抬起頭注視我們，「我不知道您是否能完全了解我的話。」

我無意識地回答：「當然。」這是我對他說的第一句話。這些道理對我來說是如此理所當然而淺顯。

可是老人依然僵住沒動，目光呆滯望著前方。我察覺到他一點都沒聽懂康鐸的解釋，因為他不願意聽懂。因為他把全部注意力與恐懼都集中在一個點上：她會不會康復？很快就能復原嗎？什麼時候？「那是什麼療法？」每當他情緒激動時，說話總是結結巴巴，「什麼新的療法……您剛才不是說到什麼新療法嗎？……您想嘗試哪種新療法？」（我馬上發現他對這個「新」字非常敏感，緊咬著不放，對他來說，裡頭藏著一絲新希望。）

「就放手讓我來做吧，親愛的朋友，無論我做什麼實驗，什麼時候做，只要別催我，別總是想逼我完成不可能的任務！你們的『病例』——雖然這麼說不好聽，但這是我們醫界慣用的說法——絕對是我最關切的事。我們總會找到解決之道。」

老人沉默著，眼神沮喪。我見他費力壓抑住想再次提問的無意義衝動。康鐸應該也感受到這股沉默的壓力，因為他猛然站起來。

「可不是嗎？今天的任務算是完成囉。我已經把我的印象告訴您，其他的就是廢話和說大話了……縱使最近艾蒂絲的脾氣果真變暴躁，您也不必害怕，我會查明問題出在哪裡。只要做一件事：不要整天心煩意亂的，操心地繞著病人打轉。然後第二件事：請留心自己的精神狀況。您看起來像是睡眠不足，我擔心您在自尋煩惱、鑽牛角尖，讓自己越陷越深，反而不能對孩子負起責任。最好能馬上照我的囑咐，今晚早點上床就寢，睡前服用幾滴纈草液，明天就會恢復精神了。報告完畢，今天的看診結束了！我把這根雪茄抽完就上路。」

「您真的……真的要走了？」

康鐸醫師主意已定。「是的，親愛的朋友，今天就到此為止！我今晚還有最後一個有點過勞症狀的患者，我開給他的處方是大量散步。您看看我，從早晨七點半起就馬不停蹄地疲於奔命，整個上午待在醫院裡就為了一個古怪病例，也就是……唉，還是別提了……然後趕火車，來到這裡，我們當醫生的偶爾得換換新鮮空氣才能保持腦袋清醒。今天不要開車送我了，我寧可走路進城去！今天恰好有一輪燦爛明亮的滿月。當然，我不會搶走您的少尉先生；如果您不聽醫生的禁令還硬撐不睡的話，他一定能再陪您一會兒。」

我頓時想起我的使命。我急切說明：不，明天必須特別早起值勤，原本剛才就想告辭了。

「好吧，既然您這麼說，我們就一起進城吧。」

這下凱柯斯法瓦的灰色眼睛頭一回綻放火花：委託的任務！那個問題！套答案！他終於想起來了。

「我立刻就去睡覺。」他的語氣出乎意料地順從，還在康鐸背後悄悄向我使眼色。他不需要提醒我，我已經從袖口上感覺到脈搏劇烈跳動。我知道，現在要看我的表現了。

第九章

康鐸和我才剛跨出大門便停在最上層的台階上，因為門前花園景致美得令人屏息。屋內那幾個鐘頭大伙都處在不安的情緒，任誰也沒閒情逸致往窗外望；此刻場景全然轉變，帶給我們無比驚喜。偌大滿月像磨亮的銀盤掛在滿天星斗間，白日陽光的餘熱讓溫度悶得像夏季，又多虧那道耀眼光芒，宛若有一座冬季樂園從天而降。兩排筆直樹牆的影子護衛著開敞的道路，鋪在中間的礫石像剛飄下的新雪晶瑩奪目，樹木屏住了呼吸僵立，像桃花心木和玻璃時而映在月光下，時而藏在黑暗裡。我從沒感受過如此陰森的月光，整座花園淹沒在冰光閃耀的潮湧裡，四下萬籟俱寂；是的，這望似冬之光的魔力讓人沉迷，讓我們的腳步不由自主地逗留在像滑溜玻璃的光亮台階上。當我們走在泛著雪光的礫石大道上，才赫然發現走在路上的不再是兩個人，而是四個人，鋒利的月光清楚勾勒出我們的影子，在前面拉得好長好長。我不得不仔細端詳這兩個頑固的黑色伙伴，它們健步如飛的剪影強調出我們的每個動作。人的感覺有時真是幼稚得很，見到自己的影子比又胖又矮的同伴修長苗條，甚至「好看多了」，我滿足地放下心來。這份優越感讓我信心大增——我知道，要承認自己如此昏庸需要莫大的勇氣。最奇特的偶然無時無刻能左右你的心靈，尤其是最微不足道的表象，往往能增強或削弱我們的勇氣。

我們一路默不作聲走到柵欄門前。為了關門，自然得回頭向後看。宅邸正面像刷上一層青磷一樣泛著銀藍色光芒，像一大塊明亮的冰，恣意的月光強得刺眼，讓人分不清楚哪扇窗是被屋裡的燈火點亮，還是屋外月光照亮的。直到鐵門把手重重關上才打破了寂靜；這片陰森沉寂裡的塵世聲音讓康鐸鼓起勇氣向我轉過來，一副我沒意料到的自在模樣。

「可憐的凱柯斯法瓦！我一直在自責，剛才是不是對他太粗魯了點。我當然知道他巴不得再多留我幾個鐘頭，問一百個問題，或是問一百次同樣的問題。可是我真的不行了，今天實在累壞了，從早到晚都在看病，還都是些沒進展的病例。」

此時我們已經走在林蔭大道上，樹影交織成網，月光穿過縫隙滲透進來。大路中央白冰般的礫石被襯得耀眼，我們就沿著這明亮的光線渠道前進。出於敬畏，我沒有應聲，但康鐸似乎根本沒注意到我。

「再說，有時候我就是受不了他的固執。您知道嗎？我們從事醫療工作的人覺得最難搞的根本不是病人，你總會學到與病人相處的正確方法，會找出一門技巧。如果病人抱怨、追問或逼供，這也是他們的症狀，就像發燒或頭痛一樣。我們從一開始就計算到他們會不耐煩，也做好心理準備武裝起來，而且每個醫生都有一套安慰病人的說詞和謊話，就像給他們安眠藥與止痛劑那樣。可是沒人能像病患家屬和親人一樣讓我們的日子不好過，他們總要介入病人與醫生之間，總是想知道『真相』，其實他們一點資格都沒有。他們做的一切就像全世界只有這個人生病，醫生只需要照顧這個病人，沒有別人。凱柯斯法瓦問個不停，我真的不生氣，不過您知道嗎？如果長期焦灼不安，有時真會讓人失去耐性。就算跟他解釋了十遍，我現在城裡有位重症患者正值生死交關，他明明知道，還是每天打電話來催了又催，想強迫人滿足他的期待。身為他的醫生我也知道，情緒激動會對他造成多大的傷害，我的擔憂比他想像的還多，多很多。幸好他不知道情況有多糟。」

我嚇了一大跳，原來情況很糟！本想不著痕跡地打探消息，沒想到康鐸自己主動談起來。我激動地追問：「請見諒，康鐸醫師，不過您會了解，我十分不安……我完全沒想到艾蒂絲的情況如此堪慮……」

「艾蒂絲？」康鐸愕然地轉身看我。他似乎現在才注意到自己在跟另外一個人說話。「為什麼說到艾蒂絲去了？我根本沒提到艾蒂絲啊……您完全誤會我了……不，不，艾蒂絲的情況真的很穩定，可惜一直是這樣穩定不變。但是凱柯斯法瓦，我非常擔心他，而且越來越擔心。難道您沒發現他最近幾個月變了很多，氣色看來非常差，週週每況愈下？」

「我當然無從判斷……因為幾星期前才有榮幸認識馮・凱柯斯法瓦先生，何況……」

「喔，原來如此，是啊！請原諒……您當然無從察覺……可是我，我已經認識他好幾年，今天偶然瞥見他的手，著實吃了一驚，您沒注意到嗎？他那雙手瘦骨嶙峋，簡直毫無血色。您知道嗎？若你看過很多死人的手，如今卻在活生生的人身上看到手泛著紫青，內心不震驚也難。還有……他動輒就多愁善感，這點非常不好：只要有一絲情緒波動，他的眼眶就溼了；只要有一點點不安，馬上就怕得臉色慘白。尤其像凱柯斯法瓦這種曾經身經百戰、活力充沛的男人，現在變得如此屈服退縮，實在令人憂心。可惜，硬漢變成了軟腳蝦，這絕對不是好現象，我甚至不樂見他突然充滿菩薩心腸，這代表身心內部一定有東西不協調、不對勁了。當然，我老早就想幫他做徹底檢查，只是不敢跟他開口。因為，我的天，倘若現在還引起他懷疑自己是否病了，甚至想到自己可能會死去，留下癱瘓的孩子在世上，這簡直無法想像！此刻女兒的病盤踞在他腦中，情緒焦灼不安……不，不，少尉先生，您誤會我的意思了，我最擔心的不是艾蒂絲，而是他……我怕，這個老人來日不多了。」

我像是被人擊潰了。我從未想過這些。我那時不過二十五歲，還沒有親人過世的經驗，因此無法立刻體會有個才跟你同桌吃飯、說話、喝酒的人，可能明天就會裹著屍布，僵硬地躺在那裡。想到這裡，我的心臟瞬間感到微微刺痛，彷彿被扎了一針，看來我真的喜歡上這個老先生了。我因為激動變得很狼狽，只想隨便回應他的話。

「太可怕了」，我頭昏腦脹地說，「若真是這樣，那就太可怕了。他高貴、雍容大度、慈悲為懷，的確是我見過的正牌匈牙利貴族……」

此時發生的事卻讓我大吃一驚。康鐸冷不防站住，我也不由得停下腳步。他凝視我，眼鏡鏡片泛著光芒蠻橫地轉過來。停滯了兩個呼吸的時間後，他才詫異地問：「貴族？……而且還是正牌的？……凱柯斯法瓦？抱歉，親愛的少尉先生……不過您說的……正牌的匈牙利貴族……不是在開玩笑吧？」

我沒完全搞懂他的問題，只感覺自己好像說了什麼蠢話，於是尷尬地說：「我只能從自己的角度判斷，每次馮．凱柯斯法瓦先生都對我展現出最高貴、最仁慈的一面……我們軍隊裡的人總說匈牙利貴族盛氣凌人……可是……我……我還未遇見過比他更仁慈的人……我……我……」

我不再作聲，因為康鐸仍然從側面仔細審視著我。他圓圓的臉在月光下發亮，兩個超大鏡片閃爍不定，我只能隱約察覺到鏡片後兩隻在尋覓的眼睛，這令我十分不自在，覺得自己像隻昆蟲，正在銳利清晰的放大鏡下死命掙扎。我們兩人在路上面對面站著，若這裡不是空無一人，真會引起旁人好奇觀看。然後康鐸低下頭，又開始邁步向前走，彷彿在喃喃自語：

「您真是……一個奇怪的人。請原諒，這句話絕無惡意。不過這確實很奇怪，您必須承認我說的，真的很奇怪……因為我聽說，您和凱柯斯法瓦家來往已經幾個星期了。您住在一個小城裡，那裡可說是個雞窩，咯咯狂叫不停的雞窩。您竟然把凱柯斯法瓦視為貴人……難道您從沒聽軍中弟兄提過……我不能說是輕蔑，但總是一些閒言閒語，說他的貴族家世才沒幾年？……無論如何，一定有人跟您說過什麼傳言。」

「沒有，」我鄭重反駁，開始感覺到怒火中燒（被評價成「奇怪」或「奇特」的感覺實在很差）。「很遺憾，沒有人跟我說過什麼傳言，我也從未跟同袍談過凱柯斯法瓦先生的事。」

「這就怪了，」康鐸喃喃自語，「怪了。我一直以為他把您的為人性格描述得太誇張。坦白告訴您吧——我今天注定一整天都在做錯誤判斷——他對您那樣熱情，我有點無法置信……我無法真的相信您到他府上拜訪，純粹只是因為那次跳舞的烏龍事件，而且一去再去……單純地出於同情、關心。您不知道這個老人被別人敲詐得多嚴重——本來我打算（為什麼不乾脆告訴您呢？）一探究竟，是什麼把您吸引到這裡來。我猜想，若不是一個非常——我該怎麼婉轉表達呢？——一個心機重的小伙子想騙取財富；如果他是真心誠意，那一定是個心智還十分青澀、歷練不多的年輕人，因為悲劇和危險事物只會對年輕人產生奇特的吸引力。年輕人的直覺幾乎都是對的，您已經很精確嗅到了……這個凱柯斯法瓦真是一個怪胎，我很清楚別人會說什麼話唾棄他，不過只有這點，這麼說請見諒，您把他說成貴族讓我覺得很可笑。但請相信我，沒有人比我認識他更深——您不必因為對他和這個生病的可憐孩子付出這麼多友誼而感到丟臉。無論別人跟您說了什麼閒話，千萬不要被他們左右，這些壞話和今天親切、楚楚可憐的凱柯斯法瓦真的沒有關係。」

康鐸邁著大步前進時說著這些話，根本沒看我一眼。過了好一會兒，他的步伐才慢了下來。我發現他在思考，因此不願打擾他。我們肩並肩默默地走了四、五分鐘。一輛馬車駛來，於是我們避開到路邊，農村馬車夫滿眼好奇地盯著這奇特的一對，一個少尉跟一個又矮又胖、戴眼鏡的先生，三更半夜在大路上默不作聲地散步。我們讓馬車經過，然後康鐸突然轉過來。

「聽著，少尉先生。只做一半的事和只說一半的暗示向來都不是好事；世上所有惡事的罪魁禍首都要歸咎於半心半意。也許我剛才不經意說溜嘴的話已經太多，我絕不想破壞您善良的信念。另一方面，這些話已挑起您的好奇，一定會去向別人打聽，恐怕您不會得到百分之百的真相。您長期與一家人來往，卻不知道他們是些什麼人，簡直讓人無法置信。可能您也無法再跟從前一樣無拘無束地上門。倘若您真的想多了解我們這位朋友，少尉先生，我很樂意為您效勞。」

「當然了。」

康鐸看了看錶，「十點四十五分，我的火車在凌晨一點二十分開，我們有足足兩個小時的時間。不過我不認為這種事情適合在大馬路上說，也許您知道哪裡有可以慢慢談的僻靜角落。」

我想了想。「最好去腓特烈大公街的提洛酒館，那裡有小包廂，不會有人打擾。」

他回答：「好極了！那裡會很適合。」說著又開始加快了腳步。

我們一直走到路的盡頭，沒再多說。不消多久，就著明亮月光就看見城裡的屋舍排在兩旁，幸好沒在這些空蕩巷弄裡遇見任何一個軍中弟兄。不知為何，要是他們改天跟我打聽身旁這號人物，我可能會十分尷尬。自從被捲入這樁特殊事件，我便小心翼翼地藏起每一條可以通往迷宮的線索，這座迷宮卻不斷在引誘我走向越來越神祕的深處。

§

提洛酒館位在一條古老彎曲小巷弄的偏僻角落，外界風評不佳，只能稱得上是二、三流，卻是一家舒適的小酒館，由於守門人寬容又健忘，使得這裡尤其受我們軍人青睞。根據警察規定，要住雙人房必須填寫登記單——即使是大白天——而他總是故意忘記。對於需要小心謹慎的狀況都很保密，不管是馬拉松或閃電幽會，任何人想進入愛巢不必從引人注意的大門出入（想在小城裡掩人耳目很難！），可以從容不迫地從酒吧櫃台直接上樓，抵達祕密基地。雖說這家酒館不太正派，但樓下酒吧販賣的泰拉諾酒和麝香白酒[10]味道濃郁粗獷，真的無可挑剔。每晚總是有不少居民聚集在笨重沒鋪桌巾的原木桌旁暢飲，少不了要對地方與世界大事高談闊論，難免會出現激動的場面。長方形的酒館布置得稍嫌庸俗，很適合那些老實單純的酒客，他們不過想喝個小酒，悶悶地圍坐在一起。在這樓上設了整排所謂的「包廂」，每間包廂都有相當厚的隔音木牆，牆上還畫蛇添足地裝飾了烙印畫和庸俗的祝酒辭。穿堂後面掛著厚厚的門簾，將八個小包廂完全蓋起來，簡直就是Chambres séparées[11]，而且也真的達到它的目的。假如有軍官或第一年的志願兵想跟幾個維也納來的女孩尋歡作樂不想被人看見，通常都會事先預訂一間，據聞連我們紀律最嚴格的上校都贊同酒館這項明智的措施，因為普通百姓便難以窺探他那些年輕小鬼花天酒地的行徑。保密也是這家酒館的最高經營原則：老闆費萊特納嚴格下令，身穿提洛民俗服裝的女服務生要掀開神聖的門簾前，得先在門口誇張地咳嗽幾聲；除非客人按鈴叫人，否則也不能隨便打擾。如此既能保住軍隊的名聲，也滿足了官兵的享樂需求。

不過，用包廂只為了談話不受干擾，在這家酒館的歷史記載上實屬罕見。可是萬一康鐸醫師在披露祕密時被登門弟兄的寒暄打斷，或是讓他們心生好奇，我可是會非常尷尬。倘若來個官階更高的人，我更必須乖乖跳起來行禮。光是跟康鐸一起進入酒館就讓我不自在，假如被人撞見我和一個肥胖的陌生人溜進這種私密空間共處，天曉得隔天會惹來多大的騷動和嘲笑！幸好一踏進酒館我便滿意地發現酒館裡人數寥寥可數，小駐紮地每到月底必定是這景況。團裡的人一個也沒有，整排包廂任君挑選。

康鐸一口氣點了兩大升白葡萄酒，並且立刻買單，慷慨地丟給女服務生一大筆小費，表明不再需要她進來。她感恩地說了句「請慢用」，然後識相地永遠消失。門簾垂下來，只會偶爾模糊聽見中央大桌客人的高聲談笑。我們在完全密封的包廂裡，十分安全。

康鐸先為我在高腳杯裡斟酒，然後為自己斟一杯。他舉手投足時都在深思，讓我發覺到他正在腦中整理要對我說的話（可能也包括想對我隱瞞的話）。當他轉向我時，先前令我反感的困倦與遲鈍感竟一掃而空，眼神變得十分專注。

「我們最好從頭說起，先把貴族拉尤斯．馮．凱柯斯法瓦先生擺在一邊，因為那時候還不存在這號人物。當時既沒有身穿一襲黑大衣、戴著金邊眼鏡的地主，也沒有貴族甚至巨富。在匈牙利與斯洛伐克邊境一個貧窮村落裡，只有一個瘦小、窄胸、目光銳利、名叫李奧波德．卡尼茲的猶太男孩。大家都叫他萊莫爾．卡尼茲。」

我一定是跳了起來，或是表情十分詫異，我對任何祕密都有心理準備，偏偏這種開場白超乎了想像。康鐸露出理所當然的笑容，繼續說下去：

「是啊，卡尼茲，李奧波德．卡尼茲，這是無法改變的事實；直到許多年後，名字才按照某部長請託改成濃厚的馬札爾風，再裝飾上一個貴族封號。您大概想不到，一個人只要有勢力，人脈佳，長年居住此地，就可以重新換上一層皮，弄個非常馬札爾的名字，甚至還能變成貴族。不過話說回來，您還年

---

10 泰拉諾酒（Terlano），產自義大利北部的南提洛。麝香白酒（Muskateller）出自該種葡萄品種。

11 密閉式隔間。

輕，怎會知道這些。往事早已塵封多年，連滾滾萊塔河水[12]都奔流不復啊。那時這個小鬼頭，這個目光銳利、狡猾機靈的猶太男孩不是趁農人上酒館買醉時幫他們看管馬匹或農車，就是幫市場上的女人提菜籃回家，好換得幾顆馬鈴薯。

「凱柯斯法瓦或者卡尼茲的父親絕非巨富，而是個鬢角垂著長辮子的貧窮猶太人，在當地鎮郊公路旁租了一間賣燒酒的小酒館。伐木工和馬車夫每天早晚會在那裡休息，以便在入出喀爾巴阡山森林前後喝上一杯或幾杯七十度的燒酒取暖。有時候液體的烈火過度刺激感官，他們會把椅子和杯子都砸碎；在一次鬧事中，卡尼茲的父親不幸挨了致命一擊。幾個在市場喝得爛醉的農夫一過來便開始互毆，酒館主人想保護他那點可憐家當，企圖把他們拉開，一個大塊頭馬車夫把他重重扔進角落，他只能躺在那裡呻吟。從那天起他就日日吐血，一年後死在醫院裡。身後一毛錢都沒留下，卡尼茲的母親是個勇敢的女人，靠著幫人洗衣、接生來養活自己和幾個年幼的孩子。除此之外她還不辭辛苦地沿街叫賣，卡尼茲就跟在後面扛貨包。此外，哪裡能撈點小錢他就去做工；幫生意人跑腿，在附近村落當信差。別的孩子還在高興地玩彈珠時，他小小年紀就已經知道東西值多少錢，哪裡能做買賣，如何買賣，怎樣讓別人覺得他有用，少不了他。他還擠出時間來自修。猶太拉比教他讀書寫字，他的領悟力很強，一教就會，十三歲便能偶爾幫忙律師做文書，替小販填表、報稅，賺取幾個銅板。為了節省燈油錢——每一滴煤油對窮人都太浪費——他夜夜坐在巡邏隊小屋前面的信號燈下（村裡沒有車站）努力閱讀別人撕掉丟棄的舊報紙。看好他的村內耆老當時就撫著鬍子預言，這孩子將來一定會成大器。

「至於他後來是如何離開斯洛伐克的村子到維也納去的，我無從得知。可是當他二十歲出現在這一帶時，已經在一家有名望的保險公司擔任代理人了。由於他工作努力不懈，除了這份正式工作外還兼辦上百項的小型業務。他儼然成了加里西亞人所說的『代辦人』，代理各種買賣、仲介，為供需兩方搭起橋梁。

「人們先是容忍他，不久便開始注意他，甚至需要他。因為他無所不知，無所不曉；這裡有個寡婦想嫁女兒，他就立刻自告奮勇當媒人；那裡有人想移民美國，需要相關資訊與文件，卡尼茲就幫他們設法弄來。此外他還買賣舊衣物、鐘錶、古董，為田地、貨品和馬匹估價、做交換；假如有軍官需要擔保，他也能辦到。他的知識與影響力逐年擴大。

「憑著孜孜不倦和不屈不撓精神能賺不少錢。然而真正的財富必須透過收支之間的特殊比例才能累積，這又是我們的好朋友卡尼茲直上青雲的另一個祕密。除了一大群親戚需要資助並供弟弟念大學以外，這些年他幾乎沒什麼花費，唯一給自己的奢侈品就是那件黑大衣以及那副您也很熟悉的鍍金絲邊眼鏡，目的在純樸的農人面前塑造他『博學』的形象。當他躋身富人行列之後，卻仍小心謹慎對外謙稱自己只是個普通的代理人。因為『代理人』是個非常美妙的辭彙，彷彿是件寬鬆的大衣，大衣後面可以隱藏任何東西，凱柯斯法瓦最需要隱藏的就是他早就不再是個小小的仲介，早就是重要的出資人與企業家

12 Leitha，歐洲中部河流，為多瑙河支流，流經奧地利和匈牙利，在莫松馬扎爾注入多瑙河。

了。對他來說，真正擁有財富似乎比炫耀財富來得更重要，也更正確（彷彿他讀過叔本華討論一個人的真面目與外在模樣議題的智慧書《附錄與補遺》[13]似的）。

「一個勤奮、聰明又節儉的人，早晚都會致富，這在我看來不需要什麼特別的哲學觀，也不值得驚嘆；畢竟我們當醫生的最清楚，在生死關鍵時刻，一個人的銀行帳戶是幫不上什麼大忙的。真正令我懾服的是我們的卡尼茲打從一開始那份魔鬼般的意志，下定決心同時累積財富與知識。火車上的長夜、搭車和住旅館的空檔以及散步的每一刻，他都用來閱讀與學習。他潛心研讀全部的法律典籍、貿易法和工商規定，為的就是成為自己的律師；他留心倫敦與巴黎的拍賣會，儼然是一位專業的古董商；還像個銀行家那樣，精通各種投資與交易。他的生意自然越做越大。他從佃農那裡找到小地主，再從小地主找到大地主；不久之後，他就開始當起全年農作收成與森林地的買賣仲介，給工廠送原料、成立企業財團，最後更批准成為軍隊物資的供應商。在政府部門的訪客室裡越來越常見到那件黑色大衣與金邊眼鏡了。不過，在地人依然──那時他可能已坐擁二十五萬甚至五十萬克朗的財產──當他是個微不足道的代辦人，在街上見到『這個』卡尼茲仍舊隨隨便便打招呼，直到他大耍手段，突然從萊莫爾．卡尼茲搖身一變成了高貴的馮．凱柯斯法瓦先生。」

第十章

康鐸忽然打住。「好！剛才我跟您說的全都是二手資料，接下來的故事是他親口告訴我的。他妻子手術開刀那一夜，我們在療養院的房間裡從晚上十點一直等到隔天清晨，他在那時候告訴我的。從這裡開始，我可以擔保所說的一字一句都千真萬確，因為人在這種時刻不會說謊。」

康鐸一邊沉思，一邊緩緩吞下一小口酒，然後再新點上一根雪茄。我想，這應該是他那晚的第四根，這樣不間斷地抽菸令我印象深刻。我開始了解，身為醫生的他刻意採用遲鈍而親切的調調，說話不慌不忙、表面上漫不經心其實是一種特殊技巧，好利用短短的片刻冷靜思考（或是觀察）。他那肥厚、疲倦的雙唇吸了三、四口雪茄，眼神像是沉入夢鄉一樣凝視著縷縷上升的煙。然後他冷不防抽動了一下。

「李奧波德或萊莫爾．卡尼茲變成馮．凱柯斯法瓦莊園大地主和紳士的故事源頭，發生在一列從布達佩斯前往維也納的載客火車上。我們這位朋友雖然已四十有二、頭髮灰白，夜晚大多還是在旅途奔波中度過——節儉吝嗇如他，連時間也不捨得浪費——而且我不必強調，他都是乘坐三等車廂，毫無例

---

13 作品原名*Parerga und Paralipomena*，一八五一年出版。

外。經驗豐富的他早就學會夜間旅行的特殊訣竅。首先在又冷又硬的木頭板凳上攤開一床蘇格蘭花格旅行毛毯，那是他在一次拍賣會上撿到的便宜。然後細心掛好那件不可缺少的黑大衣，避免弄皺或磨損；將金邊眼鏡放入盒中，再從麻布旅行袋中拿出——他死也不肯買個皮箱——一件老舊的粗絨家居服，最後再壓低帽子緊遮住臉，免得燈光刺激眼睛。他就這樣蜷縮在車廂角落，早已習慣成自然，坐著也能夢周公；當他還是小萊莫爾時就已經學會夜晚不需要床，隨時可以席地而眠了。

「不過這回我們的朋友卻沒睡著，因為同車廂裡還有三個人在大談生意經。每當卡尼茲一聽到別人談的是生意話題，就會忍不住豎起耳朵。他的學習欲如同錢財慾，並沒有因歲月而減弱，兩個欲望彷彿鉗子的兩個鐵片，被鐵螺絲釘緊緊拴住。

「本來他已經快要睡著，可是一個關鍵字立刻把他嚇醒，有如聽見號角的馬。是一個數字：『您想想看，只因為一件天大的蠢事，幸運之星就降臨在這小子身上，六萬克朗輕鬆入手。』

「什麼六萬克朗？誰有六萬克朗？卡尼茲猛地清醒過來，好像一盆冷水瞬間將他眼裡的睡意全都澆熄了。誰賺了六萬克朗？怎麼賺的？他一定得搞清楚。毋庸贅言，他小心提防在這三人面前洩露出他在偷聽，反而把帽子往前額壓得更低，讓陰影完全遮住眼睛，讓這些人以為他真的睡得很沉；另一方面，他又十分狡詐地利用每次火車行駛的震動，讓身體不著痕跡地慢慢朝他們挪近，絕沒有因為車輪噪音遺漏任何一個字。

「這個年輕人越說越激動，彷彿在吹著憤怒的號角，也因此卡尼茲才清醒過來。原來這個人是維也納某律師的文書，因為一個出包的案子對老闆氣憤不已，他激動地強調：

「『這傢伙根本徹底搞砸了！只為了去開一個愚蠢的法庭會議，這頂多能替他賺進五十克朗，使得他隔天才去布達佩斯，而那頭笨母牛就在這時候被人騙得暈頭轉向。本來一切都十分圓滿——遺囑完美無缺、最佳的瑞士證人、醫師評鑑書也沒得挑剔，證明歐羅斯瓦夫人在立遺囑時神智完全清醒。那群姪孫和靠裙帶攀上親戚的騙徒特地請了律師在下午八卦週刊上爆料，其實他們連一個銅錢都拿不到。所以我這笨牛老闆信心滿滿，而且因為星期五才要開庭，於是他老神在在回維也納去參加那個該死的法庭會議。不料此時，對方的律師維茲納，這個狡猾的無賴趁勢偷偷接近那女人，做了友誼拜訪，那頭腦簡單的母牛就神經錯亂了——他學起北部方言腔調，模仿那女人的口吻說：『我根本不想要這麼多錢，只想平平靜靜過日子。』是啊，她現在得到她要的平靜了，那群騙子卻輕輕鬆鬆拿到她那份遺產的四分之三！不等我老闆過來，這笨女人就簽了一份協議書，有史以來最愚蠢不過、荒謬到極點的協議書：隨便畫上一筆就白白送掉五十萬。』」

「少尉先生，現在請注意，」康鐸醫師轉過來對我說，「正當這年輕人大肆抨擊的時候，我們的朋友卡尼茲像一隻蜷縮起來的刺蝟，不動聲色地坐在角落裡，帽子已經拉到眉毛邊，全神貫注沒遺漏任何一個字。他立刻明白是怎麼一回事，因為歐羅斯瓦這樁官司——我當然用的是假名，因為真名大家都很熟悉——可是當時所有匈牙利報章雜誌的頭條，的確是轟動一時的大事；我在此簡短說明來龍去脈。

「歐羅斯瓦老侯爵夫人從烏克蘭移居來此時已家財萬貫，她比夫君足足多活了三十五年。她堅韌如皮革，心腸惡毒如戴聖鳥，自從她兩個可憐的女兒在同一晚死於白喉，她打從心底痛恨歐羅斯瓦家族所有人，就因為他們活了下來。我打從心底相信，據說她出於惡意與惱怒，故意不將遺產傳給等得不耐煩的姪子和姪孫女，所以才活到八十四歲。倘若有覬覦財產的親戚想登門求見，她一概拒絕；即使家人寫來內容親切溫暖的書信，也扔到桌底，不予回覆。孩子和丈夫死後，她變得性情乖戾，憤世嫉俗，一年當中住在凱柯斯法瓦莊園的時間只有兩、三個月，從來不見有人上門拜訪。其他時候，她遊歷世界各地，居住在尼斯和蒙特勒，排場華麗，縷衣貂裘目不暇給，差人造型美髮，修護指甲，梳妝打扮，閱讀法文小說，購買數不清的衣裳，逛過一間又一間店鋪，像個俄國小販般與人討價還價，斥責謾罵。她唯一能容忍出現在身邊的，只有貼身女侍。但是想當然耳，女侍的日子自然很不好過。這位沉靜的可憐女子日日要餵食三隻慍怒狺狺的可憎杜賓犬，幫牠們梳毛，帶出門溜達，還要彈琴娛樂那位傻老太婆，為其朗讀書籍，忍受她無端爆發的憤怒辱罵。根據可靠的傳聞，有時候老婦人幾杯白蘭地下肚，或者喝多了威士忌——這是她在烏克蘭時就有的習慣——女侍甚至還得忍受一陣毒打。在尼斯和坎城，艾克斯班勒和蒙特勒等各處奢華場所，無人不曉這位表情陰鬱不樂的矮胖老嫗，她哈巴狗似的圓臉塗上厚厚一層粉，染了頭髮，而且老是扯著嗓子說話，不在乎是否有人聆聽，還與侍者大吵大鬧，像個粗暴的中士，不稱她心意的人，免不了要遭受她冷眼無禮的對待。女侍身形削瘦，蒼白無色，一頭金髮，雙眼透出驚恐不安，外出散步時，始終只能牽著狗兒跟在女主人後頭而非一旁，宛如一道影子。那散步的行列看來陰森恐怖。明眼人都看得出她對女主人粗野的舉止感到羞恥慚愧，同時又懼之如活脫脫的惡魔。

「七十八歲那年，歐羅斯瓦侯爵夫人在泰利特一家伊麗莎白皇后每訪必住的旅館中罹患了嚴重的肺炎。消息怎麼傳到匈牙利的，始終費人疑猜。總之，親戚們不約而同匆忙趕來，占據了旅館，纏著醫生探問消息，然後等待著。等待著她一命嗚呼。

「可是惡意發揮了保命作用。老潑婦逐漸恢復健康，焦躁的親戚一聽說痊癒的老嫗首次要現身大廳的那天，全部腳底抹油溜之大吉。歐羅斯瓦侯爵夫人早就聽聞繼承人個個擔憂不安，已經趕來聚集在此。她個性刻薄又邪惡，打從一開始就買通了侍者和打掃女僕，要他們把親戚所講的每一句話源源本本告訴她。事情果不期然如她所料。心急草率的親戚如狼群般爭鬥不休，誰能擁有凱柯斯法瓦，歐羅斯瓦該給誰，誰又能拿到珍珠，誰有權取得烏克蘭的產業，歐夫納街上那座宮殿的主人又應該是誰的。這是射向她的第一槍。一個月後，布達佩斯方面來了一封名為德韶爾的借貸掮客所寫的信，信中表明除非她白紙黑字保證其姪孫德茲佐為共同繼承人，否則他無法延長德茲佐償付借款的期限。這是壓垮駱駝的最後一根稻草。歐羅斯瓦侯爵夫人打電報到布達佩斯約見律師，與他擬定一份新遺囑，更甚者——惡意使人高瞻遠矚——還找來兩位能明確證實侯爵夫人神志清楚的醫生做為見證人。律師將遺囑帶回布達佩斯，之後足足在他的事務所裡密封了六年，因為老歐羅斯瓦侯爵夫人根本不急著步上黃泉路。等到遺囑終於拆封那天，結果完全出乎眾人意料。唯一繼承人是貼身女侍，來自威斯瓦倫的安涅特・畢雅特・狄辰霍夫。這是女侍的名字首次在眾家親戚耳裡引發駭人轟隆雷鳴。凱柯斯法瓦屬於她，還有歐羅斯瓦、製糖廠、養馬場、布達佩斯宮殿。老侯爵夫人只把烏克蘭的產業和現金留給烏克蘭的家鄉，用來建設一座俄羅斯教堂。那些親戚一顆鈕釦兒也沒有撈到。更狠毒的是，還在遺囑裡清楚載明她特意忽視親戚的理由：『他們不應該期待我死去。』

「於是一樁眾人津津樂道的醜聞就這麼冒出頭了。親戚個個罵罵咧咧，疾聲抗議，迫不及待衝去找律師，發布了陳腔濫調的聲明，強調遺囑是侯爵夫人重病期間在神志不清的狀況下擬定的，又說她對貼身女侍言聽計從，有如病態，還強調女侍詭計多端，強行施加影響力，無疑強暴了病人的真正意志。律師們同時試圖將事情鬧得舉國皆知，擴大成民族事務，強調歐羅斯瓦家族自阿爾帕德[14]時代以來的產業竟然落入一個外國人手裡，而且還是個普魯士女人，另外一半財產甚至淪落到了西里爾教會。布達佩斯全城上下沸沸揚揚，議論紛紛，其他事情全被拋諸腦後，報紙也大篇幅滿版報導。但儘管相關人士忿忿不平，大吵大鬧，事態依舊不樂觀。這些繼承人已在兩處法院輸掉訴訟。雪上加霜的是，居住在泰利特的兩位醫生仍然健在，再一次證實老侯爵夫人當時神智十分清楚。其他證人在交叉審訊中也不得不坦承，老夫人最後幾年雖然脾氣乖張，但是腦筋毫不糊塗。律師們使出的詭計花招、威脅恫嚇，全都鎩羽而歸。百分之百能肯定，王家法庭不會推翻先前已裁示、有利於狄辰霍夫小姐的判決了。

「卡尼茲自然也讀過這場官司的相關報導，但是仍然豎耳傾聽，一個字也不放過，因為他對他人的金錢交易極有興趣，那正是他想學習的課題。此外，早在擔任代理人時期，他便知道凱柯斯法瓦莊園了。

「『你可以想見，』矮小的年輕文書又說，『我老闆回來後看見那個蠢女人被騙得團團轉，一定氣得火冒三丈。她已在文件上簽名放棄歐羅斯瓦和歐夫納街的宮殿，只拿到凱柯斯法瓦莊園和養馬場就心滿意足了。那些唯利是圖的鬣狗承諾她以後無須再上法院打官司，顯然讓她印象深刻。那些繼承人甚至願意慷慨承擔她所有的律師費用。不過，這份協定應該不具法律效力，仍可提出非議，畢竟簽字時只有證人在場，而非在公證人面前簽署。何況那幫貪婪的傢伙身無分文，不堪承受新法院延宕的流程，早晚只會被拖垮。當然了，我老闆責無旁貸應該攆走這幫人，反對協定無效，維護女繼承人的利益，這是他該死的責任。但是那幫人明白怎麼抓住他的小辮子——只要他別再吭聲，他們願意私底下付給他六萬克朗的律師費。他反正被那個蠢女人氣得滿肚子火，怨懟她在半個鐘頭裡被人誆騙了整整一百萬元，所以乾脆宣布協定有效，撈進了大把鈔票。六萬克朗，你說說看，他蠢不可及去了一趟維也納，弄擰了當事人的事情，竟還得了六萬大洋！老天爺平白無故賜福給這無賴，他得有多走運吶。現在，數百萬的遺產，那女人只得到凱柯斯法瓦莊園。據我所知，她很快也會把莊園搞得亂七八糟。真是愚蠢至極的笨牛！』

「『她究竟會怎麼處理莊園呢？』另一個人問道。

「『我告訴你，她會搞得一塌糊塗！絕對胡搞一通！對了，我還耳聞製糖公會的人打算接收她的製糖廠。我想應該是後天吧，總經理就會從布達佩斯趕來。至於那座莊園，聽說有個叫佩特羅維奇的人有

14 Árpád，匈牙利首位統一各部族的大公，於十世紀時創建阿爾帕德王朝。

興趣租下，他是那兒的管家。不過製糖公會的人也可能會接管莊園。他們有的是錢，應該是家法國銀行──你們沒在報上看過消息嗎？──正準備和波西米亞工業界聯手……』

「話題接著就流於一般內容了。不過我們的卡尼茲已聽得夠多了，耳朵紅得發燙。沒幾個人像他這麼熟悉凱柯斯法瓦莊園，二十年前他便到過那兒給家具器皿辦理保險。他也認識佩特羅維奇，可說打從經營買賣開始即與他熟識。看似忠厚老實的管家管理莊園多年來中飽私囊，私吞了一大筆錢，透過卡尼茲居中介紹，把錢借貸給戈林格博士抵押。不過，卡尼茲最掛心的，是一櫃子他仍歷歷在目的中國瓷器，另外還有幾尊釉彩雕塑和絲織品，全都是歐羅斯瓦侯爵夫人曾在北京擔任過公使的祖父流傳下來的。只有卡尼茲一人了解這些物品價值不菲。侯爵夫人還在世時，他曾經代表芝加哥的羅森菲爾交涉購買事宜，那全是稀世珍寶，或許價值兩至三千磅。老歐羅斯瓦侯爵夫人自然毫無概念近幾十年來東亞的藝術珍品在美國的行情有多好，她粗暴地打發掉卡尼茲，說什麼也不會賣，要他滾到地獄去。這些稀世珍寶若是還保留著──卡尼茲一思及此，不由得一陣哆嗦──趁著產權轉換時，或許能以非常低廉的價格取得。不過，首要上策當然還是拿到全數物品的優先購買權。

「我們的卡尼茲假裝忽然醒來──那三個旅人早就聊到別的事情去了──高明地打了個哈欠，伸伸懶腰，拿出錶來看，再過半小時，火車即將在您駐防的地區停下。他匆匆忙忙摺好家居服，穿上不可缺少的黑大衣，把一切收拾妥當。兩點三十分一到，他迅速下了火車，驅車前往紅獅旅館，要了一個房間。他就像面臨戰役勝負未卜的總司令一般輾轉難眠，這點我也無須特別強調了。他早上七點整就已起床，一秒也沒耽擱，踩在泥濘上，大步走過我們剛才經過的林蔭大道，往莊園去。搶先一步，一定要搶在別人前面，他心想。在貪婪的吸血鬼從布達佩斯飛來之前辦妥一切事情！趕緊說服佩特羅維奇，他倘若打算販賣家具的話，得立刻通知他。萬不得已，就和他一起出價買下整個莊園，分產的時候確保自己能拿到家具等珍品。

「侯爵夫人過世後，莊園裡的僕役已寥寥無幾，所以卡尼茲大可安心，悠閒走進莊園，從容不迫觀察周遭一切。他心中暗忖，真是一片秀麗的產業，確實經過精心維護，百葉窗才剛塗刷過，牆壁漆上了清新的色彩，還有新造的籬笆——不錯、不錯，這個佩特羅維奇心裡很清楚為什麼要進行這麼多的修繕工程，每筆帳單上總有豐厚的佣金會落入他的腰袋裡。但是，這傢伙究竟在哪兒呢？莊園大門緊鎖著，不管怎麼使勁敲，管家房始終沒有動靜——要是那傢伙最後去了布達佩斯，和那個頭腦簡單的狄辰霍夫簽訂合約，可就要命了！

「卡尼茲焦急地晃過一扇又一扇的門，又是叫喊，又是拍手，卻始終不見人影。一個人也沒有！他最後悄悄潛近一道小邊門，忽地瞥見玻璃溫室裡有個女人身影。他透過玻璃，只看得見她正在澆花。終於找到人探詢消息了。卡尼茲粗魯地敲著窗玻璃，朝內喊了聲『喂』，兩手一邊拍著巴掌，想要引起對方的注意。在溫室裡忙著花事的女子大吃一驚，露出彷彿闖了禍似的怯生生模樣，猶豫了一會兒後，才敢走到門口來。眼前的女子身材削瘦，一頭金髮，年紀老大不小，身穿樸素的深色衣衫，外繫一條印花棉布圍裙，現正站在木柱之間，手裡握著還半張開的花剪。

「卡尼茲不耐煩地朝她嚷著：『您教人等得可真久啊！佩特羅維奇在哪兒？』

「『誰？』骨瘦如柴的姑娘目露驚愕問道，不由自主往後退了一步，把花剪藏到身後。

「『誰？這裡有幾個佩特羅維奇呢？我說的佩特羅維奇是——那個管家！』

「『啊，請見諒……那個……那個管家先生……嗯……我自己也還沒看過他……我想，他到維也納去了……不過，他妻子說希望他今晚能夠回家。』

「希望、希望，卡尼茲一肚子火想著。看來要等到傍晚才行了，又得在旅館多浪費一晚，支出不必要的新開銷，還完全無法確知結果。

「『真討厭！那傢伙幹嘛偏偏今天出門！』他低聲嘟噥著，然後又對姑娘說：『我可以參觀這座莊園嗎？有人手中有鑰匙嗎？』

「『鑰匙？』她驚訝地把他的話重複了一次。

「『沒錯，見鬼了，就是鑰匙！』（她為什麼傻乎乎地晃來晃去啊？他心想。也許佩特羅維奇吩咐過她，不准讓別人進屋。好吧，大不了塞點小費給這頭膽怯怕事的母牛。）卡尼茲立刻換上一副和藹可親的臉孔，講起了土氣的維也納方言：

「『欸，您別嚇成那個樣子！俺絕對不會搬走您的東西，只是希望到處看看罷了嘛。怎麼樣呢，您手上到底有沒有鑰匙呀？』

「『鑰匙……我當然有鑰匙。』她結結巴巴說。『……可是……我不確定管家先生什麼時候……』

「『俺剛才說過啦，俺不需要您的佩特羅維奇。好了，別拖拖拉拉的。您熟悉這屋子嗎？』

「笨拙的姑娘越發局促不安了。『我想……多少還有點熟悉……』

「蠢瓜一個，卡尼茲心裡叨念著。這個佩特羅維奇真是雇了個糟糕的人啊！接著他大聲命令道：

「『現在走吧，我可沒有多少時間。』

「他邁開步伐走在前頭，而她果真跟了上來，一副惶惶不安、拘謹卑怯的模樣。走到大門口時，她又躑躅不前了。

「『看在老天的分上，您趕緊開門吧！』這個人怎麼如此遲鈍，如此羞赧啊，卡尼茲內心十分惱火。慎重起見，卡尼茲趁她從破舊乾癟的皮包拿出鑰匙時又問道：

「『您平常在莊園裡都做些什麼工作？』

「受驚的姑娘停下腳步，滿臉通紅。『我是……』她才張嘴，隨即又改口說：『……我以前是……我以前是侯爵夫人的貼身女侍。』

「現在換我們的卡尼茲嚇得喘不過氣來了（我向您發誓，要他這類型的男人驚慌失措，簡直是難上加難）。他不由自主後退一步。

「『您該不會是……狄辰霍夫小姐吧？』

「『我就是。』她驚惶無措，好似有人指控她犯了過錯。

「卡尼茲這輩子從不識什麼叫做狼狽窘迫，但是此時此刻，他窘迫得無地自容，沒想到自己竟瞎了眼，一頭撞上傳說中的狄辰霍夫小姐，也就是凱柯斯法瓦的繼承者。他趕緊轉換說話的語氣。

「『請見諒，』他慌了手腳，急忙摘下帽子，說話結結巴巴。『對不起，小姐……沒有人通知我說小姐已經抵達此地了……我一無所知……請您見諒……我來此只是……』

「他頓住了，現在得趕快編撰出有說服力的理由才行。

「『為了保險一事前來……已故的侯爵夫人多年前仍健在時，我便曾多次造訪，可惜當時沒機會見到小姐您……我是因為這事而來，只是為了保險一事……單純來看看地產是否完好無損……這是我們的職責。不過，這事兒也不急。』

「『喔，請進，請進……』她戒慎恐懼地說。『我對這類事情並不清楚，您最好還是和佩德絡維契先生談談。』

「『當然、當然。』我們的卡尼茲連聲答道，他尚未完全回過神來。『……我當然會等佩德絡維契先生。』（他私下想，沒有必要糾正她。）『但是，小姐您如果不嫌麻煩，我或許可以迅速看過一遍莊園，事情很快就可以辦妥。家具等物品應該沒有多大改變吧。』

「『沒有、沒有。』她急忙說。『完全沒有改變。如果您想親眼證實的話……』

「『真是太好了，小姐。』卡尼茲微微一鞠躬，兩個人於是走進了屋裡。

「他一進沙龍，第一眼先查看您已經認識的瓜爾迪[15]的四幅畫，接著到隔壁，如今是艾蒂絲的閨房，看看擺放中國瓷器的櫃子、編織著故事圖畫的掛毯與小巧玲瓏的玉器。他終於鬆了口氣，所有東西都還在。佩特羅維奇一件也沒偷，這愚蠢的傢伙寧可從燕麥、苜蓿、馬鈴薯交易和修繕建築當中偷摸點油水。狄辰霍夫小姐覺得自己在陌生人聚精會神、激動四下張望時打擾到他，有點不知所措，乾脆拉起緊閉的百葉窗，日光頓時灑落屋內。從挑高的玻璃門往外望，花園的景致一覽無遺。卡尼茲提醒自己要和她說話，別忽略了她！和她套好交情！

「『花園美景盡收眼底，真是漂亮啊。』他深深吸了口氣說道。『能住在這兒，實在好福氣。』

「『是的，景致十分優美。』她順從地隨口附和，但是語氣聽來並非發乎真心。卡尼茲即刻察覺，這位膽怯的女子早已忘記如何公然反駁他人了。過了好一會兒，她才又改口補充說：『可是侯爵夫人住在這兒始終不舒心。她總是說平坦的田野使人憂鬱哀傷。她其實只喜歡群山和大海。這一帶對她而言太偏僻、太孤涼了，而人……』

「她又頓住不語了。快點和她說話、和她說話，卡尼茲不斷提醒自己。和她維持好關係！

「『但願您現在會在此長住下來了，小姐？』

「『我？』她不自覺抬高了雙手，彷彿想推開什麼不順心意的東西似的。『我嗎？……不！喔，不是的！我一個人孤零零住在偌大的房子裡做什麼？……不、不，一切安置妥當後，我就會立刻離開。』

「卡尼茲小心翼翼從旁偷覷著她。這個可憐的女主人，在龐碩的空間裡顯得多麼瘦弱啊！若非她臉

15 瓜爾迪（Francesco Guardi, 1793-1712），威尼斯畫家。

色太蒼白，神情太畏縮，其實仍稱得上是個標致的姑娘。削瘦的長臉上眼簾低垂，宛如一片被連綿陰雨糟蹋的美景。矢車菊般嬌嫩的淺藍色眼眸，眼神柔和又溫暖，卻不敢大膽散發光芒，總是一再害羞地畏縮在眼瞼底下。卡尼茲是個訓練有素的觀察家，一眼就看出她早被消磨得失去自我意志。一個沒有自我意志的人，可隨意受人擺弄。趕快和她說話，和她攀談！於是他眉頭深鎖，面露關切探詢道：

「『可是這片漂亮的產業該怎麼辦呢？要維護此處，需要有人管理呀，一個嚴格且堅強的管理者！』

「『我不知道，我不知道！』她焦躁地說。惶惶不安在她柔弱的身軀裡流竄。這一瞬間，卡尼茲豁然明白，她多年來寄人籬下，已經沒有勇氣做出獨立的決定。這份遺產不過是份引人發愁的重擔，沉沉壓在她瘦弱的肩上。獲得遺產時，她受到的驚嚇毋寧多於喜悅。卡尼茲飛快動著腦筋。二十年來，他可沒白學了買賣之道，招攬生意、搶生意早已得心應手。代理人的首要法則是鼓吹買家出手，說服賣家脫手，因此他立刻重彈起勸人販售的老調。他暗忖道，必須讓她對這事『倒盡胃口』，最終即可一舉租下她全部的產業，而且搶先佩特羅維奇一步。這小子今天前往維也納說不定還正是我的好運。他毫不耽擱，又換上一副深感遺憾的同情模樣。

「『是的，您說得沒錯！這麼大的產業同時也是種莫大的折磨，永遠不讓人有喘口氣的機會，每天得和管家、僕役與鄰居糾纏不休，心生煩惱，遑論還有稅務人員與律師！只要被他們察覺到有點產業，有點錢財，連最後一個子兒也會想榨光。無論對別人多好，到頭來身邊全只有敵人。一點用也沒有，一點用也沒有——只要嗅到錢的味道，人人最後都成了盜賊。遺憾吶，真是遺憾，您說得一點也沒錯：得要有副鐵腕，才能管理這樣的產業，否則無力可應付。然而鐵腕是天生的，況且之後還要面對永無休止的戰鬥。』

「『哎，是的。』她深深吐了口氣，顯然想起了可怕的往事。『可怕啊，人一沾到錢，就面目可憎，變得可怖！這種事我以前從來不知道。』

「人？那些人干卡尼茲什麼事啊？他幹嘛在乎他們人好或不好？盡快租下莊園，越有利可圖越好！他側耳聆聽，彬彬有禮點著頭。他一邊聽，一邊回話，腦中另一個角落卻一邊盤算該如何在最短時間內辦妥一切。成立財團，承租下凱柯斯法瓦莊園，包括農莊、製糖廠和養馬場，之後再把一切轉租給佩特羅維奇，只要能確保屋裡的家具珍品就可了。

「首要之務是立刻開價租賃，並拿瑣碎的麻煩事好好嚇唬她。如此一來，不管提報費用多少，她都會接受。她不懂得精打細算，沒賺過錢，所以不配擁有豐厚家產。他腦袋裡所有的纖維和神經全神貫注運轉，但兩片嘴唇仍繼續動著，表達關切之意。

「『最可怕的還是打官司，讓人一刻兒也不得安寧，永遠無法從沒完沒了的爭執脫身，所以我嚇得一直不敢出手購買地產。永無止境的官司，見不完的律師，老是得出庭、接受審訊，還有醜聞……不，寧可生活簡樸恬淡，過得心安理得，也不要老是操憂惱怒。以為擁有了一筆房產，事實上卻是成了他人的獵犬，永遠不得安寧。這座莊園，這處古意盎然的優美地產確實美不勝收……不可思議……但是，也需要強韌的神經與鋼鐵般的拳頭，否則只是無窮無盡的負擔……』

「她原本低垂著頭聽他說話，這時驀地抬起頭，從肺腑深處逸出一聲凝重的嘆息。『是的，可怕的負擔……要是能賣掉就好了！』

第十一章

康鐸醫生忽然打住話題。「少尉先生，我得在此先打個岔，讓您明白，這句簡潔扼要的話對我們朋友的生命具有多大的意義。我先前說過了，凱柯斯法瓦是在他生命中最沉重的一天告訴我這件事的，就在他夫人臨終之際。這種時刻，我們一輩子大概也只能經歷兩、三回。面對這樣的時刻，縱使狡猾多端的人，也感覺需要在另一個人面前開誠布公吐露真情，就像是面對天主一樣。他當時的模樣，我如今仍歷歷在目。我們坐在療養院樓下的候診室裡，他靠過來挨著我，低聲滔滔不絕，語氣激動不安。我感覺他希望透過連續不停的敘說，忘記樓上的妻子即將死去。他說了又說，一刻也不停歇，想藉此麻醉自己。但是，當他講到狄辰霍夫小姐對他說『要是能賣掉就好了！』，忽然間卻頓住了。少尉先生，您想想，那位不復年幼的姑娘毫無心機，在一時衝動下，脫口坦承希望能盡快、盡快、盡快賣掉凱柯斯法瓦莊園，如今事隔十五、六年，凱柯斯法瓦提到此事時，竟依舊激動莫名，臉色都發白了。他對我重複了兩、三次『要是能賣掉就好了』，幾乎是原汁原味重現了她的語氣。當年的李奧波德．卡尼茲感知敏銳，能迅速覺察情勢。他立刻明白這輩子最大的買賣正要落在自己手中，只要順水推舟，一把抓住就行了。他可以單獨買下這座華美的宅邸，而非只是承租下來。他壓住詫異之情，若無其事與姑娘天南地北聊著，但腦袋裡千頭萬緒。他暗自盤算，自然要趕在佩特羅維奇或者布達佩斯那個經理之前獨力買下來。我不可以讓她溜走，一定得阻斷她的退路。在成為凱柯斯法瓦的主人之前，我不會離去。我們的智力在危急時刻具有一種神祕莫測的潛力。於是卡尼茲腦袋裡一邊為自己盤算，只為自己著想，嘴巴卻慢條斯理說出另一番截然不同的意思：

「『賣掉……嗯，當然，小姐，要賣掉沒有問題，什麼都能賣……販售本身不難，但是要賣個好價錢，卻是一門藝術……賣得好，才是關鍵！要找到誠實不欺的主顧，他要了解這一帶，熟悉土地和居民……擁有良好的人脈，千千萬萬別找律師，他們只會唆使人打官司，派不上用場……然後，就這件事來說，還有一點非常重要：一定要**現金**買賣。要找到一個不使用匯票和債券的買家，以免還得煩惱好幾年……要賣得妥當，賣個合適的價錢。』（他心裡同時計算著：我的價格可以出到四十五萬，頂多至四十五萬。那些名畫至少值個五萬，說不定能提高到十萬，還有房子、養馬場……只不過得再檢查那些是否已抵押，探探她的口風，看有沒有人已經搶在我前面出價了……）接著他忽然心一橫說：

「『小姐，請原諒我問得唐突──您心裡對價格是否大概有個底了呢？我的意思是，您有沒有個具體的數字了？』

「『沒有。』她不知所措答道，驚愕地看著他。

「喔，糟糕！完蛋了！卡尼茲心想。這下可糟了！買賣最困難的地方，就是和無法給個價格的人進行磋商。這些人會到處奔走，四處打探，到頭來大家都估了價錢，人多嘴雜，亂出主意。如果給她時間到處詢問，那可麻煩了。卡尼茲內心儘管波濤洶湧，口中依然十分殷勤：

「『不過想必小姐您心裡多少有個想法吧……畢竟得知道房產有沒有抵押，又是抵押了多少……』

「『抵……抵押？』她把話重複了一遍。卡尼茲立刻察覺她是生平第一次聽到這個名詞。

「『我是說……一定約略估過價吧……因為有鑑於遺產稅……我或許有點多管閒事，但是我衷心希望能給您建議，還請您多多見諒。律師沒有告訴您什麼數目嗎？』

「『律師？』她隱隱約約似乎想起了什麼。『有的、有的……請等等……沒錯，律師寫過信給我，關於某個估價……是的，您說得沒錯，因為繳稅的緣故。但是……但是文件全是用匈牙利文寫的，我根本不懂匈牙利文。沒錯，我想起來了，律師要我找人翻譯文件內容。老天啊，這陣子生活一團糟，我把這事忘得一乾二淨了。全部文件一定還擱在我那兒的袋子裡……那兒是……我住在管家房，我實在沒辦法睡在侯爵夫人以前的臥房裡啊……您若真不嫌麻煩，可否好心和我一同過去，我把所有文件給您過目……也就是說……』她驀然停頓不語，『也就是說，您若是不覺得這些瑣事惱人的話……』

「卡尼茲激動得渾身顫抖。事情發生得太快，只在夢境中才見得到這種驚人進展。她竟然心甘情願要讓他看所有的文件，看估價單。如此一來，他終於能拿到優先購買權了。他畢恭畢敬行了一禮。

「『敬愛的小姐，能為您盡點綿薄之力，提出建議，我感到十分榮幸。不是我誇口，這種事我多少有點經驗。侯爵夫人——此時他決定說謊——一旦需要了解財務上的狀況，總是會洽詢我的意見。她很清楚我一心只在乎能否提供她最佳建議……』

他們走向管家房。相關訴訟文件果真全部胡亂塞在公事包裡，包括與律師往來的所有文件、繳費單據、協議副本等等。她焦慮不安地翻閱文件，卡尼茲在一旁注視著她，呼吸沉重，雙手不住發抖。最後她終於攤開了一張紙。

「『我想這應該就是那封信了。』

「卡尼茲接過信，信上別著一份匈牙利文的附件。維也納律師在信上簡短寫道：『我的匈牙利同事方才通知我，他透過自己的人脈，為這筆遺產成功估了一個特別低廉的價錢，以免需要多繳遺產稅。我認為這兒得出的估價大約是實際價值的三分之一，有些物件甚至低至四分之一……』卡尼茲拿過估價單，雙手瑟瑟抖個不停。他只對一項東西感興趣，亦即凱柯斯法瓦莊園，估計價格為十九萬克朗。

「卡尼茲霎時臉色發白。他估算出來的價格也差不多如此，正好是信上故意被壓低的價格的三倍，亦即六十萬至七十萬克朗，而律師對於中國花瓶甚至還一無所知呢。現在該給她報價多少？數字在他眼前活蹦亂跳，閃爍飛躍。

「不過他一旁傳來惶惶不安的聲音問道：『是這份文件嗎？您看得懂嗎？』

「『當然沒有問題。』卡尼茲忽地驚醒過來。『當然……呃……律師通知您……凱柯斯法瓦莊園估價總值為十九萬克朗。但這不過是估計的價格罷了。』

「『估計……的價格？……請您原諒……不過，估計的價格是什麼意思呢？』

「該使出殺手鐧了，現在不出手，就永遠別出手！卡尼茲費力調勻呼吸。『估計的價格……嗯，估計的價格……始終是不清不楚……非常曖昧的東西……因為……因為……官方估計的價格也不一定完全符合實際售價。沒有辦法指望估計的價格，換句話說，無法**確切**指望能達到那個價格……有時候當然能相符，有時候甚至會超過……但只在特定情況下才有可能……就像每次在拍賣會上得碰運氣一樣……估計的價格是種不牢靠的依據，而且十分含糊……譬如……只是種比喻……』卡尼茲渾身顫抖，價格別說得太少，也別說太多！『像莊園這樣的物件，官方若估價十九萬克朗……可以推測假使……假使……要賣出的話，至少能值個十五萬，這是最低價格！無論如何一定能達到這個價錢。』

「『您說多少？』

「卡尼茲血液陡升，兩耳裡隆隆作響。她猛然轉向他，情緒激動莫名，彷彿使盡最後一絲氣力壓抑著怒氣問他話。她識破他的騙人把戲了嗎？要不要趕緊再加個五萬克朗？但是他內心有個聲音道：賭賭看！於是他決定孤注一擲。儘管脈搏如擂鼓般撞擊著太陽穴，他仍舊一派謙遜說道：

「『是的，我無論如何至少會要求這個數目。我相信一定能達到這個目標的。』

「就在此時，只聽得他身邊一無所知的姑娘發乎內心訝然驚呼道：『這麼多？您真的認為……有這麼多嗎？……』卡尼茲聞言，心臟忽地停止跳動，方才仍轟隆衝擊的脈搏完全停頓靜止。

「卡尼茲花了些時間才鎮定心神。勉強穩住呼吸後，他又以憨厚老實人那種確信無疑的口吻回答：『是的，小姐，我以我的人格擔保，一定能拿到這個價格的。』」

§

康鐸醫生又停頓不語。起初我以為他停下來點菸，卻發現他忽然變得很焦躁。他取下夾鼻眼鏡，又戴了回去，再耙了耙稀疏的頭髮，像要撥掉討厭的東西似的，然後久久打量著我，眼神惶恐不寧。接著，猛然往後一靠，整個人沉入沙發裡。

「少尉先生，我或許向您吐露太多事情了，比我本意想說的還要多。但是希望您千萬別誤會我的意思。我開誠布公告訴您凱柯斯法瓦當年智取一無所知的姑娘所使出的詭計，絕非要您對他心生反感。今晚邀請我們進餐的這位坎坷男人患有心臟病，我們也都看見了他有多心煩意亂。他把孩子託付給我，只要能治癒可憐的女兒，即使花光所有財產也在所不惜。他不再是當年那個從事不清不白買賣的商人，而我是今日最沒有資格控訴他的人。他絕望無助，需要真正的幫助，所以我認為您從我這兒得知真相，比從別人那兒道聽塗說得好。有一點還望您銘記在心，凱柯斯法瓦（或者說當年還叫做卡尼茲這名字）那天前往凱柯斯法瓦，並非存心要向不諳世事的姑娘低價索買莊園，不過是想順道做個小生意，除外無他。天大的好機會降臨他頭上，若不徹底利用，他就不是凱柯斯法瓦了。但是您將看見情勢起了變化。

「我寧願捨棄枝微末節，也不希望長篇大論嘮嘮叨叨。我只希望向您透露，那幾個小時是他生命中最緊張、最激動的時刻。您不妨設身處地想像那個情境：對一位高不成、低不就的普通代理人，一位來路不明的生意人來說，眼前的機會宛如瞬間滑落夜空的流星，讓他一夜之間得以富甲一方。二十四小時內賺到的錢，比他過去二十四年慘澹經營獲取的小本薄利多上許多。更誘人的是，他完全無須死皮賴臉追著犧牲者，不必死纏爛打，不必說得對方頭昏腦脹。反而是犧牲者心甘情願落入圈套，自己舔上拿著屠刀的手。他唯一的風險就怕半路殺出程咬金。所以，他一刻也不能讓女繼承者從手裡溜走，給她時間打探消息。他必須趕在管家回來前，將她拖離凱柯斯法瓦。而採取這些預防措施時，卻一秒也不可洩漏自己有興趣銷售莊園。

「趁著援軍抵達之前，一舉攻占陷入重圍的凱柯斯法瓦碉堡，此舉猶如拿破崙般大膽，也充滿著拿破崙式的危險。但是，機緣巧合往往樂於幫助冒險取巧的賭徒一臂之力。一個卡尼茲自己也沒料到的意外，一件殘酷卻又自然不過的事實，暗地為他整平了道路。換句話說，可憐的女侍繼承莊園不過才幾個鐘頭，卻已歷經多方蜂擁而來的侮辱和仇視，因此她只有一個心願，那就是離開，趕快離去！卑躬屈膝之徒看見鄰人忽然間竟能脫離同樣苦悶繁重的勞役，像乘著天使之翼似的脫身，心中油然生出嫉恨，這種表現實在是卑劣至極。卑微的心靈寧可原諒一位侯爵瘋狂快速累積財富，也不願寬宥背負同樣命運桎梏的人獲得微不足道的自由。凱柯斯法瓦的僕役一看竟是北德女人在措手不及間擁有了凱柯斯法瓦莊園，成為他們的主人，實在難壓心頭怒火。當年她幫性情暴躁的侯爵夫人梳頭時，頭上常被丟梳子和刷子的情景還歷歷在目呀。佩特羅維奇一聽到女繼承人抵達的消息，立刻動身前往車站，免得和她打照面。他那位曾經是莊園廚娘的鄙俗妻子歡迎她所說的話卻是：『欸，我想您應該不會喜歡住在咱們這兒，這兒對您來說是不夠體面的。』男傭把她的行李啪一聲用力扔在門口，她得自己把行李拖過門檻，管家的妻子絲毫沒有意願伸手幫她一把。午餐沒有備妥，誰也沒來照料她。夜晚，窗外還可清楚聽見其他人故意大聲對話，提及某個『圖謀遺產的女人』和『騙子』。

「打從這一開始的會面，性格軟弱的可憐繼承人便心知肚明自己在此處將不會有好日子。光只憑這緣故——卡尼茲對此倒是始料未及——她十分開心接受卡尼茲的建議，打算當天就搭車前往維也納，去見卡尼茲所謂的可靠買主。就她看來，眼前的男子態度嚴肅，樂於助人又博學多聞，還透出憂鬱的眼神，不啻宛如天之使者。所以她沒再繼續追問。她心懷感激，將所有文件交給他，傾聽他建議如何進行投資，湛藍的眼眸彷彿也跟著靜靜聆聽。他要她從事穩當一點的投資，安全合格的國家債券，財產一毛錢也不要託付給私人保管，要把錢全部存放在銀行，請一位奧匈帝國公家機關的公證人管理。還說現在找來她的律師毫無意義，他們除了弄擰清楚明朗的事情之外，有何用處呢？他繼續編織遠景，三年後、五年後她或許能賣得更高價錢。不過中間卻要付出代價，和法院與政府機關打交道也會引來煩心事。他從她再次透出驚恐神色的眼睛看出這個平和的女子有多麼厭惡上法院和買賣，於是他不斷大鳴特吹各種理論根據，各色旋律匯奏齊鳴：趕快行動！趕快行動！下午四點，不等佩特羅維奇返回，他們已經達成協定，搭上快車前往維也納了。事情發生得如狂風驟雨般又急又快，狄辰霍夫小姐根本來不及有機會詢問這位陌生先生尊姓大名，就已經把所有遺產授權給他販售。

「他們搭乘頭等快車，這是凱柯斯法瓦第一次坐在紅絲絨軟墊上。抵達維也納後，他帶她下榻凱特納街一家上等旅館，自己同樣也要了一間房。由於卡尼茲一方面需要在這天晚上要他的同謀，也就是那位叫做戈林格博士的律師準備買賣契約，好在隔天給這塊到口的肥肉框上無懈可擊的法律形式；另一方面，他一分鐘也不敢離開受害者半步。於是乎他想出了個主意，我不得不打從心裡承認那是個天才想法。他從節目預告得知歌劇院裡正巡迴演出一齣蔚為轟動的戲碼，因此建議狄辰霍夫小姐好好利用空閒的夜晚前往欣賞。而據他所知，有位先生期待能買座宏偉的莊園，所以他希望當晚能夠找到對方。狄辰霍夫小姐受到如此殷勤的照顧深受感動，欣然同意他的建議。於是他把她塞進歌劇院，確保她會釘在那兒四個小時，再搭乘出租馬車——這也是他生平第一次——火速趕到他的同謀兼銷贓者戈林格博士的住處。戈林格不在家。卡尼茲在一家小酒館找到了他，承諾只要他當天夜裡擬定好買賣契約的一切細項，並在第二天傍晚七點帶著完成的契約把公證人約來，就付給他兩千克朗。

「商談期間，卡尼茲始終——他生平第一次如此揮霍——要出租馬車在律師屋前等候。下完指導棋後，他又驅車飛奔回歌劇院，幸好及時在大廳入口攔截到興奮得昏頭轉向的狄辰霍夫小姐，送她回到住所。這夜他又輾轉難眠了。他越接近目標，越是被猜疑折磨得焦慮煩躁，擔心這位從頭到尾總是柔順聽話的姑娘半途抽身。他一次又一次下床，仔仔細細研擬隔天的作戰策略：首要之務是千萬別讓她有獨處的時候；租一輛出租馬車，隨時四處等待著，千萬不可步行，免得最後在街上巧遇她的律師；阻止她閱讀報紙，上頭可能會報導歐羅斯瓦訴訟案那份協議；也不可讓她心生疑慮，懷疑自己又被騙了第二次。然而，所有的恐懼與小心謹慎其實是過慮了，因為受害者壓根兒**不想**逃開，她宛如一隻拴在粉紅細帶子上的羔羊，馴服地跟在壞牧羊人的身後。我們的朋友奔波了一晚，筋疲力竭走進旅館早餐室時，她早已穿著那件同樣是自己縫製的衣裳，耐心端坐等候著。我們的朋友從早到晚拖著狄辰霍夫小姐繞著圈子團團轉，拿他在輾轉難眠的夜晚挖空心思特地想出來的人為困難來蒙蔽她，其實完全是多此一舉。

「細節我就不多說了。總之，他拖著她去找自己的律師，從那兒打了些電話，談的卻是不相關的事務。他帶她到銀行，請來機要辦事員，洽詢投資事項，並且開設帳戶。然後又硬拉著她拜訪兩、三家抵押機構和一家詭異的不動產公司，假裝必須到那兒打聽消息。她始終跟著他行動，坐在接待室裡靜靜等候，他則佯裝在談判業務。她當了侯爵夫人十二年的奴隸，在外等候這件事早已內化成自然而然的舉動，所以她並未因此感覺受到排擠與貶抑，只是兩手交纏，耐心等待。若是有人經過，那雙湛藍的雙眼立刻垂下目光。她像個聽話的孩子，不厭其煩完成卡尼茲提議的全部事項。她在銀行表格上簽完字後，不再多看一眼；尚未收到款項，也毫不遲疑就簽署了收據。卡尼茲不由得生出邪惡的念頭：是不是給這個傻女人十四萬，甚或是十三萬，她也會同樣滿意呢？機要辦事員建議她投資鐵路有價證券，她說：『好的。』提議她買進銀行股票，也說：『好。』只不過她每次都會驚恐地看一眼她偉大的顧問。所有的買賣交易、簽字和表格，甚至光只是看見白花花的鈔票，顯然都會引起她內心不安，讓她既感敬畏又覺得難堪。她一心一意渴望逃離一切不明所以的忙亂，只想安安靜靜坐在房裡看書，打打毛線或者彈鋼琴，而非腦筋轉不過來，忐忑難安地面對這些責任重大的決定。

「不過卡尼茲將她困在人造的圈子耍得團團轉，一部分正如他所承諾的，真的幫助她將賣掉的房款進行穩當的投資，一部分則企圖搞得她昏頭轉向。他們就這樣從早上九點忙到晚上五點半，兩個人最後疲憊不堪，他於是提議到咖啡館歇口氣。他告訴她，該辦的事情差不多都辦妥了，賣掉莊園一事進行得十分順利。最後只要七點時到公證人那兒簽署合約，取走賣得的款項就行了。她聞言頓時容光煥發。

「『啊，那麼我明天終於可以動身了嗎？』湛藍的雙眼神采晶亮凝望著他。

「『當然囉。』卡尼茲安撫她說。『一個鐘頭後，您就是世上最自由的人了，再也不需要為錢財和房產憂愁。您六千克朗的養老金投資得穩穩妥妥，隨時愛住哪兒就住哪兒。』

「他出於禮貌詢問她計畫上哪兒去。她方才神采奕奕的臉龐瞬間黯然無光。

「『我考慮過，最好還是先去威斯法倫找親戚。我想明天一早有輛火車開往科隆。』

「卡尼茲即刻湧起滿腔熱忱，連忙叫來餐廳領班要了一份行車時刻表，查看班車時間，連結各種可能的車次。先搭乘維也納─法蘭克福─科隆的快車，之後在歐斯拿布呂肯轉車。搭乘上午九點二十分的晨車最為方便，晚上即抵達法蘭克福。他建議她在那兒過一夜，以免過度勞累。他急切地繼續翻著時刻表，在廣告欄上發現一家基督新教辦的寄宿所。他要她無須操心，說會幫她張羅車票，明天上午也會送她到車站。時間就在諸如此類的說明中飛速流逝，比他意料得還要快。他終於抬眼望了一眼時鐘，催促說：『我們得到公證人那兒去了。』

「不到一個鐘頭，事情全辦妥了。不到一個鐘頭，我們的朋友便奪走了女繼承人四分之三的財產。卡尼茲的同謀看著契約寫上了凱柯斯法瓦莊園的名字，又看見價格如此低廉，趁著狄辰霍夫小姐沒注意，覷起一隻眼，欽佩地對老搭檔使眼色。這種老友般的欽佩之意若是化成語言，不外乎是：『了不起啊，你這個無賴！看看你取得了什麼成就呀！』公證人眼鏡底下的一雙眼睛，饒有興味地打量著狄辰霍夫小姐。他和其他人一樣，也從報紙上得知爭奪歐羅斯瓦侯爵夫人遺產一事。這位法律人士認為如此情緒化轉賣產業，其實不是好事。可憐的女人，他心想，妳落入壞人的髒手裡了！不過，公證人的職責不在於簽訂合約時向買主或賣家提出警告，而是蓋下印章，登記契約，最後收取費用。這位循規蹈矩的人即使目睹過幾起不乾不淨的買賣，還是得蓋下皇家鷹徽印鑑。因此他只是垂下頭，一絲不苟攤開契約，彬彬有禮請狄辰霍夫小姐先簽下名字。

「這位膽怯的女子忽地受到驚嚇，猶豫不決望著她的大顧問卡尼茲，等到看見他示意，受到鼓勵之後，才敢走近桌子，用娟秀端正的清晰德文字寫下『安涅特．畢雅特．狄辰霍夫』，我們的朋友隨後也簽上自己的名字。於是一切都解決了，契約簽署完成，購屋費用也交到了公證人手裡，銀行帳戶也有了，隔天支票就需匯進去。李奧波德．卡尼茲把筆一揮，財產輕輕鬆鬆就這麼增加了兩倍，或者三倍。此刻開始，凱柯斯法瓦莊園的主人和擁有者只有他，而非其他人。

「公證人小心翼翼吸乾契約上未乾的簽名墨跡，分別和三個人握了握手，然後走下樓梯。先是狄辰霍夫小姐跟著下樓，後面是大氣不敢喘一聲的卡尼茲，走在最後的是戈林格博士。卡尼茲的同謀不斷拿手杖從後面戳他的肋骨，用喝多了酒的沙啞嗓音，裝腔作勢嚴肅地低聲說著拉文丁（只有卡尼茲聽得懂）：『頭號大流氓、頭號大流氓！』惹得卡尼茲火冒三丈。然而，戈林格博士在大門口嘲諷地深深一鞠躬後，卡尼茲反而又感覺不自在，因為接下來就剩下他和受害者獨處了。一想到此，他不由得心驚膽跳。

「不過，親愛的少尉先生，我不想慷慨激昂誇大說我們的朋友忽然之間良心發現，但是您務必嘗試理解這出人意表的轉折。卡尼茲一筆簽完名後，這兩個當事人之間的外在情勢便產生了關鍵性的變化。請您想想：卡尼茲身為買主，整整兩天與可憐的賣家姑娘鬥智抗衡，她曾經是他必須施展計謀圍困捕獲，強迫舉旗投降的對手，而今這場財務軍事戰役卻已宣告結束了。拿破崙卡尼茲取得勝利，徹底贏了戰爭。而這位一身樸素衣裳、文雅嫻淑的可憐姑娘，像個幽魂似的與他並肩走在鯨魚巷，已不再是他的對手，不再是他的敵人。儘管聽起來不尋常，然而我們的朋友在迅速得勝的一瞬間，內心其實深感抑鬱，因為他的犧牲者太輕而易舉便容許他取得勝利了。人對他人行不公不義之事時，倘若發現或者自以為受害之人也曾做錯某件小事，犯下不合理的行為，說也奇怪，心情反而會感到放鬆，顯得心安理得。只要能錯怪受騙者至少犯過一件小錯，多少能減輕良心的負擔。但是，卡尼茲完全無以能指責這位受害者，連一絲細微末節的事情也沒得怪罪。她束手就縛，向他投降，甚至始終睜著毫不起疑的湛藍雙眼不勝感激凝視著他。事情結束了，他現在該對她說什麼呢？恭喜您成功賣掉了莊園？這不就擺明祝賀她蒙受損失嗎？他心緒如麻，情緒越發低落。忽地有個念頭飛快掠過他腦海：我應該送她回旅館，一切就會結束，成為過去。

「話說回來，他身邊的受害者明顯也開始心神不寧，步伐逐漸變了樣，踟躕猶豫，若有所思。卡尼茲雖然低頭走路，眼裡卻沒忽略這種變化，從她猶猶豫豫邁出步伐的方式（他沒膽子看她的臉），感覺她正絞盡腦汁想著事情。他不由得心生恐懼，暗自對自己說：她終於發現我就是那個買主，眼看要開口責備我了，說不定還非常後悔自己魯莽行事，也許明天就跑去找她的律師。

「但是，就在他們默不作聲並肩而行，影子挨著影子，走完了整條鯨魚巷時，她終於鼓足了勇氣，清清嗓子說：

「『請您見諒……不過，因為我明天一大早就要動身離開，因此希望在此之前能把所有事情處理妥當……我尤其感謝您的大力幫忙……所以……所以……想請您最好馬上告訴我……我需要付您多少錢，酬謝您如此盡心盡力？居中聯繫這件事，浪費了您不少時間……我明天一大早就出門了……希望能把所有事情都處理妥當。』

「我們的朋友聞言，腳步頓住了，心臟也頓住了。他再也承受不了了！事態發展完全出乎他的意料。羞愧感排山倒海襲來，彷彿他盛怒之下毆打了一條狗，挨打的狗兒反而還匍匐爬近，露出哀求的眼神，一邊舔著那隻打牠的殘酷的手。

「『不，不，別這麼說。』他慌亂無措，連聲推辭。『沒有，您什麼也沒欠我。』他感覺全身直冒汗。這個凡事深謀遠慮的人，多年來學會要周密估算對方可能會出現的反應，此次卻可是遭遇了前所未有的局面。從事代理人的艱辛歲月裡，他曾經遭人拒之門外，打招呼也沒得到回應，在他經營買賣的地區，有些巷弄他還寧可迴避繞道。但是，居然有人向他表示感謝之意，這種情形他倒是從來沒見過。即使他做盡一切，做了這樣的事情，她仍向他致謝。面對第一個出現這種反應的人，他感到羞愧難堪，因此一反本性，感覺到有必要向她道歉。

「『不，』他吞吞吐吐，『您萬萬不可這麼說……您不需要再付錢給我……我什麼也不接受……我只希望沒有搞砸事情，而且一切全都符合您的心意……再多等一陣子或許會比較好，是的，若是您沒那麼著急，恐怕可以……可以賣得更好價錢……只是，您希望盡快脫手，所以我想這樣處理對您更加有利。天主明鑑，我認為這樣對您是更加有利的。』

「他的呼吸又恢復了平順。這一番話，他可是說得真心誠意呢。

「『像您這種不諳買賣的人，能夠趁早撤手是最好的。寧願少賺點，但是安全無虞……請您……』他用力嚥下一口唾沫。『請您……我懇切請求您，事後若是他人煽動說您做了賠錢生意，把莊園賣得太便宜了，請千萬別受他們蠱惑。每筆買賣結束後，總有人愛跑來裝腔作勢，說長道短，表示自己可以支付更多錢，支付更大一筆費用……但事情真臨到他們頭上了，往往又不會付款。這些人會把匯票，或者是債券和股票塞給您……那些東西對您一文不值，真的毫無價值，我向您發誓，我在這裡當著您的面前發誓，我們的銀行是第一流的，您的錢保險穩當。您會定期收到年金，一天也不會耽擱，一個鐘頭也不會延誤，不會出任何差池。請您相信我……我向您發誓……這樣做對您最為有利。』

「他們這時已經來到旅館門口。卡尼茲猶豫不前，心想，我至少應該邀請她共進晚餐，或者上劇院看戲。這時，她向他伸出雙手。

「『我想我不該再繼續耽擱您了……這兩天您為我犧牲這麼多時間，我心裡頭一直過意不去。兩天來，您把時間全花在我的事情上，我真的覺得沒人能像您如此全心全意奉獻。我……我要……再次謝謝您。從來沒有……』她臉上微微泛起紅暈。『從來沒有人對我這麼好，這麼熱忱相助……我怎麼也想不到自己竟能一下子就擺脫掉此事，而且一切幫我安排得又好又簡單……我非常感謝您，真的非常感謝您！』

「卡尼茲握住她的手，不由自主抬起眼凝望著她。她臉上那抹備受驚嚇的熟悉神情被溫暖的情感所破除，平日蒼白無色、驚恐萬分的臉龐，轉眼間生氣勃勃，光采照人。那雙表情豐富的湛藍雙眸，配上洋溢感激之情的淡淡笑容，看上去宛如孩子一般天真。卡尼茲冥想苦索，卻找不到適當的話。她道過晚安後，即轉身離去，步伐輕巧而且踏實，與之前截然不同。這是如釋重負、無牽無掛者的腳步。卡尼茲心虛地看著她的背影，有種感覺不斷縈繞在心頭：我還想和她說說話。但是門房已經遞來鑰匙，小廝接著領她走到電梯口。一切都過去了。

「這是受害者向劊子手道別的場面，但卡尼茲感覺像拿著斧頭砍到了自己的腦門。他頭昏腦脹站了幾分鐘，兩眼發直瞪著空蕩蕩的旅館大廳。最後，街上熙來攘往的人潮捲走了他，他不知道自己身往何處。至今為止，尚無人這樣看待他，充滿人情，心懷感激。也從來無人這樣對他說話。『我真的非常感謝您！』這句話又不由自主迴盪在他耳邊。這個人是他使計搶劫的對象，他誆騙的也正是這個人！他不時停下腳步，擦去額頭上沁出的汗珠，恍如夢遊似的踉踉蹌蹌走在凱特納街上，漫無目的。忽然之間，他在大型玻璃店的櫥窗玻璃上迎面撞見了自己的臉。他目不轉睛盯著自己的倒影，就像端詳著報紙上的罪犯照片，想要找出五官中究竟哪裡隱藏著犯罪特徵。是戽斗下巴裡？邪惡的嘴唇上？冷酷的眼中？他瞪著自己，看見眼鏡底下自己那雙驚恐圓睜的眼睛，剎那間想起了先前另外那雙眼眸。人就應該擁有那樣的雙眼，他震驚想道，而不是像我這種眼眶泛紅，貪婪又焦躁的眼睛。人應該擁有那樣的雙眼，湛藍清澈，晶瑩透亮，由於懷抱內在的信念而生氣盎然（他想起自己的母親在星期五夜晚也總會透出這樣的目光）。是的，我們就該成為寧可受騙也不欺騙他人的人，成為一位正派耿直、心無邪念之士。只有這些人才會受到天主眷顧。他暗忖著，我的聰明才智並未為我帶來幸福，我依舊遭受重重挫敗，惶惶不安。然後，李奧波德．卡尼茲繼續沿著街道走下去，覺得自己越來越陌生。在他取得最重要勝利的這一天，心情卻糟糕透頂。

「最後，他覺得好像有點餓了，在一家咖啡館坐了下來，點了餐，但是一口也吃不下。他兀自苦思冥想：我要賣掉凱柯斯法瓦莊園，立刻轉手賣掉。我要一座莊園有何用處，我又不是農夫。難道要我隻身一人住十八個房間，成日和那個狡猾的承租人佩特羅維奇纏鬥不休嗎？實在荒唐不經。我真該為一家抵押公司買下莊園，而非掛在自己名下……如果她到時候發現我正是買主的話……何況我也不想在這次交易上賺太多錢！她若是同意，我會歸還莊園，只收取百分之二十，甚至是百分之十的利潤。只要她後悔了，隨時能收回莊園。

「這個念頭減輕了他的負擔。他想著：我明天就寫信給她，或者也可以明天一大早親自跑一趟，趁她出發前給她建議啊。嗯，我自願給她買回莊園的選擇權。他認為自己可以因此安然睡著覺了。誰知儘管卡尼茲兩個晚上輾轉難眠，這一夜仍舊睡得很不安穩，難以入睡。那句『非常』，那句『我真的非常感謝您』不斷在耳邊響起，北德口音，有點陌生，卻擺盪著真心誠意，激動得他神經直顫。這筆生意是他經手過規模最大、最幸運、也最沒良心的交易，但二十五年以來，卻也為他帶來最沉重的憂愁。

「才七點半，卡尼茲已經走在街上。他知道經過帕紹的快車會在九點二十分開出，所以想趕快去買點巧克力或者糖果。他迫切需要表達感激之意，或許私下還渴望再聽見悅耳的外國口音說出『我非常感謝您』這句嶄新的話。他買了一大盒最漂亮、最昂貴的糖果，但是在他眼底，做為贈別之禮仍顯得不夠氣派，所以又到下一家店買了鮮花，很大一把的豔紅花束。他兩樣東西一左一右拿在手裡，回到旅館，交代門房立刻將兩份禮物送給到狄辰霍夫小姐房裡。一開始就按照維也納的方式以貴族名號尊稱他的門房，畢恭畢敬回道：『好的，遵命，馮．卡尼茲閣下，狄辰霍夫女士正在早餐室裡用膳。』

「卡尼茲考慮了一會兒。昨天的道別在他心中激起萬千波濤，他害怕再度見面會破壞美好的回憶。不過，他仍舊下定決心，手裡拿著糖果和鮮花，毅然決然走進了早餐室。

「她正背對他坐著。即使沒有看見她的臉，這位瘦弱姑娘孤孤單單坐在桌旁所散發出的謙遜沉靜，竟違反本意地撩動了他的心弦。他羞怯地走過去，冷不防將糖果和鮮花放在桌上，說：『為您旅途準備的一點小心意。』

「她嚇了一大跳，頓時漲得滿臉通紅。這是她第一次收到別人送的花，或者應該說，爭奪遺產的親戚當中曾經有人想套交情與她結盟，曾送過幾朵乾癟的玫瑰到她房間，但是脾氣暴烈的侯爵夫人差她立刻退回去。如今有人送花給她，沒人能夠再禁止她收下了。

「『啊，別這樣，』她囁嚅著說，『我怎麼擔待得起？對我來說，這花實在……太……太漂亮了。』

「儘管如此，她還是感激地抬起眼。不知道是花色映照或者是血衝腦門的關係，她尷尬的臉上氤氳著一層粉紅色光輝，越來越紅。此時此刻，這個不再年輕的女孩簡直美若天仙。

「『您要不要坐下？』她混亂之餘說道。卡尼茲笨拙地在她對面坐下。

「『您真的要離開了嗎？』他問說，不由自主顫抖的聲音洩漏了他真心誠意的遺憾。

「『是的。』她說完垂下了頭。這句『是的』裡頭聽不出喜悅，卻也沒有悲哀，沒有希望，也沒有失望，靜靜流洩而出，聽天由命，波瀾不興。

「卡尼茲窘迫不已，加上渴望為其效勞，於是主動詢問她是否事先打過電報通知親友她抵達的時間了。沒有，噢，沒有，那樣做會嚇壞她的親友，他們家裡好幾年沒接過電報了。卡尼茲繼續追問：他們總是至親吧？至親，噢，不，完全不是。算是個外甥女，是她已過世的同父異母姊姊的女兒。她根本就沒見過外甥女的丈夫。他們有座小莊園，附設養蜂場。兩夫婦親切來信說那兒有個房間可以給她使用，隨她心意想住多久就住多久。

「『但是您在那個偏僻的小地方要做什麼呢？』卡尼茲問。

「『我不知道。』她低垂著目光說。

「我們的朋友情緒越來越激動。這個女人渾身飄散著空虛、孤寂，舉止惶恐迷惘，卻又帶著無所謂的淡漠忍受自己和自己的命運。他不由得想到了自己，想起自己飄泊不定、居無定所的生活。他從她的漫無目標，感受到了自己的漫無目標。

「『實在很荒謬呀。』他簡直激動莫名。『別住到親戚家去，那樣做沒有好處。何況，您也沒有必要再把自己埋葬在一個小地方啊。』

「她凝望著他，目露感激，卻又哀切。『沒錯。』她嘆了口氣。『我自己也有點害怕住到那兒去。可是，我又該怎麼辦才好呢？』

「她面無表情空洞地說，隨後又抬起湛藍的雙眸望著他——昨天卡尼茲才對自己說人就應該擁有那樣的眼睛——彷彿期待他能給個建議。忽然之間，他不清楚自己怎麼了，感覺有個念頭，有個願望急於脫口而出。

「『那麼您還是寧可留在這裡好。』他說，然後又不由自主低聲補充了一句：『留在我的身邊。』

「她大吃一驚，楞楞瞪著他看，他才明白自己下意識把話脫口而出了。他不像平素那樣周密思考、仔細斟酌、再三檢核，話就這麼從嘴裡溜了出來。一個他自己既不明白也沒承認過的心願，冷不防化成了聲音、震波、語調。看見她漲得紅通通的臉，他這才察覺到自己說了什麼，恐懼油然而生，擔心她可能會誤會他了。她十之八九心想：他要她當情婦。為免她心生遭人侮辱的念頭，他連忙補充說：『我是說——成為我的妻子。』

「她身子猛然一彈，嘴唇直哆嗦。他不知道從嘴裡會逸出啜泣聲，還是惡狠狠的咒罵。但她驀地跳了起來，衝出早餐室。

「我們的朋友面臨了生平最糟糕的一刻，這才明白自己犯下蠢事了。他貶低、侮辱、蔑視了唯一一個尊敬他的善良女子。他這個年紀一把的老頭子，一個猶太人，獐頭鼠目，形貌醜陋，一個四處兜售生意的代理人，一個追逐金錢的傢伙，怎麼能向內心高尚、心思細膩的女子提出這種要求！他不禁認為她心生厭惡甚而轉身跑開，著實合情合理。她終於認清了我，終於表露出我應得的鄙視了。我寧可她這麼做，也比感謝我對她耍出的流氓行徑好多了。卡尼茲絲毫沒有因為她轉身逃開而感覺受辱，他在這一瞬間反而——這是他親口向我坦承的——**開心雀躍**，因為他受到了應有的懲罰。從此以後，她想起他時，心裡會蓄滿輕視，就像他輕視自己一樣。

「不過，她隨後又現身門口，眼眶溼潤，情緒激動莫名，肩膀不住顫抖。她走到桌子前，兩隻手得先緊握著扶手，才能再度坐下來。她輕聲呼吸，目光抬也沒抬說：

「『請您原諒……請您原諒我方才直跳起來忽然跑開的失禮行徑。只是我實在太吃驚了……您怎麼能？您根本不認識我呀……您根本完全不認識我……』

「卡尼茲目瞪口呆，說不出半句話。他看見她並非怒火中燒，反而流露出赤裸裸的恐懼，心裡受到深深的震撼。他出乎意料脫口向她求婚，她受到的驚嚇並不亞於他。他們誰也沒有勇氣和對方說話，沒有勇氣看對方一眼。不過，這天上午她沒有動身離開。兩人從早到晚一直待在一起。三天後，他再次向她求婚，兩個月以後他們結婚了。」

第十二章

康鐸醫生停頓了一會兒。「嗯，就剩最後一句話，我很快就說完了。我只想再說一次，這裡的人流言蜚語，議論紛紛說我們的朋友諂媚奉承，耍詐接近這位繼承人，拿婚約套住她，騙走了凱柯斯法瓦莊園。但是我要再度強調，那絕非事實。正如您所知，卡尼茲當時**已經得手**莊園，**沒有必要**娶她為妻，他並非經過算計後才開口求婚的。這個小小的代理人根本沒膽子耍心機追求秀氣文雅的碧眼姑娘，反而被自己打從心底湧現的真摯情感嚇一跳，因為那並非他的本意。不過，很奇妙的是，這股情感日後也始終真摯如初。

「這場荒謬的求婚造就了一段罕見的幸福婚姻。對立矛盾一旦互補得當，就能產生最完美的和諧。表面上最出人意表之事，往往最自然不過了。這對忽然結合的夫妻，一開始的反應是害怕彼此。卡尼茲懷疑有人會把他過去從事見不得人買賣的經歷告訴她，她也許會在最後一刻輕蔑地將他推開。所以他殫精竭慮掩飾自己的過去。他停止一切遊走法律邊緣的生意，轉讓手中的借據，即使賠錢也在所不惜，還和以前的同伙斷絕往來。他受了洗，選擇了一位有頭有臉的教父，花了一大筆錢，在他的姓氏卡尼茲後面安上有貴族派頭的『馮．凱柯斯法瓦』。而就如同大多數的改名換姓者一樣，他自己原本的姓氏也很快從名片上消失無蹤。但是，婚禮之前，他始終惶惶不可終日，擔憂她仍會受到驚訝，就在今日，或者明日、後天收回她的信任。反觀她，十二年來天天被殘暴的前主人斥喝無能、愚蠢、邪惡、膚淺，魔鬼般的專制壓迫毀掉了她一分一吋的自信，因此預期新的主人同樣也會折磨她、羞辱她、責罵她、歧視她，因而早就先聽天由命，預計自己又會像奴隸般被使喚，彷彿這是她逃避不了的命運。但是看吧，她所做的一切都是對的。她把自己的一生交到這個男人手裡，聽任他安排，而對方每天一再向她表達感激，始終畢恭畢敬，小心翼翼對待她。這位姑娘受寵若驚，簡直難以理解如此濃郁的萬般柔情。原本已半枯萎的姑娘又重新綻放，變得明豔動人，豐腴柔嫩。過了一、兩年，她才敢真正相信自己這個受人忽視、遭人踐踏壓迫的女子，也能夠像其他女子一樣為人敬重，備受寵愛。不過，這兩人真正的幸福是從孩子誕生那天才開始的。

「在那幾年，凱柯斯法瓦重燃工作熱忱，積極經營生意。昔日的小代理人早已成為過去，業務也逐具規模。他將製糖廠現代化，入股維也納新城的煉鋼廠，與酒精聯合企業進行一場卓越出色的談判，這場協商還曾轟動一時，膾炙人口。他成為了富翁，變成道道地地的有錢人，但是生活始終低調隱密，簡樸節儉一如往常，彷彿不希望別人時時想起他們，也很少邀請客人來家裡作客。您已經熟悉的那處莊園，當年更加簡陋、更是土裡土氣。當然，他們也比今日還要幸福快樂！

「接著，第一次試驗降臨他頭上。他妻子很長一段時間老是覺得身體不舒服，沒有胃口。她一天天消瘦，越來越容易感到疲累，越來越困倦無力。但是又擔心驚擾工作繁忙的丈夫掛心她這個微不足道的人，所以每逢發病，總是緊閉雙唇，隱瞞疼痛。最後紙終於包不住火，卻已經太遲了。她被救護車送到維也納，原本只是要進行胃潰瘍手術，最後卻診斷出罹患了癌症。我正是此時認識凱柯斯法瓦的，我從來沒在別人身上見過比他更狂亂、更深沉的絕望。他不能，也不願意理解醫學再也無能為力拯救他的妻子。他認為我們醫生不再進行醫治，沒有能力施救，全不過是因為怠惰懶散、漠不關心，而且能力不足。只要能夠治好妻子，他願意提供五萬、十萬克朗給教授。手術當天，他還打電報到布達佩斯、慕尼黑、柏林，延請第一流的權威專家，只求能找到一位醫生能診斷說他的妻子或許可免挨這一刀。但結果如我們所料，病人果真回天乏術，死在了手術刀下，那時他對我們咆哮大叫，說我們全都是劊子手。我這輩子永遠也忘不了他那雙狂亂的眼睛。

「這件事成了他生命的轉捩點。從那天起，這位商業界的苦行僧身上產生了一些改變。他從童年便服侍的一位神明已然死去，亦即金錢。對他而言，如今世上只剩下他的孩子。他雇用了一些女家庭教師和傭人，大肆翻修莊園。曾經節儉成性的他變得窮奢極侈，盡情享受。他拉著才九歲、十歲的女兒前往尼斯、巴黎、維也納，對她溺愛嬌慣，寵愛的方式往往荒謬至極。他昔日斂聚錢財時狂熱野蠻，而今也以同樣的狂熱大把揮霍財富，絲毫不把金錢看在眼裡。或許您認為他高尚、高貴也不見得完全沒有道理，事實上，多年來他養成了一股不尋常的漠然態度，毫不在乎收益和賠錢等事。自從花了數百萬也買不回妻子的性命後，他學會了蔑視金錢。

「時間不早了，我不打算詳述他對女兒的偶像崇拜等細節。話說回來，這種崇拜之心是可以理解的。那幾年，小女孩一天天長大，出落得標致靈秀，的確美若天仙，秀氣輕靈、窈窕婀娜，而且一雙灰眸熠熠晶亮，親切溫和。她繼承了母親的靦腆婉約，繼承了父親的犀利敏銳。她在無拘無束的美好狀態下成長，自然而然心智清亮，朝氣蓬勃，惹人疼愛，從未經歷過敵意或者艱苦的孩子才會如此茁壯。這個日漸衰老的男人，從不敢奢望自己沉重汙濁的血液，竟然能夠孕育出熱愛人世萬物的開朗女孩，不由得心生陶醉。唯有理解這一點，才能充分判斷他第二次遭遇不幸時心情有多麼絕望。他不能，也不願意理解——直到今天也沒有辦法理解——為什麼偏偏是這個孩子，**他的**孩子，要遭受終身殘廢的打擊。我真的很不樂意全盤托出他在極度絕望中犯下的荒唐事。他的執拗任性，把世上所有的醫生給糾纏得絕望不已，還端出巨額款項，企圖逼迫我們立刻妙手回春。他每兩天就打一次電話給我，沒有什麼目的，只不過是無法控制自己焦灼不安的情緒。細節我不想再詳述了。不過，最近有個同事偷偷告訴我，這位老人家每個星期都會到大學圖書館，置身在大學生當中，笨拙地抄寫字典裡所有的外來詞彙，一連好幾個小時認真鑽研所有醫學專業書籍，懷抱一絲希望，以為自己或許能發現我們醫生忽略或者遺忘了的治療方法。我從別的方面又聽說——您或許會覺得可笑，但是往往要有了這種荒謬瘋狂，才能體會到激情的偉大——他不僅允諾捐一大筆錢給猶太教堂，同樣也答應捐給本地基督教會巨額款項，就希望孩子能夠恢復健康。他心緒紛亂，不知道該祈求哪個神，是歷代祖先崇敬卻被他拋棄的神，還是自己最近信奉的神。同時又心生恐懼，害怕惹得這邊的神不高興，那邊的神也生氣，所以同時宣誓敬拜兩邊的神。

「但是，我之所以告訴您這類近乎可笑的細節，絕不是出於嚼舌根的心態。您只要明白一點，光是有人願意**傾聽**這個備受打擊、心力交瘁的老人說話，打從心底感受他的憂慮，或者至少**願意**嘗試理解他的愁苦，對他有多麼意義重大。我很清楚他的冥頑不靈以及自我中心讓別人有多為難，彷彿我們這個負荷了眾多苦難災禍的世界上，只有他遭遇不幸，只有他的孩子遭遇不幸。然而，這個時候卻萬萬不能棄他於不顧，因為排山倒海的無助感開始損害他的健康了。而您，親愛的少尉先生，您的的確確做了件好事，您多少把您的青春、您的活力和自由無拘的態度，帶進了這棟悲慘的屋子裡。有鑑於此，我擔心您因受到流言蜚語的影響而腦筋迷糊，所以才把他的私生活告訴您，這是我傾訴原委的唯一理由。但或許多說了幾句，遠超過我可以負責的範圍。不過，我應該可以指望我告訴您的一切嚴格僅限於您我之間，絕對不會外流吧？」

「當然。」我不假思索脫口而出。在他整個敘述過程中，這是我開口說的第一句話。我木然發楞，不單是因為這番出人意表的坦承，就像把手套由內而外翻了過來，徹底翻轉我對凱柯斯法瓦的整體印象。與此同時，我也對自己的遲鈍與愚蠢大感驚訝。活到二十五歲，我始終拿膚淺庸俗的眼光闖蕩世界！一連好幾個星期，我每天到這戶人家作客，被自己的同情心蒙蔽了雙眼，自以為慎重，實則愚昧，沒有膽量開口詢問姑娘的病情，也從未探聽屋子裡顯然欠缺的母親去了哪裡，更不敢探問凱柯斯法瓦這位特別之人的財富從何而來。我怎麼會忽略了他那雙狀似杏仁的陰鬱雙眼並不屬於一位匈牙利貴族，而是屬於歷經千年鬥爭，目光磨練得銳利精明同時又困倦不堪的猶太民族呢？我怎麼絲毫沒有察覺艾蒂絲的身上還揉混了其他元素，怎麼沒有看出這棟屋子裡包準有什麼事情受到不尋常過往的糾纏，顯得陰氣森森？忽然之間，一連串的瑣事姍姍而來，一一湧現在我腦海：我們上校有次回應凱柯斯法瓦的問候時，目光異常冷淡，僅舉起兩隻手指輕觸帽簷，敷衍了事；還有同袍們圍坐在咖啡館裡時，稱呼他是一個「老摩尼教徒」。我感覺自己宛如置身在黑漆漆的房間裡，窗簾忽地被人拉開，陽光猛然刺進眼睛，不由得眼冒金星。亮晃晃的光線刺目難受，照得人昏頭轉向，腳步踉蹌。

不過康鐸彷彿能讀出我的心思似的，彎身湊過來，柔軟的小手碰觸我的手，像個醫生看診似的安撫著我。

「少尉先生，您當然料想不到這種情況呀，怎麼可能料得到呢！您在一個封閉的窮鄉僻壤中被撫養長大，更何況現在正值幸福美好的年紀呀。您這個年紀，尚未學會看待世間不尋常的事物一開始應先心存猜疑。我比您虛長年紀，您要相信我——偶爾受到生命的捉弄，也無須感到羞恥。您的瞳孔裡還沒沾染上那種被診斷為邪惡之眼的過分敏銳的目光，看待人事物寧可深信不疑，不妨說這是種上天的恩典。否則您也沒辦法如此了不起幫助垂垂老者和生病的可憐孩子！不，請您別感到訝異，也別心生羞愧，您出於善良的本能，已做出非常正確的事情了！」

他將菸蒂扔到角落，伸伸懶腰，將椅子往後一推。「我想我差不多該動身了。」

我的心裡出現了奇怪的變化，所以我雖然也跟著站了起來，但是還感到頭昏沉沉的。我的情緒特別激動。聽聞了這一切意外之事，我的頭腦受到極度刺激，甚至變得異常清醒，但是內心有個地方又感覺到沉重的壓力。我清楚記得自己在康鐸敘述時有個問題想請教他，卻因為心神不定，沒有機會打斷他。在某個段落，我想要了解某個細節！現在有機會提出問題了，我卻記不起來了。想必是我聽得激動，把問題給沖走了。我回溯談話的各個轉折處，但不過是白費力氣。感覺就像明明感受到身體有個部位疼痛不已，卻無法明確指出疼痛之處。我們穿越客人已經走了一半的小酒館往外走，我獨自搜索枯腸，拚命回想。

我們踏出門外，康鐸抬頭仰望。「啊哈，」他微笑說道，儼然流露出滿意的口氣。「今晚月光實在太刺眼了，我的預感果然沒錯。暴風雨眼看要來了，肯定還是場滂沱大雨。我們得加緊腳步趕路。」

他說得沒錯。沉睡的屋舍之間，雖然凝滯無風，空氣悶窒，但是烏雲在東方團團凝聚，形成濃厚的雲層，飄過夜空，隱隱約約遮掩了昏黃黯淡的月亮。濃雲已障蔽半邊夜空，黑漆漆一片，一大團宛如金屬的扎實團塊，黝黑如龐然巨龜，緩緩往前爬行，偶被遠方閃電照亮。每次電光一閃，穹蒼深處總傳來不耐煩的隆隆咕噥，宛如有頭野獸被激怒了似的。

「差不多半個鐘頭後，老天可會好好賞我們一頓了。」康鐸判斷說。「我還可以在下雨前趕到車站不被淋溼，但是少尉先生您最好趕快往回走，否則可要渾身溼透了。」

但是我模模糊糊知道自己還有些事情要問他，卻想不起是什麼。記憶淹沒在昏沉麻木的黝黑之中，就像夜空中被奔騰翻湧的烏雲所吞噬的月亮。大腦深處始終有個曖昧不明的念頭蠢蠢跳動著，彷彿一股持續不斷的刺骨疼痛。

「沒關係，我可以冒次險。」我答道。

「那麼就趕緊走吧！走得越快越好。剛才坐了太久，兩條腿都僵硬了。」

腿都僵硬了——這就是關鍵字！電光石火間，一道亮光閃進我意識的最深處。我頓時恍然大悟，想起自己要請教康鐸的問題了，那個我**無論如何必須**請教的問題，亦即那個任務！凱柯斯法瓦交付的任務！我整段時間或許在潛意識裡只想著凱柯斯法瓦，想著那個半身不遂的女孩有沒有治癒的可能。現在我該是提出問題的時候了。我們一邊大步走過闃靜無人的巷弄，我一邊小心翼翼開口問道：

「不好意思，康鐸醫生……您剛才所說的一切，我當然聽得興味盎然……我的意思是，那些事情至關重要。但是您應該能了解，正因為這個緣故，所以我有事情想請教您……這事壓在我心頭很久了……而您畢竟是她的醫生，沒人比您更了解病情……我是個門外漢，缺乏正確的觀念……所以我很想知道您究竟有什麼看法。我是說，艾蒂絲的癱瘓只是暫時性的，還是永遠無法治癒呢？」

康鐸猛地抬起頭看著我，眼神銳利，兩道鏡片上的反光直射著我的臉。他的目光熠熠懾人，眼神凶猛，如針般刺進我的皮膚，我不由自主別過臉。他該不會懷疑這是凱柯斯法瓦託付給我的任務吧？他起了疑心了嗎？不過，只見他又低下頭，喃喃自語說著話，但腳底下速度不變，甚至可能更加迅捷。

「當然啦！我早就應該預料到這個問題。每次結尾總是如此。治得好還是治不好，黑或者白，彷彿事情就是這麼簡單似的！光是『健康』和『生病』這兩個詞，一位有良知、負責任的醫生就不該說出口，畢竟疾病始於何處，健康又結束於何處？遑論『治得好』和『治不好』！這兩種說法用得相當廣泛，到診所來的人沒有一個不是帶著它們離開。但是，您永遠不可能從我口中聽到『治不好』這個詞的。絕對不可能！我知道上個世紀最睿智聰穎之人尼采，曾寫下一句可怕的話：『千萬別成為身患絕症者的醫生。』他身後留給我們解決的眾多矛盾且危險句子當中，這句話最為謬誤。應該反其道而行才是對的啊。我主張醫生之所以行醫，正是要成為身患不治之症者的醫生才對，甚至更進一步說，唯有成為所謂不治之症者的醫生，才是經過考驗的貨真價實醫生。醫生若是打從一開始就抱著『無法治癒』的想法，等於背離了自己真正的使命，臨陣脫逃，繳械投降。我自然也很清楚，在某些病例中乾脆說『無法治癒』，裝出聽天由命的表情，一拿了豐厚的出診費就轉身離開，事情簡單多了，也易如反掌。是呀、是呀，最方便、效果最好的，莫非只醫治業經證明、保證絕對能治癒的病例，只要翻閱厚重的舊醫典，就能找到完整的治療方式。吶，高興這麼做的人就去做吧。但我本身認為這不過是種可悲的成就，正如同詩人只想要一再重彈老調，而非嘗試將未說之事，是的，將言語無法表達的意境化成文字；抑或像哲學家，寧願第九十九遍闡述早已眾所周知的知識，也不願意花功夫思索混沌未明的事理。『無法治癒』不過是相對概念，而非絕對概念。醫學是種日新月異的知識，無法治癒的病例只存在於當下，只存在於我們的時代，亦即存在我們狹隘、短淺的目光中！不過，重點不在於我們這個當下。我們的科學一日千里，今日看不見治癒機會的數百起病例，明日或者後天也許就會找到、甚或『創造』出治癒的可能性。因此，請您務必留意，」他口氣憤慨，彷彿我冒犯了他。「對我而言，沒有無法治癒的疾病，原則上我不放棄任何事情，也不遺棄任何一個人。沒人能從我嘴裡套出『無法治癒』這個說法。縱使是在最絕望的困境中，我會說出口的最極端話語也只不過是『目前尚未治癒』的疾病，亦即：我們當代的科學尚且無法治癒。」

康鐸急急邁著大步，我費了很大的勁才跟得上他。這時他冷不防放慢了腳步。

「也許我表達得太複雜、太抽象了。要在客棧到車站的途中把這類事情說得一清二楚，確實很困難。或許舉個例子，您會更容易理解我的意思。這是個非常特別的例子，而且對我來說是錐心刺骨的痛。二十二年前，我還是個年輕的醫學系學生，年紀大約與您現在相仿，念第四學期。那時，我父親生病了，他一向身強體健，精力旺盛，行動力強，我衷心愛他、尊敬他。醫生診斷他患了糖尿病，您大概聽說過，這是侵襲人類的疾病當中最殘忍且最狠毒的一種。人體組織毫無預警停止吸收養分，不再輸送脂肪和糖，病人日漸衰弱，說穿了其實是活生生餓死。我不想拿細節折磨您，那些細節毀了我整整三年的青春。

「現在請您聽著：當時的科學知識對於治療糖尿病完全束手無策，只會折磨病人攝取特殊飲食，每一公克都得秤得精準，每喝一口都要測量清楚，但是醫生其實心知肚明——我身為醫生，自然也清楚——一切不過是拖延大限將至的時間，多撐個兩、三年不啻是種可怕的毀滅過程，在一個飲食豐饒的世界裡悲慘餓死。您可以想見當年還是大學生的我，未來的醫生，找過一個又一個權威專家，遍覽群書與專業著作。但是我四處得到的回應不管是口頭或者書面，都是『無法治癒、無法治癒』，從此我對這句話深惡痛絕。從那天起，我痛恨這句話，因為我只能眼睜睜看著世上最深愛的人悲慘死去，比一隻麻木遲鈍的牲口還不如，卻是一籌莫展。在我拿到博士學位前三個月，他便過世了。

「現在請您聽好了：幾天前，醫學協會請來一位頂尖的化學醫學家演講，他提到在美國和其他幾個國家的實驗室裡，研究從腺體萃取出一種物質，如今已取得相當大的進展。他主張無須十年，糖尿病絕對就能成為一種『已被解決的』疾病。您可以想像我一想到當年這物質若已出現幾百克的話，我在世界上最深愛的人不會飽受折磨，不會因此過世，或者至少能抱持治癒他、救活他的希望時，有多激動。您現在能了解我聽到『無法治癒』這個判決有多氣憤了吧？我可是日日夜夜夢想著，總有一天一定可以發現、發明一種特效藥，而且絕對要找到特效藥，一定有人能成功，說不定就是我。我們上大學那時候，特別印製了傳單明確告誡我們大學生梅毒是種『不治之症』，但是現在不也可治癒了嗎？尼采、舒曼和舒伯特，還有我不知道的其他梅毒不幸受害者，絕非死於一種『不治之症』，而是死於在當時尚且『無法治癒』的疾病。是的，您可以說從雙重意義來看，他們都太早過世了。對我們醫生來說，每一天都會出現新鮮的、出乎意料的美好事情，這些事情甚至在昨日還無法想像呢！每次看見其他醫生對某個病例聳聳肩，一副愛莫能助的模樣，我就火冒三丈，氣得心臟抽搐，因為我還不知道明天、後天會不會出現什麼藥物。但是，我的心也因為同時懷抱無窮希望而顫動不已：或許你會找到特效藥，或許會有人在恰當的最後時機為這些人發明出藥物。什麼事情都有可能，即使是不可能的事情也一樣。我們的科學今日堵在門前，不得其門而入時，往往已出乎意料在後面開了另外一扇門；我們的方法一旦失敗了，就想辦法發明新的；科學一籌莫展時，總是會出現奇蹟。沒錯，現代醫學中仍舊會發生真正的奇蹟，在熒亮璀璨的燈光照耀下出現的奇蹟，違反一切邏輯與經驗。有時候甚至還能逼出奇蹟來。您認為我若不是懷抱終究會出現關鍵性奇蹟的希望，她的病情將大大好轉，有必要折磨這位姑娘，連帶自己也不好受嗎？我承認她的病情很棘手，難以駕馭，多年來不如我希望的迅速大有斬獲。即使如此，即使如此，我也不會因此放棄。」

我聚精會神聽他述說。他說的一切我都懂。但是潛意識裡，那位老人家的頑固和恐懼不知不覺感染了我。我想要知道更多內情，更多肯定的、精確的細節，於是我又追問道：「所以說，您相信病情會好轉——也就是說……您治療這病已經有了**明確**的進展了嗎？」

康鐸醫生不發一語。我的話似乎激怒了他。他邁著兩條短腿越走越急。

「您怎麼堅稱我在治療這病上有了明確進展呢？難不成您證實了這點嗎？您對整件事究竟又有何了解？您認識這位患者不過才幾個星期，而我卻治療她長達五年了。」

他猛然停下腳步。「我乾脆一次向您說清楚：我絲毫沒有取得任何實質的進展，也沒有確切的成效，這就是重點！我在她身上來回試驗，來回治療，活脫像個由澡堂按摩師假扮成的醫生，漫無目的，毫無目標。我到現在什麼成果也沒有。」

他憤慨的情緒嚇了我一跳。我顯然傷害了他身為醫生的尊嚴，於是趕緊安撫他。

「但是凱柯斯法瓦先生向我描述過電療浴大大恢復了艾蒂絲的精神，尤其是注射……」

康鐸又忽地停下來，硬生生把我說了一半的話打斷。

「胡說八道！完完全全是胡扯！您可千萬別被那個老傻瓜給洗腦了！您當真相信電療浴那類的玩意兒能治好半身不遂嗎？您難道不清楚我們醫生慣用的伎倆？我們倘若黔驢技窮，就會想方設法贏得時間，使出荒謬伎倆，花言巧語，耍得病患團團轉，以免他察覺我們手足無措。幸運的是，病人出於本性，大多時候也會跟著我們一起說謊，成為我們的共犯。她當然覺得好多了！不管您吃檸檬或者喝牛奶，洗冷水澡還是熱水，任何療程一開始總會導致有機體轉變，產生新的刺激，始終保持樂觀的病人便以為病情因此有所好轉。這種自我暗示是我們的最佳幫手，即使對愚蠢透頂的醫生也大有助益。但是這有個缺點，一旦新的刺激減弱，立刻會出現反應，我們就得迅速改變招式，再一次拿新的療程虛晃一招。我們這種人針對毫無指望的嚴重情況，會一直使用此類伎倆操弄病人，或許哪天能湊巧發現真正有效的治療方式。不，請您別說客套話。與期望相較之下，我心裡有數自己在治療艾蒂絲的病情上取得的進展有多麼渺小！我至今為止努力的一切——請您別誤會了——電療、按摩等諸如此類的騙人把戲，並未能實質幫助她的腿痊癒。」

康鐸怒氣沖沖朝自己大發雷霆，讓我感覺有必要幫他辯護，擺脫他良心的譴責。於是我怯怯地補充說：「可是……我親眼看見的，歸功於那個機器，她能走路了……那個幫助她行走和伸展的機器……」

但是，康鐸這時不再正常說話，而是朝我大吼大叫了，他吼得氣憤填膺，毫無顧忌，兩個行走在空曠巷子裡的晚歸路人，不由得好奇地回過頭來看。

「我已經告訴您那是騙人的把戲，騙人的把戲！助行器只對我有用，而不是她！那些機械不過是瞎忙活的器具，純粹是瞎忙活的器具，您了解嗎？……不是姑娘需要那些，需要的人是**我**，因為凱柯斯法瓦一家人不想再繼續忍耐下去了，我承受不起他們的催逼，不得不再次給老人打一劑強心針，加強他的信心。我沒有其他選擇，只能給失去耐性的姑娘負上千斤的重擔，就像為執拗掙扎的囚犯銬上腳鐐一樣……換句話說，那機械或許稍微能強化肌腱……我當時實在無計可施了……我**必須**爭取時間才行……不過，對於使用這些伎倆和機械，我一點兒也不會感到羞愧，您也親眼看見成果了，艾蒂絲自我說服，認為裝上器具之後走路好多了。她父親得意洋洋，認為我幫助了她。所有人全對我這個偉大的天才奇蹟創造者欽佩萬分，連您也把我視為萬能博士來諮詢！」

他頓住不語，摘下帽子，用手抹了抹溼漉漉的額頭，然後不懷好意從一旁打量著我。

「恐怕您不是特別喜歡聽這番話吧！您原本認為醫生是救人者、是真理的化身，而這個想像就此幻滅了。您青春有為，熱情洋溢，對於醫學道德有另一番想像。但是我現在察覺到……您已有點醒悟，或者可說甚至對這些手法倒盡胃口！不過，很遺憾的是，醫學和道德完全是兩回事：任何疾病本身都是一種無政府的混亂行動，是對大自然的造反行徑，因此可以採取一切手段對付它，**不擇手段**。不，不要同情病人，因為病人將自身置於法律之外，他們違反了秩序。而為了重建秩序，為了恢復病人健康，就得如同對付叛亂一樣，必須毫無顧忌採取行動，手裡抓到什麼就使用什麼。因為單憑善意和真理，無法治癒人類，一個人也治癒不了。騙人的伎倆一旦治癒了疾病，就不再是卑鄙的騙人伎倆，而是最上等的藥物了。我碰到始終束手無策的病例，就得想方設法幫助病人拖延時間。長達五年的時間不斷要想出新招式，尤其是特別不認同自己的技術時，少尉先生，那也不是件容易之事啊！總之，一切的恭維稱讚，我一律敬謝不敏！」

我面前這個身材又矮又短的胖子激動萬分，彷彿我一開口反駁，就會吃上他的拳頭。就在此刻，烏雲遮蔽的漆黑地平線那端，驀地劃過一道藍色閃電，宛如一條血管，隨即響起一陣沉悶的雷聲。康鐸忽然爆出大笑。

「您看，老天的怒氣給了答案了。吶，您這個可憐人，今天可是吃足了苦頭呀，幻想一個接一個遭解剖刀割除，先是關於匈牙利顯赫權貴的想像，接著又是對於悲天憫人、完美無暇的醫生與救人者的幻想。不過您必須理解，那個老傻瓜的讚揚實在令人惱怒！偏偏在艾蒂絲這個病例上，多愁善感的草率馬虎尤其引我反感，因為進展十分緩慢，我在她的病例上也尚未找到，亦即尚未發明關鍵性療方，自己早就夠惱火了。」

他默不作聲走了幾步，然後轉過來看著我，表情稍微和善了一點。

「對了，我不希望您認為我內心已經『放棄了』這個病例，就像我們醫生常用的漂亮修辭。恰好相反，我反而絕不會放手，即使還要再花上一年或者五年時間也在所不惜。此外，說也湊巧，就在聽完我剛才告訴您的那個演講的當天晚上，我在一份巴黎的醫學雜誌上，讀到一篇治療癱瘓的文章，一個非常怪異的案例。患者四十歲，癱在床上整整兩年，四肢完全無法動彈，維耶諾教授花了四個月治療他，最後他又能生龍活虎爬個六層樓了。請您想想，四個月就有如此療效，我的病例與此完全類似，我卻瞎攪和了五年，毫無成果。當我讀到這篇文章時，受到的衝擊和激勵該有多大！當然，我不是很熟悉那個病例的病源學和治療方式，維耶諾教授似乎罕見地結合了一系列的治療形式，例如到坎城做日光浴，裝上整套儀器，做某種體操等等。沒有詳細的病歷，我自然無法想像他的新方法是否能夠實際套用在我們的病例上，又能取得多大成效。不過，我親自寫信給維耶諾教授，請教更詳盡的資料。也因此，我今天才不厭其煩又再次仔仔細細檢查艾蒂絲，折磨著她，畢竟我們需要取得對照比較的可能數據啊。所以您看，我絕對不會鳴金收兵，宣布投降，反而緊緊抓住每一根能救命的稻草。或許新的治療方式當中，真的存在著可能性——我說的是『或許』，我不說了，喋喋不休了一堆廢話。現在別再談我該死的職業了！」

這時，我們已經距離火車站相當近了，眼看談話的機會就要結束，我連忙又問道：「也就是說，您認為……」

然而這一刻，矮小的胖子猛然停住腳步。

「我沒有認為什麼，」他怒叱我說，「也根本沒有『也就是說』！你們大伙究竟想要我怎麼做？我又沒有電話專線直通敬愛的天主。我什麼也沒說，什麼確定的話都沒說。我什麼也不認為，什麼也不相信，什麼也不想，也不許諾任何事。我已經說了太多廢話，現在該結束了！謝謝您陪伴我這一程。您最好趕緊往回走，否則您的軍裝將被雨淋得溼透。」

他顯然火冒三丈（我不懂他為什麼生氣），因為他沒有與我握手道別，便邁著兩條短腿跑向車站。我覺得他似乎有點扁平足。

第十三章

康鐸判斷得很精準。人類神經早已感受到的暴風雨果不其然大肆逼近，濃厚的烏雲像沉重的黑箱子，堆聚在惶惶顫動的樹梢上方，發出隆隆響聲，偶爾被一道閃電的電光照得灰白透亮。陣陣狂風不時來回搖撼潮溼的空氣，空氣中瀰漫著火光的焦味。城市已換了一副面貌，我急速往回跑，街道迥異於幾分鐘前仍凝滯屏息，浸淫在銀白月色中的景致。招牌被吹得劈啪匡啷，嘎嘎作響，好似做了陰鬱的惡夢，受到了驚嚇；房門不安地啪啪晃動，煙囪蕭蕭直鳴。有幾戶人家好奇地亮起了燈光，幾扇窗前閃現身穿白色襯衣的人，小心翼翼趕在風雨來襲前關緊窗戶。零星幾個晚歸的路人匆匆忙忙奔過街角，彷彿受到一陣恐懼狂風驅趕。即使是平日夜晚也還算熱鬧的寬闊廣場，這時也渺無人跡。市府大鐘被照得通亮，傻傻地瞪著蒼白眼神，呆望著異常荒涼的空洞。不過重要的是，多虧了康鐸的警告，我才能趕在暴風雨之前回到家。再轉過兩個街角，穿越軍營前的市區花園，就能待在自己的房間內，徹底思考我在前幾個鐘頭所經歷、所聽到的出乎意料的事情了。

軍營前的小花園完全籠罩在一片黑暗中，樹葉簌簌飄顫，底下的空氣卻凝滯沉鬱。偶起一陣急促的勁風，宛如一條蛇嘶嘶鑽過葉叢而去，揚起的聲響隨即又回歸於更加令人毛骨悚然的寂靜之中。我越走越急，眼看就要走到大門，樹後忽然有道人影一閃，從陰暗處走出了一個人。我有點嚇了一跳，但是並未慢下腳步——哎，頂多是某個習慣在暗處等待士兵經過的妓女嘛。可是惹我惱火的是，我感覺身後有個陌生的腳步聲躡手躡腳緊跟著不離開。不要臉的臭婊子，竟厚顏無恥糾纏著我，我打算狠狠罵她一頓，於是轉過身去。忽地一道閃電打下，亮光瞬間照亮了黑暗，我瞥見一位顫顫巍巍的老人上氣不接下氣跟在我後頭，頓時嚇得六神無主。對方光著頭沒戴帽子，金框眼鏡閃耀著光——竟然是凱柯斯法瓦！

一開始，我在錯愕之餘簡直無法相信自己的眼睛。凱柯斯法瓦竟然出現在我們營區花園——這實在不可能啊，我三個小時前才和康鐸一起離開他的宅邸，那時他已疲累不堪了。究竟是我出現錯覺，還是老人瘋了？他發著高燒下床，只套了件單薄的外套，沒有穿上大衣，胡亂夢遊迷了路？但是眼前的人正是他，絕對不會錯。在成千上萬的人當中，我也能認出那沮喪消沉、彎腰駝背、畏畏縮縮的走路模樣。

「老天爺啊，馮．凱柯斯法瓦先生。」我瞠目結舌說，「您怎麼來了？您不是上床休息了嗎？」

「沒有……或者說，是的……但是我睡不著……我還想……」

「趕緊回家去呀！您瞧瞧，暴風雨隨時會降下。您的車子不在這裡嗎？」

「在另一邊……停在軍營左邊等著我。」

「太好了！那麼趕緊過去！車子要是開快點，還能及時將您送回家。快走吧，馮．凱柯斯法瓦先生。」但他仍躊躇不前，我乾脆抓住他的胳臂，想要拖他走。他卻粗暴地掙脫了我。

「馬上，馬上……我就要走了，少尉先生……可是……可是您先告訴我，他怎麼說？」

「誰？」我的問題、我的錯愕都是發乎真心的。我們頭頂上狂風怒吼，風勢越來越強，吹得樹木哀嘆連連，彎身低垂，彷彿想把自己連根拔起，傾盆大雨可能轉瞬間便落下。我心裡當然只想著一件事，最自然不過的事，那就是該怎麼把這個顯然並未察覺到暴雨將至且精神迷亂不清的老人送回家去？不過，他幾乎要耐不住脾氣，話說得結結巴巴。

「康鐸醫生啊……您不是送他一程嘛……」

我現在終於懂了。這次在黑暗中相遇，顯而易見絕非湊巧。這個焦躁不安的人等在軍營大門前的花園裡，就為了趕快得知確切的訊息。他潛伏在大門入口前守候著，我絕對不可能逃過他的眼睛。他心緒不寧，焦慮難耐，花了兩、三個鐘頭的時間在此來回踱步，卑屈地藏身在小城破舊寒酸的花園裡，平時夜晚這裡只有女僕會來和情郎幽會。或許他推測我只陪康鐸走一小段路，送他到火車站後，馬上會回到軍營。然而我卻毫不知情，讓他在此等了又等，等了兩、三個小時，自己則和康鐸待在酒館裡。生病的老人就像從前等候欠債者一樣，不屈不撓耐心守著，絕不打退堂鼓。這股偏激的執拗裡，有某些東西激起了我的怒火，同時又令我感動不已。

「情況非常樂觀。」我安撫他道。「一切都會好轉的，我對此深具信心。明天下午我再把更多談話內容告訴您，一字不漏原原本本說給您聽。現在請您趕快到上車，您也看得出來我們不能再浪費時間了。」

「好的，我這就走。」他不情不願勉強讓我帶著走。我催促他走了二、三十步後，感覺自己手臂上的負擔越來越重。

「請等一下。」他口齒不清說。「讓我在長椅上歇會兒。我沒辦法……走不動了。」

老人家走路確實搖搖晃晃，像個酩酊大醉的人。雷聲隆隆作響，越來越近，我不得不使出全身力量，在濃黑的夜色中，磕磕絆絆好不容易才把他攙扶到長椅旁。他呼吸沉重，跌坐在椅子上。久候多時顯然耗盡了他的體力。這也難怪，他花了三個小時四下窺探，撐著疲累的雙腳站哨找人，心中惶惶無措。他幸運逮到了我之後，這才意識到自己有多勞頓、有多緊張。他氣力盡失，宛如被擊倒似的癱靠在窮人坐的長椅上。這裡工人平日中午在椅上吃乾糧，退休老人和孕婦下午坐著休息，夜晚則是妓女招攬士兵做生意的地方。這個全城最富有的老人，卻在此等了又等。我明白他等待的是什麼，心裡頓時出現一種預感：除非我能振作他的心情，否則別想將這固執的老人帶離開長椅。（倘若有個同袍這時撞見我們兩人狀似特別親密的話，實在是非常惱人！）我必須先安撫他才行。我的同情心再度湧現，這股該死的熱浪又一次在心頭翻騰，我無力招架，意志耗弱。我彎低身子往前靠，開口勸他。

我們身邊狂風大作，呼嘯喧囂，但是老人絲毫沒有察覺周遭的狀況。在他眼裡，既無天空，也沒有烏雲和暴雨，世界上只有他的孩子和孩子的健康。我怎麼忍心就事論事把真實狀況告訴這個因為激動、衰弱而渾身顫抖的人呢？說康鐸自己對這件事也沒有十足的把握？老人需要某種東西能讓他牢牢抓住，就像之前他快跌倒時，緊扶著我伸出的援手一樣。於是我迅速將費了好大的勁才從康鐸嘴裡套出的少數能使人安慰的期待總結一番。我告訴他，康鐸聽說了一種新的治療方式，維耶諾教授已經在法國試驗過了，也取得非常優秀的成果。昏暗中，我立刻感覺到身旁有什麼東西動了起來，發出窸窸窣窣的聲音。老人方才還癱軟無力的身體這時湊了過來，彷彿想要從我身上取暖似的。其實我不應該再多給承諾，但是同情心繼續把我往前拉，遠超過我能負責的程度。沒錯，這種療法成效非凡。我一而再、再而三鼓勵他，再過四個月、三個月，將會達到出人意料的療效，說不定──不，甚至可以斬釘截鐵說，拿來治療艾蒂絲也不會失敗。我的內心逐漸對這誇大其詞的說法產生了興趣，因為安慰的效果實在太迷人了。每次他貪得無厭追問著我「您真的相信嗎？」或者「他真的說了這話？」，我因為心情焦灼，加上軟弱無能，總是極力給予肯定，這時他靠在我身上的重量似乎也跟著減輕了一點。我感覺自己這一番話逐漸增強了他的信心。在這一個鐘頭裡，我生平第一次也是最後一次體驗到，在所有靈光一現的創意之中，隱含著令人陶醉的樂趣。

我已經想不起來自己在那張窮人長椅上對凱柯斯法瓦預示了什麼，承諾了什麼，而且之後也永遠不會知道。正如他貪渴地傾聽我說的一字一句，深深沉醉其中，他閃耀幸福的凝神傾聽也引發了我的樂趣，讓我欲罷不能，承諾越給越多。我們誰也沒留神在我們四周閃放的電光，沒有注意到益發緊迫的隆隆雷聲。我們緊緊相依，一個說，一個聽；一個聽，一個說。我一而再、再而三發乎最誠摯的信心向他保證：「是的，她將恢復健康，很快就會復原，肯定會康復的。」只為了一次又一次聽他囁嚅說出「啊」和「謝天謝地」，感受極度亢奮之際那種銷人心魂又令人沉醉的狂喜。誰知道我們就這樣在此坐了多久，忽然間，最後一道關鍵性強風襲來。磅礡奔騰的暴風雨將至前，往往先刮起這種狂風，彷彿要為暴雨鏟平道路。樹木一下子被吹得紛紛彎了腰，枝椏斷裂，嘎吱劈啪響，栗子像飛彈似的此起彼落打在我們身上，塵土漫天飛揚，猶如龐然碩大的濃雲將我們團團裹住。

「回家去，您得趕快回家。」我一把將他拉起，他絲毫沒有反抗。我的鼓勵為他注入了力量，恢復了健康，他走路不再似之前那般踉蹌搖晃。他腳步凌亂，飛也似的和我一起趕到等待的車子那兒，然後由司機扶進車裡。我這才鬆了一口氣。我知道他安全無虞，也安慰了他。現在他終於能夠安然入睡了，這個深受震撼的老人，終於能夠睡得深沉、安穩又幸福。

然而就在我怕他著涼，趕忙拿毯子要蓋住他兩腳的短暫瞬間，發生了駭人驚慌的事情。他猛然一左一右緊抓住我兩隻手腕，我還來不及掙脫，只見他已把我兩手拉到嘴邊，先吻了右手，然後左手，接著又是右手，最後再換左手。

「明天見，明天見。」他喃喃低語道。汽車疾駛離去，宛如被正好刮起的刺骨疾風給抬走。我張口結舌，呆立原地。不過，雨滴劈哩啪啦開始落下，似鼓錘、如冰雹般轟隆隆打在我的軍帽上。我在淅瀝瀝的傾盆大雨中跑完通向軍營的最後四、五十步。我渾身溼透，才一跑到軍營大門，一道閃電立刻劈下，將籠罩在狂風暴雨夜裡的街道照得亮晃晃的。繼之而來一陣震耳雷鳴，天際彷彿一起被扯了下來。這道大雷一定就打在附近，因為地面為之撼動，玻璃震得匡啷匡啷，像破碎了似的。突如其來的刺目電光雖然炫得我雙眼發僵，但我已不似一分鐘前，老人家感激涕零拉過我的手親吻時嚇得那麼厲害了。

§

情緒激烈亢奮後，睡眠連帶會變得深沉香甜。隔天早晨，我從自己醒來的狀態察覺到，暴風雨前的抑鬱氣氛和夜晚談話時如觸電般的緊繃情緒，使我昏沉恍惚。我彷彿從深不可測的深淵驚跳而出，先是呆望著習以為常的軍營房間，感覺很陌生，接著開始思索自己何時跌入這種深淵般的睡眠，又何以至此，但結果只是白費力氣。不過現在沒有時間井井有條回溯既往了，我的另一個記憶力——屬於公事上的記憶力，似乎與我儲存私事的記憶涇渭分明，如軍紀般嚴格執行功能——即刻提醒我，今天要進行特殊操練。底下吹響軍號，清晰可聞戰馬達達踏著馬蹄。我從勤務兵一再催促的焦急模樣看出，動身的時刻已迫在眉睫了。我迅速穿上早已準備好放在一旁的軍服，點起一支菸，火速衝下階梯，跑進中庭，及時入列，整裝待發的騎兵中隊正喊出「前進、開步走」的命令邁步出發。

置身在策馬行軍的縱隊，人的存在已不再是個單獨的個體。此起彼落的達達馬蹄聲迴盪在耳邊，很難保持頭腦清晰思考，也不能做白日夢。實際上在陣陣刺耳的達達聲中，我只感覺到騎兵隊正悠閒地在一個盡善盡美的夏日裡策馬前行，人們想像中的完美夏日正是如此：碧空如洗，萬里無雲，一片清朗。陽光雖然炙烈，卻毫不顯悶熱，四周景致的輪廓分外鮮明。遠方的每一棟房舍、每一棵樹、每一寸田野，清清楚楚盡收眼底，沒有一處遺漏，彷彿就置於自己手上。窗台上花團錦簇，屋頂冒出縷縷炊煙，更因濃烈又清透的色彩顯得生機盎然。我幾乎認不出眼前這條我們一週又一週以同樣速度奔馳其上、邁向同樣目標的無聊公路，繁密的樹葉在我們頭頂上拱成一片宛如新刷的綠蔭穹頂，枝椏茂盛，翠綠更顯濃郁。我卸下重擔，悠閒自在騎坐在馬鞍上，最近幾天、幾個星期以來壓迫我神經的一切焦慮不安，沉重陰鬱與重重問題，全都一掃而空。這個燦爛的夏日上午，我任務執行得實在出色，找不出比這次更卓越的表現了。任何事做起來得心應手，水到渠成，一切都如願以償，令人感覺舒暢。蔚藍的天空，碧綠的草地，熱血沸騰的優秀戰馬，只要胯下一夾，韁繩一收，便馴服地聽從命令，甚至連自己發號施令的聲音也悅耳動聽。

強烈的幸福感也如同一切令人陶醉的事物，多少也會使人麻痺。沉浸在眼前的美景，享受當下，總能讓人遺忘過去的種種。因此，我在馬鞍上度過幾個小時精神振奮的時光，下午沿熟悉的道路前往莊園時，前一晚的境遇只剩朦朦朧朧的面貌。我的心全被無憂無慮以及期待他人快樂的喜悅之情所占滿。自己感到幸福愉快時，也會把其他人想像成一樣幸福愉快。

果不其然，我才在熟悉不過的莊園大門上一敲，平素畢恭畢敬、公事公辦的僕人隨即應門，招呼的聲音特別快活，而且立刻催促我說：「我可否現在就領著少尉先生上塔樓去呢？兩位小姐已經在上頭恭候大駕了。」

不過他說話時為何雙手躁動不停？為什麼滿面春風望著我？為什麼又迫不及待衝向前頭？我邁步登上迴旋梯走向露台時不由得問自己，他究竟怎麼回事？這個老約瑟夫今天到底怎麼啦？他焦灼難耐，急著火速將我帶到上頭。這個規矩老實的傢伙究竟是怎麼一回事呢？

不過，感受到愉快的心情，總是令人心曠神怡。在陽光燦爛的六月天，我邁著健壯年輕的雙腿走上彎彎曲曲的階梯，從側窗望去，一會兒看見北方，一會兒南方，忽一會兒是東方，接著又是西方，廣闊無際的夏日風光一覽無遺，亦是悅目娛心。距離塔頂只剩下十或十二級階梯時，一件意想不到的事情絆住了我的腳。昏暗的迴旋樓梯間，忽地飄蕩著舞曲旋律，輕快飛揚，空靈似幻，由小提琴拉出主旋律，大提琴伴奏，生動活潑的女聲花腔交纏唱和，縈繞樂曲之上，憑添風格。我大為訝然。音樂從哪兒傳來的呢？近在耳邊，又恍若遠在天際；猶如清靈仙樂，卻又似凡俗之音，一首輕歌劇中的流行曲，彷彿從穹蒼飄落人間。或許附近某家旅館裡有樂隊演奏，風兒用僅存的一絲震顫，將巧妙的旋律傳送過來？但是下一秒我即察覺這支空中管弦樂隊是在露台上演奏，但是並非真正的樂隊，而是來自一台簡單的留聲機。我怎麼如此愚笨啊，我真以為今天能四處感受到心醉神迷，能期待奇蹟呢。怎麼可能把整個管弦樂隊塞進狹窄的塔樓露台呀！不過，我再登上幾階後，又變得不確定了。音樂毫無疑問是從留聲機流洩而出的，但是那歡唱的女聲，聽來如此自由無拘，如此逼真生動，不太像發自一台嗡嗡作響的小箱子，而是姑娘親口唱出的樂音，唱得天真歡愉，熱情奔放。我停下腳步，更加凝神細聽。飽滿的高音無疑是伊蘿娜的嗓音，優美、充沛、生動，如同她的胳臂一般柔嫩。但是一起唱和的歌聲又屬於誰呢？那是我不熟悉的聲音。顯然艾蒂絲邀請了女性友人，一位不拘小節、活潑動人的年輕姑娘。我由衷好奇不已，迫不及待想見見這位啾啾喳喳、出乎意料飛落在我們塔上的小燕子。我一踏上露台，發現只有艾蒂絲和伊蘿娜兩位姑娘相伴而坐，而發出輕盈愉悅、無拘無束銀鈴般歌聲與笑聲的人竟然是艾蒂絲時，不由得目瞪口呆，無以復加。我之所以錯愕不已，實在是一夜之間產生了如此的變化，對我來說總是不太自然。只有心裡安穩踏實，身體健康的人浸淫在滿滿的幸福中，才能無憂無慮高聲歡唱。但是這個孩子，這個生病的姑娘不可能已經痊癒，除非在夜與日轉換之際確實發生了奇蹟。我不由得訝異，她為什麼如此陶醉，究竟是什麼迷惑了她，以至於從喉嚨裡、從靈魂深處飛躍出幸福至極的沉穩自信？我很難解釋自己剛開始的感受，其實心裡覺得很不舒服，彷彿我意外撞見了兩位女孩赤身裸體。若非這位生病的姑娘對我隱瞞她真正的本質，故弄玄虛，就是她真的一夜之間脫胎換骨，成了另一個人？但是，為什麼會如此？究竟怎麼辦到的？

但是兩位姑娘看見我時，絲毫不顯得慌亂，大大出乎我的意料。

「馬上就好了。」艾蒂絲對我喊著，然後對伊蘿娜說：「趕緊關掉留聲機吧。」接著招呼我過去。

「您終於來了，總算來了，我已經久候您多時了。快說吧！請把一切經過告訴我，但是要說得非常、非常仔細……爸爸把所有事情全混淆在一起，聽得我一頭霧水……您也知道，他只要一激動，就沒法子好好說話……請您想想，他半夜三更上樓來找我時，我正因為可怕的暴風雨而輾轉難眠，冷得要命，風從窗戶灌進來，我沒有氣力爬下床，內心一直希望會有人清醒，可以上樓來把窗戶關好。這時，我忽然聽見了腳步聲，越來越近。我先是嚇了一大跳，畢竟已經半夜兩點或三點了呀。驚嚇中，我一開始沒有認出是爸爸，因為他簡直變了一副模樣。他急切走到我床邊，攔都攔不住……您真應該親眼看看他，他又哭又笑……沒錯，您想想看，爸爸暢懷大笑，笑聲響亮，肆無忌憚，兩腳交互舞動著，活脫像個大孩子似的！等他一開始敘述，我卻是如此困惑迷惘，起先還無法相信他的話……我以為爸爸在做夢，或者做夢的人是我。但是，伊蘿娜後來也上樓來了，我們又聊又笑，直到天明……不過，現在您倒是說一下……請您說說……那個新的治療方式是怎麼一回事呢？」

我掙扎著不要露出駭然驚慌的神態，但我感覺就像遭到洶湧波濤迎面沖襲，腳步踉蹌不穩，竭力想要頂住波濤衝擊，卻始終徒勞無功。她那句話猶如閃電般劃過，我頓時豁然開朗。我，只有我，才會在這個一無所知的姑娘身上誘出嶄新悅耳的聲音；我，只有我，在她心裡注入會遭致厄運的明確信心。凱柯斯法瓦一定把康鐸告訴我的話轉達給她聽了。可是，康鐸究竟對我說了什麼？……我又傳出了哪些話呢？康鐸把話說得非常小心謹慎，字斟句酌，而我這個受到同情心牽制的傻瓜又加油添醋胡謅了什麼，使得整棟莊園因此明朗歡樂，心煩意亂的驚慌老人轉眼返老還童，受苦受難的病人誤以為自己完全痊癒了？我究竟……

「吶，怎麼一回事……您還在猶豫什麼呢？」艾蒂絲催促著。「您很清楚每一個字、每一句話對我有多重要啊。所以說，康鐸到底向您說了些什麼呢？」

「他說了些什麼？」我把話重複了一遍，想要爭取點時間。「呃……您不是已經知道了嗎？……您知道的，都是好消息……康鐸醫生希望隨著時間過去，能出現最好的結果……我若是沒弄錯，他打算嘗試一種新的療法，已經去打探詳情……據稱是效果非常好的治療方式……如果……如果我理解正確的話……我當然無法評斷，不過，至少您可以信任他，當他……我相信，我確信他會辦得妥妥當當的……」

但是，她若非沒有察覺我閃爍其詞，就是焦灼不耐的情緒淹沒了心裡一切抵抗。

「啊哈，我就知道這樣下去不會有進展的，沒有人會比自己更了解……您還記得我對您說過按摩、電療和助行器全都是瞎折騰罷了嗎？……這些進展太緩慢，教人怎麼保有期望……您看，今天我自己就沒有先詢問過他，自行拆下了這個愚蠢的機器……您簡直無法想像我頓時感覺多輕鬆……馬上就能好好走路了……我相信都是這該死的機器絆得我不能走。不行，我早就感覺到必須換個方式治療才行……但是……但是您現在倒是趕緊告訴我，那個法國教授的治療方式究竟是怎麼一回事啊？一定非得到那兒去不可？不能在此地治療嗎？我痛恨療養院，厭惡那種地方……更何況，我不想看見病人！……我看自己就已經看夠了……所以說是怎麼樣的療程呢？……喏，您趕快說吧！……最要緊的，需要多長的治療時間呀？真的很快就能治好嗎？爸爸說他四個月就治好了患者，只要四個月，患者就能上樓下樓，可以活動手腳……這……這實在難以置信！……您別默不作聲坐著啊，請您快點說！……他打算何時開始治療，整個療程需要多久時間呢？」

趕緊收手，我暗自對自己說。別讓她陷入這種瘋狂中執著不放，誤以為一切彷彿已經穩當明確，十拿九穩了。於是我小心翼翼開口，試圖給她潑點冷水：

「確切的日期……當然囉，沒有哪位醫生一開始就能確定日期的，我不相信現在就能把日期確定下來……更何況……康鐸醫生只約略提到這種方式……他說據稱療效非常好，不過，至於是否完全可靠……我的意思是……還是只能根據個案具體試驗而定……總之，得耐心等待，等到他……」

然而她情緒亢奮，激動莫名，根本聽不進我心虛的反駁。

「啊，您不了解他！從他嘴裡套不出什麼明確的說法的。他簡直謹慎過頭了啦。但是，即使他只曖昧地答應了一點兒，也會從頭到尾都成功的。他這個人可以信任的。您不知道我多需要治癒我的病，至少確切知道一定能結束治療也好……他們老是告訴我要有耐心，耐心！但是得讓人清楚要忍耐到什麼程度，又要忍受多久呀。若有人告訴我還要再六個月、還要拖一年——我就會說，好吧，我忍下來，然後做好他人要求的事情……但是謝天謝地，終於有一絲曙光了！您沒法想像昨天我感覺有多輕鬆，彷彿自己根本才剛開始活著。今天一早，我們已經出城去了——您很訝異，不是嗎？——自從我知道自己度過危機後，別人怎麼說、怎麼想，或者背後怎麼打量我、憐憫我，我都不在乎了……現在我要每天都開車出去，向自己證明，漫長的愚蠢等待和咬牙忍耐終於結束了。而明天，星期日——您也放假吧——我們還計畫了大事。爸爸答應我明天開車到養馬場去。我好幾年沒去了，大概四、五年的時間……我根本不想再上街。但是明天我們要搭車外出，您當然也一起來。您一定會大吃一驚的，伊蘿娜和我一起準備了大驚喜。或者……」她轉頭對伊蘿娜大笑道：「我現在就要洩漏這個天大的祕密嗎？」

「說吧。」伊蘿娜笑說。「別再保守祕密了！」

「好吧，親愛的朋友，請您聽好了——爸爸希望我們搭汽車出門。可是車子開得太快，坐車也很無聊。這時，我想起約瑟夫曾經提到那個性格古怪的老侯爵夫人——您知道的，這座莊園以前歸她所有，一個可憎的人物——她每次出門，總是搭四駕馬車，那是輛大型的四輪旅行馬車，車身塗得五彩繽紛，就停在車棚裡……她為了周告天下自己貴為侯爵夫人，所以每次出門總要人套上四駕馬車，即使只前往火車站也一樣。除她之外，附近不准有人乘坐這種馬車……您想想看，若能像蒙主寵召的侯爵夫人一樣駕馬車出遊，該是多麼有趣啊！而且老車夫還在這兒……哎呀，您不認識這位能幹的老總管。自從我們有了汽車後，他就退休了。不過您真應該看看，當他得知我們要乘坐四駕馬車出遊時，立刻邁著搖晃不穩的兩腿顫顫巍巍走上來，想到這把歲數還能再駕馬車，他高興得淚流滿面……事情全都安排就緒了，早上八點我們就駕車出門……由於一大清早就得起床，您理所當然要在此過夜。您可是不能拒絕的。樓下已幫您準備好舒適的房間，您還需要什麼，要皮斯塔給您從軍營帶來——對了，皮斯塔明天會裝扮成僕人，就像在侯爵夫人身邊服侍……不行，別爭辯。您一定得讓我們開心，沒有拒絕的餘地，否則饒不了您……」

她的話宛如旋緊後不斷運轉的發條，一刻不歇。我張口結舌聽她滔滔不絕，猶因眼前不可思議的轉變而頭昏腦脹。她的聲音判若兩人，不若平日講話時語調煩躁不耐，變得輕快流暢；那張原本熟悉的臉龐也換了個樣子，健康的鮮嫩膚色取代了病懨懨的蠟黃面色；漫不經心的急躁舉止也已不復見。她微醺般陶醉地坐在我面前，雙眸熠熠生輝，嘴角笑意飛揚。這種濃郁的陶醉欣喜不由自主感染了我，我彷彿酒醉般逐漸放鬆內心的抗拒。我欺騙自己說，或許這事是真的，或者終有一天會成真。也許我根本沒有欺騙她，說不定她真的很快就會痊癒。說穿了，我其實沒有說謊，抑或說的全然不是謊話，畢竟康鐸確實閱讀過一項驚人的治療方式，有什麼道理不會在這個充滿誠摯信心、使人感動的孩子身上奏效？在這個光只是感受到一絲康復的氣息，就雀躍不已、精神振奮的敏感人兒身上呢？為什麼要澆滅使她神采飛揚的熱切心情，為什麼要拿怯懦畏縮來折磨她？這個可憐人早就折磨自己夠久了。就如同一位以空泛言語激起眾人熱情的演說家，這種熱情後來又變成真正的力量反饋回他身上；同樣地，我浮濫誇大的同情在姑娘身上所引發的堅定信心，也回返到我的心裡，逐漸無法戰勝。最後老父親露面，發現我們三人散發著無憂無慮的亢奮氣氛。我們天南地北聊著，擬定計畫，好似艾蒂絲早已痊癒，身體健康。她問到哪兒可以再學習騎馬，我們軍團是否願意指導她，給予幫助？還有，父親現在是不是該把答應捐給教堂修建新屋頂的費用拿給神父呢？一切大膽冒失的計畫，顯然理所當然預示了她痊癒有望。她無憂無慮開懷大笑，嘻笑戲謔，我心裡最後的一絲抗議從此不再吭聲。夜晚我一人在房間獨處時，心底才升起微弱的聲音提醒自己：她給自己的承諾不會太誇大嗎？你是不是最好想辦法冷靜她那胸有成竹的危險自信？但是，我沒有繼續深思。我何需擔心自己說了太多還是太少呢？即使我預告太多，遠超過我該說的話，但是她聽了我出於同情而扯的謊言後也非常開心啊。讓人開心，絕對不是罪過或者不公不義之事。

第十四章

昨天預先宣布的郊遊，一大清早就熱熱鬧鬧展開了。陽光灑落在我留宿的乾淨客房，照得房間通亮。我一醒來，最先傳入耳裡的就是喧譁笑聲。我走近窗前，瞥見老侯爵夫人那輛大概是昨天夜裡拉出車棚的龐然旅行馬車，莊園的僕役全跑出來圍觀，讚嘆紛紛。富麗堂皇的馬車當真是該送到博物館展示的古董，一百年前，甚至可能是一百五十年前，由坐落於製繩場大街上的維也納皇家馬車製造商為侯爵家一位祖先建造。馬車設置了美輪美奐的彈簧，防止巨大車輪行進時引起的震動。車身貼上繪有牧羊場景與古代寓言的古色古香壁紙，圖案畫得有點憨拙。當年或許色彩鮮豔繽紛，如今已有點褪色了。鋪著綢緞軟墊的馬車內部，隱藏著各式各樣設計精巧的舒適設備，旅途中，我們有機會一一玩賞，例如可摺疊的小桌子、小鏡子和香水瓶等等。這個碩大的玩具建造於一個業已消逝的世紀，乍看之下感覺不太真實，彷彿化妝舞會的道具，然而正是此一特色產生了平易近人的效果，僕役和傭人們個個興高采烈，宛如歡度嘉年華會般，一心一意使這艘行駛在鄉村道路上的沉重大笨船能夠靈活運轉。製糖廠的技工特別熱心地幫車輪上油，還拿槌子敲打鐵皮護板，仔細檢查。四匹馬全套上轡繩，周身裝飾著一束束鮮花，猶如拉著結婚禮車。老馬車夫約奈克趁此機會在一旁趾高氣昂地訓人。他身穿褪色的侯爵府制服，兩條患痛風的腿出人意表竟走動得相當靈活。他向年輕僕役說明他全部的技術與知識，這些僕役雖會騎腳踏車，必要時也能操作摩托車，卻不會正確駕御四駕馬車。昨天晚上他還向廚師解釋，昔日在舉行賽馬尋蹤遊戲或類似活動時，仍舊務求府邸的榮譽，即使前往非常偏遠的地方，在林間和草地上端出點心時，也應遵行在莊園餐廳供餐時的禮節，餐點也理當精緻豐盛。於是在他的監督下，傭人張羅著錦緞桌布、餐巾和銀製餐具，裝進當年侯爵府銀器室裡繡飾著家徽的盒子，這時頭戴白色亞麻大盤帽、笑容可掬的廚師才能拿出真正的餐點，有烤雞、火腿、餡餅、剛出爐的白麵包和好幾瓶酒，酒瓶全以稻草包住，免得在凹凸起伏的鄉村道路上給撞破了。一個年輕小伙子代表廚師伺候大家，他被安排在車後的位置，以前侯爵府的跑腿就站在那裡，旁邊則是頭戴五彩羽毛帽的執勤僕役。由於這類繁瑣的裝飾功夫，因此準備過程多多少少呈現出舞台般的歡樂氣氛。

我們奇特出遊的消息早已沸沸揚揚迅速傳開，所以不乏觀眾前來湊熱鬧。從鄰近村莊跑來許多農夫，穿著五顏六色的鄉下慶典服裝；附近救濟院來了滿臉皺紋的老太太和菸斗不離嘴的白髮老翁們；但最主要的，還是從遠近各處跑來的赤腳孩童，他們驚訝得目瞪口呆，先是盯著裝飾了嬌嫩鮮花的馬匹，目光隨後又往上望向馬車夫，馬車夫的手雖已乾枯，卻仍穩穩操控綁著神祕繩結的長馬鞭。皮斯塔同樣不遑多讓，也令他們雀躍不已。平時大伙只認得身穿藍色司機制服的他，現在他卻套上古老侯爵府的號衣，手裡拿著銀亮的狩獵號角，躍躍欲試急著想吹奏出發的信號。不過就算要動身，也得等我們享用完早餐。

等我們終於走近華麗隆重的大馬車，不由得暗自發笑，因為我們不若豪華馬車和氣勢煥發的僕役來得氣派有看頭，實在有意思。凱柯斯法瓦仍舊穿著一成不變的黑大衣，腿部僵硬，不靈活地登上飾著陌生貴族家徽的馬車，活像隻黑鶴，看起來有點滑稽古怪。對於兩位姑娘，大伙或許期待看見她們一身洛可可的華麗服飾，頭髮撲滿白粉，臉頰點顆美人痣，手裡搖曳著一把花俏的扇子；至於我，瑪麗亞．泰瑞莎女皇時代白得耀眼的騎兵制服大概還比較恰當，而非我藍色的輕騎兵軍服。不過，即使沒有這些歷史服裝，善良的人們一看見我們終於坐進笨重龐然的車廂，依舊感到莊嚴慎重。皮斯塔舉起號角，響亮吹奏一聲，號角聲漫過歡欣鼓舞激動揮手招呼的圍觀僕役。老馬車夫馬鞭一抽，漂亮地在空中畫了個大圈，啪的一聲，宛如槍響。巨大的馬車一起動，猛然激烈一震，大家被震得頭暈目眩撞成一團，笑得不可遏止。但是能幹的馬車夫隨即熟練地駕馭四匹馬穿越大門，我們坐在龐然大肚的車廂裡，忽然覺得大門狹窄得有點教人心慌，但最後總算順利走上公路。

我們沿途造成很大的轟動，也贏得了眾人不可思議的尊敬，但這其實不足為奇。幾十年來，附近這一帶沒再看過侯爵家的馬車與四駕馬車，對農夫們而言，馬車突如其來重新出現，似乎預示將要發生一件近乎超自然的事件。說不定他們以為我們正要驅車前往皇宮，或者皇帝陛下駕到，或是發生了其他無法想像的事情，因為馬車經過之處，眾人一律飛快脫下帽子，宛如麥穗被人一刀割下。光腳的孩童們興高采烈追逐著馬車。若是半路上遇見其他車輛，例如載滿乾草的車子或者輕型的鄉村馬車，對方車夫會俐落地迅速躍下車座，摘下帽子，勒住馬匹讓我們通過。整條街只屬於我們所有，無一例外，就如同在封建時代似的，物美豐饒的土地和滾滾麥穗屬於我們，人和動物也是我們的。乘坐這輛龐然大物，速度當然快不起來，我們這一路因此有了雙倍的機會仔細遊覽風光，拿一切尋開心，兩位姑娘尤其好好利用了這個大好機會。新鮮的事物總吸引著年輕人，例如我們這輛顯眼特殊的馬車，路人看見我們不合時宜的外貌所展現的恭順敬畏，還有其他大大小小的意外驚喜等等，一切迥異於尋常的經歷在在提高了兩位姑娘的興致，她們心醉神迷，心花怒放。尤其是已經好幾個月沒有正式邁出大門的艾蒂絲，更是在清朗明亮的夏日裡，縱情釋放她無法控制的瘋癲勁。

我們第一站停在一個小村莊，這時正好揚起悠長鐘聲，呼喚村民參加週日禮拜。阡陌縱橫的田間小徑上，幾個姍姍來遲的人正趕往村裡。夏日裡，一束束高聳的麥桿間，只見男人頭上的絲綢黑平禮帽，至於在女人身上，只能看見五顏六色的編織帽。人們從四方八方湧來，形成一條徒步前進的長龍，猶如面貌模糊的毛毛蟲，穿越金色麥浪。我們從不太乾淨的主要幹道進村，把幾隻鵝嚇得嘎嘎亂叫，驚慌四逃。這時，嗡嗡鳴響的鐘聲靜了下來，週日禮拜開始了。艾蒂絲忽然冷不防開口，強烈要求大家下車，一起參加禮拜。

忠厚老實的鄉下人看見自己寒酸的市集廣場上竟然停了一輛不可思議的馬車，而平時從道聽塗說中認識的地主帶著家人——顯然他們也把我當成家族一員——希望出席他們小教堂的禮拜時，不由得歡呼喝采，大為激動。教堂司事趕緊迎了出來，彷彿當年的卡尼茲當真成了歐羅斯瓦侯爵本人。他奉承地通知我們說，神父要等我們進了教堂才開始禮拜。眾人心懷敬畏，低頭夾道歡迎我們。他們一看見體弱的艾蒂絲由約瑟夫和伊蘿娜攙扶進來，明顯深受感動。這些單純的人發現厄運也毫不畏懼惡狠狠地降臨在

「有錢人」頭上時，往往最受震撼。四下響起一陣竊竊私語，不過婦女們隨即熱心趕忙拿來座墊，讓這位衰弱的姑娘盡量能坐得舒適。當然是坐在第一排，他們很快就清出了第一排的位置。緊接著，神父開始望彌撒，感覺他為了我們，似乎特別主持得莊嚴隆重。教堂建築分外單純簡樸，我深受感動。婦女的歌聲清脆嘹亮，男聲顯得粗獷笨拙，孩童的嗓音天真又純潔。比起我在家鄉聖斯蒂芬主教座堂和聖奧古斯丁教堂每個週日習以為常的精緻莊重儀式，這些單純的歌聲反而讓我感受到更純粹、更直接的虔敬信仰。

我不經意往身旁的艾蒂絲望了一眼，發覺她竟凝神專注，全心全意祈禱著。我大吃一驚，不由自主分了神。至今為止，我從未在她身上發現一絲跡象，能推測她受過虔誠的教育或者擁有虔誠的思想。但現在，我從她身上看見另外一種祈禱方式，那與大部分學習而來的禱告習慣截然不同。她蒼白的臉低垂著，猶如一個冒著強烈暴風前進的人；雙手緊握著誦經台，外在的感官彷彿全轉向內在，嘴裡不知不覺喃喃念誦著經文。她全身緊繃的姿態在在透露出急切的渴望，似乎想要竭盡最後一絲氣力，迫使自己達成極端之事。教堂的黑色木椅偶爾傳來一陣抖動，竟是因為她潛心祈禱，深受撼動，不禁全身顫抖，猛烈得連僵硬的木頭也隨之晃動。我立刻明白，她正在向天主祈求某種明確的事物，希望能從祂那兒得到。要感受到這位生病的姑娘，這個半身不遂的患者渴望何事，一點兒也不困難。

禮拜結束後，我們扶艾蒂絲回到馬車上，她仍舊久久沉浸在自己的思緒裡，一言不發，不再淘氣嬉戲，也不再好奇地東張西望。彷彿剛才半小時全神專注於內心熾烈的搏鬥，耗損了她的元氣，使她疲憊不堪。我們自然也收斂了態度，一路上安靜無聲，不由得漸漸感到昏昏欲睡。快接近中午時，我們抵達了養馬場。

我們在養馬場自然也受到特別的歡迎。鄰近地區的小伙子顯然聽說我們來訪的消息，立刻牽出最桀敖不馴的烈馬，策馬縱馳，急速奔向我們，散發出阿拉伯式的異國風情。皮膚曬得黝黑的年輕人，縱聲歡呼吆喝，衣領大敞，扁平帽子上曳著五彩繽紛的長條帶，白色的馬褲寬大飄逸。他們就像一群貝都因人，在未裝馬鞍的馬背上奔騁飛馳，如狂風暴雨勢不可擋，好像要把我們一個勁兒衝翻似的。我們拉車的馬兒慌張不安地豎起了耳朵，老約奈克不得不使勁繃緊雙腳，使勁拉穩韁繩。忽聽一聲哨響，這幫瘋狂的人驀地巧妙排成一列，轉變成英姿煥發的高傲隨從，一路護送我們到養馬場管理員那兒。

對我這個科班出身的騎兵來說，這兒有太多東西可讓人看得目不暇給。他們為兩位姑娘牽來了幾匹小馬。兩人一看見小馬瘦骨嶙峋的腳走路仍不靈光，笨拙的嘴還不懂得好好咀嚼遞到面前的糖，簡直樂不可支。我們大家各取所需開心嬉戲著。廚房小伙子遵循著約奈克的指示，露天擺設好了豐盛的餐點。不一會兒，在濃郁滑順的美酒佳釀助興下，我們原本有些冷卻的歡樂情緒又逐漸高亢。大伙天南地北無所不談，更感受到彼此志同道合，無拘無束。在這幾個小時裡，總有抹陰鬱的想法掠過我心頭，正如一抹薄雲飄過蔚藍如絲的晴空。因為一直以來，我始終把我們當中這個最瘦弱卻也笑得最響亮、最開心、最幸福的女孩，當成承受病痛的患者，絕望無助，心煩意亂；或者，眼前這個擁有豐富獸醫知識正在檢查馬匹的老人，輕拍著馬兒，和每個小伙子開玩笑，塞小費給他們，竟是兩天前受到狂亂恐懼驅使，像個夢遊者在夜晚攔截我的人。就連自己，我也差點認不出來，四肢如此輕盈，彷彿上了熱油般放鬆。用完餐後，艾蒂絲被領到養馬場管理員妻子的房間稍事休息，我接連試騎了幾匹馬。我和幾個年輕人比賽，在草原上策馬奔馳，鬆開韁繩，感受到一種前所未有的酣暢自在。啊，真希望能永遠停留在此，不必聽命於任何人，在一望無際的田野上自由奔放，享受飛翔般的無拘無束！我一路馳騁到很遠的地方，聽見狩獵號角響起，催促我們回返時，心裡還不禁感到一絲惆悵。

熟門熟路的約奈克回程選擇了另一條路，讓我們有機會瀏覽另一番風光，大概也是因為沿著這條路，會在一處清涼的小樹林走上比較長的一段時間。這一天事事順利，幸福無比，最後一樁等待著我們的意外驚喜，更為此行錦上添花。馬車駛入一處約莫有二十戶人家的不起眼小村莊，這偏僻小地方的唯一道路幾乎被十幾輛空蕩蕩的貨車給堵住。奇怪的是，卻不見有人現身，為我們體積龐大的馬車騰出路來，彷彿整區的人都給地面吞噬了。只見約奈克手執大馬鞭，熟練地往空中啪地一抽，聲響猶如手槍擊發，不一會兒，比星期日還要空蕩的景象很快就有了解釋。有幾個人驚慌失措趕忙跑過來，才知道這是一場令人愉快的誤會。

原來這一帶最有錢的農夫的兒子，今天迎娶住在另一個村莊的窮親戚的女兒。在我們無法通行的那條街的盡頭，有座穀倉騰出來供人跳舞，身材相當肥壯的新郎父親從那兒衝出來歡迎我們，他的臉因為殷勤巴結而漲得通紅。或許他當真以為名聞遐邇的馮．凱柯斯法瓦地主，為了賞他和兒子一個面子，特地套上四駕馬車，親自出席結婚典禮；或許他因為虛榮，趁機利用了我們意外經過此地的機會，好在別人面前提高他在村子裡的聲望。總之，他不停哈腰鞠躬，希望等街道淨空之後，凱柯斯法瓦先生和他客人能賞光，乾一杯他家釀造的匈牙利葡萄酒，祝福年輕新婚夫妻健康幸福。我們反正興致高昂，自然不會婉拒如此盛情的邀約。於是我們小心翼翼攙扶艾蒂絲下車。心懷敬意的群眾往後退，讓出一條寬闊的通道，在兩旁竊竊私語，驚愕不已瞪著眼看。我們宛如凱旋而歸的將軍，穿越夾道人群，走進農舍舞廳。

進一步細看，舞廳其實是一座清空的穀倉。穀倉兩旁，拿木板在空啤酒桶上各搭了一個平台。右邊平台上放置了一張長桌，鋪著農家自織的白色亞麻桌巾，上面擺滿豐盛的美酒佳餚。長桌旁，新郎家人圍坐在新婚夫妻身邊，自然也少不了當地鄉紳、神父和憲兵隊長。對面的平台上，坐著非常浪漫的蓄鬍吉普賽樂手，還有小提琴、低音提琴和鐃鈸。打穀場夯得嚴嚴實實，變身為舞池，擠滿了賓客。穀倉裡摩肩擦踵，人滿為患，小孩子不准進入，有些擠在門口向內張望，有一些爬到屋頂，坐在梁上兩隻腳晃呀晃的，開開心心看著熱鬧。

有幾位較不夠分量的親戚立刻從尊榮的主桌退下，讓座給我們。我們毫無成見，自然而然和這些忠厚老實的鄉下人坐在一起。他們看見高貴的老爺小姐如此平易近人，顯得非常驚訝。新郎的父親興奮得全身發顫，端來一個大酒壺，親自幫我們的杯子斟滿了酒，揚聲大喊：「為老爺的幸福健康乾一杯！」四下立刻響起熱烈的回應，歡呼聲遠遠傳到外頭的巷子裡。接著，他把兒子和他的新婚妻子拉過來。新娘是個臀部略顯豐滿的羞怯女孩，華麗繽紛的禮服和潔白的新娘花冠，為她增添動人的姿色。她激動得面色緋紅，笨手笨腳地向凱柯斯法瓦屈膝行禮，畢恭畢敬地親吻艾蒂絲的手。艾蒂絲顯然也激動了起來。每次年輕女孩看見結婚典禮時，似乎總會不知所措，因為在這一時刻，同性間神祕的休戚與共感受占據了她們的心靈，從此靈犀相通。艾蒂絲臉頰也泛起了紅暈，將謙卑的女孩拉到身旁，擁抱了她。接著靈機一動，從手指上脫下一只戒指——一只細薄的古老戒指，不是很貴重——套在新娘的指頭上。突如其來的贈予，嚇得新娘魂不附體，驚慌失措望向公公，彷彿詢問自己是否真的可以收下這份大禮。公公才剛驕傲地點頭同意，新娘已幸福得淚如泉湧。一陣熱烈的感謝浪潮又向我們湧來。毫不任性驕縱的鄉下老實人從四面八方擠了過來。他們的眼神清楚透露出非常樂意特意做點什麼，以表達對我們感激之情，但是誰也不敢向如此高尚的「老爺小姐們」攀談，一個字也不敢說。老農夫的太太熱淚盈眶，像個喝醉的人踉踉蹌蹌地周旋在人群之間，莫大的榮耀降臨在兒子婚禮上，她不由得頭昏目眩。新郎拘謹局促，一會兒看著他的新娘，一會兒望著我們，一會兒又盯著自己油亮的沉重長筒靴。

在這個節骨眼，凱柯斯法瓦做出了明智之舉，化解了逐漸尷尬不已的敬畏氣氛。他誠摯地與新郎、新郎父親和幾位鄉紳一一握手，請他們別為了自己的緣故，中斷了美好的歡慶活動。年輕人應該隨心所欲盡興跳舞，無拘無束盡情慶祝婚禮，因為沒有什麼能比這件事更令我們開心的了。與此同時，他招手要樂隊中第一小提琴手上前來。小提琴手早已右臂底下夾著小提琴，弓著背，全身僵硬似的等在平台前了。凱柯斯法瓦丟給他一張鈔票，示意他開始演奏。鈔票面額想必不小，因為巴結諂媚的小伙子彷彿觸電似的彈了起來，陡然奔回原來站的平台，向其他樂手眨眨眼，下一秒樂聲即刻揚起，四個小伙子奏起了音樂，這的確只有匈牙利人和吉普賽人才辦得到。第一聲鐃鈸就已敲得勇猛有聲，敲破了大伙的拘謹局促。轉瞬間，男男女女成雙成對滑入舞池，興奮踏著舞步，比之前更狂野、更奔放，所有的小伙子和姑娘全都雄心勃勃，想表現給我們看真正的匈牙利人有多麼會跳舞。年輕人盡情搖擺身軀，起勁躍動、手舞足蹈，原本還充斥敬畏之意的寂靜舞廳，一晃眼陷入熾熱旋風。他們欣喜若狂踩著舞步，每一步都震得平台上的酒杯叮噹作響。

艾蒂絲目光晶亮，欣賞著眼前的熱鬧喧譁。忽然間，我感覺到她的手放上了我的胳臂，命令道：「您也得下場跳舞。」幸好新娘仍暈頭轉向怔怔盯著手上的戒指，尚未捲入舞池旋風裡。我向她一鞠躬，邀請她跳舞。她先是因這不合乎禮儀的特殊榮耀而兩頰通紅，隨後順從地接受我的領舞。我們兩個成了模範，新郎因此再度鼓起了勇氣，他在父親極力慫恿下，也邀請伊蘿娜翩翩起舞。這時，鐃鈸手把樂器敲得更加瘋狂，小提琴手活脫像個蓄鬍的黑衣魔鬼，激動地拉奏著小提琴。我相信這座村子裡，從來不曾像在這場婚禮上，如此狂歡作樂跳著舞，以後也不會再有。

但是，意外事件接二連三發生。這種喜慶場合，絕對少不了吉普賽老婦人的身影，其中一個看見新娘收到如此豐厚的贈禮，也被吸引得擠到平台前，胡攪蠻纏，要艾蒂絲讓她看手相。艾蒂絲顯然覺得很尷尬，一方面心裡非常好奇，另一方面又羞於當著這麼多人的面參與這類騙人把戲。我靈光一現，輕輕推著馮．凱柯斯法瓦先生和其他人，要他們全部離開平台，免得有誰聽到神祕的預言。好奇的人只能開懷大笑遠遠站著，旁觀吉普賽老婦人跪在艾蒂絲面前，抓起她的手仔細鑽研，嘴裡胡言亂語一通。在匈牙利，人人識得吉普賽婦人這套老把戲，說穿了，就是挑人最喜歡聽的話講，靠著吉利的訊息大撈一筆。然而奇怪的是，艾蒂絲聽著駝背老婦人沙啞的嗓音在耳邊急切低語，情緒似乎越來越激動，我大感意外。她的鼻翼歙張，表示內心一定激動萬分。她神情專注，凝神傾聽，身子越彎越低，偶爾四下張望，憂心忡忡，看看是否有人偷聽，非常謹慎。然後，她招手要父親過去，在他耳邊悄悄交代了幾句，只見他一如既往，隨即從胸前口袋掏出幾張鈔票塞給吉普賽老婦人。看在村民眼裡，這筆金額想必是無法計算的天文數字，只見貪得無厭的老婦人好似被人一刀砍倒，腿一軟跪倒在地，像個瘋婆子似的親吻艾蒂絲的裙襬，嘴裡念念有詞費人疑猜的咒語，一邊撫摸她癱瘓的雙腳，動作越來越急促。突地，她猛然退開，彷彿害怕手裡的巨款又被人搶走。

「我們現在離開吧。」我在凱柯斯法瓦先生的耳邊竊竊低語，因為我察覺到艾蒂絲臉色刷白。我叫來皮斯塔，他和伊蘿娜拿著艾蒂絲的拐杖，連拖帶扶，合力將搖搖欲墜的她攙扶到馬車旁。音樂乍然而止，忠厚老實的村民又是揮手又是歡呼，誰也不願意缺席陪我們啟程。樂手圍著馬車，飛快響亮彈奏一聲，為我們送行，全村居民歡聲雷動，大喊著「萬歲」、「萬歲」。老約奈克費了九牛二虎之力，才控制住早已不習慣這類戰爭似喧囂而騷動不安的馬兒。

我有點擔心坐在對面的艾蒂絲。她仍舊渾身發抖，似乎受什麼令人激動的事情折磨。忽然間，她竟哭了出來。不過，那是喜極而泣。她笑的時候也哭，哭的時候也笑。狡猾的吉普賽女人毫無疑問預言她很快就會恢復健康，甚至可能還說了其他事情。

但是這位啜泣的姑娘只是不耐煩地說了一句：「哎，別理我，不要理我！」將別人拒之心門外。受到強烈震撼的她，似乎感受到一種前所未有的詭異樂趣。她不斷重複「別理我！不要理我！」這句話。「我知道她是個騙子，那個老太婆。啊，我自己心裡有數。可是，為什麼人就不能糊塗一次呢！為什麼不能老老實實讓人誆騙一回呢！」

第十五章

我們再度駕馬車穿越莊園大門時，天色已暗。大家盛情請我留下來用餐，但是我沒有興致。我覺得已經夠了，甚至可能還太多了。我盡情享受了這個漫長的燦爛夏日，玩得很盡興，增一點，添一點，只會減損快樂的感受，寧可現在沿著熟悉的林蔭大道回家。我心緒平靜舒坦，彷如曝曬一天之後的夏日空氣，不再有所渴求，只想滿懷感激回味一切，咀嚼一切。於是我提早告辭，離開莊園。夜空星輝斑斕，溫柔照耀著我。暮靄濃黑，微風緩緩吹拂過隱沒在夜色中的田野，似乎對著我徐徐歡唱。我心旌搖曳，熱情洶湧，宇宙萬物和芸芸眾生，在在顯得如此美好，勵人心志。真想擁抱每一棵樹，像撫摸心上人的肌膚般輕撫樹木；想要進入陌生人家，與素昧平生的人同桌共坐，向他們吐露一切。我的胸襟狹隘窄小，情感卻熾熱強烈，我渴望與人分享，傾訴衷情，宣洩熱情，直想將氾濫的磨人幸福感受分送出去，盡可能餽贈他人！

我終於回到了軍營，勤務兵站在房門口等我。我第一次注意到（今天所有事情對我都宛如是第一次經歷），這個魯塞尼亞的農家小伙子長了一張忠心耿耿的圓臉，紅潤如蘋果。啊，也該讓他開心開心啊，我心裡想著。最好送他點錢，給自己和情人買點啤酒喝。今天應該放他假，明天也放，放他一整個星期的假！我這時已把手伸進口袋，將一枚銀幣拿在手中了，卻見他忽地挺胸立正，兩手緊貼褲縫，報告說：「少尉先生，您有一份電報。」

電報？一股不舒服感立刻湧上心頭。世上會有誰有事找我？只有不好的事情才會急驚風似的找上門。我快步走向桌旁，桌上躺著陌生的紙，封得嚴嚴實實的。我的手指動作遲緩，勉勉強強撕開電報。電報上字數不多，但語意犀利，毫不含糊：「明日應召至凱柯斯法瓦府。務必先與您晤談。五時於提洛酒館等候。康鐸。」

§

短短一分鐘內，暈眩的微醺醉意倏地消失，腦筋一下子清醒，如水晶般清透晶澈。這種情況我曾經歷過一次，發生在去年為一位同袍舉行的歡送會上，他將迎娶北波西米亞一位腰纏萬貫的工廠廠長之女，事先邀請我們參加排場奢華的晚宴。這好傢伙出手著實大方，毫不吝嗇，端上一瓶又一瓶濃郁香醇的波爾多酒，後來還請我們暢飲香檳。根據酒品不同，有些人喝了酒後愛大聲喧譁，有些人變得鬱鬱寡歡。大伙抱來抱去，開懷暢笑，放聲高歌，叫囂喧譁，鬧得不可開交。席間杯觥交錯，不斷舉杯敬酒，白蘭地和利口酒一杯杯紛紛下肚。大家吞雲吐霧，菸霧裊繞，炙熱窒悶的餐廳籠罩在淡藍色的濃霧中，最後誰也沒有注意到朦朧的窗戶外頭，天邊已泛起一片魚肚白。約莫三、四點左右，大部分人坐都坐不直了，若還有人喊乾杯，他們也頂多癱軟趴在桌上，瞪著無神呆滯的雙眼往上翻了翻。有人想上廁所，就踩著蹣跚的腳步，搖搖晃晃走向門口，或者像個裝滿東西的袋子栽倒在地。總之，沒有人口齒清晰或腦筋清楚了。

這時，大門猛然打開，上校（之後我會對他多加著墨）風風火火疾步走進來，由於人聲鼎沸，喧鬧吵雜，只有寥寥幾人察覺到他，或者說認出了他。他粗暴地走到桌旁，一拳打在杯盤狼藉的桌面，盤子、杯子震得叮噹作響。只聽上校語氣嚴峻刺耳至極，命令道：「安靜！」

只這麼一喊，四下頓時鴉雀無聲，連昏昏沉沉打著盹的人，也立刻睜開眼睛眨巴眨巴，頭腦完全清醒。上校簡短宣布今天上午師長將突襲視察部隊，他不希望出一丁點兒差錯，給部隊蒙上恥辱。這時，奇怪的事情發生了：所有人瞬間神智清明，醉意頓消，彷彿有人打開了一扇內在的窗戶，酒氣全飄散出窗外。原本混沌糊塗的神情也變了，一聽到職責，每個人馬上繃緊神經，振作精神。兩分鐘後，全員離開一片狼藉的宴席，對於自己該履行的責任與義務一清二楚。士兵全被叫醒，勤務兵疾步到處奔走，所有的東西也都迅速清潔刷洗，就連馬鞍上的鞍橋，也擦得乾乾淨淨。幾個小時後，終於通過令人膽顫心驚的視察，沒有出半點紕漏。

我一拆開電報，心裡那股溫柔微醺的美好感受，也如出一轍從我身上崩落。剎那間，我明白自己好幾個小時以來不願意承認的事情：一切興奮高亢的情緒不過是謊言帶來的迷醉，我由於軟弱，由於不祥的同情心，迷惑了他人，參與了這個騙局。我心裡有數，康鐸是來要求解釋的。現在我得為自己與他人的得意忘形付出代價了。

§

心裡若是焦灼不安，必定會準時赴約，我甚至在約定前的十五分鐘，就已站在酒館門口。康鐸則是從火車站搭乘雙駕馬車準時抵達，不早也不晚。他免去了客套禮節，逕自走向我。

「太好了，您準時赴約，我就知道能夠指望您。我們最好還是到上次那個角落去，我們要談的事情，可不能傳入他人耳裡。」

我覺得他懶洋洋的態度好像有所改變，情緒似乎激動煩躁，卻又自我克制著。他腳步沉重走進酒館，態度近乎粗暴地命令殷勤迎來的女侍者說：「送一升葡萄酒來，就是前天那種酒。別來打擾我們，有事我會叫妳。」

我們坐了下來。女侍者還沒把酒放穩，康鐸已迫不及待開口。

「我就開門見山說了——我得動作快點，否則城外那家人若是聽到風聲，心生猜疑，會以為我們兩個在這兒陰謀搗蛋。光是打發掉無論如何也要立刻送我到城外莊園的司機，已經夠麻煩了。不過我們回到正題吧，這樣您才能明白發生什麼事！

「是這樣的，前天我收到一封電報。『敬愛的朋友，請您盡速前來。大家心急如焚，恭候大駕。謹致誠摯信賴之意，感激萬分。凱柯斯法瓦敬上。』接連看見『盡速』和『心急如焚』這類極端的字眼，我感覺很不舒服。為什麼突然會心急如焚？前幾天我不是才檢查過艾蒂絲嗎？再說，特別拍電報來表達他的信賴是什麼意思？感激又所為何來？總之，我沒把這當成十萬火急的事，暫且先將電報擱置一旁，畢竟這老人家一天到晚發神經幹這種事。但是，昨天一早我卻受到了衝擊。艾蒂絲給我來了一封快信，信中長篇大論，語無倫次，激昂亢奮之情躍然紙上。她說自己一開始就知道我是世界上唯一能拯救她的人，我們終於要熬出頭了，她無法形容她有多麼高興。她寫信的目的只想向我保證，我絕對可以百分之百信任她。我接下來安排的療程不管有多艱難，她也會滿懷信心一一照做。只不過我應該盡快、立刻進行新的療程，她簡直心急火燎，迫不及待了。她又重申一次：我可以向她提出任何要求，只求我能趕快開始。諸如此類，等等。

「無論如何，『新的療程』這句話使我恍然大悟。我頓時了解，必定有人多嘴，向老人或者向他的千金提到維耶諾教授的治療方式。這種事不可能空穴來風。而這個人除了您，不可能有第二人選，少尉先生。」

我大概不由自主動了一下，因為他立刻咄咄逼人說：「請勿爭辯這一點！我沒有向其他人提過維耶諾教授的方法，一點兒口風也沒有透露。如果城外那家人相信幾個月後能像抹布擦掉灰塵一樣，將現在的病一掃而光，那就是您的責任了。不過，我們也無須相互指責。要說多嘴，我們兩人半斤八兩，我把事情告訴了您，您又加油添醋轉達給他人。我對您說話應該更加謹慎，這是我的責任，畢竟治療病患不是您的本行，怎麼可能了解病人和他們的親屬所使用的詞彙不同於一般人？怎麼也想不到『也許』聽在他們耳裡，立刻成了『肯定』。因此，要給予他們希望，必須小心提煉出恰當的劑量，否則樂觀主義會沖昏了他們的頭，使其變得粗暴瘋狂。

「不過，就談到這裡吧。事情發生就發生了，後悔沒有意義！我們也無須追究責任！我約您來此，不是要找您抬槓。既然您干涉了我的事情，那麼我覺得有義務向您解釋來龍去脈。這是我請您來此的目的。」

康鐸這時才第一次抬起頭正眼看我，不過他的目光毫不嚴厲，反而露出萬分同情，現在就連聲音也柔和了起來。

「親愛的少尉先生，我知道接下來這番話，會讓您感到非常痛苦。但是話說現在沒有時間多愁善感，哀嘆惋惜。我向您說明過，在醫學雜誌上讀過那篇報導後，我即刻寫信向維耶諾教授詢問更詳細的訊息。我相信我只透漏了這些。嗯，昨天上午，我收到了他的回覆，和艾蒂絲那封熱情洋溢的信一起送來的。乍看之下，他的答覆是正面的。維耶諾真的在那位病患和其他幾位病人身上取得了驚人成效，遺憾的是，他的治療方式無法運用在我們的病例身上，這正是尷尬之處。他治癒的是患有結核性脊椎炎的病人——我就不再贅言專業細節了——這種病只要改變受壓位置，就能再度恢復運動神經的功能。而我們的病例是中樞神經系統受損，維耶諾教授所使用的種種療法，例如穿著馬甲躺著不動進行日光浴，以及他所發展的特殊體操等等，一開始就沒有辦法納入考慮。遺憾！非常遺憾啊！他的方法完全不適用在我們的病例身上。苛求那個可憐的姑娘接受全套繁瑣麻煩的療程，十之八九只是折磨她罷了，完全毫無用處。好，這就是我有責任告知您明白的事情。現在您已了解事情的真實狀況，您給予可憐的姑娘無謂的希望，讓她欣喜若狂，以為自己幾個月內又能跑跑跳跳，翩翩起舞，實在是輕率至極！誰也別想從我口中聽見如此愚蠢的說法。反觀您，冒冒失失承諾為她摘下天上的星星和月亮，現在大家全緊抓著您不放，是有其道理的。歸根究柢，是您搞砸了整件事，就只有您一個人。」

我感覺手指發僵。打從看見躺在桌上的電報那一刻，雖然下意識預感到這一切，但是康鐸向我說明時就事論事的強硬態度，仍讓我感覺被人拿了把鈍斧往腦門一砍。我本能想要為自己辯護，不樂意扛下全部的責任。不過，我嘴裡擠出來的話，卻像個做錯事被逮到的小學生般支吾其詞。

「為什麼這麼說呢？……我不過是想做點好事……即使我對凱柯斯法瓦說了什麼，也純粹是出於……出於……」

「我明白，我都明白。」康鐸打斷我，「當然是他死纏爛打，逼著您說的。他那不顧一切的執著，確實誰也無法招架。是的，我都知道，我知道您純粹出於同情，也就是說，出於最高尚、最良善的動機而一時心軟。但是我也曾經警告過您，同情心可是該死的雙面刃啊，若是不懂得使用，最好收手，心尤其要穩住。同情心就如同嗎啡，只有一開始能減緩病人的痛苦，是種藥物，是種輔助手段。但若不懂得掌握正確劑量，不及時停藥，搖身一變，就成了殺人的致命毒藥。剛開始注射幾劑，能使人感覺舒服，鎮靜心神，減輕疼痛。然而要命的是，人這個有機體，不管是身體或者心靈，皆擁有可怕的驚人適應力。於是就像神經系統需要越來越多的嗎啡，我們的情感也要求越來越多的同情，不知饜足，最後遠超過我們的能力。不管是在何處，遲早有一天，不可避免將出現非說『不行』的時刻。到那時候，已無心思顧慮別人聽到最後這次拒絕，比起您從未伸出援手，究竟會不會更加恨您。是的，親愛的少尉先生，人得確實控制自己的同情心，否則後果比麻木不仁危害更深啊。這點我們醫生清楚，法官也知道，執法人員和當鋪老闆也都懂這個道理。如果大家同情心不時氾濫，這個世界就停滯不前了。同情心是危險的玩意兒，是危險的玩意兒啊！您也看見您自己一時心軟，給這兒造成了什麼麻煩呀。」

「話雖如此……可是總不能……總不能眼睜睜看著別人絕望受苦，而棄之不顧吧……畢竟也沒關係，如果我能設法……」

康鐸忽然疾言厲色打斷我。

「錯了，大有關係！如果拿同情心把別人當傻子耍，責任可是相當重大，他媽的非常重大！一個成熟的人插手干預事情之前必須三思而後行，決定自己要走到何種地步，而不是隨便玩弄他人的感情！我承認您出於純正高尚的動機，才把這些人哄得暈頭轉向。但是，在這個世上，不會問您是態度冷硬或者個性遲疑，而是取決於最後究竟成功了還是搞砸了。同情，當然是美事一樁！不過，同情可分為兩種。一種是膽怯善感，說白了其實只是心靈焦灼，面對他人的不幸，急於從難堪的情緒波動中盡快脫身。這種同情，絕不是共感他人的痛苦，不如說是種本能的防禦，免得自己的心靈受到波及。另一種才是貨真價實的同情，不是感情用事，反而富有創造性。這種同情清楚自己的目標，堅決果決，耐性十足，能共同經歷一切苦難，直到用盡最後一絲力氣，甚至力竭也不罷休。唯有走到最後，唯有走到極端痛苦的盡頭，唯有耐性超凡，才有能力幫助別人。只有決心捨己為人，犧牲奉獻，才有資格幫助別人！」

他的聲音裡隱含著一絲苦澀，我不由自主想起凱柯斯法瓦曾經說過，康鐸因為無法治癒一位盲眼女子，最後娶其為妻，彷彿想要贖罪似的。雙目失明的妻子非但沒有心懷感激，反而處處折磨他。不過，他這時又輕柔地把手放在我胳臂上，感覺體貼又溫暖。

「哎，我這番話沒有惡意。您不過是感情用事，這種事誰都會碰上。言歸正傳，回到您和我身上。我請您到這兒來，不是為了閒扯心理學。我們必須正視實際的問題。在這件事上，我們顯然需要取得共識。您絕不可以再一次從背後破壞我的計畫。請您聽清楚了！讀完艾蒂絲那封信後，我很遺憾不得不假設我們的朋友已完全陷入瘋狂，鬼迷心竅，以為採用那個不適用的療法，能像拿海綿一樣乾乾淨淨擦去一身複雜的疾病。這件蠢事已深植他們心中，非常危險，除了立刻動手術將之取出，別無他法。越早採取行動越好，對我們大家都有益處。當然，這將會是沉重的打擊。真理雖始終是苦口良藥，可是也不能容許痴心妄想繼續滋長。但您盡可以放心，我會小心處理，盡可能照顧到他們的感受。

「現在談談您吧！對我而言，最方便的方法自然是將所有責任推給您，說您誤解我的意思，您言過其實或者胡言亂語了。但是我不會這樣做，寧願將責任攬在自己身上。只是話先說在前頭，我也無法完全讓您置身事外。您了解那個老人家，明白他脾氣固執得可怕。即使我說破了嘴，解釋一百遍，還把維耶諾教授的信拿給他看，他也會哀嘆連連說：『但是您承諾過少尉先生……』以及『可是少尉先生說……』他會不斷引用您說過的話，佯裝即使如此，依舊存在著某種希望，以哄騙我和自己。您若不當見證人，我和他之間將沒完沒了。痴妄幻想不像溫度計裡的水銀，輕輕一晃，就能輕易甩下。被殘忍宣布得了不治之症的病患一旦擁有一絲希望，即使渺如一枝麥桿，他也能立刻製作成大梁，再拿大梁建蓋出一整棟房舍。但是這種海市蜃樓對病人傷害極大，趁著痴心妄想尚未在海市蜃樓中落戶生根之前盡速拆除，是我身為醫生的職責。我們處理這件事務必乾淨俐落，不得浪費時間。」

康鐸停頓不語，顯然在等我表示贊同。但是我沒有勇氣迎視他的目光。我心臟劇烈狂跳，昨日景象也隨之一一掠過我眼前：我們興高采烈駕著馬車駛過夏日鄉村風光，生病姑娘的臉龐沐浴在陽光下，洋溢著幸福，容光煥發，還有她溫柔撫摸小馬的模樣，宛如女王般端坐在喜宴桌旁。老人家的眼淚又是如何一再滾滾滑入笑得抽搐的嘴裡。種種的一切，將因猛然一擊而灰飛煙滅！變得煥然一新的姑娘又將退回原形，只憑一句話，就要把千辛萬苦逃出絕望處境的姑娘，再度打回焦灼難耐的無間地獄！不行，我知道自己不可能做出這種事，於是畏畏縮縮說：

「可是，是不是最好……」在他探問的眼神逼視之下，我又語塞了。

「什麼？」他口氣尖銳問道。

「我只是想說，是否……是不是可以先緩一緩，暫且別坦白……至少等個幾天，因為……因為……印象中她昨天似乎完全做好接受新療程的準備了……我是說，內心做好了準備……如同您之前所言……她現在有了心理力量……我指的是，她現在或許有能力激發出更多內在力量，只要……只要再多給一點時間，讓她相信自己所期待的新療法，最後能夠徹底把她治癒……您……您沒有親眼看見，所以您……您無法想像，光是告訴她可能治好，就對她造成了多大的影響……我印象中，她的行動確實立刻靈活多了……我的意思是，難道不應該先讓這種影響發揮一下作用嗎？……當然……」我的聲音從唇邊逸失，因為我感覺到康鐸抬起眼，驚訝地盯著我看。「當然，我對此一無所知……」

康鐸始終目不轉睛看著我，然後低聲發牢騷：

「瞧瞧，這可不是置身先知當中的掃羅嗎？簡直是判若兩人嘛！您似乎徹底捲入了這件事，甚至連『心理力量』都記住了！再加上您的臨床診斷——我都不知道自己居然不知不覺培養了一位助手和會診醫生！除此之外，」他若有所思，一隻手神經質地輕輕搔著頭髮，「您所說的話，其實一點兒不蠢——很抱歉，我指的當然是就醫學上來看並不愚蠢。奇怪，真的很古怪，接到艾蒂絲那封興奮若狂的信時，有那麼一會兒時間，我也問自己，在您說服她相信自己將會飛速痊癒之後，有沒有可能充分利用她這種積極亢奮的態度……同事先生，您的考量確實不壞啊！要安排這件事易如反掌，就把她送到瑞士的恩加丁，我有個朋友在那兒當醫生。讓她沉浸在幸福中，相信自己即將開始新的療程，但其實不過仍是老套。乍一出手，或許能取得驚人的成效，我們將收到一批又一批洋溢熱情的感謝信函。懷抱幻想，改變空氣，換個場所，強化能量，這一切動作確實會大有助益，也能哄慰人心，畢竟在恩加丁待上兩個星期，就連您和我也能出其不意振奮精神。不過，親愛的少尉先生，身為醫生，我要斟酌的不僅是開頭，還有療程進展與結尾，尤其是結尾。我必須考慮到反作用力，當希望膨脹到無以復加的程度時，不可避免會產生反作用力——是的，不可避免！我身為醫生，同時也是步步斟酌的棋手以及耐性十足的玩家，但是絕對不能成為碰運取巧的賭徒。至少由別人償付賭注時，嚴禁如此。」

「可是……可是您不也認為病情會明顯好轉啊……」

「確實如此，一開始病情會往前邁進一大步。女性對於感受，對於幻想的反應始終十分驚人。不過請您想像一下，幾個月後，我們提到的所謂心理力量一旦耗竭殆盡，受到煽動勉強激起的意志已頹靡不振，熱情也揮霍衰竭，更甚者，度過幾個星期緊張的日子，她現在明確預期自己屆時會康復的時機一直沒有來臨，沒有徹底恢復健康，會怎麼樣？麻煩您設想一下，這種狀況出現在飽受焦灼之苦而衰弱力疲的敏感姑娘身上，結果會有多悲慘！我們的問題不在於使病情稍有起色，而是涉及更基本的關鍵，是將需要耐性的緩慢而可靠的方法，調整成冒失危險的躁進方法呀！她若是發現自己遭人蓄意欺騙，以後要怎麼信任我，信任別的醫生，或者其他人呢？即使真相殘酷無情，也寧願告訴她實情。在醫學上，使用手術刀往往是較溫和的手段。別再拖延了！出於好意，我實在無法承擔這類別有心機的後果。請您要三思啊？換做您是**我**的話，有勇氣這麼做嗎？」

「有的。」我不假思索回答，才一說完，就被自己脫口而出的話嚇一跳。「意思是……」我小心翼翼補充說，「只要她多少**有點**進展，我一定坦承以告……請您原諒，醫生……這要求聽來很過分……可是您最近不像我觀察到他們迫切需要能夠克服難關的東西，而且……當然必須要告訴她真相……但是應該等到她可以承受的時候……不是現在，醫生，我向您發誓……只要不是現在就行……不要現在就告訴她。」

「那麼，應該是什麼時候呢？……」他沉吟道。「更何況，該由誰來冒這個險？總有一天勢必要解釋原委，到時候她的失望將危險百倍，是的，甚至會危及生命。您真的願意承擔這樣的責任嗎？」

「是的。」我語氣堅定。（我之所以語氣如此堅定，是因為害怕必須和他立刻前往莊園。）「完全由我一人承擔責任。我十分清楚，暫時給予艾蒂絲希望，讓她以為能夠完全痊癒，徹底恢復健康，對她目前大有助益。日後若是需要向她解釋，或許是我們……我許下太多承諾，我會真心誠意坦白。我相信她會諒解一切的。」

康鐸目不轉睛注視著我。「了不起！」他終於喃喃說。「您對自己的能力可真有信心啊！不過說也奇怪，您發乎內心的信念竟也感染了我們其他人，先是城外那戶人家，然後恐怕我也逐漸受到了感染！好，若您真能承擔責任，在危機出現時負責平復艾蒂絲的心情，那麼……那麼事情當然又是另外一番面貌了……或許真可以冒個險，再等個幾天，等到她心緒穩定一點……不過，少尉先生，一旦負起這類責任，就沒有回頭路了！我有義務在事前詳細警告您。我們醫生在手術前都會提醒病患注意各種可能的風險。而承諾一位長久不良於行的人在最短的時間內能夠完全復原，不比拿手術刀所需擔負的責任還要輕微。所以請您得仔細想清楚，要鼓舞一個受到自己欺騙的人再度振作，需要的氣力可是無法估量唷！我討厭事情不清不楚，閃爍其詞。所以，在我放棄原本打算立刻開誠布公，向凱柯斯法瓦解釋那個療法不適用我們的病例，很遺憾他們還要再多點耐心之前，我必須知道是否可以信賴您。我能夠確實指望您屆時不會棄我於不顧嗎？」

「絕對可以。」

「好吧。」康鐸一把推開酒杯。我們誰也滴酒未沾。「不如這麼說吧，但願一切順利，因為這麼拖下去，我心裡總覺得不舒坦。我現在把我的打算清楚告訴您——我是一步也不會踰越真實情況。我會建議她到恩加丁接受治療，但同時也解釋維耶諾的方式完全沒有經過測試，明確強調要他們別期待奇蹟出現。儘管如此，他們如果仍舊因為信任您，而沉溺於荒謬愚蠢的希望中，接下來就要看您了——您答應我了——您要及時把這件事情，**您的**事情處理妥當。我信任您更甚於自己身為醫生的良知，或許有點冒險，不過我願意承擔後果。畢竟我們兩個都是為了可憐的患病姑娘好。」

康鐸站起身。「如同方才所說，一旦因為失望而出現危機，我就指望您了。比起我的耐性，但願您的焦灼不安能取得更好的結果。我們就再給可憐的孩子充滿信心的幾個星期吧！這段時間她若確實大有起色，那麼幫助她的人是您，不是我。事情就這樣吧！我差不多該走了。城外那戶人家還在等我呢。」

我們離開酒館，馬車在門前等他。康鐸坐進了車裡。在最後一刻，我的嘴唇抽動了一下，彷彿想把他叫回來，但是馬兒已拉動車子全速前進。事已無法挽回了。

三個小時後，我在軍營宿舍裡的桌子上發現了一張便籤，字跡是倉促中寫下，由汽車司機火速送來的。「請您明天盡可能一大早過來。有許多事情要告訴您。康鐸醫生剛才在此。十天後我們就要動身。我高興得要命。艾蒂絲。」

第十六章

說來奇怪，那本書竟碰巧在這一夜落入我手裡。一般而言，我不太讀書。我營房宿舍裡搖晃不穩的書架上，放著六或八本軍事書籍，其中包括《勤務規章》和《軍階名錄》，對我們軍人來說，這兩本簡直就是完全必用手冊。除此之外，一旁還擺了二十幾本經典文學，軍校畢業後，我總隨身帶到各個駐防地，可是從來沒翻閱過。帶著這些書，或許只是想為我不得不居住的空蕩陌生營房，增添一點私人家當。除此之外，還有一些印製粗糙、裝幀拙劣的書籍，未裁切的書頁只割開了一半，我完全沒把書看完。這些書落到我手上的過程也莫名其妙。有個駝背又矮小的叫賣小販，偶爾會跑到我們咖啡館來，睜著淚汪汪的紅腫雙眼，眼神特別憂傷，纏著人兜售信紙、鉛筆，還有一些廉價的低級色情文學，例如《卡薩諾瓦豔情記》、《十日談》、《歌手回憶錄》，或者有趣的《軍營韻事特集》等所謂的風流文學，他希望這些書能夠在騎兵圈裡熱賣。我出於同情——又是同情！——或許也是想擺脫神情哀傷的他的苦苦糾纏，所以我接二連三買了三、四本印製低劣的下流書籍，然後漫不經心隨手擺在架上。

不過這天晚上，我疲憊不堪，神經刺激過度，輾轉難眠，也無法清晰思考，於是想找本書，轉移自己的注意力，看倦了好有睡意。我抓起童年讀過但印象已有點模糊的《一千零一夜》，希望天真爛漫、五光十色的故事，能夠發揮最有效的麻醉作用。我躺在床上，昏昏沉沉讀起書，整個人懶散無力，不太想翻頁，遇到沒有裁切開的頁面，為了省事，乾脆直接跳過。我注意力渙散，讀了開頭莎赫札德和國王的故事後，又繼續往下讀。忽地，我猛然嚇得跳起來。我讀到一篇奇怪的童話，有個年輕人看見一個老瘸子躺在路上。「瘸子」一詞像尖銳的劇痛抽刺著我，神經也因為突如其來的想像如遭閃電焚擊。童話中，白髮蒼蒼的老瘸子絕望地祈求年輕人，說自己無法行走，問年輕人能否把他馱在肩上。具有惻隱之心的年輕人——惻隱之心，為什麼你要有惻隱之心？我心想——果真伸出援手，彎下腰，把老人馱在肩上。

但是外表看似無助的老頭子，實際上是個精怪，是邪惡的妖怪、卑鄙的魔法師。他一騎上年輕人肩膀，毛茸茸的雙腳驀地纏上恩人的脖子，怎麼甩也甩不掉，將一心助人的年輕人當做坐騎，殘酷地鞭打驅使。肆無忌憚的無情老傢伙，一個勁兒催促憐憫他的年輕人，不讓他有時間喘息。惡靈想到哪裡，可憐的年輕人就得馱著他去，從此不再有自己的意志。他是坐騎，是壞蛋的奴隸，即使兩膝搖晃，嘴唇龜裂，但因為憐憫別人而成了丑角，也只能繼續往前跑，肩上馱著詭計多端、卑鄙邪惡的老人，像馱著自己悲慘的命運。

我停止閱讀，心臟激烈跳動，好似要從胸口跳了出來。我一邊看書，一邊產生了令人無法忍受的幻覺，我竟然**看見**了那個陰險狡詐的老頭子，看見他先是躺在地上，淚眼愁眉睜著眼睛，乞求富有同情心的年輕人大發慈悲，還看見他後來怎麼騎上了年輕人的肩膀。精怪一頭白髮披散兩旁，還戴著一副金框眼鏡。迅雷不及掩耳間，我本能把童話故事裡的老頭和凱柯斯法瓦的臉合在一起，自己則在剎那間成了不幸的坐騎，遭他鞭打，驅策往前。是的，我清楚感覺到喉頭緊緊鎖住，簡直透不過氣來。書從我手中掉落。我躺在床上，渾身冰冷，聽著心臟撞擊肋骨的咚咚聲，宛如敲在硬木上。我睡得很不安穩，睡夢中惡毒的獵人仍舊不斷驅趕著我，我不知道要跑向何方。隔天一大早醒來時，頭髮溼漉漉的，全身乏力，疲憊不已，彷彿長途跋涉，不斷趕路。

上午我和同袍出操，即使謹慎照表操課，精神警醒執行勤務，依然無濟於事。下午我一踏上那條無可避免的道路，走向莊園，肩膀隨即感覺到鬼魅般的重擔。我有預感，從現在起必須擔負的責任，變成了一種難如登天的全新職責。我的良心因此有所動搖。那一夜，我在花園長凳告訴老人家，他的女兒不久將來痊癒有望，純粹是出於同情而誇大其詞，所以下意識沒說出實話，甚至也違反了我的意志，但我不是有意欺騙，絕不是故意說出惡劣的謊言。可是，從今爾後，情況不同了，我已很清楚短期內不可能治癒，所以必須假裝泰然冷靜，步步為營，硬著頭皮堅持下去。撒謊時不動聲色，以免露出馬腳，語氣須堅信不疑，像個老奸巨猾的罪犯，犯案前幾個星期、幾個月，精心策畫行動的每一細節，周密思索辯護藉口。我生平第一次明白，世上最惡劣的壞事不是邪惡與殘酷造成的，而是應該歸罪於軟弱。

後來在凱柯斯法瓦莊園裡發生的一切，果然正如我所擔憂的。我才走進塔頂的露台，就受到熱忱歡迎。我特意帶了幾朵鮮花，想要一開始先轉開對我的注意力。可是她忽然驚呼一聲：「老天啊，您何必帶花送我呢？我又不是首席歌劇女伶！」下一秒我就坐到了這位迫不及待的姑娘身旁，聽她滔滔不絕細說從頭。她的聲音透露出一絲夢幻的語調，她稱康鐸醫生是「噢，這個獨一無二的大好人！」，說他再度使她鼓起勇氣。十天後，他們就要啟程前往瑞士恩加丁的一家療養院——既然終於要採取激烈措施醫治這個病，何必要再多耽擱一天呢？她老早就知道以往使用的醫療手段錯得離譜，什麼電療啊、按摩啦，以及種種的愚蠢機械，全都於事無補，不會有進展。老天啊，差不多快到緊要關頭了。她曾經兩次試圖了斷自己，試過兩次，全都失敗了。若非現在情況有變，她是不會告訴我的。沒有人能夠長久依賴他人而生存於世，每走一步、做一點小事都要靠人幫忙，一刻鐘也無法獨立自主，終日遭人窺視，受人監視，還因為覺得自己只會帶給別人負擔，是場惡夢，是令人難以忍受的存在，而感覺透不過氣來。是的，也該是時候了，差不多是緊要關頭了。只要治療得當，我將看見她復原得有多神速。過去那些微不足道的愚蠢好轉，根本算不上有所起色！要嘛就徹底恢復健康，否則不算康復。啊，光是想像會復原，就令人喜不自勝，感覺萬分美妙……

她就這樣娓娓而談，欣喜若狂，宛如山間溪澗噴湧，水流湍急，珠花飛濺。我感覺自己儼然像位醫生，傾聽發燒的病人囈語連連，看著剛正不阿的指針，數著她劇烈跳動的脈搏，憂心不安地把這種激動熱烈、焦急燒灼，診斷為精神失常最確鑿的臨床證明。一聽見她奔放的笑聲如輕柔浪花般漫淹過澎湃洶湧的湍湍話語，我總不由得全身直打哆嗦，因為我知道她不知道的事情呀。我知道她在自我欺騙，知道我們正在欺騙她。她終於打住不講，這時我宛如在夜晚行進中的火車上，因為車輪驟然煞住而忽然驚醒。不過，她是自己驀地打住話頭的：

「吶，您有麼看法？您為何傻裡傻氣坐著，請容我這麼說，宛如受驚似的坐著呢？為什麼您不說話？您一點兒也不為我感到高興嗎？」

我感覺被人贓俱獲似的。現在若不用真正興高采烈的開朗語調說話，以後恐怕也永遠辨不到了。但是我不過是個可憐的說謊新手，尚未掌握有意欺瞞的技巧，所以費了點勁兒才硬生生拼湊出幾句話：

「您怎能這麼說？我不過是嚇到了……您一定能夠理解的……在我們維也納，若是遇見天大的喜事，總是會說：『高興得說不出話來。』……我當然為您感到莫大的喜悅。」

從我口中說出的話矯揉造作，聽起來毫無感情，我自己聽了都作嘔欲吐，她一定也立刻察覺到我心中有所鬱結。只見她態度丕變，歡愉之情頓時黯淡下來，露出惱火的表情，彷彿被人從夢中搖醒。方才因亢奮而熠熠生輝的雙眼，忽地變得冷峻，橫眉豎眼，宛如張弓挾矢，即將射出憤怒之箭。

「哦，我怎麼察覺不出您為我感到莫大的喜悅呢！」

我聽出她話中的貶損之意，試圖安撫她說：「可是，孩子……」

只見她身子霍然一正。「您別老是叫我『孩子』，您明明清楚我無法忍受這種叫法。您究竟又大我幾歲呢？您不是特別感到驚喜，對此尤其不是十分……十分……關心，或許我有資格冒昧覺得訝異。不過話說回來，您為什麼不應該高興呢？畢竟這間陋室將關閉幾個月，您可以趁機休息喘口氣，和同袍在咖啡館裡玩玩塔羅牌，擺脫服侍病人的無聊差事啊。是的、是的，我相信您確實感到高興。您又可以舒服過日子了。」

她的話一句又一句重重擊來，深深打中我惶惶不安的良心。我毫無疑問露出了馬腳。我很清楚，這種時候她若是情緒一上來，會變得非常危險，於是我試圖把爭論轉化成輕鬆有趣的談話，好轉移她的注意力。

「舒服過日子，您想得真美唷！騎兵能在七、八、九月過上舒服的日子，哈！您難道不知道這幾個月正是騎兵受苦受難的旺季嗎？先是準備演習，接著往來調防波西尼亞或者加里西亞，再來就是正式的演習以及盛大的閱兵典禮！軍官躁動不安，士兵疲於奔命，從早到晚只有勤務，凡事一絲不苟，全得精準執行。這場紛亂要一直熱鬧到九月下旬。」

「到九月下旬？……」她忽然陷入沉思，腦子裡似乎轉著念頭。「但是，什麼時候……」她終於開口說道：「什麼時候來呢？」

我一頭霧水。真的，她的意思我一點兒也聽不懂，於是天真問道：「上哪兒去？」

她又眉頭緊蹙。「您別老是問得如此笨拙，行嗎!?來看我們啊！來看我！」

「到恩加丁？」

「否則是哪兒呢？難不成是崔普斯綴爾遊樂園嗎？」

我現在才恍然大悟。我才花光最後七克朗買了一束花，哪怕去維也納一趟車票只要半價，對我來說也是種奢侈，現在卻要我負擔前往恩加丁的旅費，實在有欠考慮。

「您瞧瞧，」我暢懷大笑。「這就是你們老百姓對軍人的看法，上咖啡館、打撞球，漫步林蔭大道，興致一來，就換上便服，花個幾星期遊歷世界各地。外出遠足一下，可真是簡單極了。兩根手指往帽簷一放，說：『再會了，上校先生，我現在沒什麼精力繼續當兵了！等我改天覺得又有勁了，到時候再見吧！』你們以為我們枯燥乏味的日子過得有多愜意呢！您知道嗎？我們這種人若想額外放一小時的假，就得纏上繃帶，報告時露出老實服從的謙卑模樣，『畢恭畢敬』提出請求嗎？不錯，只是請一小時的假，就得如此大費周折，弄出一大堆名堂。若是要請一整天，至少得有個姑媽不幸死亡或者家人出殯。我如果在演習期間，態度恭順謙卑，向上校說明我想放個八天假，到瑞士遊覽風光，那麼我還真想瞧瞧他會端出什麼表情？他想必會回敬我幾句您在任何純正文雅的字典裡都找不到的話。行不通的，我親愛的艾蒂絲小姐，您把事情想得太簡單了。」

「哎呀，天下無難事，只怕有心人！您可別妄自尊大，以為軍隊裡缺了您不行似的！您不在的日子裡，就讓其他同袍來訓練您的魯塞尼亞羊群就好了。再說，爸爸半個鐘頭就能辦妥請假事宜。他在國防部裡有十幾個熟人，只要上級一句話，就能滿足您的要求。何況除了您的馬術學校和練兵場，您也該多開開眼界，對您只有好處沒有壞處。所以別找藉口，事情就這麼決定了。爸爸會把事情辦妥的。」

我真是蠢啊。但是，她那散漫隨便的口氣惹惱了我。這幾年的軍旅生涯，畢竟也培養出我某種軍官自尊心。一個血氣方剛、不知天高地厚的黃毛丫頭，居高臨下支使國防部各個將軍，彷彿他們是她父親的私人職員！我感覺受到貶低，那些身穿藍色大禮服的將軍，可是被我們視為神明吶！不過，即使我怒火中燒，口氣仍舊輕鬆說道：

「好吧，到瑞士恩加丁度假，聽起來挺不錯呢！若是真如您所設想，無須我畢恭畢敬『苦苦懇求』，便有人將這等好事送到我面前，那可真是太棒了。不過，令尊還需要向國防部為少尉霍夫米勒先生申請一筆特殊旅費贊助唷。」

這下換她愣然口呆了。她聽得如墜五里霧中，覺得我的話中有一層看不透的意思，秀眉在煩躁不耐的兩眼上方蹙得更緊了。看來我必須把話說得更清楚一點。

「理智一點，孩子……抱歉，我們理性地談一談吧，艾蒂絲小姐。很遺憾事情不如您設想得那麼容易。您是否考慮過，這場荒唐的旅行需要耗費多少錢嗎？」

「啊，原來您指的是**這個**呀？」她的口氣坦率又天真，聽起來非常大方。「這根本小事一樁。頂多幾百克朗吧，一點兒也不礙事。」

至此，我再也控制不住自己的火氣了，因為那正是我最敏感的地雷。我想我曾經說過，我在軍團裡屬於身無分文的那一群，只能仰賴軍餉和姑媽微薄的津貼過活，我對此倍感痛苦。在我們的圈子裡，若是有人當著我的面語氣輕蔑地談到錢的事情，好似那不過像到處叢生的薊草，我總會大動肝火。這是**我的**痛處。在這一方面，不良於行的人是**我**，拿著拐杖的人是**我**。正因如此，這個嬌生慣養的任性姑娘，這個明明自己飽受缺陷之苦、痛不欲生的人，竟無法理解我的痛苦，我不由得怒不可遏，舉止失常。我不禁違反本意，近乎粗暴地吼道：

「頂多幾百克朗？小事一樁，不是嗎？對軍官來說，不過是無足掛齒的區區小事！聽我竟提起這雞毛蒜皮的瑣事，您一定會覺得寒磣吧？不是嗎，寒磣、小家子氣、吝嗇極了？但是，您是否好好思考過，我們這些人是如何縮衣節食過日子的？歷經了什麼艱辛？又是如何做牛做馬嗎？」

她覷著眼睛楞視著我。愚蠢的是，我猜測那目光含有鄙夷之意，心頭頓生衝動，想把我的貧窮狀況全攤給她明白。因此，就如同當初她為了折磨我們這些健康的人，故意在我們面前一瘸一瘸走過房間，以自己的殘廢模樣挑釁我們，報復我們擁有健康，我也感覺體內湧起一股憤怒的樂趣，想將自己的拮据困頓，仰賴他人生存的窘境，全都赤裸裸攤在她眼前。

「您究竟知不知道一個少尉能領多少軍俸？」我朝她吼道。「您認真思考過這個問題嗎？好，我就告訴您吧：每月一日領到兩百克朗，要供三十天或者三十一天花用，還有義務要把日子過得『合乎軍官身分』。他靠這點討飯錢要支付飯錢、房錢、裁縫費和鞋費，以及『合乎軍官身分』的奢侈品。更別提戰馬如果出了岔錯，願老天垂憐。若是精打細算後還能攢下幾個銅板，就到您老是拿來調侃是軍官樂園的咖啡館大吃一頓。假如他真的像個臨時工一樣縮衣節食，就能在咖啡館樂園裡一邊啜飲一大碗牛奶咖啡，一邊品嘗山珍海味。」

我今日知道，自己當初如此宣洩憤怒有多麼愚蠢，簡直是種犯罪行為。一個成長過程備受寵愛，不諳世事的十七歲孩子，一個長年關在自己房間裡的瘸子姑娘，怎麼能想像金錢的價值、軍俸，和我們登峰造極的貧困災難呢？但是，把自己受到的無數細瑣侮辱，一次報復在某個人身上，這種樂趣似乎冷不防從背後撲向我，使得我盲目亂打，不加思索，宛如一個盛怒之下猛攻窮打的人，完全不知道自己下手有多重。

但是我才一抬起頭，當即已明白自己打得有多野蠻、有多凶殘。她身為病人，敏銳善感，立刻察覺到自己不知不覺中觸及我最敏感的地方。她不由自主面紅耳赤，飛快用手捂著臉。我看得出來她內心使勁抗拒，顯然易見有某個念頭使她熱血上衝，漲紅了臉。

「而您……您還買那麼貴的花送給我？」

尷尬的氣氛當頭籠罩，久久不去。我對她感到不好意思，她在我面前也覺得羞愧。我們都不是有意要傷害對方。眼下誰也不敢再多說一句話。忽然間，風兒暖暖輕拂過林木的聲音，樓下庭院裡母雞的咯咯聲，清晰可聞，遠處還不時傳來車子駛過省道時微弱的車輪滾動聲。這時她又再度振作了精神。

「我真笨，竟然聽信您的胡謅亂語！我真傻得可以了，甚至還動了脾氣。您何必管一趟旅程要花多少錢呢？您來看我們，自然是我們的座上賓。您認為您好心來看我們……爸爸還會同意讓您破費嗎？真是一派胡言！我可是讓您當傻子耍了……好了，別再談這事……不，我說過了，別再說了。」

但是這一點我不能妥協。我以前早就說過，沒有比當食客這種想法更令我無法忍受了。

「不行！還要再說一句！我們誰也不希望引起誤會吧！所以我有話直說了：我不希望有人為我向軍團請假，不願意別人幫我付款。我不喜歡要求破例優待，獲得方便。我要和同袍並肩同進，不要額外好處，也不需他人庇護。我知道您是出於好意，令尊大人也是一片好意。但是有些人就是不能平白受祿，享盡生活中所有好事……這件事就到此為止吧。」

「也就是說，您不願意來了？」

「我並沒有說不願意。我向您清楚解釋了為什麼無法過去。」

「即使我父親邀請您也不成？」

「也不去。」

「那……即使是我求您呢？……如果我誠心誠意求您，盛情邀請您呢？」

「請您別這樣做，沒有意義的。」

她垂下了頭。不過我還是察覺到她唇邊抽搐，像遠方的閃電，明確預示了一場危險的憤怒風暴即將來臨。因為這個驕縱任性的可憐孩子，屋裡人人都得看她眼色，遵照她意願行事，現在竟然有人敢反抗她，對她說「不」，她因此怒火中燒。她陡然抓起桌上的花束，氣急敗壞遠遠丟到欄杆外。

「好。」從她齒縫迸出了這個字。「至少我總算清楚您的友誼有多深了。考驗過一次也好！就為了幾個同袍可能會在咖啡館裡嚼舌根，您就舉出一堆藉口搪塞！就因為害怕在軍團留下不良的操行分數，寧願掃了朋友的興致！……好！解決了！我不會再苦苦哀求您了。您沒有興趣——好吧！結束了！」

但我感覺她激動的情緒尚未完全消退，因為她一次又一次頑強重複著「好」這個字，兩隻手還同時用力緊抓著扶手，撐起身體，彷彿要衝起來攻擊人似的。忽然間，她看著我，目光尖銳。

「好，這件事結束了。我們謙卑的請求已遭拒絕。您不來看我們，不願意來看我們。您不喜歡這樣做。好！我們能撐過去的，畢竟以前沒有您，日子也過來了……不過，有件事我想要知道，您願意現在真心誠意回答我嗎？」

「當然願意。」

「要老老實實回答！人格保證！請您以人格擔保！」

「如果您堅持如此的話——我以人格擔保。」

「好、好。」她口氣冷硬，乾淨俐落一連重複著「好」，好似拿了把刀一下割掉了什麼東西。「好。別擔心，我不會再堅持閣下大駕光臨。我只想知道一件事，而您已經以人格向我擔保了。那就是，您覺得來看我們並不恰當，因為您感覺不是滋味，因為您窘迫不安……或者其他什麼原因……不過那與我又有何干？好……好。這件事算是解決了。但是，現在請您誠實回答，清楚明確回答我：您究竟又為什麼要上我們家來呢？」

我對她可能提出的任何一切都有心理準備，唯獨沒料到會出現這個問題。我錯愕木然，結結巴巴說了幾句預備做為開場白的話，希望能夠爭取時間。

「這個……這件事很簡單啊……根本不需要人格保證……」

「是嗎？……簡單嗎？很好！這樣更好了！那就請說吧！」

這下無法再規避了。對我而言，說實話最為省事，但是我發覺自己必須小心翼翼，修飾說法才行。於是我故作輕鬆，一派自然說：

「親愛的艾蒂絲小姐，請別在我身上尋找什麼神祕的動機。您畢竟了解我這個人，應該清楚我不太會考慮自己的一言一行。我向您發誓，我從未想過要檢驗自己為什麼上這戶人家，為何拜訪那戶人家，為什麼自己喜歡這個人，卻討厭那個人。我沒辦法給您更明智或者更蠢的說法，只能說我之所以經常到府上拜訪，是因為我很喜歡過來看你們，比起別的地方，我在府上感覺舒服百倍。我以人格擔保。我想你們或許稍微受到輕歌劇的影響，認為我們騎兵總是氣宇軒昂、風趣幽默，彷彿成年累月都在熱鬧過節似的。但是，從內部來看，情況卻不如表面那般氣派優雅，即使是備受稱頌的同志情誼，有時候也不是那麼可靠。若是有十幾個人套在一起拉車，總會有一個人特別使勁；倘若有機會升遷晉級，很容易會得罪排在前面的人。我們每說一個字都得時時小心留意，而且永遠不確定自己是否惹了上面的大頭不高興。空氣中總氤氳著一場風暴。服兵役說穿了就是一種勞役，而勞役又不能獨立進行。何況，軍營和酒館不算是真正的居家生活，在這種地方，誰也不需要誰，誰也不關心誰。是的，沒錯，和同袍在一起，有時候非常愉快，相處熱絡，但是最終仍無法真正獲得安全感。而我到府上來，把佩劍一解下，各式各樣的擔憂不安也隨之擱置一旁。我愜意自在和你們談天說地，那麼……」

「嗯……那麼怎樣呢？」她心焦如火，脫口問道。

「那麼……吶，您或許會覺得我如此直言不諱，有點厚顏無恥……那麼，我也就說服自己，你們很樂意有我為伴。我覺得自己是這裡的一分子，比起其他地方，我在府上感覺更加像在自己家裡一樣。我每次注視您時，總覺得……」

我不由自主頓了一下。不過她立刻重複我的話，口氣依然激動。「嗯，我怎麼樣了……」

「……這兒有個人，待在她身邊，我並不像和同袍相處時那樣顯得多餘……當然，我知道自己無足輕重，有時候也覺得奇怪，你們怎麼沒有老早對我感到厭煩……我經常……你們並不知道我經常提心吊膽，擔心你們是否已經不喜歡我了……可是，我又總會想起您孤單一人待在偌大的空蕩房子裡，如果有人來看您，您會有多高興。您瞧，這個想法始終不斷鼓舞著我……我每次在塔頂或者您閨房見到您，總對自己說，我來看您是好事，免除您孤零零一個人閒坐無事，寂寞度過一天漫長的時光。您真的無法理解這點嗎？」

這時，出現了出乎意料的變化。她灰色的雙眸頓時僵滯不動，彷彿我的話裡有東西將瞳孔化成了石頭。但是手指同時又漸漸騷動不安，上上下下摸著扶手，隨後又敲起平滑的木頭表面，先是輕輕敲著，接著越來越急躁。她的嘴角微微扯動，下一秒忽地唐突說道：

「是的，我理解，我完全理解您的意思……您現在……我想您現在真的說出了實話。您說得非常、非常客氣，萬分委婉，但是我仍清清楚楚理解了您的意思，理解得十分透徹……您說您來看我，是因為我是如此『孤單』，換句話說，就是因為我被釘死在這該死的輪椅上，所以您每天才會步履沉重到城外來。您這個好心人只是動了惻隱之心，來探望這個『生病的可憐孩子』——我不在場時，大家都這麼叫我。我早就知道了，我都知道。您出於同情才來看我，是的、是的，我相信您，您現在又何必否認呢？您正是所謂的『好心人』，也喜歡聽我父親這麼稱呼您。這樣的『好心人』看見挨打的狗、看見長了疥瘡的貓，都有憐憫之心，有何理由不對瘸子大表同情呢？」

她冷不防掙扎著要撐起身子，不靈活的身體掠過一陣痙攣。

「還真感謝啊！但我不屑接受這種針對我的殘疾而生的友誼……沒錯，您別露出後悔不已的眼神！您當然會感到遺憾，因為您不小心說出了實話，承認自己之所以上我家來，是因為我讓您『覺得可憐』，就像那個女僕說的那樣。只不過女僕是發乎真心說這話，而且直言不諱。但是，您身為一位『好心人』，表達得更為委婉，更加『體貼』，拐彎抹角說是因為我一整天孤零零獨坐此處的關係。我全身上下早就感覺到您純粹是因為同情才過來的，而且您還希望自己的犧牲奉獻，能換得他人的讚賞。但是很遺憾，我不喜歡別人為我犧牲！不管是誰犧牲，我都無法忍受了，何況是您……我不准您這麼做，您聽見了嗎？我禁止您這樣做……您以為我真的得仰賴您隨意來此一坐，依賴您那晶亮曖昧的『關懷備至』目光，或者『婉轉貼心』的閒聊嗎？……不，謝天謝地，我不需要你們大家……我能夠處理自己的事，我一個人就熬過來了。如果撐不下去，我也知道要怎麼擺脫你們……您看！」她一隻手忽地翻過來，伸到我面前。「這裡，您看這傷疤！我已經試過一次，只是太笨拙了，拿了把鈍剪刀，無法割到動脈。倒楣的是，他們還及時趕來，包紮了我的傷口，否則我就早擺脫你們大家，還有你們卑鄙的同情心！下一次我會做得更漂亮，您放心好了！別以為我會毫無反抗，甘心任你們處置！我寧可去死，也好過受人憐憫。瞧！」她忽然放聲大笑，笑聲宛如鋸子鋸物般粗糙刺耳。「您瞧那兒！我那憂心忡忡的貼心父親為我修建這座塔時，忘了這個……只記得要讓我飽覽美景……醫生也說要多曬太陽，這兒陽光充沛，空氣清新。但是誰也沒想到這露台對我有多大用處，父親沒想到，醫生和建築師也都一樣……您自己往下看……」她猛然撐起自己，把搖晃不穩的身體瞬間甩到欄杆邊，雙手死命抓住欄杆。「從這兒掉下去有四、五層樓高，底下是堅硬的石塊……那就夠了……謝天謝地，我的肌肉還有充足的力量，可以讓我攀過欄杆。是的，我拄著拐杖走路，練就出一身結實的肌肉。只需要猛然一甩，就能永遠擺脫你們該死的同情心。你們大家這下也可以輕鬆了，父親、伊蘿娜，還有您，我這個怪物像夢魘似的壓得你們無法透氣……您看，易如反掌，只要稍微彎身向下，然後……」

她眼睛閃著怪異光輝，整個人彎身俯過欄杆，我驚慌失色跳起來，飛速抓住她的胳臂。但是她彷彿遭火焚身，全身一顫，對著我嚷道：

「走開！……您怎麼膽敢碰我！……走開！……我有權利做自己想做的事。放手！……立刻放開我！」

我沒有理會她的話，設法用力把她從欄杆拉下來，她忽然轉過上半身，朝我胸口一推。可怕的事情發生了。她這一推，失去了支撐點，重心也失去平衡，鬆軟無力的膝蓋宛如被鐮刀一砍，頓時一萎，猛地癱軟倒下，跌落時，還想抓住桌子穩住自己，卻只掀翻了桌子。最後千鈞一髮間，我還嘗試想扶住搖搖晃晃正要撲倒、肢體不靈光的姑娘，結果桌上的東西紛紛落了我們一身，花瓶匡一聲砸得粉碎，杯子、盤子四散飛落，湯匙丁鈴噹啷掉下。那只大青銅鈴發出咚隆一聲巨響，掉落在地，沿著露台一路滾去，裡頭的木槌噹噹噹敲個不停。

癱瘓的姑娘不幸癱倒在地，躺在地上毫無反抗之力，憤怒得直打哆嗦，又氣憤又羞愧，嚎啕大哭。

我想要扶起那單薄的身軀，她卻奮力掙扎，對我咆哮：

「走開……走開……走開，您這個下流、粗魯的傢伙……」

她兩隻手在身邊亂揮，一再試圖要自己爬起來，不願意我幫忙。每次我湊過去想扶她一把，她就縮起身子拚命反抗。狂怒之中，她朝我大吼大叫：「走開……不准碰我……滾開！」我這輩子沒經歷過這麼可怕的事情。

這時候，我們背後傳來輕微的嗡嗡聲，電梯升上來了，顯然青銅鈴滾落在地，發出的聲響把隨時待命的僕人給喚來了。他急急忙忙走過來，驚恐的雙眼立刻識趣垂下目光，看也沒看我一眼，逕自輕輕架起她顫抖不已的身體——他想必習慣了這個動作——抱著不斷啜泣的姑娘走向電梯。一分鐘後，電梯又發出輕微的嗡嗡聲往下降。我獨自一人呆立原地，身邊是翻倒的桌子、摔破的杯盤，一片狼藉。彷彿閃電平空而落，打個正著，將東西炸得滿地掉落，亂七八糟四散一地。

第十七章

我不知道自己在露台上破碎的杯盤之間站了多久，來勢凶猛的脾氣完全弄得我暈頭轉向，我怎麼也想不透怎麼會有如此發展。我到底說了什麼蠢話？究竟為什麼會激起這股無法解釋的憤怒呢？不過，我背後又傳來類似通風機的熟悉聲響，電梯再次上升。僕人約瑟夫又走了過來，那張始終刮得乾乾淨淨的臉龐，籠罩著奇怪的愁霧。我心想他是來收拾整理的。站在這一片破爛狼藉中妨礙他打掃，我感覺很不好意思。但是他目光低垂，一聲不響走近我，同時從地上撿起一條餐巾。

「請您原諒，少尉先生。」他謹慎地壓低了嗓子說。每次說話，似乎都伴隨著鞠躬敬禮（啊，他是個老派的奧地利僕人呀）。「請允許我稍微給少尉先生擦掉水漬。」

我的目光隨著他忙碌不停的手往下看，這才發現上衣和淺色軍褲各沾有一大片水跡。顯然我俯身想扶起跌倒的姑娘時，隨著桌子翻倒而掉落的茶杯，裡頭的茶水濺到了我身上。僕人跪在地上，拿著餐巾在水跡上又是擦、又是拍。我從上方俯視他一頭灰髮、形狀方正的腦袋，忍不住懷疑這個老人是不是故意把身子彎得很低，免得我看見他的臉和深受震撼的眼神。

「不行，這樣不行。」他最後憂鬱說道，頭依舊沒抬起。「少尉先生，我最好派司機到軍營取另外一套軍裝過來，您這樣是無法出門的。不過，請您放心，一個鐘頭後衣服就乾了，我會立刻把褲子熨得平平整整。」

他聽起來只是用專業的口吻熱心說著話，語調卻不由自主洩露出關切，還有些許錯愕。我告訴他別費事了，不如幫我打電話叫車，我本來也馬上要回去了。但是他出乎意料乾咳了幾聲，抬起略帶疲憊的善良眼睛，懇求地看著我。

「拜託，少尉先生是否能夠再留一會兒？如果少尉先生現在就離開，實在太可怕了。我很清楚少尉先生若不多等片刻，小姐的情緒一定會激動得嚇人。伊蘿娜小姐現在陪著她……把她送上床了。不過，伊蘿娜小姐吩咐我轉達您，她隨後就過來，希望少尉先生務必等她。」

我一反本意，內心深受感動。大家多麼疼愛這個病人啊！人人都嬌寵她、為她說情！這個善良的老人被自己的勇氣嚇得驚慌失措，又忙不迭地在我的軍裝上來回擦拭，動作特別顯眼。我不禁感覺有必要對他說些真誠的話，於是輕輕拍他的肩膀說：

「約瑟夫，由它去吧，沒關係的！太陽很快就曬乾水跡了。我希望您泡的茶不會太濃，免得留下一大片明顯的痕跡。由它去吧，約瑟夫，您還不如收拾一下這些餐具。我會等伊蘿娜小姐過來。」

「喔，少尉先生願意等，實在太好了！」他可真是鬆了口氣。「凱柯斯法瓦老爺也快回來了，他一定很高興歡迎少尉先生。他特別交代我……」

這時，樓梯間傳來輕盈的腳步聲，伊蘿娜上樓來了。她也像約瑟夫剛才一樣，眼睛低垂向我走來。

「艾蒂絲請您下樓到她臥室一會兒。只待一會兒！她要我轉達您，她誠心誠意請求您過去。」

我們一起走下螺旋梯，彼此不發一語，默默穿越會客室和第二間房，走進顯然通往各個臥室的長廊。走廊又陰暗又狹窄，我們兩人的肩膀偶爾碰到一起，也可能是因為我情緒激動，走得浮躁不安，步履不穩的關係。伊蘿娜在第二扇門前停下腳步，急切地在我耳邊低語：

「您要好好對待她。我不知道方才在塔頂發生什麼事，不過我很清楚她這種突如其來的脾氣爆發。我們大家都很清楚，但是誰也不能生她的氣，真的不能。我們這種人根本無法想像從早到晚無助躺著，一籌莫展，是什麼樣的滋味。神經到最後想必積累了重重不安，滿腹激憤，總有一天要發洩出來，她自己不知道，而且也不願意如此。請您相信我，事後沒人比這個可憐的孩子更悲傷了。正因為她無地自容，深切自責，更應該加倍對她好。」

我沒有回答，回答也只是多餘。伊蘿娜反正一定察覺我內心受到了強烈震撼。她小心翼翼敲了敲房門，房內怯生生輕輕傳來一聲「請進」，她又趕緊耳提面命說：「請您別待太久，只要一會兒就行！」手一推，門便無聲無息開啟，我走了進去。我第一眼注意到房間相當寬敞，橘色的窗簾嚴嚴實實遮住了靠近花園那側的窗戶，房內暈成一片紅色朦朧光影，看不清楚家具擺設。過了一會兒，我才分辨出房間深處有個淺色的長方形床鋪。那兒傳來一聲熟悉的靦腆聲音。

「請過來，坐在這兒凳子上。我只耽擱您一點時間。」

我靠過去，枕頭上那張削瘦的臉隱藏在秀髮底下，微微綻光。一床色彩繽紛的棉被蓋在她身上，棉被上的花卉刺繡一路蔓延到孩子氣的細瘦下巴。艾蒂絲有點戒慎恐懼，等待我就座後，才敢畏畏縮縮發出聲音。

「請您原諒我在這兒接待您，只是我的頭很昏……我不應該在大太陽底下待那麼久，每次這樣曬太陽，我總會頭暈腦脹……我覺得自己剛才實在神智不清了，我……但是……但是，您會全忘了吧……對嗎？您沒再生氣我的粗暴無禮了吧？」

她的聲音裡蘊含著濃濃哀求，誠惶誠恐，我不由得立刻打斷她。「您在想什麼啊……全都是我的錯……我不應該讓您在烈日高溫下坐那麼久。」

「這麼說，可以相信您的話……您不生我的氣了，真的不生氣了？」

「完全不生您的氣。」

「您還會再來……像以前一樣？」

「沒錯。不過，當然有個條件。」

她不安地望著我。「什麼條件？」

「您要對我多點信心，別動不動就擔憂得罪我或是汙辱我！朋友之間並不會老是煩心這些無稽之事。但願您知道自己神采奕奕、心情愉快時，有多迷人就好了！我們大家也會隨之開心，您父親、伊蘿娜和我，還有屋子裡上上下下全都會非常高興！我真希望您能看見前天郊遊時的自己，您是多麼興高采烈，我們大家也跟著快樂——我整個晚上都還一直回想呢。」

「您整個晚上都在想我？」她抬起眼睛望著我，似乎有點不太肯定。「真的嗎？」

「想了整個晚上。啊，我怎麼可能忘記這麼美好的日子呢。整個旅程精采美妙，太棒了！」

「是的。」她的語氣如夢似幻。「真的很棒……太—美—妙—了……先是駕車越過田野，然後看小馬，還有參加村裡的婚禮……從頭到尾都美妙非凡！啊，我真應該經常驅車出遊！或許真是因為一天到晚呆坐在家裡，愚蠢封閉了自己，神經都衰弱了。您說得沒錯，我疑心病太重了……我是說，患病之後才變成這樣的，老天啊，我不記得自己以前曾經害怕過誰……生病後，我變得沒有安全感，惶惶恐懼……總是想像每個人都盯著我的拐杖，人人都在可憐我……我知道那是不懂事的幼稚驕傲在作祟，是跟自己鬧脾氣，十分愚蠢。我也知道那樣做是找自己麻煩，只會耗弱神經。但是，如果這病一拖再拖，永無止境，怎不教我心生猜疑呢！啊，真希望這件事最後能夠趕快結束，我才不會心情鬱悶，暴躁易怒！」

「事情確實很快就會結束了啊。您需要的只是勇氣，再多一點勇氣就行了，加上耐性。」

她微微撐起身子。「您相信……您確實相信新療程可以結束這件事嗎？……您想想，前夜爸爸上來時，我還信心十足……可是今晚不知道什麼原因，一陣恐懼忽然襲上我心頭，害怕醫生弄錯了，告訴我假訊息，因為……因為我想起了一些事情。以前我對醫生的信任，對康鐸醫生的信任，就如同信仰天主一樣虔敬。治療時，一開始是醫生觀察病人，但久而久之，病人也懂得觀察醫生了……都是這個樣子的。可是昨天——這件事我只告訴您一個人——昨天他檢查我的身體時，我偶爾有種感覺……哎，我該怎麼解釋才好……他好像……好像在對我演戲……他顯得局促尷尬，裝模作樣，不像平常那麼坦率，那麼真誠……我不知道為什麼，就是感覺他由於某種原因，無法坦然面對我……當然，我聽到他打算盡快送我到瑞士後，高興得不得了……但是……但是私底下……這件事我只對您一個人說……那股無謂的恐懼始終揮之不去……不過請您別告訴他，拜託，千萬不要！……新療程似乎哪裡不對勁……他好像只是想用這個方法來哄我……或是只想藉此安撫爸爸……您瞧，我就是沒辦法擺脫這種可怕的猜疑。可是這能怪我嗎？聽多了別人嘮叨說很快就會康復，實際上病情卻是進展緩慢，慢得非常可怕，能不開始懷疑自己，猜疑別人嗎？不，我真的再也無法忍受這種永無止境的等待了！」

她又激動得撐起身體，兩手不停顫抖。我趕快俯身靠向她。

「別這樣！別……別又激動了！您還記得剛才答應過我的話嗎？……」

「好、好的，您說得沒錯！折磨自己一點兒用也沒有，只不過牽連了別人受罪。而其他人，這能怪其他人嗎？我對其他人來說本來就是累贅，拖累他們的生活……但是，不，我一點兒也不想談這事，真的，我不想……我只想謝謝您不再生氣我愚蠢大發脾氣……也感謝您總是對我這麼好，這麼……這麼教我感動，我實在不值得您這樣對待我……而我偏偏對您……不過，我們不會再談這件事了，對嗎？」

「永遠不會再提起了，請您放心吧。現在您好好休息一下。」

我站起來，伸手打算向她道別。她躺在枕頭上，模樣清麗動人，對我綻放笑顏，表情半是膽怯靦腆，半是平靜祥和，看起來就是個孩子，一個即將入睡的孩子。事情好轉，不安的氣氛煙消雲散，宛如暴雨過後的清朗碧空。我靠近她，感覺沒有牽絆，心情甚至愉快了起來。但是，她忽然間驚坐起身。

「天吶，怎麼回事？您的制服……」

她注意到我軍裝沾了一大片水漬。她一定回想起只有自己跌落時摔破了杯子，才可能釀成這個小災禍，頓時心生內咎，一雙眼瞼隨即低垂，遮住了雙眸，原本已經伸出來的手又嚇得縮了回去。看見她把這種傻氣的瑣事看得這麼嚴重，我深受感動，所以裝出輕鬆的口氣安撫她。

「啊，沒事的。」我開玩笑說。「沒什麼大不了的，只是有個頑皮的小孩把水潑到了我身上。」

她的眼神依然慌亂失措。不過，她也改成了戲謔的口吻，心懷感激說：「您有沒有把頑皮的小孩狠狠修理一頓呢？」

「沒有。」我回答說，完全是鬧著玩的語氣。「用不著修理，那孩子早又乖乖聽話了。」

「您真的不生她的氣了嗎？」

「完全不生氣。您真應該聽聽她說『請您原諒』，多麼悅耳啊！」

「所以您不會懷恨在心了嗎？」

「不會，一旦原諒，事情就忘了。只不過，她當然要繼續乖乖聽話，做好別人要求的事情。」

「那孩子該怎麼做呢？」

「要有耐心，親切待人，保持心情愉快，別在太陽底下坐太久，多搭車兜風，確實聽從醫生的指示。不過現在這孩子得先睡覺了，不可以再說話，不許再胡思亂想。晚安。」

我把手伸向她。她躺在床上，巧笑倩兮，雙眸熠熠生輝，容貌美麗迷人。她五根纖巧的手指放在我手中，溫暖又安穩。

然後我轉身離開，心情輕鬆愉快。我的手握上了門把，身後忽地傳來一連串輕笑聲。

「那孩子現在很乖嗎？」

「無可挑剔，所以她得了一百分。但是現在該睡覺了，睡覺、睡覺，別再想些不好的事。」

我已經半打開門，一陣輕笑又飄了過來，傻裡傻氣又有點淘氣。枕頭那兒再度傳來聲音說：「您忘了聽話的乖孩子在睡前該得到什麼嗎？」

「什麼？」

「乖孩子應該得到一個晚安吻呀。」

我無緣由感到心裡不太舒服。她的聲音裡閃爍著一絲挑逗的語氣，我不喜歡。之前她眼神火熱熱盯著我看，我已經覺得有點過頭了。不過，我不想掃了她的興，惹這位容易激動的姑娘生氣。

「啊，當然了。」我故做漫不經心隨口說。「我差點給忘了。」

我又往回走幾步，來到她的床邊，忽然覺得一陣靜默，原來她憋住了氣息。她的視線一直盯在我身上，看著我走近，頭靠在枕頭上動也不動。手和手指一樣文風未動，只有兩隻眼睛牢牢釘在我身上，隨著我的動作游移。

快點、快點，我暗自思忖，心裡越來越不舒服。我匆匆忙忙彎下身，嘴唇淺淺地在她額上倉促一吻，還特地小心別碰觸她太多肌膚，只在近處感受到她模糊曖昧的髮香。

然而這時候，她的雙手忽然舉起，顯然放在棉被上等待多時了。我還來不及挪開頭，兩隻手已像鉗子似的從兩邊緊緊壓住我的太陽穴，把我的頭往下扳，將我的嘴從她額頭移到她唇上。她的唇緊緊貼住我的，熾熱、貪婪地吸吮著，兩人牙齒從而碰到一起。她的胸部同時拱起，使勁往上挺，想要碰觸我彎下去的身體。我這輩子沒遇過比這個殘廢孩子的吻更狂熱、更絕望，又更飢渴的了。

但是不夠，還不夠！她使出爛醉似的蠻力緊緊摟著我，直到自己透不過氣來，才漸漸鬆開擁抱，但兩手隨即急躁地從太陽穴插進我的頭髮裡，始終沒有放開我。後來她暫時鬆了一會兒手，往回躺，深情地凝望著我，然後再度摟住我，隨意在我的臉頰、額頭、眼睛和嘴唇貪婪熱吻，吻得狂野卻又虛軟無力。每吻一次，她就囁嚅嘆息說：「傻瓜……傻瓜……你這個傻瓜……」叫喚聲漸漸熾熱，不斷說著「你、你、你」。她的攻勢越來越飢渴，越來越熱情。對我的吻和擁抱越來越激烈，痙攣似的拚命使勁。忽然間，她全身猛地一震，好似一疋布乍然裂成兩半……她終於放開我，頭躺回枕頭上，雙眼閃閃發光，志得意滿地注視著我。

接著，她急忙轉過頭，筋疲力竭，羞愧地低聲說道：「現在走吧，快走，你這個傻瓜……走呀！」

§

我走出去，不，是步履踉蹌搖搖晃晃走出房門，一來到陰暗的走廊，身上最後一絲氣力也消失了。

我頭暈腦脹，天旋地轉，不得不扶著牆穩住自己。原來如此，原來是這麼回事！這就是她如此焦躁不安，莫名對我咄咄逼人的祕密。然而揭露得太遲了。我的驚嚇莫可名狀，感覺就像一個不做多想、輕鬆自在低頭賞花的人，卻忽然遭一條毒蛇迎面襲來。若是這位敏感的姑娘打我、罵我，唾我口水，或許還不會令我如此驚慌失措，因為她敏感易怒，我早已做好隨時面對意外之事的心理準備。唯獨沒料到此事，沒料到她這樣一個飽受命運摧殘的病人，竟然可能會愛人，而且也渴望被愛。沒料到這個孩子，這個尚未成熟的姑娘，這個上天束手無策的未完成品（我找不到其他的詞形容了），竟然通曉一位真正女人的萬種風情與熱切欲望，膽敢妄想戀愛，膽敢渴慕愛情。我什麼都料到了，就是沒想到這個飽受命運捉弄而成殘廢的姑娘，沒有氣力拖動自己的身體，居然夢想愛人與被愛。也沒想到她竟嚴重誤會我了，我純粹出於同情，才會一再過來看她。但是轉眼間我恍然大悟，頓時大吃一驚。我這個唯一的男人，一天又一天，來到囚室關切這位與世隔絕、遭人遺棄的姑娘，她自然期待從我這個受同情心擺弄的傻子身上，得到另外一種柔情。我一頭熱的浮濫同情心要對此負起重大責任。但是我這個笨蛋，遲鈍得無可救藥，對此卻渾然未察，只在她身上看見受苦的人，看見一個瘸子，一個孩子，而非一個女人。即使只是短暫剎那，我內心也從沒想像過在裹著她的棉被底下，有個赤裸裸的嬌軀在呼吸，在感受，在等待，那是一副女人的軀體，和其他女人一樣渴望愛與被愛。我這個二十五歲的年輕人想也不敢想，女人中的病患、殘廢、發育不全者、年老色衰者、無家可歸者、受辱者，居然也有膽子去愛。涉世未深的年輕人真正開始生活、經歷生活前，總是根據所聽所讀的餘輝想像世界、形塑世界。擁有屬於自己的閱歷之前，必然是依循著別人的觀點和典範。在書中、戲劇或者電影裡（電影簡化了現實生活，使其變得膚淺），往往只有年輕、漂亮、萬中選一的人，才彼此愛慕渴望。我始終認為，必須特別英俊挺拔、才幹出色、得天獨厚，才能獲得女子青睞。這也是我面對一些豔遇會裹足不前的原因。我能泰若自然，無拘無束與兩個女孩相處，是因為在我們的往來互動中，我一開始就排除了與性吸引力有關的一切情愛。而我從未懷疑她們除了認為我是個親切的年輕人，一個好朋友之外，還會有其他想法。雖然我偶爾感受到伊蘿娜的性感之美，卻從來沒有把艾蒂絲視為異性，腦中當然未曾隱約想過在艾蒂絲單薄瘦弱的身體裡，會有同樣的內臟在運作，靈魂裡也有強烈欲望催迫著，就像其他女人一樣。從這一刻開始，我才逐漸了解（詩人多半對此諱莫如深），比起生活幸福、身體健康者，那些遭人遺棄、受人汙辱、面貌醜陋、年老體衰、憔悴枯萎、受人貶抑的人在渴慕愛情時，心裡的貪婪更加激切、更為危險。他們的愛狂熱、陰沉、黑暗。這些上天的繼子繼女沒有未來、沒有希望，卻擁有世間最飢渴、最絕望的激情。他們只有透過愛與被愛，才感覺得到自己的存在合情合理。從絕望的深淵底裡，發出渴求生命的驚慌吶喊，聽來最為驚心動魄——我這個涉世未深、沒有經歷過大風大浪的人，想也不敢去想這種可怕的祕密！直到這一刻，這番醒悟才像一把燙得灼熱的利刃刺進我心裡。

傻瓜！——現在我也才明白她向我拱起半成熟的胸部，貼緊我的胸膛時，驚慌中會脫口而出這個詞。傻瓜！——是的，她這樣叫我是對的！其他人想必第一眼就看透了情勢，父親、伊蘿娜、約瑟夫和其他僕役，大家早就猜疑她的愛、她的激情，或許還因此感覺驚慌失措，八成也有不祥的預感。只有我這個被同情心沖昏頭的傻瓜渾然未察，只知扮演善良老實的呆頭鵝同伴，夸夸暢談，插科打諢，沒有察覺她因為我的不解風情與遲鈍不覺，焦灼的心靈受到無比煎熬。就像三流喜劇中，悲傷陰鬱的主角深陷一場陰謀中，觀眾早就一清二楚他已落入圈套，只有他這個笨蛋仍舊一本正經繼續表演，無愁無憂演了又演，始終不明白自己陷入何種天羅地網（而別人打從一開始便已熟悉網子的每根纖維、每個網眼）。莊園裡的人想必在一旁清清楚楚看見我在這場荒唐的感情捉迷藏中胡亂摸索，直到她粗暴地揭去我眼上的繃帶。然而，就像一點微弱的燈光便足以同時照亮房內的十幾件物品，我現在終於——太遲了、太遲了！——明白過去幾個星期許許多多的細節，不禁羞愧得無地自容。至今我才恍然大悟，為什麼我每次肆無忌憚叫她「孩子」，她總是氣得牙癢癢。她根本不想被我當成孩子，而是女人、戀人。現在我總算了解，為什麼我有時候明顯因為她的跛腳而深感震撼時，她的嘴唇會不安地顫抖；了解她為什麼痛恨我的憐憫之心，怨得咬牙切齒。她身上的女性本能顯然洞察到，同情不過是一種溫吞的兄妹情誼，不過是真正愛情混沌悲哀的替代品。可憐的姑娘想來一直苦苦等待著尚未出現的一句話，等待著信號，顯示我茅塞頓開，但是她的等待始終落空。她想必在我高談闊論的時候備受折磨，在焦灼不安的炙熱鐵網上煎熬，心靈一抽一顫殷切等候，等待第一個含情款款的姿勢，等待我至少終於察覺到她的熱情。而我什麼也沒說，什麼也沒做，卻又不走得遠遠的，依舊每日來訪，因而不斷增強了她的信念。但是我的心靈卻又駑頓不察，使她迷惘不已。不難理解她為什麼終於神經崩潰，將我給生吞活剝了！

所以一切，化作數百個畫面，飛快閃過我的腦海。我彷彿遭到炸彈攻擊似的，靠在昏暗走廊的牆上，喘不過氣來，兩腳幾乎和她的腿一樣癱瘓麻木。我在黑暗中摸索了兩次，想要繼續前進，第三次才摸到了門把。這扇門後是會客室，我腦筋迅速轉動著，左邊有道門通往玄關大廳，我的佩劍和軍帽就放在那兒。所以我該趁著僕人沒來，快速穿越會客室，繼續往前走，繼續走。立刻走上階梯，趕快走，繼續走，別停留！盡快逃離莊園，否則晚了，可能會遇見想探詢內情、知道答案的人。趁現在趕快離開，別遇見她父親、伊蘿娜和約瑟夫，最好誰也別碰見，免得我像個蠢蛋似的在圈套裡越陷越深。快走，趕快離開就對了！

然而已經太遲了！會客室裡已等著伊蘿娜，她顯然也聽見了我的腳步聲。她一看見我，臉色立刻大變。

「耶穌瑪利亞，怎麼回事？您的臉色好蒼白……是……是艾蒂絲又發生什麼事了嗎？」

「沒事，沒事。」我好不容易才有力氣擠出幾個字，一心只想趕快離開。「我想她現在睡了。請見諒，我得回營了。」

但是我粗魯的態度想必透露出震驚恐慌，只見伊蘿娜果決地抓住我的胳臂，硬把我按到，不，推到單人沙發上。

「這裡，您先坐下來再說。您得先冷靜一下……您的頭髮……您的頭髮成什麼樣子了？您頭髮凌亂，一身垢汙……不行，您坐著。」我正想彈起來，她又說：「我去拿杯白蘭地。」

伊蘿娜走到酒櫃前倒了杯酒，我一口灌了下去。她憂心忡忡看著我顫抖著手把酒杯放下（我這輩子從來沒這麼虛弱，感覺精力盡失），然後靜靜在我旁邊坐下，默不作聲，偶爾從旁小心翼翼投來一瞥，眼神裡盡是擔憂，彷彿正在觀察一位病人似的。她最後終於開口問道：「艾蒂絲……對您說了什麼？……我的意思是，說了……什麼和您有關的話？」

從她關切的態度看來，我感覺她全都猜到了。但是我虛脫軟弱，無力反駁，只能輕聲低喃：「是的。」

她文風未動，也不發一語，我只察覺到她的呼吸忽然變得急促。她戰戰兢兢湊近身子。

「您難道……真的到現在才發現這件事嗎？」

「我怎麼料得到這種事……如此荒謬！如此瘋狂！……她怎麼會有這種想法……怎麼會對我……為什麼偏偏是我？……」

伊蘿娜輕嘆道：「天啊，但她始終認為您純粹是為了她而來……您是因為這個原因才來看我們的。但是我……我壓根兒不相信，因為您總是這麼……這麼落落大方，這麼親切真誠，完全是另外一種樣子。我打從一開始就擔心您只是同情罷了，可是我怎麼忍心警告那個可憐的孩子，勸她打消給她帶來幸福感的痴心妄想呢？我怎麼能如此殘忍……幾個星期以來，她腦子裡僅有一個想法，您對她……她反覆問我，問了又問，我是否認為您真的喜歡她。我總不能殘酷對待她……我必須安撫她，增強她的信心。」

我再也克制不了自己。「錯了，您反而必須勸她，非打消她的念頭不可。她瘋了，熱昏了頭，滿腦子幼稚的奇思幻想……那不過是一般黃毛丫頭對制服的迷戀，明天若是換了別的軍官來，對象也會換成他。您必須向她解釋清楚……務必及時勸她打消念頭。對象是我，單純只是偶然，碰巧來的人是我，不是別人，不是一個比更我優秀的同袍。在她這個年紀，這種事情很快就會過去的……」

然而伊蘿娜悲傷地搖了搖頭。「不是的，親愛的朋友，您別欺騙自己了。艾蒂絲對此事非常認真，認真得可怕，甚至一天比一天還要危險……不，親愛的朋友，這麼嚴重的事情，我無法忽然之間幫您卸下負擔，讓您輕鬆以對。您若是能料想到莊園裡發生什麼事就好了……三更半夜，銅鈴總要響個三次、四次，鈴聲刺耳嚇人。她肆無忌憚喚醒大家，等到大家心驚膽跳，以為發生什麼事情，急忙趕到她床邊後，她卻又直挺挺坐在床上，一臉迷惘困惑，凝神發呆，翻來覆去老是問我們同樣一個問題：『你會不會覺得他至少有點喜歡我，即使只有那麼一丁點兒？我長得又不醜。』然後她會要一面鏡子，卻又立刻扔掉。一會兒後，她也意識到自己的行為有多瘋狂。但是兩個鐘頭以後，一切戲碼又從頭來過。她深感絕望，不斷問著她的父親、問約瑟夫和女僕，昨天甚至還私下請來那個吉普賽老婦人——您還記得她吧？——幫她算命，又算了一次……她寫了五封信給您，封封內容又多又長，但寫完又馬上撕掉。從早到晚，從凌晨到深夜，她想的、說的沒有別的，只有這事。有一次她還要求我去找您，探詢您是否喜歡她，只有一點喜歡，還是……還是討厭她，因為您沒說什麼話，有點閃爍迴避。她要我立刻動身，在路上攔住您，還叫司機即刻將車開過來。她把要我對您說的話、詢問您的問題，諄諄交代了不下三次、四次、五次。最後一刻，我都已經站在玄關大廳了，又聽見銅鈴響起，我不得不穿著大衣、頭戴帽子走回她身邊，她要我以母親的生命發誓，絕對不可對您有任何暗示。唉，您怎會知道呢！每當您在身後關上莊園大門離開，對您而言，事情就結束了。但是您前腳才一走，她就一字不漏把您對她說過的話講給我聽，問我相不相信，或者有什麼想法……我如果說：『妳也看見他有多喜歡妳。』她便朝我大嚷：『妳騙人！那不是真的！他今天沒對我說過一句好話。』但是，她同時又想再聽一次，所以我得重複把話講三次，向她發誓……然後，還有那個老爺子！從那之後，他完全失魂落魄。他將您視如己出，寵愛有加。您真該看看他睜著疲憊的雙眼，一連好幾個小時坐在她的床邊，撫摸她，安慰她，直到她終於入睡。然後他回到房間，徹夜未眠，心神不寧走來走去，踱來踱去……您……您真的對一切毫無察覺嗎？」

「沒有！」我絕望得無法控制自己，音量大得嚇人。「沒有，我向您發誓，我什麼也沒察覺到！一丁點兒也沒有！難道您以為我早已猜想到這件事，還能來府上，和你們安然坐在一起下棋、玩多米諾骨牌、聽唱片嗎？……她怎麼生出這種妄想，認為我……偏偏是我……她怎能要求我同意這種胡鬧，接受這種兒戲？……不行、不行、不行！」

一想到自己並非出於本願為人所愛，我就感到萬般痛苦，直想一躍而起，可是伊蘿娜使勁拽住我的手腕。

「安靜點！親愛的朋友，我求求您，千萬別激動，我尤其懇求您稍微小聲點！隔牆有耳，她總有本事聽到別人說話呀。拜託您看在上天分上，請別冤枉她。因為恰好是您將新療程的訊息先告知了她的父親，消息是由您而來的，所以可憐的她將之視為一種訊號。老爺子當時三更半夜立刻衝到她的臥房，將她喚醒，您真的無法想像，這兩人相對而泣，感謝上天終於要結束這種可怕的日子。他們堅信一旦艾蒂絲痊癒，像其他人一樣健康，您就會……我不需要把話講得太明了。正因為如此，您不可以在她需要健全神經來面對新療程的時候，干擾她的心緒。我們必須極其小心，上天垂憐，別讓她獲悉您是如此……如此感到驚慌恐懼。」

但是絕望的我怎麼也無暇顧及了。「不行、不行、不行。」我用手猛烈敲著扶手。「不行，我沒辦法……我也不願意受人愛慕，如此被人所愛……我沒辦法假裝若無其事，再也無法自由自在大方調笑，甜言蜜語了……我辦不到！您根本不知道剛才發生了什麼事……在那兒，在她的臥室裡……她徹底誤解我了。我對她只有惻隱之心，只有同情，唯獨如此罷了，其他什麼也沒有！」

伊蘿娜沉默不語，凝望出神，然後嘆了口氣。

「嗯，我打從一開始就對此感到憂心！這段時間，我隱約有所感覺……但是，老天啊，現在該怎麼辦？該如何委婉讓她明白這件事？」

我們默默無語呆坐著。該說的都說了。我們彼此心裡有數無計可施，找不到出路。驀然間，伊蘿娜直起身子凝神細聽，表情緊張。我幾乎同時也聽到了大門傳來車子駛近的引擎聲。一定是凱柯斯法瓦回來了。她霍然站了起來。

「您現在最好別與他打照面……您的情緒太激動，無法若無其事和他說話……請您等一下，我盡快取來您的軍帽與佩劍，最簡單的方式是從後門走到花園去。我會編個藉口，解釋您為何無法待到晚上。」

她一個箭步就取來我的東西。幸好傭人趕到車子那兒去了，我才能不引人注意，穿越莊園建築。走到了花園後，我心裡的恐懼大肆竄升，很害怕遇到人不得不說話，所以急急忙忙加緊腳步。我縮頭彎腰，第二次像個受驚膽怯的小偷似的，逃離這座不祥的宅邸。

第十八章

我這個涉世不深的年輕人始終認為患相思、為愛煩惱是最折磨人心的事情。可是這一刻，我開始覺得還有其他或許比患相思、渴望愛情更煎熬的煩惱，那就是非己所願為人所愛，卻無力抵抗對方排山倒海而來的激情。眼睜睜看著身旁有個人受到渴望炙熱灼燒，只能袖手旁觀，束手無策，沒有權力、沒有能力，也沒有氣力將此人救出烈焰。愛得不幸的人，偶爾還能控制自己的激情，因為他不僅蒙受其苦，也是一手造成自身苦難的始作俑者。愛人者若是不善控制自己的激情，至少他是咎由自取才會受苦。然而受人愛戀，自己卻沒有產生相同情愫，那就是無藥可救的崩毀，因為對方激情的程度與限度並非取決於他，反而超出了他的力量。對方的意志若想要主宰一切，他的意志終將薄弱無力。或許只有男人才能充分領會這類羈絆毫無希望可言，對他而言，這種迫使他必須起而對抗的情勢，既是種折磨，也是種罪過。女性若是抗拒非己所願的熱情，只不過是在心底深處遵循她那個性別的法則罷了。女性一開始總會表現出拒絕的態度，彷彿那是與生俱來的本能。即使她拒絕熱烈的追求，也沒人會說她沒人性。但是，一旦命運翻轉了天平，女人一旦克服了羞恥心，向男人表白她強烈的情感，尚未確定對方的心意，就獻出自己的愛情，若是被追求的男子抗拒不接受，態度冷淡的話，那就是天大的災難了！不回應女子的渴望，也就意味傷害了她的自尊，激起她的羞恥心，從此結下永遠解不開的糾葛。拒絕女子的熱情追求，等同於傷害她最高貴的情感。女人一旦坦露出自己的軟弱，即使你抽身時再怎麼婉轉體貼，也只是徒然；即使說出多麼客氣委婉的話語，也毫無意義；單純獻給她友情，也不過是侮辱。男人的任何抵抗，全都無可救藥變成殘酷不仁，若是不接受愛情，將永遠無辜陷入罪過當中。你剛才還感覺自由自在，你擁有自己，對誰也沒有虧欠，但是轉眼間，你被人追獵，遭到圍困，無意中不情不願成了他人欲望掠奪的對象與目標，這完全是無法掙脫的可怕枷鎖呀！你現在知道，有人白天黑夜等待你，想念你，渴望你，呼喚你，而對方是個女人，一個陌生的女人！你打從心靈深處感到強烈震驚。她以她全身每個毛孔，她的身體，她的血液想要你，要求你，渴望你。你的雙手，你的頭髮，你的嘴唇，你的肉體，她全都要。你的白天和夜晚，你的感受，你的性欲，還有你全部的想法與夢想，所有一切她都要與你分享，所有一切她都要從你身上取走，隨著呼吸，吸吮入她心中。不管白日或黑夜，不管你清醒或是沉睡，世上某處有個人一直醒著，情欲熱切等待著你，有個人看護你，夢見你。你不願意去想日夜思念你的女人，但只是徒勞；你不存在於自己心裡，而是在她心裡，所以千方百計想要脫身，卻不過是枉然。有個陌生人忽然把你像面活動鏡子似的放在心裡，不，不是像面鏡子，只有你自願湊近時，鏡子才會吞進你的影子。但是，這個愛上你的陌生女人，早已把你吸入她的血液裡了。不管你逃到哪裡，她心中始終裝著你，隨身帶著你。你遭到了拘捕，永遠囚禁在另外一個人心裡，不再是自己，不再自由無拘，不再清白無辜，永遠受到追逐，永遠得承擔義務。你總是感受到她無時無刻「思念著你」，像有張火熱的唇不斷吸吮著你。你滿腔仇恨，滿心驚慌，由於她對你的相思之苦而備受折磨。我現在終於恍然大悟：一個男人最荒唐愚蠢、最擺脫不了的困境，是違反本願為人所愛，這是一切痛苦中最殘忍的折磨，而且沒有過錯，卻惹罪招愆。

我即使是在一瞬而逝的白日夢中，也沒想過會有女子愛我愛得如此毫無保留。雖然同袍們大肆吹噓這個或那個女人如何「死皮賴臉追求」自己時，我經常在場旁聽。聽他們冒冒失失描述這種死纏爛打的故事，我或許也會跟著眾人起鬨嘻鬧，縱聲大笑，因為我當時尚未體會到，任何一種形式的愛情，即使是最可笑、最荒謬的，也是一個人的命運，若是冷漠以對，也會因為傷害對方的情感而犯下過錯。不過，若光是所見所聞或者從書中讀來的知識，也只會輕輕從人身上掠過，絲毫無法著力。唯有親身經歷，人的心靈才能領略情感的本質。因此，我也必須親自經歷一段荒謬無稽的愛情加諸於良心的沉重負擔，才能對他人產生同情，同情這個拚命獻出身心的人，同情那個死命抵抗他人氾濫感情的人。然而，在眼前這個處境中，要負擔責任的人卻偏偏是我，責任甚至還沉重到不堪想像的地步！拒絕一位女子的愛情，使其失望，已是殘酷無情，簡直可謂是加諸心靈的粗暴行徑，而今我還必須對這個暴躁易怒的姑娘說「不行」、「我不願意」，更不知道可怕多少倍！我不得不傷害一個患病的姑娘，生命早已將她傷得滿身創痛，我卻雪上加霜，進一步摧殘她，還要奪走這位內心惶惶不安的姑娘最後一根拐杖，奪走她賴以支撐的最後一絲希望。我心裡有數，光只是同情，已使這位姑娘大為震驚了，若是逃避她的愛情，將會傷害她至深，甚至可能毀掉這個人。我打從一開始便殘酷體認到，若是不能接受她的愛，或者不假裝回應她的愛情，我將犯下滔天大錯，而這非我所願。

但是，我無從選擇。在心靈理解到危機之前，身體已抗拒她突如其來的擁抱。我們的本能始終比清晰的思想更加通曉事理。在驚惶失措的最初瞬間，我猛然掙脫她強人就範的柔情蜜意時，便已模模糊糊預感到一切了。我很清楚自己永遠不可能具備救世主的力量，像這個殘廢的姑娘愛我那般地愛她，我的惻隱之心甚至也不足以支撐我甘心**忍受**這啃蝕神經的激情。在我抽身逃走的最初瞬間，我已預料到不會有出路，也沒有中庸之道可行。這荒唐的愛注定會造成一人不幸，不是我就是她，說不定是兩個人同時遭難。

§

我永遠也無法釐清自己是怎麼走回城裡的，只知道自己走得又急又快，隨著脈搏跳動，腦海裡反覆只有一個想法：快走！快走！趕快離開這座宅邸，逃離糾纏，快跑，快逃，消失得無影無蹤！別再踏進這座莊園，不要再見到那些人，一個也別見！躲起來，別讓人看見，不再對誰有責任，不要再陷入任何糾葛！我知道自己還努力思考著，打算辭掉軍職，弄些錢來，然後遠走他鄉，越遠越好，別讓荒誕不經的渴望攫著我。然而這些念頭不過是空想，而非深思熟慮後的結果，因為在我的頭腦裡，有句話執拗地不斷敲著：走、走、走，走就對了！

後來我從沾滿土塵的鞋子和薊草割破的軍褲看出，自己一定橫越了草地、田野和街道，亂跑了一陣子。至少等我終於走到大街上，太陽已落到屋頂下了。這時，有人冷不防從背後拍我肩膀，我當真像個夢遊的人似的猛然驚醒。

「喂，東尼，原來你在這兒呀！我們總算逮到你了！我們到處找你，翻遍了每個角落，正想打電話到你城外那棟騎士城堡去吶。」

我看著圍在身邊的四個同袍，有每次都少不了費倫茲，還有約士奇和騎兵上尉史坦胡貝爾伯爵。

「哎呀，動作快點吶！巴林凱突然跑來了，從荷蘭還是美國，天知道從哪兒冒出來的。總之，他今晚邀請了全團軍官和服役一年的士兵用餐，上校會來，市長也將出席。今天在紅獅旅館可是有個盛大宴會吶，八點半。幸好我們逮到你了，要是你開小差，老頭定要大發雷霆！你也知道他有多有偏愛這個巴林凱，只要他出現，大家都得列隊迎接呀。」

我仍渾渾噩噩無法集中精神，不知所措問道：「誰要來？」

「那個巴林凱呀！別露出那副蠢樣行不行？難道你不認得巴林凱？」

巴林凱？巴林凱？我頭腦遲鈍，思緒紛亂，彷彿從塵埃密布的舊貨堆中費力挖出這名字。啊，有了，那個巴林凱——他曾經是軍團裡的壞孩子，早在我駐防此地服役之前許久，他便已在這兒當少尉，後來升到中尉，是團裡最精良的騎士，最狂妄的傢伙，最大膽的賭徒和獵豔高手。不過，後來發生了點難堪的事情，但我沒去打探究竟是怎麼回事。總之，二十四小時內，他脫下軍裝，掛在吊鉤上，轉身浪跡天涯去了，只留給大家議論紛紛各式與他有關的特殊傳言。最後，巴林凱在開羅的牧羊人旅館，釣上了一位富可敵國的荷蘭女人，一個擁有數百萬家產的寡婦，也是某家旗下有十七艘船的船公司老闆，在爪哇和婆羅洲還有產量豐富的大農場。他從此否極泰來，東山再起，而且成了我們的隱形守護神。

我們上校布本希克當年想必幫忙巴林凱擺脫了一個棘手麻煩，因為巴林凱對他和軍團始終忠貞不二，令人感動。只要他到奧地利來，都會特地拜訪駐防地，慷慨解囊，揮金如土，他離開幾個星期後，城裡仍舊津津樂道他的奢豪行徑。來到軍團，他總會再穿一晚舊軍裝，又成為軍中同袍的伙伴。這樣做，對他不啻是種心靈需求。他坐在熟悉的軍官桌旁，怡然自得，輕鬆快活，可以感覺紅獅旅館裡粉刷拙劣、煙霧瀰漫的大廳，對他而言，比他在阿姆斯特丹運河旁的華麗宮殿還要親切百倍，更像是他的家。我們始終是他的孩子、他的弟兄，他真正的家人。他每年都為我們的障礙賽馬提供獎金，聖誕節也固定贈送兩箱或三箱各色燒酒和香檳。新年時，上校還有十足把握能收到金額龐大的支票，充實軍團同志的銀行戶頭。只要是穿著輕騎兵制服，領口別著我們的領邊，一旦遇到困難，就完全能指望巴林凱會伸出援手。寫封信給他，一切便處理妥當。

換是其他日子，能與這位備受推崇的人物見面，我會衷心感到高興。然而我此刻千頭萬緒，一思及要開懷談笑，大聲寒暄，敬酒祝辭，就覺得是世上最難以忍受之事。所以我千方百計，藉口腸胃不太舒服，想要盡快開溜。但是費倫茲霍然一喝「門兒都沒有！今天別想開小差」，猛地挽住了我的手臂。我只得不情不願屈服於他。他們繼續拉著我走，我腦子裡思緒紊亂，聽著費倫茲講述巴林凱如何幫了誰脫離困境，而且在很短時間內給他妹夫謀了個職務，如果我們這些人想要扶搖直上，只要跳上船去找巴林凱，或者飄洋過海到印度去。約士奇這個身形瘦長、脾氣倔強的傢伙，總愛在老實的費倫茲熱情洋溢大表感激之情時，酸他個幾句。他諷刺道，巴林凱要不是釣上了一尾肥美的荷蘭鱈魚，不知道上校是否還會如此熱絡迎接他的「心肝寶貝」喲。話說回來，聽說她可是比巴林凱大了十二歲，史坦胡貝爾伯爵笑哈哈說：「既然要賣身，至少得賣個漂亮的好價錢吶。」

現在事後想想，我也著實納悶，當時我儘管渾渾噩噩，卻把每句話記得清清楚楚。清晰的思考能力雖然麻木，但是內在神經卻又極度亢奮，兩者經常相伴出現，神祕莫測。我們一走進紅獅旅館的大廳，歸功於平時養成的紀律，指派給我的工作，我下意識好歹做得有模有樣。要完成的活兒還真不少。一大堆橫幅、旗幟和徽章得掛好，平常只有舉行軍團舞會時，才會裝飾得琳琅滿目，擺出來炫耀。幾個勤務兵在牆上大聲敲敲打打，不亦樂乎。史坦胡貝爾在一旁反覆灌輸那個號手該在何時吹奏號角，又怎麼個吹法。約士奇寫得一手工整好字，所以寫菜單的任務就落到他身上，菜餚全都詼諧地取了嘲諷的名稱。他們把安排席次的責任塞給我。這段時間，僕人已擺設好桌椅，侍者將幾十瓶葡萄酒和香檳放到桌上，叮叮噹噹聲此起彼落。美酒佳釀是巴林凱從維也納的沙賀飯店差人運來的。說也奇怪，我竟在這陣喧囂紛鬧中感覺心情舒適，想來是嘈雜聲蓋過了我太陽穴裡脈搏的沉重跳動和一堆問題。

八點鐘，一切終於安排就緒。現在得趕回軍營，梳洗整頓，迅速更衣。我的勤務兵已收到命令，軍袍和漆皮軍靴早已備好。我趕緊拿冷水沖沖頭，看了錶一眼，還有整整十分鐘。我們上校非常重視準時，分秒不差，實在討厭。我俐落地脫掉衣服，踢掉滿是灰塵的皮鞋，只著內衣襯褲站在鏡子前，正要梳理蓬亂的頭髮時，卻有人敲門。

「誰也不見。」我命令勤務兵說。他聽從命令，一個箭步衝向門外。接待室傳來竊竊私語聲。沒多久，庫斯瑪手裡拿了封信回來。

給我的信？我穿著襯衫和內褲站在那兒，接過長方形的藍色信封。信又厚又沉，像個小包裹。我根本不用看筆跡，就知道寫信的是誰，頓時感到手中宛如有一把火似的。

晚點再說、晚點再說，我本能急忙提醒自己。別看信，現在千萬別看！但是我早已違反本意拆開信封，讀起信來。一路讀下去，兩隻手也不由得越發哆嗦。

§

這封信一共寫了十六頁，龍飛鳳舞，字跡潦草。這種信，一輩子只會寫一次，也只會收到一次。句子宛如從裂開傷口汩汩流出的血液，不分段落，沒有標點符號，一字未完，另一字即接踵而來，攻城掠地，匆促進擊。如今事隔多年，每一字、每一句依然歷歷在目。這封信，我讀了不知多少遍，至今仍能隨時隨地不分白日黑夜，從頭到尾一字不漏逐頁背誦。收到信那天之後，我把折起來的藍色信封放在口袋，帶在身上好幾個月，在家裡、在軍營、在防空洞、在前線的篝火旁，不時拿出來讀。我們師團在沃里尼亞遭受敵軍包抄夾擊，被迫撤退時，我擔心這封在狂喜忘形之下寫就的告白信落入敵人手里，才把信給銷毀了。

「六封，」信的開頭這樣寫著，「我給你寫了六封信，但每次又把每一頁都給撕了，因為我不想洩漏自己的心情，我不願意。只要心裡還有抗拒，自己就要忍住。我和自己搏鬥了好幾個星期，在你面前偽裝自己。每次你來看我們，態度親切和善，一無所知，我總要壓抑自己的手不准顫抖，命令自己眼光淡然冷漠，免得嚇得六神無主。我甚至經常有意對你冷嘲熱諷，嚴肅無情，只求你別感覺到我的心正為你熊熊燃燒——我嘗試了力所能逮的各式努力，甚至還超越了人類能力的極限。但是，今天事情發生了，我向你發誓，那是一時衝動，是對我的陰謀暗算，並非我心所樂見。我也不明白怎麼會如此衝動，我真想狠狠揍自己一頓，嚴厲懲罰自己，我實在羞愧得無地自容。我知道，我都明白，自己硬湊向你，硬要你接受我，有多麼荒謬、多麼愚蠢瘋狂。一個殘廢的人，一個瘸子，沒有愛人的權利呀。命運將我打擊得體無完膚，形態可憎，我自己看了都覺得噁心，覺得厭惡，又怎麼能不成為你的累贅？我心知肚明，像我這樣的人沒有愛的權利，遑論為人所愛。這種人應該默默爬向角落，萎死在那兒，而非拿自己的存在干擾他人生活。是的，這一切我全都心裡有數，正因為一清二楚，所以感到崩潰。我從來不敢妄想突襲你，但是除了你，還有誰讓我深深相信，不久將來我不再是一個像現在這副模樣的畸形了呢？我可以像其他人一樣活動跑跳，像那些數以百萬的芸芸眾生一樣，他們壓根兒不知道，能自由自在每走一步，都是上天的恩賜，是奇妙無比的美事。我曾經鐵了心要隱瞞心事，等到自己真的變得和別人一樣，變成一個女人，而且說不定——說不定！——能配得上你，我的愛人。但是，我卻耐不住焦灼迫切的性子，我渴望恢復健康，強烈得在你俯下身來那一秒，我已經**以為**，打從心底真誠又傻氣地以為自己是另一個人，早已霍然痊癒，脫胎換骨成了一個全新的人！我盼望得太久了，夢想太久了，而你又近在眼前，有那麼一剎那，我忘了自己卑鄙的雙腿，眼裡只有你，感覺自己變身成我希望呈現給你的那種女人。年復一年，日復一日只夢想著一件事，一天中也會有短暫片刻做起白日夢的，這點你難道無法理解嗎？相信我，我的愛人，正是渴望自己不再殘廢跛腳的強烈痴心妄想，才會造成我腦袋糊塗；正是渴望自己不再遭人屏棄，不再是個瘸子的焦躁不耐，才會讓我的心如脫韁野馬般躍出了胸膛。請你理解，我早已對你愛慕已久，思念無限啊。

「但是，在我尚未真正再生之前，你現在已知道了不該知道的事情，也知道我為了誰一心想康復，在這世上究竟只為了誰——只有你！只有你！請你原諒我對你的愛情，我的摯愛，我尤其懇求你，不要害怕，千萬不要在我面前驚慌恐懼！別以為我因為一次的急迫糾纏，日後會繼續騷擾你；別以為我現在弱不禁風，對自己反感，還會想要絆住你。不，我向你發誓，你永遠不會感覺受我逼迫，我希望你感覺不到我。只是，我願意等待，耐心等待，等到上天憐憫我，賜我恢復健康。我懇切祈求你，我的摯愛，不要畏懼我的愛。請你想想，沒人像你這樣同情我。請想想，我困坐在沙發上，沒有能力自己走一步，沒有氣力跟著你，也沒有氣力迎向你，有多麼孤立無助。請你想想，請想想我不過是個囚徒，必須在自己的囚室裡等待，焦躁不安耐著性子等著，直到你出現賜贈我一個鐘頭的時間，直到你允許我凝望著你，傾聽你的聲音，在同一個空間裡感受你的呼吸，感覺你的存在。這是多年來初次賜給我的唯一幸福。請你想想，請想像一個人日日夜夜躺著、等候著，度日如年，有多煎熬、有多痛苦。然後你來了，我卻無法像其他姑娘一樣跳起來跑去迎接你，無法擁抱你，不能留住你，只能被迫坐著，克制自己，壓抑自己的感情，隱瞞心事。一字一句，一個眼神，聲音裡的每個顫動，我都得特別留心，只求別讓你以為我妄自尊大，自以為有資格愛你。但是，相信我，我的愛人，即使是如此折磨人的幸福，對我也始終是種幸福。我每次只要成功控制住感情，總會誇獎自己，疼愛自己。你對我的愛一無所悉，自由自在，無憂無慮，悠然轉身離開，唯一留給我的只有痛苦，知道自己已經無可救藥愛上你了。

「但是，如今事情發生了。我的愛人，我現在無法否認對你的感情，已經無法駁回了。我懇求你，別殘酷對待我。即使最貧窮、最卑微的人也都有自尊心。我受不了你因為我無法克制自己的感情而鄙視我！我不指望你回報我的愛情，不，要治療我、拯救我的上天明鑑，我絕對不敢心存如此大膽妄念。我做夢也不敢想你可能會愛上今日這副模樣的我。我希望你明白，我不要你犧牲，不要你的同情！我什麼都不要，只希望你**容許**我等待，靜靜等候時機終於成熟！我知道這樣要求你有點過分。然而，把最卑微、最微不足道的幸福賞賜給一個人，難道真的太多了嗎？這種幸福，即使是狗兒偶爾抬起頭，默默望著主人，主人也會心甘情願賜給牠啊！難道要立刻暴力驅退牠，拿輕視鞭撻牠嗎？唯獨一點，我告訴你，像我這樣的可憐人，如果因為我洩漏情感而引起你的反感，唯獨這點我無法忍受。我已是如此無地自容，絕望透頂，你若還想懲罰我，那麼只剩一條路可走，而你心知肚明那是什麼，我已經給你看過了。

「但是別怕，請別驚慌，我並非想威脅你！我不想嚇唬你，不是因為得不到你的愛，就想壓榨你的同情，這可是你的心至今給我的唯一東西啊。請你別受拘束，自在放鬆，不要擔憂。看在上天的分上，我不想拿自己的負擔來加重你的負擔，不想拿你沒有責任的過錯強加於你。我只要求一件事：請你原諒方才發生的事，並徹底遺忘。忘記我說過的話，忘記我洩漏的情感。請慰藉我的不安，請明確給我一個微薄卑微的訊息！立刻告訴我，即使只有一個字也夠了，我並沒有引起你的反感，你會再來看我們，假裝什麼事也沒有發生。你根本猜不到我有多擔憂失去你。從你在身後關上門那時起，不知道為什麼，有種莫名的致命恐懼便始終折磨著我，害怕這是我們最後一次見面。在我放開你的那一刻，你的臉龐慘白無色，眼神驚慌恐懼，我雖然熱情如火，也霎時冷卻如冰了。我知道你立刻逃出了屋子，這是僕人告訴我的。你一下子就走了，佩劍和軍帽也不見了。他在莊園裡上上下下找你，我的房間和其他地方都找遍了，始終不見你人影。於是我知道，你逃走了，像躲避痲瘋病、躲避瘟疫一樣逃離了。但是，親愛的，不是的，我不是要責備你，能理解你的人可是我呀！我看見自己兩條僵硬腿上的木棍，也都會被自己嚇一大跳啊。只有我清楚自己焦躁不耐煩的時候，有多惡劣、多情緒化、多會折磨人、多教人難以忍受，只有我最能夠理解別人因我而受到的驚嚇。喔，我能深刻理解，遭到我這樣一個怪物襲擊時，一定會嚇得直打哆嗦，趕緊逃離。但是，我懇求你原諒我，若是沒有了你，我的世界將沒有白天，也沒有黑夜，只有一片絕望。只要一張紙條，送給我一張隨手寫就的小紙條，或者空白紙張和花都可以，只要表示一下就行了！只要給我一點東西，能讓我辨別你沒有屏棄我，沒有討厭我就可以了。請你想想，過幾天我就要離開，一去就是幾個月，八天、十天後，你的苦難就結束了。不過，我的萬千痛苦才開始，因為我好個星期、好幾個月身邊不會有你。可是我不去想這些痛苦折磨，我只想著你，就像平常那樣，永遠只想念著你！八天後你就解脫了，所以請再過來一趟，來之前先給我捎個口信，給我個表示！若是不清楚你是否原諒了我，我就無法思考，無法呼吸，無從感受。你若是拒絕給我愛你的權利，那麼我也不想活了，也活不下去了。」

我讀了又讀，不斷從頭讀起。捧著信的雙手顫抖不已，一思及有人不顧一切如此愛我，我不禁大為震驚，不寒而慄，頭顱裡彷彿有鐵鎚敲著，越敲越猛烈。

第十九章

「喲，真沒想到吶！你竟還穿著襯褲杵在這裡，大伙等你可是等得望眼欲穿啊。全體軍官都入席了，只等著宴會開始，就連巴林凱也到了，上校隨時隨地也可能大駕光臨。你不是不知道，若有人遲到，這隻肥癩蛤蟆可是會青筋暴露，大發雷霆啊！費爾德特地差我趕緊過來看看你是不是出了事，結果你竟杵在這兒，讀著甜蜜蜜的情書……好了，動作快點，趕緊走吧，否則我們兩個可有排頭吃了。」

費倫茲像陣暴風似的衝進我房間，他粗大的手掌親切地拍在我肩頭之前，我壓根兒沒有察覺他進來。一開始我聽得一頭霧水。上校？差他過來？巴林凱？原來如此，原來如此，我想起來了：巴林凱的歡迎晚會！我急急忙忙抓起褲子和軍袍，以在官校訓練出來的速度，機械化地穿好所有服裝，心裡還直納悶自己怎麼辦到的。費倫茲神情怪異看著我說：「你究竟怎麼回事啊？魂不守舍，楞頭楞腦的。是不是哪兒來了什麼壞消息？」

我連忙敷衍道：「沒這回事。我來了。」我們三步併兩步，來到了樓梯口。這時，我又轉身走回房間。

「活見鬼了，你又要做什麼？」費倫茲朝我背後大聲咆哮。不過我沒理他，只是連忙拿起忘在桌上的信，塞進胸前口袋裡。我們果然在最後一刻進入大廳。長長的馬蹄形桌旁已坐著全體軍官與士兵，但是長官沒有就坐前，誰也不敢嬉笑喧鬧，就像上課鐘響後，老師隨時走進來前乖乖坐好的學生。

勤務兵推開了大門，上級長官昂首闊步一一走進，靴子上的刺馬針叮噹作響。眾人霍然從椅子彈起，立正行「注目禮」。上校在巴林凱右邊落坐，首席少校坐在左邊，宴會頓時活絡展開，碟盤湯匙噹啷碰響，席間有說有笑，傳杯送盞，氣氛熱絡紛亂。只有我一個人魂不附體，坐在興高采烈的同袍之間，不時碰觸軍袍上那個像是有第二顆心臟在跳動、敲擊的位置。每次碰觸時，隔著柔軟的彈性布料，我總能感覺那封信像煽旺的火似的嗶剝作響。是的，信就在這兒，緊貼著我的胸口輕動著，活像有生命似的。其他人安然愜意，大快朵頤，高談闊論，我的心思全在信上，以及寫信人所處的絕望困境。

侍者端給我的菜全都白送了，我一口也沒吃，原封不動擱著。這種傾聽內在聲音的狀態，使我無法動彈，宛如睜著眼睛睡覺。我朦朦朧朧聽見左右方的談話聲。但是一句話也沒聽懂，彷彿大家說的是外國語言。一張張臉龐、一雙雙眼睛鼻子、嘴唇、鬍子、制服，在我眼前和四周交錯變換，但是全都扁平無光，就像隔著一片玻璃觀看櫥窗內的物品。我身在此地，卻又神遊太虛；呆滯不動，卻又忙碌無比。我的嘴唇不斷無聲念著信裡的句子，有時候想不起下文，或者思緒紊亂，我的手便不由自主一顫，悄悄想往口袋伸去，就如同在官校上戰略課時，想偷偷拿出禁書一樣。

這時，有把刀使勁敲打玻璃杯，銳利的鋼刀彷彿一刀劃斷了喧鬧，四下頓時鴉雀無聲。上校從座位起身，開始發表演說。他一邊說話，兩隻手同時費勁撐著桌面，粗壯的身子前後搖晃，彷彿騎著馬似的。只聽得他聲音粗嘎喊了一聲「同志們」做為開場白，接著便說出精心準備的演講內容，抑揚頓挫，字字鏗鏘，捲舌音「R」像連連擂動的戰鼓不斷滾落。我雖費神聽著，卻聽不進腦袋裡，只零星聽見幾個句子嘎啦嘎啦震人耳膜：「……軍隊的榮譽……奧地利騎士精神……對軍團的忠誠……老同志……」但是，其間卻參雜著飄忽空幻的輕聲低語，細微呢喃，懇切哀求，含情脈脈，彷彿來自另一個世界。「我的摯愛……不要害怕……你若是拒絕給我愛你的權利，那麼我也不想活了……」接著又插入連綿不絕的模糊捲舌音「R」。「……他即使身在遠方，也沒有忘記他的老同志……沒有忘記祖國……沒有忘記他的奧地利……」另外一個聲音如泣如訴，又如一聲窒息的呼喊：「只要允許我愛你……只要給我一個表示……」

四下忽地響起「萬歲、萬歲、萬歲」，猶如禮砲齊鳴，震天價響。上校舉起酒杯，大伙彷彿受到這個姿勢牽引，全都霍地彈了起來，抬頭挺胸。隔壁房裡喇叭聲驟然響起，吹奏著安排好的樂曲。「祝他福壽綿綿！」眾人紛紛向巴林凱碰杯祝酒，他等到劈哩啪啦落下的喇叭聲停止後，才接著致辭，態度一派輕鬆，怡然自得，風趣幽默。他表示只想簡單說幾句話，不管他身處何方，唯有和老同志團聚相處，才最感舒服自在。最後，他高呼「軍團萬歲、我們無上慈祥的統帥萬歲、皇帝萬歲！」，結束了致辭。史坦胡貝爾第二次指示吹號手，要他吹奏新曲，大伙先齊聲合唱國歌後，接著唱起奧地利各軍團必唱不可的進行曲，在這首曲子裡，每個軍團都可以驕傲地嵌入自己的番號：

我們屬於奧匈帝國，

輕騎兵團……

接著，巴林凱繞著桌子，手裡拿著杯子，一一和大家敬酒。忽然間，隔壁的人用力頂了我一下，我迎面看見一雙明亮的眼睛望著我。「你好，同志。」我迷迷糊糊點頭回禮，等到巴林凱走到鄰座，才驚覺自己忘了和他碰杯。不過，周遭一切已又陷入五彩斑斕的濃霧之中，眾人的臉龐和制服全怪異地混成一團，模糊難辨。哎，怎麼回事，我眼前為何突然一陣藍煙籠罩？其他人開始吞雲吐霧，所以我才感覺悶熱窒息嗎？喝點東西，快喝點東西！一杯、兩杯、三杯，我一口氣灌了三杯，但不知道喝下了什麼，只想趕快去除喉頭那股苦澀噁心的味道！快抽支菸吧！我手伸向口袋想拿菸盒，卻又感覺到軍袍底下窸窸窣窣的那封信！我的手一抖，縮了回來。眼前一片喧囂嘈雜，放蕩紛亂，我卻只聽見殷殷懇求、如泣如訴的句子：「只要允許我愛你……我也知道，自己硬湊近你，實在是愚蠢瘋狂……」

再次響起叉子敲打玻璃杯的聲音，要求大家肅靜。這次是馮德拉切克少校，他總會利用每一次機會，朗誦幽默詼諧的詩句與短曲，大發他怪癖詩興。我們大伙都知道，馮德拉切克只要一站起來，把他尊貴的小肚子往桌上一放，擠眉眨眼做出狡黠的表情，同志晚會的「笑料橋段」便就此拉起序幕，擋也擋不了。

少校擺好姿勢，夾鼻眼鏡往有點遠視的眼睛上一推，裝模作樣打開他那張對折的大紙，紙上寫著一首即興詩，他認為即興詩總能為各種聚會製造高潮。這次他嘗試以「引人亢奮」的笑點助興，諧謔巴林凱的生平經歷。鄰座幾個人或許是出於部屬的客套禮貌，也可能是有了幾分酒意，每聽到弦外之音便捧場大笑，殷勤討好。最後高潮終於出現，大廳哄堂鼓譟，喝采聲不絕於耳，紛紛大喊：「好啊！幹得好！」

但是，一絲恐懼忽然攫獲了我，粗野的大笑像把利爪使勁捏緊我的心。某處正有人哀聲嘆息，承受極端的痛苦時，我們怎能如此放聲大笑？有人正淪於崩潰之際，怎麼能拿下流猥褻的笑話互相打趣，嬉笑戲謔？我知道馮德拉切克一講完廢話，緊接而來就是開懷暢飲，惡作劇胡鬧，喧譁取笑。大伙兒將放聲高歌，唱〈蘭河畔的老闆娘〉裡幾段最新歌詞，然後大開玩笑，又笑又鬧，笑個不停。忽然之間，我再也看不見眼前同袍們溫和良善的發亮臉龐。她不是在信上寫道，只要給她捎張紙條，只要寫句話就行了嗎？我要不要打個電話到城外去呢？這樣讓人空等很不應該啊！我得跟她說點什麼，得要……

「太棒了！了不起！」眾人鼓掌喝采。四、五十個興高采烈已喝得微醺的男人，這時全都霍然躍起，碰得椅子嘎啦嘎啦，地板轟隆作響，塵土飛揚。少校得意非凡站著，拿下夾鼻眼鏡，折好紙稿，頻頻向簇擁到他身旁獻上祝賀的軍官點頭致意，一副敦厚和善的模樣，感覺有點做作。我趁著這團混亂，沒有告辭就溜了出去。應該沒人注意到，就算有人發覺，我也不在乎了。我就是受不了那樣的笑聲，受不了那種類似酒足飯飽後拍拍肚子所產生的舒適歡快情緒。我無法忍受，再也無法忍受了！

「少尉先生要離開了嗎？」衣帽間旁的勤務兵詫異問道。見鬼去吧！我內心暗自嘟噥了一句，不發一言走過他身邊。我一心只想走到大街，趕快轉過街角，踏上軍營階梯，回到我那個樓層，然後一個人獨處，就我一個人！

走廊裡空無一人，朦朧昏暗，某處響起哨兵來來回回的腳步聲，有個水龍頭正嘩啦啦流著水，一隻軍靴掉落在地。軍營這時已經根據規定熄了燈，只有某個房間傳來一陣輕柔陌生的歌聲。我凝神傾聽，幾個魯塞尼亞來的小伙子正輕聲唱著或哼著憂傷的歌曲。就寢前，他們脫下那一身釘著黃銅釦的繽紛陌生服裝，褪去了外在的掩飾，搖身一變，又成了躺在家鄉稻草堆上的小伙子，這時他們總會想起故鄉，想起田野風光，甚至想起了心儀的姑娘，於是唱起了憂傷的旋律，想要忘掉自己置身遠方的現實。我平常因為不懂歌詞內容，所以從未注意他們的哼唱聲，這次他們陌生的哀傷卻感染了我，我感覺和他們像兄弟般一樣親密。啊，我好想坐到他們某人身邊，和他談談，他或許無法理解，但他溫和良善的雙眼或許能投來同情的目光，比那些在馬蹄形桌旁取鬧歡笑的人更加理解一切。真希望能找到一個人，幫我脫離這錯綜複雜的糾葛！

我躡手躡腳輕聲走著，免得吵醒我那睡在接待室裡鼾聲如雷的庫斯瑪。我順利溜進了房間，摸黑扔掉軍帽，摘下佩劍，解去早就勒得我喘不過氣來的領結，然後點亮燈，走近桌旁。現在好不容易終於能安安靜靜讀信了，讀一位女子寫給我這個沒有定性的年輕人第一封撼動我心的信。

但是，我忽然嚇了一跳。桌上燈火照耀的光暈中，居然躺著那封信！怎麼可能？我以為信還藏在胸前的口袋裡——但是，沒錯啊，長方形的藍色信封確實就躺在桌上，筆跡十分熟悉。

我一時頭昏腦脹。難道我喝醉了？我睜著眼睛在做夢？我神智不清了嗎？

但是我剛才解開軍袍時，確實感受到胸前口袋裡信紙沙沙作響啊。難道我惘然若失至此地步，連把信拿出來一分鐘了也不知道嗎？我把手伸進口袋。不——不可能是別的情況——信仍舊安安穩穩躺在口袋裡啊。現在我才恍然明白怎麼回事，我現在才完全清醒。桌上一定是後來送到的第二封信，另外一封新的信，老實的庫斯瑪心思周到，特意把信放在熱水壺旁，讓我一回來就能馬上看見。

又來一封信！不到兩個小時又寫了第二封！勃然怒火立刻掐住了我的咽喉。以後每天會如此循環了，日日夜夜，一封又一封，一封接著一封。我如果回信，她又會寫給我，我若是不回覆，她也會寫信來討。她永遠希望從我身上獲得什麼，日復一日，天天如此！她會差人送信來，打電話給我，要人窺視我，刺探我每一個行動，想要知道我何時外出，何時歸營，和誰在一起，說了什麼，做了什麼，掌握我的一舉一動。我已經看出自己萬劫不復了，他們不會放過我的。喔，那個老頭，那個精怪，那個邪惡的妖怪，還有那個瘸子！我再也沒有自由，這些貪婪之人，這些絕望之人，絕對不會放我自由了。除非這段荒謬不祥的激情毀了我們其中一方，不是他們，就是我。

別看信，我對自己說。今天絕對不可以看信。別再把自己攪和進去！你的力量不足以抵抗如此的硬拉蠻扯，你會給碎屍萬段的。最好把信銷毀，或者原封不動送回去！別去想有個完全陌生的人深深愛著你，別讓這個念頭進入意識，進入腦中，進入良知裡！凱柯斯法瓦全家人都去死吧！我以前不認識他們，日後也不想進一步了解。可是，我腦中忽然閃過一個念頭，全身倏地一陣哆嗦：她也許因為我了無訊息而做出傻事了！說不定她正走上絕路！絕對不可以不回覆一個絕望的人啊！我該不該喚醒庫斯瑪，要他捎個明確的口信，安撫對方，表示我信收到了？別讓自己背上罪過，萬萬不可如此！於是我撕開信封。感謝上天，只是封短信，只有一張紙，只有短短十行，沒有抬頭。

「請您立刻撕毀我上一封信！我瘋了，完全失心瘋了。我先前所寫的一切都不是真的。請您明天**不要**來看我們！絕對**不要**過來！我要懲罰自己在您面前如此卑躬屈膝，輕賤自己。所以明天千萬不准來，我不樂意您來，我禁止您過來！不要回信！絕對不要回信！請您確實毀掉我上一封信，忘掉每一個字！請您不要再回想內容。」

§

不要再回想內容——幼稚可笑的命令，彷彿激動的神經能夠屈服於意志的轡繩和轡頭似的！不要再回想內容，然而思想卻像受驚的脫韁野馬，痛苦地跺著馬蹄，在太陽穴之間的狹窄空間追趕獵捕！不要再回想內容，然而記憶卻像發了狂似的，不斷喚起一個又一個畫面，神經顫鳴，嗶剝閃爍，所有感官全神貫注，奮起抵抗！不要再回想內容，然而信紙裡寫滿熾熱火燙的句子，正燒灼著我的手。一張又一張的信紙，我拿起又放下，再拿起來閱讀，比較第一封和第二封信，一字一句彷彿烙印似的炙在腦子裡！不要再回想內容，然而我能想的，唯獨就只有這件事，想著我該如何逃離？如何抵禦？如何拯救自己，擺脫這貪婪湧來的狂潮，脫離這非我所願的過分激情？

不要再回想內容——我也不願如此，於是熄了燈，免得光線把思緒照得亮晃晃，顯得太清醒，太真實。我試圖爬到黑暗中隱藏自己。褪去身上的衣裳，讓呼吸更加順暢。把自己拋到床上，希望感受變得更加遲鈍。然而思緒不肯休息，如同蝙蝠似的，圍繞著困頓疲憊的感官橫衝直撞，鬼氣陰森；又像老鼠，在沉重如鉛的困倦中貪婪地又啃又挖。越安靜躺著，記憶越發蠢蠢騷動，在黑暗中如火光閃爍的畫面也越發令人激動。我只好再度起身，又一次點亮了燈，想要驅退幢幢鬼魅。然而，燈火滿腔恨意映照出的第一個物品，正是那個淺色長方形信封，而椅背上披掛著的髒汙襯衫，也在在提醒著我，催促著我。不要再回想內容——我也想這麼做，然而意志卻無能為力。於是我在房間裡踱來踱去，踱去踱來，打開木櫃，一個個拉開抽屜，直到找到裝了安眠藥的小玻璃罐，吞下藥後，我搖搖晃晃走回床邊。但是仍無路可逃。即使在夢中，黑色思緒一如不知疲倦的老鼠挖來鑽去，囓咬著睡眠的黑色外殼。永遠是同樣的思緒，永遠是同樣的念頭。我清晨醒來，感覺全身的血液像給吸血鬼吸乾似的。

因此，起床號把我給喚醒，無異是行善舉；能夠執勤服役，對我而言是好事。這種形式的不自由，相對更加美好，更為溫和！我必須躍身上馬，和同袍策馬小跑，必須全神貫注，繃緊神經，這實在是對我的施捨！我得服從命令，指揮部隊！操練三、四個鐘頭，或許可以逃離自己，擺脫自己。

一開始，事事進行得穩當順利。慶幸的是，我們這天過得緊湊又激烈，進行演習訓練，操練分列式閱兵隊形，各騎兵中隊一字排開，策馬經過指揮官面前，馬頭動作整齊劃一，佩劍刀尖位置務求分毫不差。進行這類閱兵動作，須完成的事情多得要命，得十次、二十次一再從頭練起。訓練時，我們軍官得時時刻刻注意每一個輕騎兵，需要極度聚精會神，因此我全副心神都在練兵上，其他事情全拋諸腦後。謝天謝地！

可是等我們休息十分鐘，讓戰馬歇息緩口氣時，我的目光卻偶然游移到地平線那端。遠方牧草地，在鋼鐵似的灰藍色調襯托下熠熠發光，草地上是一捆捆綁好的牧草以及刈草人。平直的地平線向穹蒼揮出一道純粹飽滿的線條，但是天際邊卻映出一道牙籤似的細窄剪影，是一棟塔樓的怪異輪廓。我不覺大吃一驚，那是**她**那座有露台的塔樓啊！這個思緒又強行出現了。我凝望遠端，無法轉移視線，身不由己想著：八點了，她早就醒了，正在思念我。也許她父親走到她床邊，她談起了我。她追著伊蘿娜或僕人詢問是否有信送來，她朝思暮想的訊息（我真應該給她寫封信！），也說不定她已經差人將她送上塔樓，在露台上緊抓著欄杆，張望偵看，凝神遙望，尋找著我的身影，正如我正遠眺著那兒一樣。一想到有人如此渴望著我，胸口又湧起熟悉的灼熱拉扯感，以及同情心那該死的利爪。雖然操練又將開始，四面八方傳來指令聲，各隊奔跑集合，排成規定的隊形，旋又散開。我自己也朝著一片騷動下達「向右轉」和「向左轉」的口令，心思卻早已飄走了。在我意識最私密的底層，只有一個念頭，而那是我也不願意去想、也不應該想的事情。

第二十章

「他奶奶的，搞什麼鬼，亂七八糟！退回去！散開！你們這些兔崽子！」發出吼聲的人是我們的上校布本希克。只見他滿臉漲紅，騎馬奔馳而來，朝著操練場大聲咆哮。上校會怒髮衝冠不是沒有道理的。一定有人下達錯誤的指令，導致應該並列轉彎的兩排人馬，其中一排由我指揮，卻全速迎面衝刺，現場陷入一團混亂，情勢危急。有幾匹馬受到驚嚇，跳離隊伍，其他幾匹則高高立起前蹄，有個輕騎兵摔下馬，身陷亂蹄之中，軍官狂喊嘶吼，勃然大怒。槍劍鏗然碰撞、戰馬竭力嘶鳴、馬蹄雜遝，地表隆隆作響，宛如真正的征討攻伐。士官縱馬奔走怒叱，才慢慢勉強解除這場紛亂。一聲尖銳刺耳的號角嘹亮吹響，重新整好隊伍的全體中隊，再度一列列排好，整頓成先前的隊形，隊伍前列整齊劃一。這時，四下逐漸籠罩在可怕的靜默中。人人都知道算帳的時候到了。戰馬由於方才的騷動仍舊亢奮不已，或許也因為感受到背上騎兵特意壓抑的緊張感，所以瑟瑟顫抖，不安聳動，騎兵整齊排列，頭盔連成的一長直線因而微微起伏，猶如拉得緊繃的電報線，在風中擺晃。就在肅然不安的寂靜中，上校策馬走到隊伍前頭。光從他端坐馬鞍，身體筆直，腳蹬緊馬鐙，馬鞭激動地啪啦啪啦打在自己翻領高筒軍靴上的姿態看來，預料將有一場風暴來襲。他輕勒韁繩，馬兒隨即停住腳步。接著，只聽得一聲厲吼響徹整個操練場，宛如一把屠刀劈頭砍下：「霍夫米勒少尉！」

我這時才恍然大悟這場混亂何以發生。毫無疑問，是我自己下達了錯誤命令。我剛才想必分神了，思緒又飄到擾得我心慌意亂的可怕事情上。都是我的錯，我必須負起完全責任。我大腿輕輕一夾，胯下坐騎快步經過同袍身邊，跑向停在隊伍前面三十步動也不動等候的上校跟前。同袍因為尷尬，全都把頭轉開，看往別處。我在規定的距離前停下馬。四下連最細微的金屬碰撞聲和噹啷聲也一絲不聞，一片寂然無聲，宛若死滅的最後靜默，就如同行刑時，下令「射擊」前的默然瞬間。包含最後一排的魯塞尼亞小伙子在內，人人都知道等在我面前的是什麼。

我很不樂意回想接下來的事情。上校雖然特意壓低生硬粗嘎的嗓音，不讓弟兄們聽見他奉送給我的不堪入耳粗話，但偶爾仍有幾句如「蠢得跟驢一樣」或「指揮得像隻豬一樣笨」之類的難聽喝斥，從他的喉嚨高聲迸出，劃破寂靜，十分刺耳。至少從他臉孔漲成豬肝色，面紅耳赤責罵著我，每次話語停頓間，還夾雜著馬鞭彈打在軍靴上的劈啪聲，想必誰也——包括最後一排在內——沒錯過我就像個小學生似的給狠狠削了一頓，被怒火中燒的老行伍罵得狗血淋頭，噴得滿臉臭唾沫。我感覺身後有上百道好奇、甚至是嘲諷的目光刺進背脊。這是個陽光燦爛的六月夏日，燕子悠然自得在蔚藍晴空下歡愉飛翔，之前已經有好幾個月，沒有人像我一樣遭受如此一場撲天蓋地而來的冰雹。

我握著韁繩的雙手因為煩躁與憤怒而不住顫抖，恨不得往馬兒臀部狠抽一鞭，奔馳遠走。但是，我仍舊遵守規定，文風不動，板著面孔忍受訓示。布本希克末了痛罵說，他絕不會讓我這樣一個草率的蠢東西糟蹋了操練，明日我再聽候發落，今天他不想再看見我的嘴臉，隨即輕蔑吼了一聲：「退下！」一聲音冷酷又尖銳，宛如踢了我一腳。最後他馬鞭又打了一下軍靴，結束教訓。

不過，我仍必須服從軍規，舉手至帽簷旁敬禮後，才能調轉馬頭回到隊伍前列。沒有一個同袍的目光公然望向我，大家因為尷尬，全都把眼睛深藏在頭盔陰影底下。他們為我感到羞愧，或者說，至少我感覺如此。幸好，一道命令縮短了我在眾目睽睽下的難堪過程。號角聲吹響，操練重新展開。隊伍散開，回到各排隊形。費倫茲趁此機會，佯裝偶然策馬過來，對著我低語道：「別放在心上！誰都會遇到這種事的！」為什麼愚蠢至極的人往往心地又最善良呢？

但是這老實的小子好心沒好報。因為我毫不客氣回吼「拜託管好你自己就行了」，然後不留情面轉身離開。在這一瞬間，我第一次打從心靈深處感受到，大發惻隱之心，竟會傷人傷得如此笨拙。這是我初次有此體驗，但為時已晚。

§

都拋掉！拋掉一切！我在心裡吶喊著。我們這時又騎馬返回城裡。離開，離開就是，隨便上哪兒去，到誰也不認識你的地方，擺脫掉所有一切！走，走就對了，逃離，快逃走！不須受人崇敬，也無須忍受侮辱！走，快走——這句話不知不覺融入馬蹄的節奏裡。一到軍營，我迅速把轡繩扔給一個騎兵，立刻離開了庭院。我今天沒心思到軍官食堂去，不想遭人奚落，更不想引人同情。

但是我也不知道該往哪裡去，沒有計畫，沒有目標，無論是城裡還是城外，這兩個世界都沒有我的容身之處。只管走，快走，我的脈搏直直鼓譟；走吧，只管走，我的太陽穴裡隆隆作響。出去就對了，哪兒都行，盡快離開該死的軍營，離開這座城市！沿著可憎的大街往前走，繼續走，往下走！忽然之間，有人在距離很近的地方真心誠意地朝我說：「你好！」我不由自主循著聲音的方向望去。那個身材高大，下半身穿著馬褲，上身是灰色運動服，一身便服，頭戴蘇格蘭帽，親密向我打招呼的是誰？我從沒見過，一點印象也沒有。這位陌生人站在一輛車子旁邊，兩位身著藍色工作服的技工正在修理車輛。對方沒有察覺我的困惑，逕自走向我。是巴林凱，平時我只見過他穿軍裝的模樣。

「這車又患了膀胱炎囉。」他比了比車子，對我笑說，「每次出門都得發作一次。我想還得等個二十年，才能真正安心開這輛車出門。還是騎我們優秀的老戰馬簡單多了，我們這種人至少熟悉馬兒一點。」

我不禁對這位不熟悉的人產生一股強烈好感。他舉止自信，成竹在胸，而且眼神明亮溫暖，在在顯露出漫不經心、瀟灑自在的氣質。他才出其不意向我打了聲招呼，我腦中頓時就閃過一個念頭：這個人完全值得信任。大腦在緊張的瞬間運轉速度驚人，不到一秒，最初閃現的念頭已經牽引出一連串的想法。他穿的是便服，他是自己的主人，而且也經歷過類似的事情，還幫助過費倫茲的妹夫。他樂於助人，有什麼理由不幫我？我的呼吸尚未完全平緩過來，風馳電掣般迅速出現的想法，已形成一連串震顫流動的考量，最後陡然匯結成果斷的決定。我鼓起勇氣走向巴林凱。

「不好意思。」我說，暗自驚訝自己竟然毫不扭捏作態。「或許你有五分鐘的時間可以和我談談？」

他楞了一下，接著微微一笑，露出潔白的牙齒。

「我的榮幸，敬愛的霍夫……霍夫……」

「霍夫米勒。」我幫他把話說完。

「隨你差遣。沒時間給自己的同袍，實在也太不像話了！你要到樓下餐廳，還是我樓上房間？」

「如果你不介意，寧可上樓去。真的只要五分鐘，我不會耽擱你太久。」

「多久都行，反正還要半小時才修得好那輛破車。只是，我樓上的房間不是太舒適就是了。旅館老闆想給我二樓的高級房間，但是我出於多愁善感，還是要了以前的老房間。當時我……算了，不說這個。」

我們走上樓。確實沒錯，對有錢的傢伙來說，這房間寒傖得驚人。一張單人床，沒有櫃子，也沒有舒適的沙發，只有兩張硬邦邦的藤椅，擺在窗戶和床鋪之間。巴林凱拿出金色菸盒，遞給我一支菸，然後開門見山切入主題，以免我難開口。

「好的，敬愛的霍夫米勒，我能幫上什麼忙呢？」

不必婉轉迂迴，我心想。於是我直接說明來意。

「巴林凱，我打算辭掉軍職，離開奧地利，所以想請教你的意見，也許你能給我點建議。」

巴林凱倏地臉色一正，面部線條繃緊了起來。他扔掉香菸。

「胡來——像你這樣的小伙子！你腦子裡究竟在想什麼！」

這時，我心裡陡然升起一股頑強的衝動。我感覺到十分鐘前尚未冒出念頭的決心，現在已在我心裡變得像鋼鐵一般堅實剛強。

「親愛的巴林凱，」我的口氣果斷乾脆，不容置喙，「請行行好，不要強逼我解釋。每個人都清楚自己想要什麼，又必須採取何種行動，局外人沒辦法理解的。請相信我，我現在非解決一切不可。」

巴林凱打量著我，想必察覺我是認真的。

「我不想干涉你的私事，不過相信我，霍夫米勒，你實在胡鬧，不知道自己在做什麼。我估計你目前大概二十五、六歲，很快就會晉升中尉。這樣的成績已相當了不起啦。你在這兒有軍階，有大好前程。若是打算另起爐灶，就連最末等的流浪漢、最卑微的小店員也都將高你一等，因為他們沒有把我們所有的愚蠢成見像個包袱似的馱在背上。相信我，我們這些人一旦脫去軍服，以前的種種功績將所剩無幾。我只要求你一件事，千萬別因為我曾經成功掙脫泥濘，而蒙蔽了自己的判斷。那純粹是巧合，千中選一的機緣。那些不像我一樣受到上天眷顧的人，如今有何下場，我寧可不願去想。」

他語氣堅定，有幾分令人信服。但是我覺得自己不能退讓。

「我知道，」我承認道，「那是種墮落。但是我沒有其他選擇，非離開不可。請幫個忙，現在不要說服我打消念頭。我心知肚明自己不是特殊人才，也沒學過什麼特殊本事，但你若真願意推薦我到某處，我承諾你，絕對不會讓你丟臉。我知道我不是第一個找你的人，你也曾經幫忙安頓過費倫茲的妹夫。」

「那個約納斯啊。」巴林凱的手指鄙夷地彈了一下，「不過拜託你想想，他是誰啊？不過是鄉下一個小官員，要幫他有啥困難呢？只消把他換到另一張好一點的板凳上，他就已樂得感覺自己像天主了。他在哪張板凳上磨損褲子，有何要緊？他根本習慣不了更好的際遇。但是，絞盡腦汁為一位領口已有顆星章的人拿主意，又是另一回事了。不行，親愛的霍夫米勒，上面的樓層都滿了。若想恢復平民身分，重新開始，勢必得從底層幹起，甚至從地下室起頭，那兒可聞不到玫瑰的芳香啊。」

「我無所謂。」

我的口氣想必很凶，因為巴林凱先是好奇打量著我，然後目不轉睛露出怪異的目光，那目光似乎來自遙遠的地方。最後，他把椅子挪近我，一隻手放上我的胳臂。

「霍夫米勒，我不是你的監護人，沒有資格教訓你。不過，請相信一個經歷過難堪事件的過來人，請相信你的同志。從上層忽然之間滑落到底層，從軍官的馬背上跌落到齷齪的糞土裡，可是**事關重大**啊……正對你說這話的我，曾經在這年久失修的破爛房間從中午十二點呆坐到天色低垂，同樣也對自己說過：『我無所謂。』那天上午將近十一點半，我向上級辦理好離職手續後，不願意到軍官食堂和其他人待在一起，也不願意身穿便服走在天光明亮的街上。於是我要了這間房——現在你知道為什麼我老是入住此房——在這裡等到夕陽西下，免得看見其他人覷著眼，同情地看著我身穿寒酸的灰色運動服，頭戴圓頂硬禮帽偷偷溜走。我就站在那扇窗前，正是那扇窗，又一次眺望窗外往來行人。同袍們身穿軍裝走過，抬頭挺胸，自由自在，人人都像個小天神，清楚自己是何等人物，歸屬於何處。這一刻，我才感受到自己在這個世界上不過渺如草芥。我褪下軍裝，似乎也連帶把皮給剝了下來。你現在一定心想：胡扯！這塊布料是藍色，那塊是黑色或灰色，散步時拿著佩劍或者雨傘，有什麼差別？那天深夜我悄悄出去，在街角遇見兩個輕騎兵，他們從旁經過，沒有向我行軍禮，奔到火車站後，我自己把行李扛進三等車廂，坐在大汗淋漓的農婦和工人之間。直到今天，我骨子裡仍舊感受到那股衝擊──是的，我已知道一切蠢得要命，也不公平，而且我們所謂的軍官榮譽不過是虛名。但是，八年的軍旅生涯與四年的官校訓練，軍官榮譽早已深植我血液裡了！剛開始新的生活，我覺得自己像個殘廢，或者臉中央長了個膿瘡。願上天保佑你不必親自經歷那種感受！就算把全世界的錢都給我，我也不願意再次經歷那個夜晚，不願意再次從這兒溜走，繞過每一盞燈，躲躲藏藏直奔火車站了。何況此時好戲不過才開始啊。」

「可是巴林凱，正因如此，我才想遠遠走避他方，到一處這一切都不存在，也沒人知道別人底細的地方。」

「霍夫米勒，我當時就是這麼說的，正是這麼想的！我只想遠走高飛，擦去舊有一切，像張白紙重新開始！寧可飄洋過海到美國當擦鞋童或是洗碗公，就像報上時常刊載的偉大百萬富翁發跡故事那樣！但是，霍夫米勒，即使要遠渡重洋，也需要一大筆錢呀。你不清楚我們這種人向人哈腰，心裡是什麼滋味！一個老輕騎兵一旦感受不到脖子衣領上綴著星章，根本沒辦法好好穿著靴子頂天立地，講話也不像以前那般意氣風發了。一天到晚蠢頭蠢腦坐在摯友身旁，尷尬得坐立不安，就在應該開口請求幫忙時，自尊心又出來作祟，封住了嘴。是啊，親愛的朋友，各式各樣的事情我當時全經歷過了，我現在寧願不去回想。總之，都是不光采的回憶，恥辱、委屈，這些我從來沒告訴過別人。」

他站起身，劇烈擺動兩隻手臂，彷彿感覺衣服太緊似的。他冷不防轉過身來。

「不過，我可以全都告訴你！今日我已經不再引以為恥。況且若能及時扭轉你腦子裡的浪漫想法，說不定對你只有好處。」

他又坐下，再把椅子挪近點。

「你八成聽說過我釣到大魚的光榮歷史了，知道我怎麼在牧羊人旅館認識我妻子的，對吧？我知道他們在各個軍團裡敲鑼打鼓，大肆宣傳，還希望最好能編撰成奧匈帝國軍官的英雄事蹟，印製在教科書裡。其實這件事沒那麼偉大。我確實是在牧羊人旅館認識我妻子，這點倒是沒錯。不過，我認識她的過程，只有我和她知道，她不曾向任何人提過這件事，我也一樣。我告訴你的目的，是希望你明白天下沒有白吃的午餐……好的，我就長話短說：我是在牧羊人旅館——你可別嚇到——當侍者時認識她的。沒錯，親愛的朋友，一個平凡寒酸的服務生。我當然不是出於好玩才當侍者，而是因為愚蠢，因為經驗少得可憐。在我維也納下榻的窮酸旅店，也住了一位埃及人。這傢伙跑來找我聊天，信口雌黃說他姊夫是開羅王家馬球俱樂部的主管，如果我能給他兩百克朗，就能幫我在那兒謀得教練的職位。只要知文達理，名聲佳，就能出人頭地。吶，我在馬球競賽一向拿冠軍，而且他承諾給我的薪水非常豐厚，三年就能攢下足夠的錢，日後就能過個還算體面的生活。何況開羅遠在天邊，打馬球又能認識稍微上流之人，因此我與高采烈同意了。哎，我不想拿這些事倒你胃口，不過我敲了十幾戶人家的大門，不得不聽那些所謂的老朋友編造出來的眾多尷尬藉口，才勉強湊足了幾百克朗，遠渡重洋，添購行頭。那麼高貴的俱樂部需要搭配騎馬裝和燕尾服才行，總得要穿得體面再赴任嘛。雖然我搭乘的是中等艙，但錢還是嫣的快花光了，抵達開羅後，口袋裡只剩七個披亞斯德幣叮噹作響。我去按了王家馬球俱樂部的門鈴，一個黑人來應門，他瞪著瞳鈴大眼說不認得什麼埃多普洛斯先生，也沒聽過什麼姊夫，他們不需要教練，更何況俱樂部根本快關門了。你現在了解，那個埃及人顯然徹頭徹尾是個卑鄙騙子，拐走我這個呆子兩百克朗。我事前不夠機伶，沒有要他拿出所謂的信件和電報給我看。是的，親愛的霍夫米勒，我們對付不了這種無賴，我在找工作的過程中也不是第一次受騙上當，這次卻是徹底跌個倒栽蔥。親愛的朋友，由於我口袋裡只剩下七個披亞斯德幣，又孤身一人在開羅，舉目無親，而且當地生活花費昂貴，治安不良，犯罪猖獗。我就不說我前六天吃了什麼，住的又是何種地方。我也納悶自己竟然也熬過來了。你看，換成別人陷入這種困境，一定跑到領事館苦苦乞求，強制要人送他回國。不過關鍵就在這裡，我們做不來這種事。我們這種人沒辦法和碼頭工人和遭解雇的廚娘一起坐在接待室的長凳上，受不了一個小領事館員翻開護照，念出『巴林凱男爵』時看著你的眼神。我們寧願自甘墮落。因此你想想，我偶然得知牧羊人旅館需要人手時，實在是不幸中的大幸。由於我有套燕尾服，而且還是簇新的（前幾天我一直穿著騎馬裝），還會說一口法語，他們好心錄用了我。吶，表面上看起來，這工作還堪忍受。你就站在那兒，戴著光潔耀眼的胸口襯領，鞠躬哈腰，服侍客人，外表看似光鮮亮麗，事實上，侍者得三人擠在閣樓房間裡，屋頂被太陽曬得滾燙炙熱，還有七百萬隻跳蚤和臭蟲，早上還得輪流使用一個錫盆盥洗。如果拿到小費，我們這種人就感覺手裡彷彿有火在燒似的，諸如此類。好了，事情都過去了！我經歷過就夠了，我撐過來了，那就夠了！

「接著就是和我妻子相遇的過程。她那時剛喪偶不久，和姊姊與姊夫一起到開羅來。沒看過比那個姊夫還要鄙俗的人了，臃腫體胖，腦滿腸肥，狂妄自大，而且不知道為什麼看我不順眼，八成是我風度翩翩礙著他了，也說不定是因為我向他這個荷蘭佬鞠躬時，腰彎得不夠深。有一天，由於我沒有及時將早餐端給他，他藉機大發雷霆，斥責我：『你這個蠢貨！』……你瞧，我們這種人只要身為軍官一日，肌肉裡終身就流著軍官血液。我腦子還來不及深思熟慮，身體已像韁繩一抽的馬兒猛然前衝，怒不可遏，就差那麼一點兒，拳頭就要打到他臉上了。不過千鈞一髮間，我終於控制住自己。你知道嗎？我始終認為當侍者就像參加一場化妝舞會。過了一會兒，我甚至覺得我巴林凱不得不忍受一個卑鄙下流的乳酪商人如此對待，到後來甚至也有某種殘酷的樂趣。我不知道你能否理解。總之，我只是靜靜站著，面露微笑看著他。不過你要知道，那是種居高臨下的笑容，嗤之以鼻的皮笑肉不笑。那傢伙氣得七竅生煙，臉色發青，因為他也感覺到我不知為何總是高他一等。接著，我彬彬有禮，特意嘲諷地朝他彎腰一鞠躬，然後大步走出餐廳，態度從容沉著。他簡直要氣炸了。我的妻子，我是說我現在的妻子當時也在場，目睹我們兩人之間的隱微衝突，緊張又好奇。但是她後來也向我坦承，她從我爆發那瞬間的態度，感覺到我這輩子還沒讓人這樣對待過。於是她追著我到走廊上，說她姊夫實在有點衝動，請我別見怪。

好，親愛的朋友，乾脆讓你了解整個來龍去脈吧。她甚至還想塞點鈔票給我，擺平糾紛。

「我拒絕收下她的錢，這點又再次引起了她的好奇，認為我來當侍者必定事有蹊蹺。不過事情還沒完。幾個星期後，我攢足了回國的費用，雖然無須向領事館乞討求救，還是到那兒去了一趟，想要打探點消息。但天緣湊巧，又是一個偶然，無巧不成書，領事這時正好打從接待室前走過。這領事不是別人，正是艾爾梅・馮・約哈茲，天知道我和他在騎師俱樂部同桌過幾次了。他立刻給我一個擁抱，並請我到他的俱樂部去，而我在俱樂部又巧遇了現在的妻子，這又是一個機緣巧合，巧上加巧。我之所以告訴你此事，只是希望你明白，要碰到多麼千載難逢的因緣巧合，才能把我們這種人從落魄處境拉出來。艾爾梅介紹我是他的朋友巴林凱男爵，她頓時滿面通紅。她當然立刻認出了我，想起自己曾想塞小費給我，簡直羞愧得無地自容。不過我馬上了解她是個什麼樣的人，她為人正派高貴，因為她絕口不提之前的事情，彷彿一無所知似的，只是坦率而真誠地表達自我。後來的事情自然而然水到渠成，就略過不提了。不過相信我，這麼多的機緣巧合湊在一起，可不是天天會發生的事。即使如今我早晚千萬次感謝上天讓我有了錢，有了妻子，卻不希望再經歷一遍以前的日子了。」

我情不自禁一隻手伸向巴林凱。

「我衷心感謝你的警告，現在我更清楚自己將面對何種命運了。不過還是那句話，我看不見其他的出路。你真的沒有頭緒能給我什麼工作嗎？你們不是經營好幾家大公司？」

巴林凱沉默了一會兒，然後嘆了口氣，語表同情。

「可憐的傢伙，你一定很不好受。不過別擔心，我不會追根究柢，我自己就看得出來了。既然事已至此，再多的勸告與攔阻也只是枉然。那麼身為同志，定要竭力幫忙，不必多說，事情絕對幫你辦得妥當，無須特別擔保。只有一件事，霍夫米勒，請你通達事理，不要說服自己，認為我有辦法立刻讓你飛黃騰達，直上青雲。這種事不會發生在正經營運的公司，否則有個人超越別人直接往上晉升，只會引起他人反感，心生憎恨。你必須從底層幹起，也許得屈身辦事處幾個月，做一些無聊的文書工作，之後再把你送到國外的大農場，或者想辦法變出別的職務。總之，我說過了，這事我會辦妥的。明天我和妻子就要動身到巴黎悠閒度過八到十日，之後再到阿弗爾與安特衛普待個幾天，視察當地幾家代辦處。不過，我們大概三個星期就回來了，一到鹿特丹，我立刻寫信給你。別擔心，我不會忘記的！你絕對可以信任我巴林凱。」

「我知道。」我說，「非常感激你。」

不過巴林凱聽出我話裡微微的失望（也許因為他本身經歷過類似的事情，所以對於話裡的弦外之音特別敏銳）。

「還是……還是你覺得到那時候已經太晚了？」

「不是的，只要我確定了安排，當然不會太晚。只不過……不過我覺得最好還是……」我說得吞吞吐吐。

巴林凱飛快想了一下。「你今天會不會剛好有空？……我的意思是，我妻子人還在維也納，而公司是她的，不是我的，最後得由她決定。」

「當然，我當然有空。」我連忙說，同時也想起上校說今天不想再看見我這副「嘴臉」。

「太好了！棒極了！那麼最好的辦法就是你乾脆也搭我那輛車一起走！司機旁邊還有座位。我邀請了我少根筋的老朋友拉約斯男爵和他夫人，所以你自然沒辦法坐後座。我們五點到布里斯托旅館，我立刻和我妻子談談。屆時就能度過危機了，因為我每次開口請她幫忙同袍，她從來不會拒絕。」

我握住他的手，隨後我們走下樓梯。技工已經脫掉藍色工作服，車子準備出發。兩分鐘後，我們乘坐汽車，轟轟隆隆開上公路。

第二十一章

速度，能同時引起心靈和肉體上的陶醉感、酥麻感。車子才一駛出城外，噴著煙開進空闊的田野，說也奇怪，我立即感受到全身放鬆了下來。司機橫衝直撞，路旁的樹木和電線桿猶如被劈倒似的，往後斜飛退去。村落裡的房子像是嵌在模糊淺淡的圖畫裡，飄蕩搖晃。路旁的里程碑白晃晃地彷彿突然跳了出來，但尚未看清上頭的數字，旋即又縮了回去。迎面刮來的風猛烈狂暴，感覺我們轟隆隆向前疾駛，速度大膽魯莽。不過，我自己的生活也一樣飆速前進，這一點或許更令人張口結舌。短短幾個鐘頭內，我就做出了好幾個決定！平時，各式各樣差異細小的幽微感受，始終在隱晦願望、模糊意圖與最終實現之間飄移不定。心靈最私密的樂趣在於，將決心付諸行動之前，先是忐忑不安與之挑逗嬉戲。然而，這次所有事情以夢幻般的速度向我撲天蓋地而來。就像車子隆隆疾駛過時，村落、街道、樹木與草地一一飛奔退去，遁入虛空，永不復見，我至今為止的日常生活，軍營、大好前途、同袍、凱柯斯法瓦一家、莊園、我的營房、馬術學校，我表面上看似安定規律的生活，現在也忽然間全將呼嘯離去。不過一個小時，我內在世界已徹底翻轉。

我們五點半到達布里斯托旅館。雖然一路顛簸，滿身灰塵，但經過這番風馳電掣，我反而精神一振，感覺神清氣爽。

「你這副樣子可沒辦法見我妻子唷。」巴林凱笑著說。「看起來像有人把麵粉倒在你頭上似的。我單獨和她談談或許比較好，我可以暢所欲言，你也不需要感到不好意思。你最好先將自己徹底盥洗一下，然後到酒吧等我，我幾分鐘就回來告訴你結果。別擔心，我會根據你的願望處理的。」

他果然沒讓我等太久，五分鐘後只見他笑著走了進來。

「吶，我不是說了嘛。事情全都談妥了，前提是你自己要覺得適合。你想要考慮多久都可以，隨時辭職不幹也行。我妻子——她可真是聰穎明智——再一次絞盡腦汁，想出了最恰當的工作。你即刻上船，主要是為了讓你到國外學習語言，親眼看看那兒的一切。我們安排你當會計的助手，給你一套制服，和軍官同桌吃飯，到荷屬東印度跑個幾趟，幫忙文書工作。之後你若覺得恰當，我們再看看將你安插到何處。我妻子已經承諾我了。」

「我謝……」

「不用謝了，幫你忙是理所當然的。不過我再說一次，霍夫米勒，別太草率就決定了這種事啊！就我看來，你後天就可以動身前去報到，我會先打個電報給經理，請他記下你的名字。不過你最好還是好好睡一覺後，從頭到尾徹底再思考一次。我寧願你留在軍團。不過，人各有志囉。就像我說的，你要來就來，不來的話，我們也不會告你……好，」他向我伸出手，「不管你決定來或不來，我都真心誠意為你開心。再見了。」

我滿心感動，凝視著這位命運送到我眼前的男人。他輕而易舉就幫我卸除掉沉重棘手的困難，我無須經歷最終決定前的痛苦急切心情，也不需要四處求人，反覆猶豫不決。接下來，我只剩一個小程序要完成，亦即寫好我的辭呈。屆時我就自由了，得救了。

§

所謂的「公文紙」，是根據規定裁切成規格統一的對開紙張，毫釐不差。這種「公文紙」或許已經成了奧地利民事機構與軍事機構最不可少的必需品。任何申請、文件與報告，都必須書寫在這種裁切整齊的紙張上，獨特的格式，一眼即可看出是官方文件，明顯有別於私人信函。存放在各個文書機關的千百億份紙張，或許是日後唯一能如實閱讀到哈布斯堡王朝生活史與受難史的文件。若是沒寫在這類白色長形紙上，一概不列入正式報告，因此我第一件事就是到香菸鋪去買兩張紙，外加一張所謂「懶惰鬼」，也就是印有橫線的紙張，以及相關信封。然後走進一家咖啡館。在維也納，最嚴肅與最放肆之事，都在咖啡館裡解決。二十分鐘後，大約六點左右，申請書就能寫好了。之後，我又將重新回歸自己，只屬於自己一個人。

如今我仍能清楚憶起這激動時刻的點點滴滴，畢竟我生命中迄今最重要的決定非此莫屬。我記得環城大道咖啡館裡，窗邊角落那個小小的圓形大理石桌，記得我在檔案夾上攤開公文紙，拿把小刀，小心翼翼在正中央壓出凹痕，以便完美無瑕沿著折線對折。稀釋的藍黑色墨水也仍歷歷在目，下筆時那微微一震，想要把第一個字寫得圓潤有勁，依然還感受得到。渴望將最後一項軍事行動執行得特別無懈可擊，這點刺激著我。由於內容已經格式化了，我只能把字寫得特別工整漂亮，顯示這份文件鄭重其事的嚴肅性。

但是，才寫了幾行，我就陷入了奇思異想。我停下筆，想像明天辭呈送到軍團辦公室會發生什麼狀況。大概先是中士露出錯愕的目光，接著在下級文官之間響起一陣訝異的竊竊私語，畢竟有個少尉這麼乾脆辭掉軍職，並非司空見慣的事。接著，這張紙按照公文流程，一個辦公室送過一個辦公室，最後落到上校手裡。他的影像忽然活生生出現在我眼前，我看見他把夾鼻眼鏡戴到有點遠視的眼睛上，才看了幾個字就楞住，緊接著大發雷霆，拳頭用力往桌上一敲。這個粗魯的老傢伙早已習以為常把下屬罵得狗血淋頭，隔天再不拘小節講幾句俏皮話，暗示風暴已成過去，下屬立刻會搖頭擺尾，欣喜若狂。但是這次他可會發現自己踢到鐵板了，對方還是區區霍夫米勒少尉，他可不容人隨便辱罵。等到霍夫米勒不幹了的消息一傳開來，定會有三、四十人不由自主瞠目結舌，錯愕地抬起頭。人人心裡暗忖著：了不起，這小子帶種！他可不會無端逆來順受。對布本希克上校而言，這件事棘手得要命——至少就我記憶所及，還沒聽過有誰離開軍團時比這光榮，還沒有一個人脫離深淵時更加體面。

我不諱言自己在想像完這一切後，心裡竟生起一股奇怪的自我滿足感。驅使我們採取行動的最強烈動機往往是虛榮心，性格軟弱的人尤其無法抵擋誘惑，去做能夠向外展現力量、勇氣與決心的事情。這可是我生平第一次有機會，向同袍證明我是個尊敬自己的男子漢大丈夫！於是我越寫越快，而且覺得自己下筆越發遒勁有力，二十行一口氣就寫完了。剛開始不過是惱人的苦差事，一下子竟變成了個人的樂事。

只剩下簽名，就大功告成了。我看了一眼錶，六點半。該叫來侍者付帳了。然後再一次，最後一次，身穿軍服漫步環城大道上，接著乘夜車打道回府。明天一早就把這玩意兒給交出去，屆時沒有退路了，但另一段新生活即將展開。

我拿起公文紙，先對折長的一邊，再將寬的一邊折半，然後把這份決定命運的文件仔細放進口袋裡。就在此時，發生了出乎意料的事情。

§

就在我信心滿滿，甚至喜不自禁（完成任何一件事，總使人心情愉快），妥妥當當將相當厚實的信封塞進胸口的瞬間，忽然感受到裡頭有東西沙沙作響頂著。口袋裡究竟放了什麼東西？我不由自主納悶著，一邊把手伸進去。但是我的手指縮了回來，彷彿在我記起忘在口袋裡的東西之前，手指已經理解是什麼東西了。正是艾蒂絲昨天寫來的兩封信，第一封和第二封都在。

我實在難以形容這種陡然顯現的回憶襲來時的感受。我想，與其說是驚訝，毋寧是無以名狀的羞愧。因為在這一刻，一陣霧，或者不如說是我拿來蒙蔽自己的迷霧，頓時煙消雲散。我倏地認清，自己在幾個小時內的所思所為，全都虛假不真，我因為丟人現眼而惱火不快，因為英雄般的辭職而產生自豪感，沒有一種是真實的。如果我突然辭去軍職，並不是因為上校痛斥了我一頓（畢竟這種事每個星期都有啊），其實我逃避的是凱柯斯法瓦一家人，逃避的是我的欺騙行徑、我的責任。我因為受不了非己本願為人所愛，而轉身逃跑。這種行為就像一個罹患絕症的病患偶爾牙疼，忘了真正折磨他的致命痛苦，我也忘記了（或者說希望忘記）真正糾纏我，導致我膽怯軟弱，想要逃離天涯的事情，反而把操練場上其實微不足道的倒楣事，做為我一心求去的動機。不過我現在看清楚了，我根本不是因為榮譽受損而英勇辭職，純粹是懦弱可悲地逃開。

不過，完成了一件事總是能給人力量。由於辭呈已經寫好，我也不想改變主意了。見鬼去吧，我怒火中燒對自己說，城外那姑娘是殷切等待還是以淚洗面，跟我有何干係！他們惹得我心煩意亂，不知所措，我已經受夠了！一個不太熟悉的人愛慕我，關我什麼事？她有數百萬身家財產，可以再找到另外一位男子。就算找不到，也不關我的事。我拋棄了一切，脫掉了軍裝，已經夠了！管她健康與否，這整個歇斯底里事件和我有什麼關係？我又不是醫生……

我心裡一想到「醫生」，思緒宛如一部飛速運轉的機器，接收到一個指令後，倏地停頓不動。「醫生」一詞立刻讓我想起了康鐸。於是我立刻告訴自己，這是他的問題！是他的事！別人付錢給他，是要他治癒病人的。她是他的病人，不是我的。他捅的簍子得自己收拾。我最好立刻去找他，告訴他，我不奉陪了。

我看了一下錶，六點四十五分，我要搭乘的快車十點才出發，所以時間還很充裕，我也無須向他解釋太多，只說明我要退出了。但是，他住在哪兒呢？他沒把地址告訴我，還是我給忘了？話說回來，身為一位執業醫生，電話簿裡包準登記了他的資料，趕快到對面電話亭翻閱電話簿！卡……柯……康……有了，姓康鐸的都在這兒了，安東・康鐸，商人……艾馬里希・康鐸博士，執業醫生，第八區，弗羅里安巷九十七號。整頁只有這個醫生，所以一定是他。我快步走出電話亭，因為身上沒有帶筆，所以口中反覆把地址念了兩、三次。剛才出門太匆忙，什麼都給忘了。接著，我立刻把地址告訴離我最近的一位出租馬車司機。馬車裝設了橡皮輪胎，跑起來又快速又輕柔，我利用時間一邊在腦中制定計畫。務必言簡意賅，鏗鏘有力說明來意，絕不可顯露出我仍舉棋不定。千萬別讓他起疑，認為我是因為凱柯斯法瓦那家人才想要開溜，而是早已預計好要離開，辭職一開始即是既定事實。告訴他，我已經計畫了好幾個月，但是今天才拿到荷蘭那個前程光明的職位。他若是還探問個不停，就拒絕回答，不再多說！畢竟他也不是什麼都和盤托出啊。我不可以再一直體貼別人了！

馬車停了下來。司機是否走錯了？還是我忙亂中說錯地址？康鐸真的住得如此寒傖嗎？光是從凱柯斯法瓦那家人身上，他一定就賺進了大把鈔票。有身分地位的醫生不會住在這種簡陋的屋舍。但是沒錯，他確實居住在此，門廳裡掛著一面招牌，寫著：「艾馬里希・康鐸醫生，二棟四樓，門診時間兩點至四點。」兩點至四點，現在都快七點了。無論如何，他非見我不可。我連忙打發走馬車司機，穿越路磚鋪設得七零八落的中庭。螺旋梯年久失修，梯面磨損不堪，牆壁斑駁脫落，塗得亂七八糟。從匱乏的廚房和沒關好的廁所，飄散出陣陣異味。女人穿著髒汙的睡袍，站在走廊上有一搭沒一搭聊著，一邊露出懷疑的眼神，盯著朦朧暮色中走過她們身邊的騎兵軍官，軍官的靴子噹啷作響，顯得有點狼狽！

我終於走到了四樓，眼前是條長廊，左右兩邊各有好幾道門，中央也有一扇門。我剛打算從口袋裡拿出火柴點燃，確認我要找的那扇門時，左邊一扇門正好走出一個衣著邋遢凌亂的女僕，手裡提著空罐子，八成正要去買晚餐要喝的啤酒。我向她打聽康鐸醫生的房子。

「是的，他就住在這裡。」她回道，說話帶有波希米亞口音。「不過還沒回來。他到邁德靈去了，應該很快就會回來啦。他跟夫人說過一定會回來吃晚飯。您只管進來等吧！」

我還來不及思考，就被領進了前廳。

「外套脫下放這兒。」她指著一個軟木製的老舊衣櫃，這大概是陰暗小房間裡唯一的家具了。然後她打開候診室的房門，這個房間稍具規模，好歹有四、五張小沙發，圍著一張桌子擺著，左邊牆面上放滿了書。

「您就坐那兒吧。」她指向一張椅子，施恩般說道。於是我立刻明白，康鐸一定開了家窮人診所。有錢的病患可不會受到如此對待。怪人一個，怪人一個，我心裡反覆想著。只要他願意，光從凱柯斯法瓦那兒就能發財致富。

好吧，我就等著。在候診室裡等待，總讓人煩躁不安，我翻閱著幾本早已翻得破爛不堪、年代久遠的雜誌，但是一個字也沒看進去，純粹只是想透過忙碌來掩飾自己的焦躁。我一下子站起來，一下子又坐下去，一再望向角落的時鐘，鐘擺昏昏欲睡似的慢吞吞擺動著，七點十二分，七點十四分，七點十五分，七點十六分，我宛如催眠般死盯著診療室的門把。終於——七點二十分——我再也坐不住了，我已經坐熱了兩張沙發。於是我站起來，走向窗邊。底下中庭裡，有個跛腳的老人正給手推車的輪子上油，他顯然是個僕役。燈火通明的廚房窗戶裡頭，有個婦人在熨燙衣服，還有另一個女人，我想應該是在小盆裡給她的小孩洗澡。某處有人正在練習音階，老是那幾個音調，一再重複，我不確定聲音從哪一層傳來的，大概是我頭頂上那層或者腳底下那層。我又看了一眼時鐘，七點二十五分，七點三十分。他怎麼還不回來？我無法繼續等下去，也不願意再等了！等待讓我心情煩躁，舉止笨拙。

隔壁終於有道門砰一聲關上，我鬆了口氣。我立刻調整好姿勢，反覆對自己說要穩住，態度要放輕鬆，落落大方告訴他，我只是順道過來向他辭行，順便請他盡快到城外凱柯斯法瓦家走一趟，他們若是心生困惑，請他解釋一下我不得不到荷蘭去，也已經辭去軍職。要命啊，真該死，他為什麼還讓我等這麼久!?我明明清楚聽見隔壁有張椅子拉開來的聲音。難不成那個笨頭笨腦的女傭忘了幫我通報一聲嗎？

我正想走到外頭，提醒女傭去通報。但是，我忽然頓住了。在隔壁走動的那個人，不可能是康鐸。我很熟悉他的腳步聲。那天晚上陪他走過一段路後，我知道他腿短，呼吸急促，腳步沉重，步伐蹣跚，踩著一雙鞋唧吧唧吧響。然而鄰房那個一下子走過來、一下子退回去的腳步聲，卻是另一種樣子，膽怯遲疑，沒有信心，而且拖著腳步。我不知道自己為什麼激動莫名，全心全意側耳傾聽陌生的腳步聲。不過，我感覺隔壁那個人也同樣揣揣不安，同樣惶惑不解，傾聽著這邊的動靜。忽然間，我察覺到門上傳來非常輕微的聲響，彷彿那邊有人正壓下門把，或者擺弄著門把。門把果然動了。幽微暮色中，可以看見細薄的黃銅門把正在移動，緊接著門開了一道狹窄的黑縫。應該是穿堂風吧，我對自己說，應該只是風，因為一般人不會這樣偷偷摸摸開門，除非是夜裡闖進來的小偷。不對，門縫這時越來越寬了，裡邊一定有隻手正小心翼翼推著門扉。即使四下一片陰暗，我現在也看見了一個人影了。我彷彿著魔似的直盯著那兒看。這時，門縫後面傳來一個女人怯生生的聲音遲疑問道：「這……這兒有人嗎？」

我聲音堵在喉嚨裡，說不出話來。我即刻明白，只有一種人會這樣說話、這樣提問，那就是盲人。唯獨盲人才會輕輕拖著腳步，摸索著走路，只有他們的聲音才會透露出沒有把握的惶恐語氣。就在這一瞬間，一個記憶從我腦中閃過。凱柯斯法瓦不是提過，康鐸娶了一位雙目失明的老婆？一定就是她，只可能是她才會站在門縫後面問話，卻沒有察覺到我。我窮盡目力，全神貫注想看清楚陰影中的身影。最後終於分辨出女子身形削瘦，罩著一件寬大的睡袍，一頭灰髮有些蓬亂。老天爺啊，這個渾身毫無魅力、其貌不揚的女人居然是他妻子！被這樣一雙死氣沉沉的瞳孔瞪著看，同時又明白她其實看不見我，感覺實在太可怕了！她的頭往前伸，凝神諦聽，感覺正用所有感官捕捉前方的陌生人，這個人正待在她無法掌握的房間裡。她因為緊張使勁，那張肥厚的大嘴歪斜得更加難看了。

我不發一語呆了一會兒，才站起身，彎腰鞠了一躬。是的，雖然向一位盲人鞠躬，一點兒意義也沒有，但我還是行禮如儀，然後結結巴巴說：「我……我在這裡等醫生先生。」

她此刻把房門大開，左手仍舊緊握著門把，彷彿想在黑暗的房間裡尋找支柱。然後她摸索著走向前，沒有生氣的雙眼上方，眉頭緊緊鎖在一起。她又開口說話，嗓音已與先前截然不同，用生硬的語氣斥責我道：「看診時間結束了。我丈夫回家後，得先用餐、休息。您不能明天再來嗎？」

她越說，臉部表情越顯急切，看得出她簡直快把持不住自己。我不由得心想，她是個歇斯底里的人，千萬別刺激她。於是我低喃道——再度愚蠢地朝她一鞠躬：「請您見諒，女士……這麼晚了，我自然不是想來找醫生先生問診的。只是一件與他的病人有關的消息……想通知他。」

「他的病人！從頭到尾都是他的病人！」怨恨的語氣轉變成泫然欲泣的聲調。「昨夜一點半有人請他出診，今天一大早七點他又出門了，一直到門診時間都沒有回來。若是不讓他休息，他自己早晚要累出病來！好了，我已經說過，今天不看病了，門診時間只到四點。您把您的事情寫下來，留個紙條給他。如果很急的話，請您找其他醫生。城裡頭到處都有醫生，每個街角就有四個。」

她摸索著走近了幾步，看見那張憤怒的臉龐，我彷彿心懷內疚似的往後退。她張開的雙眼倏地熠熠發光，宛如兩顆通體明亮的白球。

「我說過了，請您離開。請回去！讓他像別人一樣可以好好吃飯睡覺！你們別全都死抓著他！夜裡也好，一早也罷，成天只有病人，老是要他為病人賣命勞累，而且還白白賣命！你們知道他性格柔弱，一天到晚纏著他，只纏著他……唉，你們太殘忍了！眼裡只有**你們的**疾病，只有**你們的**擔憂，其他什麼都不知道！但是我無法容忍，我不允許這種事情發生。我說了，請您走，立刻離開！請讓他安靜休息，把晚上僅有的一個小時留給他吧！」

她摸索著走到桌旁。憑藉某種本能，她想必發現了我所站立的大概位置，只見她的眼睛筆直牢牢盯著我，彷彿能看見我似的。她的憤怒裡包含了那麼多發乎內心的絕望，同時也蘊含著那麼多病態的絕望，我不禁感到羞愧。

「當然，夫人。」我道歉說。「我能充分理解醫生先生需要休息……我也不希望打擾太久。只請您允許我留句話給他，或者半個小時後給他打個電話。」

但是她拚命向我大喊了一聲：「不行！不、不、不行，不要打電話！電話成天響個不停，大家都有事找他，東問西問，怨天哀地。他一口飯還沒吞下，就得跳起來接聽。我說過了，若是不急，您明天門診時間再過來吧。他一定得休息。現在請走吧！……我說了，走呀！」

雙目失明的女子掄起拳頭，不安地邊走邊摸，朝我曳步而來，場面恐怖駭人。我感覺她那雙伸出的手下一秒就要抓到我了。就在此時，外頭走廊的門喀嚓一響，接著又噔地上了鎖，清晰可聞。一定是康鐸。她豎耳傾聽，吃了一驚，臉上的表情立刻改變。她渾身打顫，剛才緊握的雙手轉眼合十，一副哀求貌。

「現在請別耽擱他了。」她低聲說。「什麼都別對他說！整天在外奔波，他一定累慘了……請您體諒他一下！請您同情……」

這時候，門打了開來，康鐸走進房間。

第二十二章

康鐸毫無疑問一眼就看清了眼前情勢，但是完全不露聲色，毫無失態之舉。

「啊，妳陪著少尉先生啊。」他態度和藹，愉悅快活，但我察覺到他將強烈的緊張情緒隱藏在愉快的表象下。「妳人真好，克拉拉。」

他邊說邊走向盲眼妻子，溫柔地撫摸她蓬亂的灰髮。這一摸，她整個表情都不一樣了。先前扭歪了她那張肥厚大嘴的恐懼，在柔情的愛撫下，全部消失無蹤，換上不知所措的嬌羞微笑，宛如新娘一般。她一感覺到他在身邊，馬上轉向他，有點凹凸不平的額頭在燈火映照下，顯得純淨明亮。她才剛大發雷霆，現在卻忽然平靜下來，露出安心的神情，這種轉變實在難以描繪。她顯然忘了我的存在，只沉浸於康鐸就在身邊的幸福裡。她的手彷彿被磁鐵吸引似的，在空中摸索著尋找他。柔軟的手指一碰到他的上衣，立刻上上下下把他的胳臂摸過一遍又一遍。康鐸知道她的身體想挨近他，於是挪向她。她像個精力盡失的人倒地休息似的，整個人靠在他身上。康鐸面帶笑容，摟著她的肩膀，看也不看我一眼，反覆說道：「妳人真好，克拉拉。」他的聲音似乎也撫慰了她。

「對不起。」她開口道歉。「可是我必須向這位先生解釋，得讓你先吃口飯呀，你一定飢腸轆轆了。一整天在外東奔西跑，還有十二通、十五通電話找你……原諒我跟這位先生說，請他最好明天過來。可是……」

「親愛的，這一次啊，」他笑說，一邊仍不忘撫摸她的頭髮（我明白他這樣做是不讓她因為笑聲而感到難堪），「將會面推延到明天可是大錯特錯喔。這位先生，這位霍夫米勒少尉先生幸好不是病人，而是朋友。他很久以前答應過我，一旦進城來，就會來看我。他白天公務繁忙，只有傍晚才抽得出空。現在只有一個問題：妳有沒有可口的晚餐能招待他呢？」

她臉上又露出害怕的緊張表情。我從她猛然一嚇的莽撞反應明白，她希望和思慕已久的丈夫單獨相處。

「噢，不了，謝謝。」我急忙拒絕。「我馬上就要離開了，免得錯過夜車。我真的只是想轉達城外居民的問候，幾分鐘就行了。」

「城外一切安好嗎？」康鐸直視我的眼睛問道，目光敏銳。他想必看出事情不太對勁，他連忙又補充說：「好的，親愛的朋友，請聽我說，我的妻子始終了解我的狀況，而且往往比我自己還要清楚。我的確飢腸轆轆，若是不吃點東西，抽根雪茄，什麼事也幹不了。克拉拉，如果妳覺得合適的話，我們不妨現在過去安安靜靜用餐，讓少尉先生在此稍候片刻。我會給他本書，或者他暫且歇會兒。」他轉過來看著我說：「我想您也累了一天了。等我飯後抽雪茄時，就過來您這兒。不過，當然是穿著脫鞋和家居服囉。少尉先生，總不會要求我一身大禮服來見您，對吧？……」

「我真的只要留十分鐘，夫人……然後就得趕到火車站去了。」

這段話再度點亮她的臉龐。她轉向我，幾乎變得平易近人。

「少尉先生無法和我們共進晚餐，實在遺憾啊。我希望您改天能再來拜訪我們。」

她的手伸向我，柔弱單薄，有點蒼白，手背出現了皺紋。我滿懷敬意，親吻了她的手。然後懷著真誠的崇敬之心，看著康鐸小心呵護著雙眼失明的妻子走過房門，不讓她撞上左右兩邊，動作熟練，彷彿手裡捧著十分脆弱的易碎珍寶。

房門敞開了兩、三分鐘，我聽見輕輕曳步而行的腳步聲逐漸遠去。沒多久，康鐸又轉了回來，臉上已換了一副表情，和先前南轅北轍，拉長了臉，神態警醒。他內心緊張時，總是這副神情。毫無疑問，他顯然明白我若是沒有迫切的理由，不會不請自來，貿然闖進他家。

「我二十分鐘後回來，到時候我們很快把事情徹底討論一遍。這段時間您最好在沙發上躺一會兒，或者舒舒服服伸展四肢躺在安樂椅上。您的臉色非常難看，我親愛的朋友，看起來簡直是疲勞過度。我們兩個都得保持頭腦清楚，集中精神啊。」

他的聲音瞬間一變，大聲說話，好讓隔著兩間房的人也能聽到：「好的，親愛的克拉拉，我就過來了。我趕快拿本書給少尉先生，免得他等著無聊。」

§

康鐸的眼睛果然訓練有素，看得很準。他一說出口，我才發現自己心煩意亂過了一夜，又緊張了一整天，確實是疲勞不堪。我遵照他的建議——我感覺自己完全屈從於他的意志了——舒服地躺在診療室的安樂椅上，頭放鬆往後靠，兩手懶洋洋擺在柔軟的扶手上。我方才等得心情陰鬱之際，已夜幕低垂，黑暗籠罩大地，除了高玻璃櫃裡的醫療器具閃爍銀光之外，我幾乎看不清其他物品。後頭角落上方，我坐的安樂椅四周，夜色形成一個拱型壁龕，將我包覆其中。我不由自主閉上眼睛，失明女子的臉龐隨即浮現眼前，彷彿浸淫在一圈魔光中。康鐸的手一碰到她，才環抱住她，她驚恐慌張的神情瞬間洋溢幸福的光采，轉變之突然，令人難以忘懷。了不起的醫生，我心想，但願你也能如此幫助我。我模模糊糊感覺到，自己似乎想要憶起另一個也是受苦受難的人，她同樣心神不寧，膽顫心驚如此凝望著。我想要記起促使我來此的某件事，但是腦袋一片空白。

忽然，有隻手碰了碰我的肩膀。康鐸走進完全淹沒在夜色中的漆黑房間時，一定輕手輕腳，要不然就是我可能真的睡著了。我正想站起來，可是他按著我的肩膀，輕柔卻充滿力道。

「您就別動，我坐到您身邊來。在黑暗中比較好談話。我只請求您一件事：講話聲請輕點！您該知道，盲人的聽覺有時候特別敏銳，非常奇妙，而且他們還有種神祕本能，可以猜到一切。所以，」他的手彷彿施展催眠術似的，從我的肩頭順著胳臂輕觸到我的手。「您請說吧，不需要害羞。我一眼就看出您有事不對勁。」

說也奇怪，我竟在這種時候想起了士官學校一個同學，他叫做厄文，長相秀氣，一頭金髮，宛如一位姑娘。雖然我不承認，但我想我當時應該有點愛上他。白天我們幾乎不交談，或者只聊些無關緊要的事。我們大概因為對彼此有未說破的好感，而感到不好意思吧。只有晚上寢室熄了燈，其他同學都睡了，我們兩個才支著肘，躺在兩張緊挨一起的床上，隱身在夜色的掩護下，大談我們孩子氣的想法和觀點。隔天一到，我們一樣又覺得羞怯拘束，相互迴避了。多年以來，我早已想不起當年的低語表白，那些曾經是我少年時代的幸福與祕密。但是現在，我伸展四肢舒適躺在此處，夜色籠罩四周，我完全忘了原本要在康鐸面前偽裝的意圖，我不想坦白一切，卻身不由己。就像當年向士官學校的同學訴說微不足道的憤怒，以及傻氣的青春年少所懷抱的偉大狂妄夢想，我也把艾蒂絲出乎意料的情緒爆發，我的驚訝錯愕、恐懼擔憂、心煩意亂，一五一十——這其中也包含了坦承招供的祕密快感——說給康鐸聽。我在沉寂的黑暗中陳述一切，除了康鐸頭部偶爾晃動時，鏡片曖曖閃光之外，其他一切都靜止不動。

一陣沉默，但繼之傳來一陣奇怪聲響。康鐸顯然正兩手交纏，把指關節扳得喀啦喀啦響。

「原來如此。」他懊惱地咕噥道。「我這個笨蛋竟忽略了這點！總是如此，永遠只看見疾病，卻忘了體會病人的感受。只知道仔細檢查各種病症，偏偏卻忽視了本質，忽視了病人心裡的變化。也就是說，我確實感受到這個姑娘有所不同，您還記得我幫姑娘看完診之後，問老爺子是不是有別人插手治療嗎？因為她一心只想盡快恢復健康，這種突如其來的熱切願望，看得我一下子目瞪口呆。我確實猜得沒錯，有個外人插了一腳，但我這個傻瓜只想到理髮師或者什麼江湖術士，以為她給什麼把戲沖昏了頭，卻沒想到最簡單、最合乎邏輯的事情，唯獨漏掉了顯而易見之事。青春少女懷春思慕，本就是與生俱來的天性。不過棘手的是，偏偏發生在這個時候，而且來勢洶湧。喔，上天啊，可憐的孩子，可憐的姑娘！」

他已經站了起來。我聽見他踱來踱去的短促腳步聲，接著是一聲嘆息。

「太可怕了，竟然發生在我們正要安排她出門旅行的時候。這件事，即使是神也無力回天，因為她告訴自己必須為了您恢復健康，而不是為了自己。太糟了，哎，若是有個什麼打擊，實在可怖至極，不堪設想。如今她渴望一切，要求一切了，不會僅滿足於稍有起色，稍有好轉罷了！我的天啊，我們承擔了多麼可怕的重責大任啊！」

我中心陡然升起一股抗拒。我很不高興自己被牽扯進去，於是我毅然打斷他的話：「我同意您的看法，後果確實難以預料，所以要及時打消她這個荒唐的妄念。您必須積極涉入，必須告訴她……」

「說什麼？」

「呃……這種愛慕只不過是兒戲，完全是胡鬧。您必須好好勸她。」

「勸她？勸什麼？勸一位女士打消熱情？告訴她，她不應該出現這種感受？她愛的時候，不應該愛？若真這麼做，可正是錯得離譜了，而且愚蠢透頂呀。您聽說過邏輯能戰勝激情嗎？難道能說服發燒說：『發燒啊，別讓人發燒呀！』或者對火說：『火呀，別再燃燒了！』當面對一位病人，一個不良於行的姑娘吼說：『看在上天的分上，別說服自己也能談戀愛，行不行？妳這種人竟然表露情感，期待感情，實在太狂妄了。妳是個瘸子，最好安分守己！快待到角落去！放棄吧，停手吧！放棄自己吧！』還真是善良體貼的美妙想法啊！您顯然希望我對那個可憐的姑娘這麼說。不過，請您也好心想想可能會造成的巨大影響吧！」

「可是，您必須……」

「為什麼是我？您不是明確表示過要扛下所有責任嗎？現在為什麼又推到我身上呢？」

「我總不能自己向她承認說……」

「也沒要您這麼做！您也不准這麼做！先是把她迷得神魂顛倒，一下子又要求她理性！……不是明擺著胡鬧啊！您不能讓這可憐孩子從您的聲調和眼色看出，她的愛慕讓您痛苦又難堪。她若知道了，感覺就會像被人拿斧頭一把劈掉腦袋！」

「可是……」我的聲音一時出不來。「終究還是得有人向她說清楚……」

「說清楚什麼？麻煩您行行好，把話說得更精準一點！」

「我的意思是……那個……那完全毫無希望，實在荒誕不經……免得她……如果我……如果我……」

我頓住不語。康鐸也默不作聲，顯然在等我把話說完。然後他冷不防往門口邁了兩大步，一下打開了電燈開關。燈光眩目刺眼，我不由自主閉上了眼睛。三道刺目的白色火光瞬間燃亮燈泡，房間轉眼照得通亮，宛如白晝。

「好！」康鐸語氣激動。「好，少尉先生！看來不能讓您太安適。躲在黑暗中，人很容易隱藏自己。談論某些事情，清楚直視對方眼睛還是比較好。所以別再顧左右而言他，少尉先生，事情不對勁。

我無法說服自己，您上門來，純粹只是給我看那封信，背後一定還有蹊蹺。我感覺您做了什麼打算。您要不坦承以告，要不請恕我謝客了。」

他那副眼鏡對著我鋒利一閃。我害怕看見映照出人影的鏡片，於是垂下了目光。

「您默不作聲，可不顯得有多威武啊，少尉先生，這不表示您問心無愧唷。不過，我大概預料到是什麼把戲，應該八九不離十。請勿拐彎抹角，您該不會真打算因為這封信……或者其他原因，忽然想結束您所謂的友情吧？」

他等待著。我沒有抬起眼睛看他。他的聲音透露出有如主考官般咄咄逼人的語氣。

「您知道現在溜之大吉會有什麼後果嗎？尤其在您偉大的惻隱之心把姑娘迷得暈頭轉向之後？」

我沉默不語。

「那麼，請容我冒昧，與您分享我個人對於這種行為舉止的鑑定與判斷。這種走為上策的舉動，實在是可憐的怯懦行徑……哎，您別這般軍人模樣似的立刻跳起來好嗎!?請把軍官身分和榮譽規範擱在一旁！畢竟我們在此討論的，不是這類愚蠢的事情，而是關係到一個活生生、有價值的年輕女子，而且還是由我負責的人——在這種情況下，我既無興致也沒有心情保持什麼禮貌了。總而言之，為打消您自欺欺人的念頭，以為拔腿跑掉不會良心不安，我就開門見山明確告訴您：您在這樣一個緊要關頭一逃了之——現在請別充耳不聞——實實在在是殘害無辜姑娘的卑劣罪行，我恐怕甚至還不僅如此，簡直可說是謀殺！」

這個矮胖的男子像個拳擊手似的掄起拳頭，朝我步步逼近。或許他平日穿著柔軟的粗絨布家居服，腳趿著拖鞋，看起來滑稽可笑。但是他此時義憤填膺朝我大喊，憤怒中卻顯露出某種動人心弦的東西。

「謀殺！謀殺！謀殺！沒錯，您自己清楚！這樣一個容易激動又驕傲的姑娘，生平第一次向一個男人傾訴衷情，而這位正直男子的回應卻是嚇得驚慌失措，溜之大吉，彷彿見鬼似的，您難道認為她**挺得過去**嗎？拜託您，請發揮點想像力好嗎！您難道沒讀信，還是沒長心眼呢？即使是一般健康的女性，也承受不了遭人如此蔑視！一旦遭受這種打擊，內心的傷痛多年也無法平復！而這個只仰賴您胡謅給她的荒謬治癒希望支撐下來的姑娘，這個被人拋棄、六神無主的人，能夠承受得住嗎？她就算不是毀於此一震驚打擊，也會毀在自己手裡！是的，她會親手了結自己的。一個墜入谷底的絕望之人，絕對吞不下這類侮辱。我肯定她一定受不了這類野蠻暴行。而您，少尉先生，和我一樣清楚這點。由於您清楚結果，所以您一走了之的行徑，不僅懦弱膽怯，還是有預謀的殘忍謀殺！」

我不由自主又往後退。他一說出「謀殺」的剎那間，一切畫面如閃電般劃過我眼前：塔樓露台的欄杆，她兩隻手死命緊握著欄杆不放！我緊抓她，千鈞一髮間，使出蠻力將她拉回來！我明白康鐸並沒有言過其實。她確實會從露台縱身跳下去。塔樓底下鋪設的方形石浮現在我眼前。這一瞬間，我看見了所有經過，彷彿一切才剛發生，彷彿一切已經發生了。我的耳朵呼呼作響，宛如自己也從五、六樓呼嘯跌了下去。

不過康鐸仍舊窮追不捨。「怎麼樣？您否認啊！倒是表現一點您身為軍人應該具備的勇氣吧！」

「可是，康鐸醫生……我究竟該怎麼做？……我總不能勉強自己……說些我不樂意說的話啊！……我怎能這麼做，彷彿自己接受她的痴心妄想似的……」我控制不住自己，發作道：「不行，我受不了，我沒有辦法忍受！……我沒有辦法，我不願意，而且也辦不到！」

我一定喊得非常大聲，因為我感覺到康鐸的手指緊緊鉗住我的胳臂。

「天啊，小聲點！」他一個箭步衝到電燈開關前，立刻關了燈，只剩書桌上檯燈的黃色燈罩底下還落出一圈光暈。

「要命吶，跟您說話真得像面對病人一樣謹慎。坐下，您請先安安靜靜坐下。在這把安樂椅上，什麼困難的問題都討論過。」

他挪近我身邊。

「現在別激動，拜託您保持冷靜，一件一件慢慢說！首先是：您一直哀嘆說：『我沒有辦法忍受！』這句話我覺得還不夠清楚。我得知道，您究竟無法忍受『什麼』？可憐的姑娘一心熱烈痴愛著您，這個事實到底為什麼會讓您嚇成這副樣子？」

我正準備話說從頭，回答他的問題，康鐸卻又急忙插嘴說：「不用操之過急，慢慢說！尤其別覺得不好意思！遇到如此激情的告白，一開始會嚇一大跳，這點我其實能理解。只有腦袋空空的笨蛋，才會認為在女人堆中取得所謂的『成就』，值得興高采烈，只有蠢蛋才會為這種事得意非凡。真正的男人感覺到有位女性愛戀自己，而自己無法回報她的情感時，毋寧是更感驚愕的。這些事情我都明白。但是，由於您的表現一反常態，心慌意亂得無以復加，我便不得不問了：這件事裡頭，是不是還有其他特別的事情攪和其中，我的意思是特別的狀況……」

「什麼狀況？」

「喏……因為艾蒂絲……這種事情實在難以啟齒……我的意思是……她的……她的身體缺陷是不是引起您某種反感……某種生理上的厭惡？」

「不……完全不是如此。」我激烈抗議道。她身上那種孤立無助、手無寸鐵，正是不可抗拒吸引我的地方。某些時刻，我心中若對她興起一絲類似戀人的神祕柔情，純粹也是因為她的痛苦、孤獨和殘疾深深撼動了我。「不！從來不是如此！」我確信不移重複說，口氣近乎忿憤。

「那樣就好，我稍微安心了一點。身為醫生，我往往有機會在表面看來最正常不過的人身上，看見這種心理障礙。我怎麼樣也無法理解那種只要看見女人稍有一點不正常，立刻心生強烈反感的男人。但是，就是有為數不少的男子，一旦發現構成人體的數百萬、數十億細胞裡，出現一丁點兒色素變形，便立刻排除任何產生愛情的可能性。可惜這類排斥就如同一切本能一樣，完全無法克服。不過這點不適用在您身上，嚇得您退避三舍的，不是她的癱瘓，所以我倍感欣慰。這樣一來，我只能推測是……我能直言不諱嗎？」

「當然。」

「您驚恐的不是事實本身，而是後果……我的意思是，您完全不是因為可憐的姑娘愛慕您，而受到天大的驚嚇，而是內心恐懼其他人若得知您愛戀她，會對此訕笑奚落……因此，我的看法是，您之所以極度慌亂失措，其實只不過是種恐懼——請見諒——害怕成為其他人、成為您同袍的笑柄。」

我感覺康鐸彷彿拿了根尖針直直往我心窩一刺。他說的話，我早已無意識隱約感受到，卻提不起勇氣思索。打從第一天，我便害怕同袍奧地利式的「冷嘲熱諷」，譏笑自己與這位跛腳姑娘的特殊關係，雖然沒有惡意，卻會傷人。我太清楚他們若是「逮到」某人與「樣貌醜陋」或粗野的女人在一起時，會怎麼個挖苦譏嘲了。就因如此，我才本能在這個世界和那個世界，在軍團和凱柯斯法瓦家之間，過著雙重生活。事實上，康鐸猜得沒錯：我一察覺到她的熱情，心頭難堪的，主要是羞於面對其他人，面對她父親、伊蘿娜、僕人、同袍。甚至因為我那不祥的同情心，而在自己面前羞愧得抬不起頭。

但是，我感覺到康鐸的手摩挲著我的膝蓋，宛如有魔力一般。

「不，您別感到羞愧！一個人的行為如果牴觸眾人制式的想像力，他就會害怕眾人，這點我非常了解。您不也看過我妻子了嗎？沒人理解我為什麼娶她。一切若不符合眾人所謂正常的狹隘思路，他們一開始會先表現出好奇，既之就產生惡意了。我那些醫生同事暗地裡竊竊私語，流傳我治壞了她的病，純粹是出於恐懼才娶了她。我那些朋友，所謂的朋友，又散布說她家財萬貫，或者即將繼承一筆遺產。我的母親，我自己的母親有兩年時間拒絕接受她，因為她已經幫我安排了另外一門親事，對方是教授的閨女，這位教授是當年大學裡最負盛名的內科醫生。如果我娶了教授女兒，三個星期後就能當上講師，然後升任教授，我的人生從此直上青雲，一帆風順。但是我也心知肚明，我若是拋棄了這個女人，她將會萬劫不復。她只信任我，如果我奪走了她這點信任，她將沒有能力繼續活下去。我開誠布公向您承認，我從來不後悔自己的選擇。請您相信我，身為醫生，正是因為身為醫生，是很難不感到良心不安的。他知道自己真正能幫上忙的地方微乎其微，做為一個人，他無力對付每日見到的龐大苦難。他從深不見底的苦海消除的，不過是滄海一粟。以為今天治好了病人，明天卻又染上了新的疾病。總會覺得自己漫不經心，粗枝大葉，再加上不可避免犯下的診斷錯誤、治療失當等等。因此，意識到自己至少能夠拯救**一個**人，沒有使**一個**信任你的人失望，正確做好**一件**事，總還是件好事。畢竟我們一定要清楚自己只能庸庸碌碌、渾渾噩噩過日子，還是生活得有目標。請您相信我，」他在我身邊，我忽然感覺很溫暖，甚至升起一股柔情。「若是能夠減輕別人的負擔，承擔一點重責是值得的。」

他聲音裡低沉的顫動感動了我，胸口驀地感到微微燒灼，那股熟悉的壓力又出現了，彷彿我的心臟在擴張或是收縮。一想到那個不幸的孩子遭人拋棄，身陷絕望，又重新喚醒了我的惻隱之心。我心裡有數，同情的暖流就要開始湧動奔流，而我無力抵擋。可是，不可以妥協！我對自己說。別又把自己牽涉進去，不要再被拉回去！於是我態度堅決抬起頭。

「醫生先生，每個人某種程度上都了解自己能力的極限。因此我不得不警告您，請不要指望我！現在該幫助艾蒂絲的人是您，不是我。我在這件事上已經涉入太深，遠遠超過我的本意。而我老實告訴您，我絕不像您認為的那般善良或者樂於犧牲奉獻。我已經用盡全力了。我再也受不了別人崇拜我、景仰我，還得裝出那是我所希冀或者我容許的。寧可她現在了解自己的處境，也比日後失望得好。我以軍人的身分擔保，我衷心提醒您，現在我再重複一次：請不要指望我，請別高估了我！」

我想必說得斬釘截鐵，只見康鐸目瞪口呆注視著我。

「從這番話聽來，您似乎已經做出了某些明確的決定。」

他冷不防站起來。

「請您和盤托出吧，不要只說一半！您是否做了什麼不可挽回的事情了？」

我同樣也起身。

「是的。」我從口袋拿出辭呈。「這個，請您自己看。」

康鐸接過那封信，似乎有點遲疑。他擔憂地瞥了我一眼，走到檯燈那兒，就著微弱的光線讀起信來。他無聲讀著，看得很慢。然後折起辭呈，不假思索，就事論事平靜說道：「我想在我方才向您解釋過一切之後，您完全了解這件事的後果。我們也確定您一旦逃開，將會對那孩子造成致命影響……不是謀害了她，就是她自我了斷……因此，這張紙不僅是您的辭呈，也是那可憐孩子的……死刑判決書，我設想您對這個事實絕對一清二楚。」

我沒有回答。

「少尉先生，我向您提出了一個問題，現在我再重複一遍：您清楚這件事情的後果嗎？您的良心能承擔全部責任嗎？」

我仍舊默不作聲。他靠過來，把拿在手裡那張折好的辭呈遞還給我。

「謝謝！我不想涉入這件事。喏，您拿走吧！」

但是我的手臂癱瘓了，沒有力氣舉起來。我也沒有勇氣迎視他探詢的目光。

「這麼說，您不打算把這份……死刑判決書交上去囉？」

我背過身，兩手藏在背後。他明白了。

「我可以把它撕了嗎？」

「可以。」我回答，「請您撕了它。」

他走回書桌旁。我沒有轉過去看，只聽見一陣撕裂聲，第一聲、第二聲、第三聲，接著傳來撕碎的紙片沙沙掉進垃圾桶裡的聲音。說也奇怪，我竟然鬆了口氣。在這個命運左右一切的一天，又再一次出現了決定。我不必自己抉擇，命運已幫我決定好了。

康鐸走近我，輕輕把我按回安樂椅上。

「好，我相信我們阻止了一場可怕的悲劇……一場巨大的可怕悲劇！現在言歸正傳！無論如何，我很感謝有這個機會能多少認識您這個人。不，您別推辭。我沒有高估您，我絕非把您看成凱柯斯法瓦老是誇獎的那個『了不起的好心人』，而是一位感情起伏不定，心靈特別焦灼不耐，極不可靠的伙伴。我很開心阻止了您愚蠢的荒唐行為，但是我很不喜歡您很快下好決定，轉眼之間又改變了主意。容易受到情緒左右的人，不可強迫他承擔最嚴肅的責任。我如果要找人承擔義務，對方需要有毅力與耐性，您會是我最後考慮的人。

「因此，請您聽好了！我不會要求太多，只要求您絕對必要之事。我們不是說動了艾蒂絲開始新的療程——或者應該說，她以為是種新的療程。她為了您，決定離家，出門數個月，您也知道，他們八天後就會動身。好，這八天需要您的幫忙。別擔心，我馬上能減輕您的負擔，也就是說，只有這八天！我要求您的不多，您只要答應我，在他們出發前這一週，不要魯莽行事，不要做出意外之舉，尤其是言語上和行動上，絕不能透露這可憐孩子的愛慕之情，如此使您心煩意亂。目前暫且先這樣。我相信，由於事情攸關一個人的生命，請您自我克制八天時間，不過是最起碼的要求。」

「好……可是之後呢？」

「以後的事情，暫時先不去想。如果我要動腫瘤手術，也不會老早先問，若是腫瘤幾個月後又長出來怎麼辦？倘若有人叫我幫忙治療，我只有一件事要做：毫不猶豫，動手出刀。在任何事情上，這是唯一正確的舉動，因為這才唯一符合人道。其他一切全靠機運，或者比較虔誠的人會說：交給天主了。幾個月內，有什麼事情不會發生呢!?說不定她的病況比我預期的進展神速，或者由於相隔遙遠，她的熱情冷卻下來了。我無法預先估算出所有的可能性，您更不應該如此！請您只將全副心思放在一件事上：在這段關鍵時期，別表現出她的愛情對您……對您而言是如此可怖。請您再三提醒自己：八天、七天、六天，我正在拯救一個人，我絕對不可以侮辱她、冒犯她，使她六神無主、喪失勇氣。八天之中，表現出男子氣概，態度堅定。您覺得自己撐得過這八天嗎？」

「可以！」我脫口而出，連忙又接著補充，口氣更加果決，「沒問題！一定辦得到！」知道我的任務有上限後，我感覺到體內升起一股新的力量。

我聽見康鐸重重舒了口氣。

「謝天謝地！現在我終於能向您坦承我之前有多麼焦慮了。相信我，倘若您真的一走了之回應她那封信、她的表白，艾蒂絲絕對活不下去的。因此，接下來幾天才會顯得如此關鍵。其他一切日後自有安排。我們暫且先讓可憐姑娘過幾天幸福的日子吧，八天渾然無知、開開心心地生活。您可是擔保了這一週不會有事，對吧？」

我不發一語，逕自向他伸出手。

「那麼，我想一切都妥當了。我們可以安心去見我妻子了。」

然而他卻沒有起身。我感覺他有點猶豫。

「還有一件事。」他輕聲補充說。「我們醫生有必要把不可預料的事考慮進來，對各種可能性做好心理準備。如果——只是假設——發生了什麼變故……我的意思是，您若是失去力量，無以為繼，或者艾蒂絲的猜疑導致某種危機，請您務必立刻通知我。在這段危機四伏的短短八天裡，絕對不容發生不可挽回之事。如果您感覺無法勝任此一任務，或者八天內不自覺暴露了自己的感受，請不要羞於見我。看在上天的分上，請別對我不好意思，我看過太多赤身裸體的人和破碎的靈魂了！不分晝夜，您隨時可以來找我，或者打電話過來。我會時時刻刻準備挺身而出，因為我知道事情的嚴重性。好，現在，」旁邊的椅子挪動了一下，我察覺康鐸站了起來，「我們最好過去另一個房間。我們談了太久，我妻子多少會感到不安。即使這麼多年，我仍必須小心別刺激她。一朝被蛇咬，十年怕井繩，一旦受過命運摧殘，人永遠容易受傷。」

他又邁出兩步，走到開關前，燈泡又亮了起來。他這時正好轉過來面對我，我覺得他的樣貌似乎有所不同。或許是刺眼的光線映照得他臉部輪廓鮮明突出，我第一次發現他額頭上竟刻滿了深深的皺紋，全身姿態透露出這個男人有多疲憊、有多勞累。他始終把一切施予他人，我心裡想。而我稍有不順心，就想提腳溜之大吉，可悲之至。我心情波濤洶湧，心懷感激注視著他。

他似乎察覺我看著他，於是對我微微一笑。

他一隻手拍拍我的肩膀說：「您能來看我，把事情談開來，實在太好了。請您想想，您若是不假思索，一走了之，會有什麼後果！這個想法將一輩子壓得您喘不過來。人可以逃離一切，唯獨逃不開自己。我們現在過去吧，來吧，親愛的朋友。」

眼前的男人在這一刻以「朋友」稱呼我，令我十分感動。他知道我之前有多麼懦弱膽怯，卻沒有看輕我。「朋友」這兩個字又賦予我信心，這是年長者送給年輕人，閱歷豐富者送給惶惶不安的初出茅廬者的鼓勵。我如釋重負，心情輕鬆地跟著他的腳步。

第二十三章

我們先穿越候診室，康鐸接著打開通向隔壁房間的門。他的妻子坐在尚未收拾的餐桌旁，手裡正打著毛線。她的動作持久穩定，輕巧地擺弄著兩支棒針，看不出那雙手屬於一位盲人，裝著毛線的小籃子和剪刀有條不紊對齊排在一旁。等到低垂著頭的女人抬起空洞的瞳孔望向我們，平滑的圓弧眼球上映照出縮小的桌燈，才看出她的雙眼絲毫沒有感覺。

「喏，克拉拉，我們言出必行吧？」康鐸溫柔地走向她。他每次對她說話時，喉嚨裡總是柔滑流瀉出這種輕顫的嗓音。「我們沒有談太久，不是嗎？妳都不知道，少尉先生來看我，我有多高興！不過，親愛的朋友，您請先坐一會兒吧。克拉拉，我一定要讓妳知道，少尉先生派駐在凱柯斯法瓦居住的那個城市喲，妳應該還記得我那個小病人吧？」

「啊，那個可憐的癱瘓孩子，是吧？」

「這樣妳也就明白了吧：我偶爾從少尉先生那兒獲悉他們家的情況，就用不著自己親自跑一趟了。他幾乎天天到他們府上關心一下女孩，陪陪她。」

雙目失明的女子把頭轉向她估計是我大概站立的方向，原本嚴峻的表情忽然間緩和了下來。

「少尉先生，您人真好！我能想像她會有多開心！」她向我點點頭，擱在桌上的手情不自禁向我移近。

「是的，對我也很好，」康鐸繼續說，「否則以她這樣的處境，情緒勢必焦躁不耐，我就得多到鄉下幾趟，診療她，給她打氣。她前往瑞士休養之前的這個星期，霍夫米勒少尉能夠稍微關照一下，不啻大大減輕了我的負擔。她不太容易相處，但他把可憐的姑娘照顧得非常好，我知道他不會拋下我不理的。比起我的助手和同事，我更加信任他。」

我立刻明白，康鐸希望當著另外一個孤立無助的女子面前，要我負起責任，打算把我綁得更緊一點。不過我很樂意接下承諾。

「您當然可以信任我，醫生先生。這最後八天，我絕對會出城去看她，從第一天到最後一天，一天也不漏掉。即使是最微不足道的意外，我也一定立刻致電給您。不過，」我越過雙目失明的女人頭上，意味深長地看著他。「一定不會發生意外，也不會出現麻煩的。這點我有十足的把握。」

「我也是如此。」他嘴角一揚，認可了我。我們完全了解彼此的意思。不過，他妻子這時微微抿著嘴，心裡似乎煩惱著什麼事。

「少尉先生，我還沒有向您道歉呢，恐怕之前我對您有點……有點不太客氣。可是那個笨丫頭未通報有客人上門，我完全沒有頭緒在候診室等待的人是誰。何況艾馬里希從來沒提過您，所以我以為您只是個會打擾他的陌生人。他每次回家，總是疲累不堪。」

「夫人，您完全沒有錯，甚至應該對我更嚴厲一點呢。我恐怕——請原諒我不揣冒昧——尊夫為他人付出太多了。」

「是一切！」她激動地打斷我，一下子把椅子往我這兒挪近。「我告訴您，他付出了一切，他的時間、精神、金錢。他為了病人廢寢忘食。每個人都剝削他，而我雙眼失明，無法幫他減輕負擔，分擔憂愁。您若明白我有多擔心他就好了！我一天到晚都想著：他現在還沒有吃飯，現在又去搭火車、搭電車，半夜他們又要叫醒他了。他把時間給了所有人，就是沒有留給自己。上天啊，誰會感激他這麼做呢？沒人！沒有人會感激他！」

「真的沒人嗎？」他俯向激動的妻子，微笑說道。

「當然呀。」她雙頰桃紅。「但是我又無法為他做些什麼！他看完診回家來，我早已飽受恐懼折磨了。啊，您要是能說說他多好！他需要有人攔住他。一個人總不可能幫助所有人啊……」

「但是總得試試嘛。」他看著我說。「這就是生活的目標，唯一的目的啊。」我感覺這句提醒長驅直搗我的內心。但是，自從我知道自己意志堅定之後，已能忍受這樣的目光了。

我起身。就在這一刻，我立下了一個誓願。雙目失明的女子一察覺到我的椅子往後挪，立刻抬起雙眼。

「您當真要走了嗎？」她問道，真心感到十分惋惜。「好可惜，太可惜了啊！但是，您很快會再來的，對吧？」

我心裡有種異樣的感覺。我是怎麼回事？我心裡不住訝異。大家全都信任我，盲眼女子抬起空洞的雙眼，對著我綻放笑顏，幾乎是萍水相逢的康鐸，現在也親切地把手放在我肩上。我走下樓梯時，已經不明白一個小時前驅使自己上這兒來的原因了。我究竟為什麼想要逃走？只因為脾氣暴躁的長官狠狠訓了我一頓？只因為有個身體殘障的可憐人愛上了我？只因為有人想要套住我，想要抓著我不放？但幫助別人，感覺實在很美妙啊，這是唯一真正值得的事，真正會有好報的事。這個認知，催使我心甘情願完成昨日還讓我感覺像個不堪承受的受害者的事情：對別人熾烈而偉大的愛情心懷感謝。

§

八天！自從康鐸定下我任務的期限後，我感覺自己又有了把握。只有一會兒的時間，或者說只有那唯一的剎那，心裡還有一絲擔憂，那就是艾蒂絲表白之後，我第一次重新要去看她的時刻。我心裡有數，兩人有過如此熱切的親密接觸之後，不可能不受影響，無拘無束見面。火熱之吻後的初次目光接觸，一定隱含著這樣的問題：「你原諒我了嗎？」甚至更危險的可能還有：「你容忍我的愛？你回報我的愛嗎？」我能清楚感受到，令人面紅耳赤的第一眼，克制住焦躁但又擋不住焦躁的第一眼目光，是最危險同時卻也是最關鍵的一眼。笨拙說錯一個字，姿勢一個不對，即殘忍暴露出我不准暴露的心事，做出康鐸殷殷告誡我不可犯下的粗暴、侮辱行徑。然而，只要熬過這個目光，我就得救了，或許也永遠拯救了她。

不過，隔天我才踏進莊園，隨即便注意到艾蒂絲也有同樣的擔憂，她早有先見之明，採取了避免和我單獨見面的預防措施。我人還在前廳，即聽見女子談天說地的嘹亮聲音。平常我們相處時，從來不會有其他客人打擾，但是在這個不尋常的時刻，看來她邀了熟人來保護自己，度過剛開始的嚴峻瞬間。

我尚未踏進會客室，伊蘿娜便急忙迎了出來，動作迅猛，引人側目——可能是艾蒂絲授意，也可能是她自動自發。她領我過去，向我介紹區長夫人與千金。那位千金膚色萎黃，滿臉雀斑，很愛挖苦人。我很清楚艾蒂絲根本受不了她。不過，似乎也因此化解了我們第一次目光接觸時的尷尬。這時伊蘿娜把我推到桌旁坐下，和大家喝茶談天。我極力和那個滿臉雀斑、傲慢無禮的呆頭鄉巴佬周旋，艾蒂絲則和母親交談。這樣的分配絕非偶然，我和她之間塞進了幾個中間人，淡化了我們暗潮洶湧的緊張接觸。我雖然感受到艾蒂絲的目光偶爾不安地落到我身上，但我總算可以避免直視她。兩位女士最後終於起身告辭，機靈的伊蘿娜這時又輕巧地把情勢安排妥當。

「我送兩位女士出門。你們可以趁這個時間準備下盤棋。我還得張羅點出門旅行的事情，但一個鐘頭後就回來找你們。」

「您有興趣下盤棋嗎？」我現在詢問艾蒂絲不會尷尬了，也能直視她的眼睛。

「好啊。」其他三人離開會客室時，艾蒂絲垂下了目光。

我放上棋盤，還特別吹毛求疵，一個一個擺放棋子，想要拖延點時間，而她始終低垂著目光。平常時候，我們會習慣按照古老的下棋規則，把一個黑子和白子分別捏在手裡，握緊兩個拳頭藏到背後，以決定誰先進攻，誰先防守。選擇棋子時，免不了得說話，要求說要「右手」或者「左手」。不過即使是這樣的交談，我們現在也都很有默契避免掉，我只顧著排好棋子。千萬別開口說話！將所有心思囚禁在棋盤上的六十四個小方格裡！專心盯著棋子，連對方移動棋子的手也別看！於是我們佯裝沉浸於對弈中。平素只有熱中鑽研的棋藝大師才會渾然忘我，無視周遭一切，全神貫注在棋局上。

但是沒多久，下棋本身便暴露了我們虛假的騙人把戲。第三局時，艾蒂絲徹底崩潰了。她一連走錯好幾步，從顫抖的手指，我清楚看出她再也無法忍受這種虛假不真的沉默了。下到一半，她便推開了棋盤。

「夠了！給我一支菸！」

我從雕花銀盒拿出一支菸，討好地點燃了火柴。火光一亮，我無法迴避她的雙眼。她兩隻眼睛動也不動凝視著，不是看著我，也非望向某一個特定方向，而是凍結在冰冷的憤怒中，僵硬不動地瞪著，顯得陌生遙遠。但是雙眼上的眉毛緊蹙，宛如顫動的弓般抽搐不已。我立刻明白，這閃電般清楚的信號，預示她身上必然會出現的情緒崩潰。

「別這樣！」我由衷驚慌，趕忙警告說。「拜託別這樣！」

但是她猛然一仰，靠在單人沙發椅背上。我看著這陣抽搐傳遍全身，她的手指痙攣抓著扶手，越抓越深。

「別這樣！別這樣！」我再次拜託她，除了這句哀求的話，我想不出還能說什麼。但是她憋了很久的哭泣終於潰堤。不是聲嘶力竭的哭天搶地，而是緊抿著嘴，撼動人心的無聲哭泣，卻更加駭人。這是種因為自己哭泣而感到羞愧，卻又止不住眼淚的痛哭。

「不，我請您別這樣，不要這樣！」我俯身向前，一隻手擺到她胳臂上，想要安撫她。但她的雙肩立刻宛如有股電流竄過，將蜷縮成一團的身體劈開一條縫。

她身體陡然止住抽搐，停滯僵硬，動也不動。彷彿整個身體正在等待，正在側耳傾聽，想了解這陌生的碰觸所隱含的意義，是表示溫柔，還是愛意，或者純粹是同情？這種屏息等待，整個身體文風不動側耳傾聽的等待，著實十分可怕。我沒有勇氣挪開這隻驀然平息洶湧哭潮的手，但也沒有力氣強迫自己的手指展現柔情蜜意，那是艾蒂絲的身體和灼熱肌膚迫切期待的柔情。我就這樣讓手像異物似的放著，我感覺她體內血液似乎全湧來此處，在我的手底下溫熱又顫顫跳動。

我的手意志薄弱，不知道在她的胳臂上停留了多久，在這幾分鐘裡，時間就像房間內的空氣一樣凝滯不動。不過，我感受到她的肌肉微微使起勁來。她別過視線，沒有看著我，右手輕輕地把我的手從她的胳臂移開，拉向自己的身體，緩緩拉近心口，左手這時也含情脈脈怯生生移過來。兩隻手呵護似的握著我赤裸且寬厚的男人的手，接著非常、非常輕柔地撫摸起來，感覺怯怯喬喬。她深情款款的手指一開始只是好奇遊走在我毫無防備、動也不動的手掌上，如風般輕掠過皮膚。她的觸碰細柔又天真，小心翼翼大膽往上，從手腕輕撫到指尖，從內到外，外到內，把我手的輪廓摸了又摸，似撒嬌，似誘惑。碰到堅硬的指甲時，嚇得停住不動，但一會兒後又把指甲周圍摸了一遍，接著沿著血管滑回手腕，一次又一次往上摸，往下摸。這是靦腆溫柔的探詢，不敢大膽地緊抓住我的手，不敢箍緊，不敢抓牢。這種戲耍似的愛撫，宛如一道溫水澆淋而下，恭恭敬敬又童稚天真，充滿讚嘆又嬌羞答答。不過，我感覺戀愛中的姑娘把我貢獻出來的部分，當成完整的我，全然擁抱著。她的頭情不自禁往後深深靠在沙發上，似乎想要更歡愉地享受這樣的碰觸。她像個沉睡的人似的躺著，又如正在做夢的人般閉著眼睛，輕啟朱唇，一種徹底放鬆的神情平靜了她的面容，同時使其綻放光采。纖柔的手指一而再，再而三，沿著我的手腕摩挲到指尖，反覆來回，幸福感越發強烈。在這樣密切的觸摸中，毫無任何貪欲，只有一種沉靜的、驚嘆的喜悅，終於能夠短暫擁有我一小部分身體，傾訴她無可比擬的愛意。自此之後，我沒有在任何一位女子的懷抱裡，即使是熱情如火的女子也一樣，感受過比這近乎夢幻的似水柔情的逗弄，還要更加激動我心。

我不清楚如此撫摸了多久。這類經驗，往往跳脫出慣常的時間概念。膽怯害羞的輕撫令人酥麻，令人暈眩，宛如催眠一般。比起之前那個突如其來的熾熱之吻，我更感悸動，更為迷醉，始終沒有勇氣抽回手。我不禁想起信中寫的：「只要你容忍我的愛情。」我昏昏沉沉，如夢似幻，享受不停從肌膚傳到神經的酥軟感，只能束手無策，無力抵抗。然而潛意識又感覺羞愧難當，受人如此極端愛戀，自己除了怯弱害怕，心緒擾亂，以及一陣尷尬的戰慄外，竟沒有其他感受。

我逐漸受不了自己僵住不動的狀態。不是她的愛撫使我疲累，也不是纖柔手指來回游移引起的暖流，或者輕如呵氣的羞怯摩挲，折磨我的，是自己的手了無生氣枯死般擱著，彷彿不屬於我，輕撫著手的那個人，也不屬於我的生活。我猶如半夢半醒間聽見鐘聲忽地驚醒的人，知道自己必須予以回應，若非抗拒這般愛撫，就是也以愛撫相應。但是我提不起一絲力氣選擇任何一種，心裡只有一個念頭催促著我得趕緊結束這場危險的遊戲。於是我小心翼翼繃緊肌肉，慢慢地，慢慢地，非常緩慢地，從她兩手輕柔的包握中抽出我的手，希望別驚動她。但是，連我自己都尚未明白之前，敏感的姑娘立刻察覺到我開始抽回手了。她似乎大吃一驚，猛然放掉我的手，手指宛如凋謝般垂落，我肌膚上的涓涓暖流頓時逸失。我收回遭她拋棄的手，有點尷尬，因為艾蒂絲的臉色一沉，孩子氣噘抿著唇，嘴角又開始微微抽搐。

「別這樣！別這樣！」我低聲說，找不到其他的話。「伊蘿娜馬上就來了。」她聽見這番空洞無力的話，只是顫抖得更厲害。我的同情心又陡然猛烈燃起。我俯下身，嘴唇匆匆在她額頭上碰了一下。

然而，她眼神嚴厲地瞪著我，一臉絕望，神情抗拒，似乎看透了我，彷彿能讀出我腦子裡的想法。我瞞不過她澄明銳利的感受。她發覺我的手慌忙逃開，掙脫了她的柔情蜜意，而這倉促的一吻不是真正的愛，只不過是出於窘迫與同情罷了。

§

儘管我卯足全力，仍舊無法表現出最大限度的耐性，沒有使盡最後力氣偽裝自己，這始終是我在這幾天裡不可挽回的錯誤，不可原諒的錯誤。雖然下定決心自我克制，別在舉手投足、眼神與言談間，透露出她的柔情造成我心中不適，卻只是枉然。我總是將康鐸的告誡謹記在心，時時自我耳提面命，如果傷害了這個敏感脆弱的姑娘，自己將會造成多大傷害，得承擔多大的責任。我不斷告訴自己：就讓她愛你吧，隱藏你的感受，偽裝自己，就這八天維護她的自尊心吧。別讓她察覺你的欺騙，而且是雙重欺騙，因為你表面上生氣勃勃，胸有成竹不斷談及她即將痊癒，實際上內心卻因為羞愧畏怯而惶惶顫抖。我時時刻刻提醒自己要泰然自若，大方磊落，聲音開朗誠懇，雙手展現溫柔體貼。

然而，女子一旦向男人告白愛慕之意，在她與男子之間，即流動著一股激昂、神祕與危險的氣流。令人不寒而慄的是，愛人者始終能洞察被愛者是否真正感到幸福。愛情就其最內在的本質而言，不希望受到任何局限，一切有所節制、有所限度的表現，只會使戀人產生反感，無法忍受。他能從對方一舉一動中的壓抑與克制，感受到阻力；從對方有所保留的感情中，有理由察覺到暗藏的抗拒。當時我的行為舉止顯然有些張皇扭捏，言談拙笨，虛情假意，因為我所有的努力，始終頂不住她警覺的等待。最後我沒有辦法說服她。她越發懷疑不安，猜想我並沒有付出她唯一真正渴望從我這兒得到的，亦即以我的愛回報她的愛。聊天時，尤其在我賣力取悅她，想贏得她的信任時，她卻偶爾抬起絕望的眼神，銳利地看著我，我總不由得垂下目光。我感覺她彷彿刺入一枚探針，想要探測我內心最底層的狀況。

三天就這樣過去，我備受折磨，她也受罪。我不斷感受到她目光裡和沉默中所蘊含的飢渴等待。我想應該是第四天吧，她開始出現莫名其妙的敵意，一開始我還沒有理解過來。我一如往常，午後不久就過去了，還給她帶了一束花。她收下花，卻沒有正眼看一眼，就意興闌珊擱在一旁，故意表現出冷淡不在乎的神情，暗示我別奢想光用一束花就打算贖回自己。她近乎輕蔑地說了一句：「哎喲，幹嘛送這麼漂亮的花呢！」旋又築起堡壘，將自己掩藏在沉默當中，明顯露出敵意。我設法不受影響，神色自若和她聊天。但她頂多簡單回道「是喔」，或者「這樣啊」，或者「真怪，真奇怪」，明確露出侮辱人的神情，彷彿我的談話絲毫引不起她的興趣。此外，還特意做出一些舉動，強調她有多麼心不在焉，例如擺弄一本書，一下翻開，一下擱到一旁，又把各種東西拿在手裡把玩，還誇張地打了一、兩次哈欠，接著又在我講話講到一半把僕人叫來，詢問有沒有把灰鼠皮大衣裝箱，等他回覆裝了，才又面對我，冷冷地說：「請您儘管接著講。」但是緊接著底下沒有講出口的那句話，十分明顯可猜出是：「不管您在我面前胡說八道什麼，我一點兒也不在乎。」

我終於感覺力量不濟，眼睛多次望向門口，而且次數越來越頻繁，希望能夠來個人，救我脫離這令人絕望的獨白，伊蘿娜或凱柯斯法瓦都行。但是就連這目光，也沒逃過她眼底。她假裝關切問道：「您找什麼嗎？您要什麼嗎？」我無言以對，只能訕訕說了蠢話：「沒有，什麼也不需要。」也許當時最明智的作法應該是公開接受戰鬥，對她大嚷：「您到底要我怎麼樣？為什麼要折磨我？如果您不開心，我也可以離開！」可是我答應康鐸要避免衝突或挑釁了。於是我沒有一把拋開這種惡意沉默壓在身上的負擔，反而努力活絡氣氛，又叨叨絮絮愚蠢地講了兩個小時，彷彿在無聲的熾熱沙丘上吃力跋涉。好不容易凱柯斯法瓦終於現身。他最近總有如驚弓之鳥，這時也同樣露出膽怯的模樣，或許還顯得更加窘迫。他說：「我們是否要去用餐了？」

我們全都在餐桌旁就坐，艾蒂絲坐在我對面，一次也沒抬眼，一句話也沒對其他人說。我們三人覺得她這樣壓抑著默不作聲，實在冥頑不靈，咄咄逼人，讓人備受侮辱。於是我更挖空心思，製造氣氛。我大談我們上校像個偶發性酗酒者，定期在六月和七月罹患他所謂的「演習病」，越臨近大操練的日子，他就越煩躁，越來越愛雞蛋裡挑骨頭。雖然我感到咽喉上的衣領似乎漸漸勒緊，仍加油添醋，把愚蠢的故事講得生動有趣。但是只有其他兩人被故事逗笑，看得出來他們笑得很勉強，而且盡力掩蓋艾蒂絲令人難堪的刻意沉默，她已經第三次誇張地打了個哈欠。不過我對自己說，你就儘管說下去吧。於是我描述我們怎樣疲於奔命，被操練得不知如何是好。昨天雖然有兩個輕騎兵因為中暑而掉下馬背，上校這個粗暴的剝削者仍舊日日剝我們的皮，而且變本加厲。現在誰也預測不了何時能從馬鞍上下來。他只要一犯演習病，脾氣就更加暴躁，逼我們操練個二、三十次愚蠢的訓練。我今天費了九牛二虎之力，才能及時溜走。但是明天能否準時離開，只有敬愛的天主和上校大人才知道了。他現在可是把自己看成是天主的俗世總督呢。

這段話不過是無傷大雅的陳述，不可能傷害任何人，或者刺激任何人。我是對著凱柯斯法瓦說出這般話，泰然愉快，說話時也沒有看向艾蒂絲（我已經受不了她瞪著虛空的呆滯目光了）。這時，忽然匡噹一聲。艾蒂絲原本一直煩躁地擺弄著餐刀，現在卻倏地把餐刀扔向了盤子，對著錯愕不已的我們尖聲大吼：

「既然給您添了這麼多麻煩，您還是待在軍營或者咖啡館就行啦。沒有您，我們也過得去的。」彷彿有人從窗外射進了一槍，我們大家全都屏住呼吸，嚇得僵在原地。

「艾蒂絲啊，別……」凱柯斯法瓦囁嚅說著，感覺口乾舌燥。

但只見她猛地靠回椅背，嘲諷道：「我們真該同情這個受苦受難的人吶！為什麼就不能放這位少尉先生一天假呢？我可是很樂意放他假唷。」

凱柯斯法瓦和伊蘿娜面面相覷，六神無主。他們很清楚一股積壓已久的怒火將莫名其妙一古腦兒發洩到我身上了。從他們看著我的驚駭神情，我明白他們兩人擔心我會粗暴回應她的粗魯無禮。於是我更加努力克制自己。

「艾蒂絲，您知道嗎？您其實說得沒錯。」我的心臟劇烈跳動，但我還是盡量維持熱絡的口吻。「我勞頓不堪還到府上來，確實也沒辦法做你們稱職的聊天伴兒。我也一直感覺到自己今天可把您給悶瘋了！不過這幾天您就好心將就一下我這個累得要命的傢伙。我還有多少時間能上你們這兒來呢？你們沒多久就要動身離開，這宅邸到時候肯定空無一人。我簡直無法想像，我們在一起的時間整個算來不會超過四天，短短四天，事實上只有三天半，然後你們……」

這時冷不防竄起一陣笑聲，尖銳又刺耳，彷彿布疋撕裂的聲音。

「哈！三天半！哈哈哈！連這半天他都計算在內了，清楚算出他何時終於能夠擺脫我們！說不定他還特地買了一份日曆，上面拿紅筆標註：『假日，我們啟程？』不過呢，您可得小心，人算不如天算唷！哈！三天半！三天和一個半天，一個半天，一個半天……」

她笑得越來越激烈，眼神冷硬地乜著我們。雖然笑得起勁，全身卻不住哆嗦。與其說她樂不可支，笑到發抖，毋寧像是危險的高燒不退而戰慄不停。看得出來她恨不得跳起來。在如此激動憤怒的情緒下，這是最自然、最正常的動作。然而她雙腿癱軟無力，只能困坐在椅子上。這種殘暴的箝制使她動彈不得，所以爆發出來的怒氣中，隱含著一股惡意，一種帶著悲劇色彩的無能為力，猶如一隻遭到囚禁的困獸。

「我立刻把約瑟夫叫來。」伊蘿娜臉色刷白，低聲對她說道。多年來，她早已能反射性地猜出艾蒂絲的動作。這時，艾蒂絲的父親也立刻趕到她身邊。但是他的擔憂顯得多餘了，因為約瑟夫一進來，艾蒂絲不發一語就讓他和凱柯斯法瓦給帶走，沒有告別，也沒有說任何道歉的話。看到我們震驚的表情，她顯然才察覺自己引起了多大的騷動。

只剩下我和伊蘿娜兩個人。我宛如墜機的人，嚇得瞠目結舌，全身僵直，昏昏沉沉站起來，不知道究竟發生了什麼事。

「請您體諒。」伊蘿娜急忙壓低聲音對我說。「她現在晚上都睡不著。一想到要出這趟門，她就莫名激動……您真的不知道……」

「我知道，伊蘿娜，我什麼都知道。」我說。「正因如此，我明天會再過來。」

第二十四章

剛才那一幕惹得我心煩意亂，回家的路上，我不斷鼓勵自己要「撐住！挺過去！」。不計代價，都要堅持到底！你答應過康鐸了，不可食言而肥，前功盡棄。不要因為一時情緒激動或者鬧脾氣，而有所動搖。你始終要銘記在心，這種敵意只不過表現出她的絕望心情，因為這個人愛著你，而你因為冷酷無情而虧欠了她。堅持到最後一刻，只剩最後三天半，只剩三天，之後你就通過考驗，卸下內心重擔，能夠休息好幾個星期、好幾月了！現在要有耐心，忍耐一點，只要撐過最後這段時間，最後這三天半，這最後的三天就行了！

康鐸是對的。唯獨深不可測、無法掌握之事，才會嚇得我們膽顫心驚。反之，一切節制有度、一切明確肯定之事，只是挑戰我們接受考驗，成為探測我們力量的尺度。三天，我覺得自己撐得過去，意識到這一點，我就感到安心了。隔天，我把勤務執行得有聲有色，這點足以說明許多事情。我們這次比平常提早一個小時到操練場，瘋狂來回操演，直到汗流浹背，汗水溼潤了領口。怒氣沖沖的上校甚至不由自主誇了我一句：「還不錯嘛。」我自己也大感意外。不過這次掃中暴風尾的是史坦胡貝爾伯爵，而且更加狂烈。伯爵是位狂熱的馬迷，前天剛購入一匹長腿的紅鬃馬，是年輕氣壯、桀傲不馴的純種馬。可惜他自恃騎術高超，沒有事先好好試過馬兒再買。就在講述操練策略時，一隻鳥兒的影子嚇到了這匹無法無天的馬，牠驚得仰起前蹄。第二次發生在進攻演練時，馬兒逕自放蹄狂奔，史坦胡貝爾若不是騎藝出色，早在全體軍官面前滑稽地摔得人仰馬翻了。他使出媲美雜技的技術，一番搏鬥後，才制服了暴躁的馬兒。然而他這番可敬的成就卻沒換來上校連聲讚揚。上校不耐煩發牢騷說，他絕不允許操練場出現這種馬戲雜耍，伯爵先生若是對馬兒一竅不通，至少應該事先在馬術學校好好訓練坐騎，而不是在大家面前丟人現眼，顯得可悲。

這番惡毒的批評徹底激怒了史坦胡貝爾騎兵上尉。回營路上以及後來用餐時，他總是一再把自己遭受了莫大冤枉掛在嘴邊。他解釋那匹紅鬃駿馬本就精力旺盛，等著瞧，只要徹底矯正牠的拗脾氣，總有一天會茁壯成昂然出色的神駒。不過，這位怒火中燒的先生越是憤憤不平，同袍越愛揶揄奚落。他們嘲笑他上當了還沒自覺，把他氣得怒髮衝冠。你一言，我一語，抬槓互鬥，氣氛越來越激烈。就在討論正火熱的時候，有個勤務兵走近我背後，報告說：「少尉先生，有您的電話。」

我一躍而起，心裡有不好的預感。最近幾個星期，電話、電報和信件捎來的消息，總使我神經衰弱，心慌意亂。她又想做什麼了？八成是因為自己叫嚷要我今天下午別過去，而感到不好意思了。好，如果她後悔，事情就容易多了。總之，我把電話亭那扇加上軟墊的門嚴嚴實實關好，彷彿就此完全切斷我的公務領域和另外那個世界。打電話來的是伊蘿娜。

「我只想告訴您，」她在電話中說，口氣有點拘謹，「您今天最好不要過來。艾蒂絲覺得很不舒服……」

「不會很嚴重吧？」我打斷她的話。

「沒事，不嚴重……我只是想今天最好讓她休息，還有……」她猶豫了很久，不太尋常，「還有……現在反正也不在乎多這一天了。我們不得不……我們不得不推延這次的旅程。」

「推延？」我問話的口氣想必驚慌失措，只聽她連忙補充說：「是的……不過我們希望只是推延幾天……總之，我們明天或者後天再詳談……也許我這段時間會再打電話給您……我只是希望盡快通知您一聲……今天最好不要過來……然後……祝您一切順利，再見！」

「好，可是……」我吞吞吐吐對著電話說，但是沒有聽見回答了。我又聽了幾秒。沒有，沒有回答。她掛斷電話了。真奇怪，她為什麼急著中斷這次談話？電話掛得這麼快，彷彿生怕我繼續問她似的。想必有什麼隱情……為什麼要推延？為什麼推延行程，動身的日子不是確定了嗎？一切不是都準備妥當了嗎？康鐸說八天。八天，我內心也完全調整好了，現在又……不可能……不可能的啊……我受不了這樣起起伏伏……我也會精神疲勞呀……最後總也得讓我安靜、安靜啊……

電話亭裡真的這麼熱嗎？我像個快要窒息的人用力推開軟墊門，踉踉蹌蹌走回位置。顯然沒人注意到我剛才站起來離開過。其他人依舊吵吵鬧鬧，一來一往奚落史坦胡貝爾。拿著烤肉盆的勤務兵，始終堅守在我的空椅旁。我隨手拿了兩、三片肉排放在盤子上，打發他走開。但是我沒有拿起刀叉，因為頭殼裡響起猛烈的滴答聲，彷彿有把小槌子無情地將「推延！推延行程！」這幾句話鑿入骨頭裡。一定有個理由。絕對發生事情了。難道她生了重病？我冒犯她了？她為何忽然又不想走了？康鐸不是承諾過，我只要堅持八天嗎？而我已經熬過五天了……沒辦法再多堅持下去……我就是辦不到！

「欸，東尼，你究竟在胡想什麼啊？我們的烤肉似乎不怎麼合你胃口，是吧？看來是吃慣了珍饈美味唷。我就說吧，他已經嫌我們這兒的東西不夠精緻啦。」

又是該死的費倫茲，老是發出這種沒有惡意的黏膩笑聲，嘴巴老愛不三不四暗示我巴著城外那家人蹭飯吃。

「見鬼了，別拿你的蠢笑話煩我，讓我安靜行不行！」我怒吼道，鬱積多時的火氣想必全注入吼聲裡，只見對面兩個見習軍官訝異地抬頭望過來。費倫茲放下手裡的刀叉。

「喂，東尼，」他語帶威脅說，「我可不准你用這種語氣跟我說話。吃飯時開個玩笑總可以吧。你說得沒錯，別處的伙食是不是比較合你胃口，那是你的事，與我無關。但是在我們的餐桌上，請允許我冒昧說你一句，你動都沒動過我們的午餐。」

鄰座的人饒有興味打量著我們，刀叉碰撞盤子的聲音一下子變小了，連少校也覷起眼，眼神鋒利瞥向我們這兒。我發現不趕緊彌補剛才的失控不行了。

「哎呀，費倫茲，」我硬擠出笑聲回道，「你可否也好心允許我頭痛一回呢，我也會覺得不舒服呀。」

費倫茲立刻趁勢讓步。「哎，真抱歉，東尼，誰想得到呢？說真的，你的氣色實在糟透了。我已經好幾天感覺你不太對勁了。不過，你又會振作起來，恢復精神的，我一點兒也不擔心你。」

這件插曲總算順利落幕。但是怒火仍在我體內熊熊燃燒。城外那家人究竟想要我怎麼樣？反反覆覆、起起伏伏、忽冷忽熱——不行，我不准他們弄得我疲於奔命！我已經說過三天，頂多三天半，多一個鐘頭都不行！不管他們要不要推延行程，我也不在乎了！我不想再傷透腦筋，不要該死的同情再來折磨自己了。這樣下去，我早晚會發瘋。

我得自我克制，免得洩漏內心的怒氣。我恨不得捏碎杯子，或者一拳憤憤打在桌上。我渴望逞暴鬥狠，發洩內心緊繃的情緒，而非束手無策枯坐著，心神不寧等待他們會不會又寫信或者打電話，等待他們是否推延行程還是不推延。我就是忍受不了了，一定得採取行動。

對面的同袍仍舊討論得十分激動。「我告訴你，」身材瘦高的約士奇譏諷說，「那個新伊欽來的馬販子徹頭徹尾騙了你。紅鬃馬我也懂那麼一點，你應付不了這匹烈馬啦，沒人能夠馴服牠。」

「是嗎？那麼我倒要看看。」我突兀地插入他們的話題。「我倒想看看是否真沒人能馴服這樣一匹鶩馬。史坦胡貝爾，你介意我現在把你的紅鬃馬騎上一、兩個小時，給牠點顏色瞧瞧，把牠治得服服貼貼嗎？」

我不知道這想法打哪兒冒出來的，但是我亟需找個人、找個對象發洩怒氣。渴望鬥毆、揮拳的需求極端強烈，眼下碰巧出現機會，我立刻緊抓不放。大家張口結舌盯著我。

「太棒了。」史坦胡貝爾哈哈大笑說，「只要你膽量夠大，甚至還幫了我一個忙呢。我今天猛使力操控那牲口，手指頭簡直要抽筋了。如果有新騎士能夠騎騎這匹頑劣的馬，應該也不錯。倘若你覺得合適的話，何不現在就上馬呢！上吧，來吧！」

眾人紛紛一躍而起，有預感將有場不折不扣的好戲可看了。我們一起走到馬廄，去牽出「凱薩」。史坦胡貝爾把他大膽魯莽的馬取了這個征服者的名字，或許有點草率了。凱薩因為我們一群人七嘴八舌，聚集在馬廄門前大聲喧譁，顯得有點驚慌焦躁。牠在狹小的馬房裡噴著鼻息，猛然回抽，跳來蹦去，掙扯著轡頭，撞得梁木喀啦喀啦響。我們費了番功夫，才把這匹疑心重重的牲口弄到馬術學校。

一般而言，我的騎術不過中等，根本比不上史坦胡貝爾這類熱中馬術的騎兵。不過，今天找不到比我更適合的人，桀驁不遜的凱薩也找不到比我更危險的對手。因為這一次，怒氣繃緊了我的肌肉，使其堅韌強壯。我一心渴望征服，渴望戰勝，這種邪惡的欲望激起我一種近乎施虐的樂趣。至少要這頭頑固的牲口（人是沒辦法揮拳擊打無法企及之物的）瞧瞧，我的忍耐是有限度的。大膽的凱薩雖然像火箭似的四處踏蹄飛奔，猛踢牆壁，而且揚蹄立身，陡然打橫一縱，想要把我甩下來，但只是徒費氣力。我精力旺盛，冷酷地勒緊轡繩，彷彿要把牠的牙齒扯掉似的，鞋跟也使勁踹牠兩肋，奮戰一番後，牠很快就收斂了脾氣。紅鬃馬負隅頑抗，在在刺激我、引誘我、振奮我，一旁軍官連番好評，如「了不起，他給牠吃足了苦頭！」或者「瞧瞧這個霍夫米勒！」，同時也鼓舞我勇氣大增，更加穩操勝算。身體上取得成就後所產生的自信，也會過渡到精神層面。經過半小時粗暴無情的搏鬥後，我終於勝利地高踞馬鞍上，胯下那隻銳氣盡挫的牲口咬牙切齒，大汗淋漓，熱氣蒸騰，宛如剛洗完熱水澡。脖子和韁繩上濺滿白沫，兩耳乖乖低垂著。又過了半個鐘頭，凶悍難馴的駿馬已柔順聽話，遵照我的指示。我完全無須再夾緊大腿，大可安心下馬，接受同志的祝賀。可是，我內心仍有許多搏鬥欲望，尚未宣洩殆盡，而且使勁爭鬥之後，我覺得情緒更加高漲，所以我請求史坦胡貝爾允許我再策馬到操練場，當然不是縱馬奔馳，而是徐徐小跑，讓汗水淋漓的馬兒稍微涼快一下。

「當然沒有問題。」史坦胡貝爾點頭笑說。「我看得出來，你會把馬兒完好無缺帶回來給我。牠不會再亂使性子了。幹得好，東尼，致上我的敬意！」

於是我在同袍的如雷掌聲和喝采聲中離開馴馬場，鬆攬轡繩，帶領筋疲力盡的馬兒穿過城，走上草地往城外去。馬兒步履悠閒，我也感到輕鬆。怒氣和煩躁在剛才那緊張的一個小時，全發洩在倔強頑劣的馬兒身上。如今，凱薩溫順馴服，步伐輕躍。我不得不承認史坦胡貝爾說得沒錯：凱薩姿態優雅出色。沒有一匹馬奔騰飛躍時，能比牠高貴瀟灑，韻律十足，輕快靈活。我先前的不快逐漸煙消雲散，心情開朗，享受如夢似幻的美好時光。我和馬兒來回嬉戲奔馳，足足放鬆了一個鐘頭。最後，四點半左右，我慢慢策馬回營。凱薩和我今天都足夠了。我讓牠踩著悠然律動的步伐，快步沿著熟悉的公路走回城裡，自己也舒服得暈乎乎的。這時，我背後響起了一聲喇叭，聲音嘹亮尖銳。神經質的紅鬃馬立刻豎起耳朵，身子開始顫抖。我感受到馬兒的浮躁不安，及時勒緊轡繩，胯下一夾，驅策牠離開路中央，走到路邊一棵樹旁，等待車子順利駛過。

司機想必十分體貼，完全能理解我小心翼翼策馬讓到一旁的用心。他盡可能放慢速度，慢到幾乎聽不到引擎聲。其實我無須全神貫注在渾身打顫的馬兒身上，慎重地緊夾大腿，準備面對牠突發往側邊一跳或者向後退，因為車子經過時，這隻牲口動也不動靜靜站著。於是我有餘裕能抬頭張望。就在我抬起目光那刻，敞篷車裡有個人向我揮手。我認出了康鐸圓滾滾的光頭，他旁邊那個頭型像雞蛋、覆著稀疏白髮的人則是凱柯斯法瓦。

我分不清打顫的是馬兒還是我自己了。怎麼回事？康鐸人在這裡，卻沒有通知我？他想必上凱柯斯法瓦家去了，車子裡那老人就坐在他旁邊呢！可是他們為什麼沒有停下車，向我打個招呼？為什麼像陌生人似的逕自駛過？康鐸怎麼忽然到鄉下來了？兩點到四點，他應該在維也納看診啊。他們一定特地緊急把他召來，而且是一大早就打電話了。肯定發生了什麼事。想必和伊蘿娜那通說要推延行程，並要我今天別過去的電話有關。一定出事了，而且還瞞著我！她終究還是尋了短見——昨晚，她的一舉一動就透出某種決然的態度，胸有成竹似的諷刺著眾人，只有企圖使壞、計畫涉險的人，才會露出那種神情。她一定做了不好的事了！我該不該追上去，也許還能在火車站攔截到康鐸？

可是，也許他還沒啟程，我腦筋飛快運轉著。不，如果確實發生了不幸，他絕不會不留訊息給我就回維也納。或許他在軍營裡留了話。我知道他這個人不會撇下我暗地裡做什麼勾當，或者對付我。這個人不會拋棄我，見死不救。現在只管趕快回營！他肯定在宿舍裡留了一句話、一封信、一張紙條，或者他本人正在宿舍等我。趕外回營！

第二十五章

一到軍營，我趕緊把馬兒牽進馬廄，然後從側面樓梯跑上樓，免得同袍纏著我閒聊、道賀。果然，勤務兵庫斯瑪已經等在我的房門前。他的神情慌張，緊張得肩膀都縮了起來，我心想果然有事。他神態驚惶，向我報告有位先生在房間等候，他不敢打發走對方，因為他覺得事情似乎很急迫。我曾經嚴格命令他，不准讓任何人進我房間。不過，康鐸八成給了他小費，難怪庫斯瑪一副惶恐不安。但是我沒有斥責他，反而和藹說了聲「沒關係」後直接走向門，他臉上的惶愧頓時化成驚訝。謝天謝地，康鐸來了！他會詳細說明一切的。

我匆忙用力打開門，房間昏暗無光（庫斯瑪把百葉窗放了下來，免得熱氣滲入屋內），最深處的角落有個人影動了一下，彷彿從陰影中浮現而出。我正欲熱情相迎，卻發現對方根本不是康鐸。在房間裡等候我的另有其人，而且正是我最不想見到的人，那就是凱柯斯法瓦。即使在更加暗黑的地方，我也能從他畏畏縮縮站起身，鞠躬致敬的樣子，在幾千人中認出他來。他只是先清清嗓子，尚未開口，我已預知會聽到低聲下氣、動搖人心的語氣了。

「對不起，少尉先生。」他微微一鞠躬。「請原諒我不請自來，逕自上您這兒。不過，康鐸醫生委託我特別向您問候，請您原諒他沒有停下車……時間非常緊迫，他務必要趕上前往維也納特快車，因為他晚上在那兒……於是……於是他請託我，立刻向您轉達他深表遺憾……因為如此……我才……我的意思是，因為這個緣故，我才冒昧上樓到您這兒來了……」

他站在我面前，低垂著頭，宛如銬著一副枷鎖。瘦骨嶙峋的頭顱和中分的稀疏白髮，在黑暗中銀銀閃爍。他犯不著如此卑躬屈膝，看見他這種態度，我內心燒起一把火。我覺得很不舒服，因為每當他狼狽萬狀兜著圈子說話，背後總隱藏著特定目的。若只是要轉達無關緊要的問候，一位患有心臟病的老人根本不會親自爬上四樓，打電話來一樣也能轉達，或者留到明日再說。小心了！我對自己說，這個凱柯斯法瓦對你另有企圖。他可是曾經從黑暗中跳出來過的。一開始像個乞丐般奴顏婢膝，到頭來卻將他的意志強加於你，就像你夢中那個精怪對付大發惻隱之心的人一樣。千萬別妥協！別被逮到！不要開口詢問，不要打聽消息，盡快向他道別，送他下樓！

但是站在我面前的是個年歲已大的人，而且還低聲下氣垂著頭。我看見他白髮稀疏的頭顱，彷彿做夢似的憶起了祖母的頭頂，她低頭一邊打毛線，一邊講故事給我們這些小孩聽。總不能無禮打發掉一個生病的老人啊。即使我已有了多次經驗，仍舊沒有記取教訓。我指著椅子說：「凱柯斯法瓦先生，您還親自跑一趟，真是太客氣了！您實在太和善了！您請坐！」

凱柯斯法瓦沒有回答，大概沒聽清楚我說的話，不過至少了解了我的手勢。他怯生生在我指的那張椅子最外緣坐下。我腦中閃電般倏地想起：他年輕時寄宿在陌生人家吃救濟飯時，想必也是如此惶恐無措。如今他已是百萬富翁，仍舊同樣神情坐在我寒傖破舊的藤椅上。他慢條斯理摘下眼鏡，掏出口袋裡的手帕，仔仔細細擦拭鏡片。不過，親愛的朋友，我學乖了，我早已明白你擦拭鏡片的招數了，你所有的花招我全都一清二楚！我知道你拖泥帶水擦著鏡片，不過是想爭取時間。你希望我先開口說話，提出問題，我甚至知道你希望我問什麼。你要我詢問艾蒂絲是否真的病了，推延行程的理由又是什麼。但是我會特別提防的。你若有話對我說，悉聽尊便！我不會自動送上門！不，我絕不會再受騙了！我受夠了該死的同情心，也受夠了無完無了予取予求！該結束這些諱莫如深的多端詭計了吧！如果你有求於我，趕快直接了當誠實道來，別拿愚不可及的擦鏡片當障眼法！我不會再落入你的圈套，我受夠自己的同情心了！

老人彷彿聽見我緊閉雙唇下未說出口的話，終於無可奈何放下擦得晶亮的眼鏡。他顯然感覺到我不願意幫他忙先開口，所以必須自己起頭才行。他仍舊執拗低垂著頭，眼睛沒有看我，而是開口對桌子說起話來，彷彿希望從裂紋累累的硬木頭上尋求更多的同情。

「少尉先生，我知道，」他的口氣抑鬱，「我沒有權利，喔，確實如此，我沒有權利占用您的時間。但是，我該怎麼辦？教我們該怎麼辦呢？我實在無計可施了，我們全都走投無路了……天知道她怎麼會興起這個念頭，沒人能跟她談，她誰的話也不聽了……我明明知道她這麼做並非出於惡意……她只是不幸，遭遇了天大的不幸……她純粹是因為絕望，才如此對待我們……請您相信我，只不過是由於絕望呀。」

我等著他往下說。他什麼意思？她對他們做了**什麼事**？究竟是什麼？倒是快點照實吐露啊！你講話為什麼故弄玄虛，為什麼不直接了當說出到底怎麼回事？

但是老人茫然若失瞪著桌子。「我們什麼事情都談妥了，也全都做好了準備，訂好火車臥鋪，預定最雅緻的房間，昨天下午她還迫不及待想要趕緊動身。她親自整理要帶走的書，試穿了我自維也納訂購的新衣裳和皮草。但是我怎麼也想不透，她竟驀地興起了奇怪的念頭，就在昨天晚餐後——您還記得她情緒有多激動吧。伊蘿娜想不通，誰也都想不通她究竟怎麼回事。只聽她又叫又嚷，發誓說她死也不會離開，世間沒有任何力量能把她拖走。她說她要留下來、留下來、留下來，就算有人燒了她頭上這棟房子，也誓死不離開。她不加入這場騙局，不再受人愚弄。大家只想以療養為藉口把她弄走，擺脫掉她。但是我們可錯得離譜了，全都大錯特錯！她就是不走，她要留下來、留下來、留下來。」

我全身一陣冷顫。原來這就是她昨天勃然大怒，縱聲大笑的原因。難道她察覺到我已無以為繼，所以特別安排了這一幕，想要引我日後跟到瑞士去嗎？

不過我命令自己：別牽扯進去！別露出被惹怒的神情，千萬別讓老人發現她打算留下來，竟如此啃蝕著你的神經！於是我特意裝出楞頭楞腦的樣子，漫不經心說：「啊，這種事司空見慣啊！您不也最清楚她的脾氣陰晴不定，反覆無常嗎？伊蘿娜打過電話給我，只不過是延遲幾天出發罷了。」

老人深深嘆了口氣，嘆息聲從心底沉重爆裂開來，宛如一陣地震。這股陡然的衝擊，彷彿也同時奪走了他胸腔最後一口氣。

「上天啊，若是如此就好了！然而可怕的是，我擔心……我們全都擔心她根本不願意出門了……

我不知道，我實在一點兒也不懂，她忽然不在乎這次療程了，病情能否治好，她也不關心了。『我不想再受人折磨了，我不想讓人亂治一通，這一切全都毫無意義！』她說了這些話，聽得我心跳都要停了。『我不要再被騙了！』她又哭又叫，『我全都看透了，所有事情我全看得一清二楚……所有一切！』」

我迅速轉著腦筋。天啊，難道她發現了什麼蛛絲馬跡嗎？我露出馬腳了？康鐸不小心做了什麼事？她聽見我們無意中講出的無心話語，就此起了疑心，感覺到瑞士療養這件事不太對勁？難不成她銳利的目光，她那疑心重重的銳利目光，終究還是看透了我們把她送走其實毫無用處？我小心翼翼暗中試探。

「這我就不太明白了……令嬡平常不是非常信任康鐸醫生嗎？既然他這麼熱切勸她接受這個治療……我實在想不透了。」

「是啊，但是事情就是如此！……她不想再接受治療，壓根兒就不想把病治好！實在是瘋了。您知道她說什麼嗎？……『我無論如何不會離開，我受夠連篇謊言了！……寧願瘸腳一輩子，像我現在這樣，永遠留在這裡……我不想要治好病，我不願意，這一切都毫無意義。』」

「毫無意義？」我重複了一遍，頓感手足無措。

老人的頭垂得更低了，我看不見他泛淚的眼眶，再也看不見他的眼鏡。稀疏白髮飄動不已，我這才知道他全身劇烈打著哆嗦。這時，他喃喃低語著，聽不太清楚他的話。

「『我就算痊癒，也沒有意義了。』她一面說，一面啜泣，『因為他……他……』」

老人深深吸了口氣，彷彿需要很大力氣，才能把接下來的話說出口。最後，他終於脫口而出道：

「『他……他只不過是同情我罷了。』」

聽到凱柯斯法瓦說出「他」的口氣時，我霎時渾身冰冷。這是他第一次向我暗示自己女兒的感情。我已經好一陣子發現他明顯在迴避我，根本不敢正眼看我，而以前他卻是那麼熱絡想要與我交好。不過，我心裡有數，他迴避我的原因是羞愧難當。對這個老人來說，眼睜睜目睹自己的女兒追求一位男子，而這人卻逃離她身邊，想必非常可怕。她的祕密表白想必狠狠折磨著他，她直言不諱的渴望勢必使他無地自容。就像我一樣，他也失去了自然無拘的態度。想要隱藏祕密，或者不得不隱藏祕密，終將失去坦率自由的眼神。

但是，現在攤開來了，我們兩個心中受到同樣的打擊。洩露祕密的話語說出口後，我們只是不吭一聲默默坐著，迴避彼此的目光。狹窄的屋內，一團沉默籠罩在我們圍坐的桌子上方，空氣沉悶凝窒。然而，沉默逐漸擴張開來，如同一團黑色毒氣，膨脹到天花板，充斥了整個空間。虛空從上面，從下面，從四面八方壓迫而來，推擠著我們。老人的咽喉被這團沉默緊緊扼著，聽得出來他得費很大的勁，才能勉強呼吸。再過一會兒，這股壓力將會使我們窒息，或者激得其中一人暴跳起身，說句話，打破這片能置人死地、抑鬱沉默的空虛。

這時，眼前忽然有了動靜。我一開始只注意到他動了一下，動作遲鈍笨拙，怪異得可以。忽然，老人冷不防萎成一團，軟綿綿從椅子上滾了下來。椅子翻倒在他身後，發出一聲巨響。

中風了，這是我第一個念頭。忽然中風了，康鐸說過他患有心臟病啊。我大吃一驚，急忙奔過去，想要扶起他到沙發那兒躺下。這時候我才發覺老人根本不是從椅上摔倒，而是自己滑下來的。我一開始慌慌張張跑過去時，根本沒注意到他是故意跪倒在地。就在要把他扶起之際，他忽地往前一滑，抓住我的雙手，哀求說：

「您一定要幫助她……只有您能幫她了，只有您……康鐸也說過，除了您，其他人全使不上力！……我求求您，請您可憐她吧……這樣下去不行……否則她會尋死，會毀了自己的。」

儘管我的手不停哆嗦，還是一把拉起跪倒在地的老人。他牢牢箝住我的雙手，絕望中拚命緊抓的手指宛如鷹瓜般掐進我的肉裡，就像精怪，我夢中那個脅迫同情者的精怪。「您幫幫她吧。」他氣喘呼呼說，「看在老天的分上，請您幫幫她……我們不能讓這孩子老是陷於這種狀態……我向您發誓，這可是攸關性命的大事啊……您簡直無法想像，她在絕望中說了什麼樣荒謬無義的話……她啜泣說，她必須弄走自己，別擋著礙事，您才能得到安寧，我們大家也終於能安靜、安靜，不受她干擾……她不僅口頭說說而已，而是認真得駭人……她已經企圖自殺兩次了，一次拿刀割腕，另一次吞安眠藥。她一旦決定了，沒人能改變她的想法，誰也不行……現在只有您能救她了，只有您……我向您發誓，只有您一個人能……」

「這是理所當然的啊，凱柯斯法瓦先生……請您先冷靜下來……只要能力所及，我理所當然盡力而為。如果您願意，我們現在立刻出城去，我來勸勸她。我現在就和您走。要我說什麼、做什麼，完全由您決定……」

他猛然放開我的手，瞪著眼睛說：「要您做什麼？……您難道真的不明白，還是不願意理解？她都已經向您敞開心胸，表白感情，將自己交給您了，還因為做了這樣的事情而羞愧得要命。她給您寫了信，您沒有回覆隻字片語，現在又日日夜夜擔心您想辦法要把她送走，想擺脫她，因為您瞧不起她……她害怕您覺得她噁心，恐懼得都要瘋了……因為她……因為她……您難道真的不懂，讓一位像這孩子一樣性情高傲、情感狂熱的人無盡空等，是會把人給逼死的嗎？您為什麼不給她點希望？為什麼不給她捎個消息？您怎麼能對她如此殘忍，如此無情？為什麼要把這個可憐的無辜孩子折磨得淒慘至此？」

「可是，我已經盡己所能來安慰她了……我確實告訴過她……」

「您什麼也沒對她說！您想必自己也察覺到了，您來看她，卻對此絕口不提，她簡直要發狂了，因為她只等待一句……等待每個女人期望從心儀的男子口中聽到的一句話……只要她仍舊不良於行，根本不敢有什麼奢望……可是現在，她確定能夠痊癒，幾個星期後就能完完全全康復，那麼她有何理由不能和其他年輕女孩一樣，懷抱同樣的願望？為什麼不可以……她都已經向您表示過、向您說過，她等候您的一句話等得多麼焦躁急切……她能做的都做了……她總不能哀聲下氣乞求您……而您，您卻絕口不提，能讓她開心幸福的話一個字也不說！……說出那些話難道真讓您覺得如此可怕嗎？您日後將可能得到一個人在世上能擁有的一切啊！我年歲已大，又病痛纏身，我名下的一切，都會留給你們，莊園、產業，以及我四十年來攢下的六、七百萬……一切都將屬於……您明天就可以拿到財產，任何一天，任何時候都可以，我自己什麼也不要……只希望我離開人世後，有人能照顧那個孩子。我知道您是個好人，一個正派老實的人，您會愛護她，會好好對待她的！」

他喘不過氣來，頹然無助，虛弱地跌坐在沙發上。但是我的氣力也耗損殆盡，精疲力盡倒在另外一張椅子上。我們又像先前一樣，面對面默不作聲坐著，誰也不看誰。我不知道我們這樣坐了多久，只偶爾感受到他死緊攀住的桌子因為他身體一顫，也跟著微微晃動。不曉得時間又過了多久，我忽然聽見咚的清脆一響，好像硬物落撞硬物的聲音。只見他低垂的額頭碰到了桌面。我深深感受到這個人正在受苦，心裡頓時湧現一股必須安慰他的強烈需求。

「凱柯斯法瓦先生，」我俯身向他，「請您務必相信我……我們平心靜氣把一切好好思索一下……我再次向您說一次，我隨時供您差遣……只要力所能及，一定全力以赴……只是……您剛才暗示我的事情……實在……實在不可能……完全不可能啊。」

他像遭到最後致命一擊倒臥在地的動物似的，輕輕抽搐著，因為激動而沾了點白沫的嘴唇費勁地動了一下，不過我沒給他機會開口。

「凱柯斯法瓦先生，那是不可能的，我們不要再談下去了……請您想想……我是什麼人物啊？不過是個小小的少尉，靠著軍餉和每個月微薄的津貼過日子……這樣拮据的收入是無法維持生計的，是無法過活的，遑論供應兩個人的生活……」

他想打斷我的話。

「是的，我明白您想說什麼，凱柯斯法瓦先生。您認為錢並不重要，這方面好安排。我也很清楚您非常富有，而且……我能得到您擁有的一切……但是，正因您家財萬貫，而我一文不名，是個無名小卒……所以一切才不可能……別人會以為我純粹是為了錢財，把自己給……您相信我，艾蒂絲自己一輩子也會拋不掉心裡的疑慮，認為我是為了錢才娶她，雖然……雖然情況特殊……請相信我，凱柯斯法瓦先生，這事行不通的。儘管我是如此真心誠意敬重令嬡，而且……而且……而且也喜歡她……但是，您一定能夠理解吧？」

老人動也不動。我本來以為他完全沒聽懂我的話，但是那虛弱的身體漸漸有了動作。他疲憊不堪抬起頭，悵然發楞。過了一會兒，兩隻手扶住桌沿，想要撐起自己沉重的身體，但是沒有一下就成功起身。他試了兩、三次，始終體力不支。最後，好不容易站了起來，但因為用力過度，身體有點搖搖晃晃。墨黑中，他的瞳孔僵滯不動，宛如兩塊黑色玻璃。這時，他喃喃自言自語，語氣陌生遙遠，不痛不癢得教人心慌，彷彿他自己原本那個人的聲音已經死去。

「那麼……那麼一切都完了。」

語調聽來毛骨悚然，徹底自暴自棄的神態教人害怕。他的眼神始終茫然無神，也沒低頭瞧，直接就伸手在桌上摸索眼鏡，拿到後，沒有戴到呆滯的眼睛上——何必看呢？何必還要活呢？——而是笨手笨腳塞進口袋裡。發青的手指（康鐸就是從這兒看到了死亡）又沿著桌面四處摸索，終於也在桌邊摸到了皺巴巴的黑呢帽，這時才準備離開。他眼睛沒瞧我一眼，喃喃說：「非常抱歉，打擾了。」

他把帽子隨便扣在頭上，腳不太聽使喚，蹒跚拖著走，氣力盡失，像個夢遊者般踉踉蹌蹌走向門口。這時，他忽然想起什麼似的，摘下帽子，向我一鞠躬後又重複道：「非常抱歉，打擾了。」

備受命運打擊的老人心慌意亂之際，卻還向我彎腰鞠躬，這個彬彬有禮的姿勢簡直徹底擊垮了我。我頓時感受心裡又湧現那股溫暖的熱流，那股熾熱洶湧的噴泉，直上眼睛，嗆得兩眼火熱熱的，心腸也同時軟了下來，意志變得薄弱無力。同情心再度氾濫，將我淹沒。我不能就這樣放他走，這老人來此雙手奉上了他的孩子，他在人世間唯一的命根子，我不能眼睜睜看著他走向絕望，走向死亡。我不能奪走他的性命，必須說些話，安慰他，使他寬心，讓他冷靜下來。於是我快步追了上去。

「凱柯斯法瓦先生，您可別誤會我的意思……您絕不能就這樣走掉，最後對她說……在這個階段，對她而言那將十分可怕……而且事實也非全然如此。」

我越說越激動，因為老人顯然沒有聽進我的話。絕望中，他宛如化成了鹽柱，僵立不動，猶似陰影中的暗影，一個活死人。我想要安慰他的需求越來越強烈。

「事實不是這樣的，凱柯斯法瓦先生，我向您發誓……對我來說，最可怕的莫過於傷害令嫒……傷害艾蒂絲……或者……或者她以為我不是打從心裡喜歡她……沒人能比得上我對她的真心誠意，我向您發誓，沒人比我更喜歡她……她以為我不在乎她……真的只是胡思亂想罷了……正好相反……正好相反……我只是認為，如果現在……如果今天對她說這些……實在毫無意義……首要之務是……她要好好愛惜自己……要真的接受治療，恢復健康……」

他冷不防轉向我，方才還死氣沉沉的呆滯瞳孔，忽然磷磷綻光。

「然後呢……她痊癒之後呢？……」

我嚇了一跳，本能感受到危險迫近。若是現在給出承諾，我就得承擔責任。就在這個節骨眼上，我驀地想起一件事：她渴望的一切不過是假象。她不可能立刻就痊癒了呀，可能得拖上好幾年。康鐸說過，先別想太遠，現在只要安撫她，讓她鎮靜下來！為什麼不給她一點希望，有什麼理由不讓她開心，至少短時間讓她感到幸福？於是我說道：「是的，如果她痊癒了，那當然……我一定會……親自上門一趟。」

他目瞪口呆看著我，身體抖了起來。他體內彷彿有股力量把他推向我。

「我可以……可以把這話告訴她嗎？」

我又感覺到了危險，但已無力抵擋他苦苦哀求的眼神。於是我堅決說道：「可以的，請您轉告她。」然後向他伸出手。

他的眼睛閃爍淚光，熱淚盈眶，殷殷看著我。門徒拉撒路死後四天因耶穌而再度復活，昏昏沉沉爬出墳墓，看見藍天與聖潔的天光時，一定也是這種眼神。我感覺他的手在我的手裡不停顫抖，越抖越厲害。他額頭慢慢低垂，越垂越低，我及時想起他之前也低下頭，然後親吻了我的手，於是匆忙抽回手，重複道：「可以的，請您轉告她。請您也告訴她不要擔心。現在最重要的是恢復健康，為了自己，也為了大家，盡快痊癒！」

他欣喜若狂，重複我的話說：「好的。恢復健康，盡快痊癒。噢，我十分篤定她現在就會立刻動身，恢復健康了，因為您恢復健康，為了您恢復健康……一開始我就知道是天主將您送到我面前的……不、不，我沒有辦法答謝您，天主將會給您報酬的……我告辭了……不，請您留步，不要麻煩了，我這就告辭。」

他踩著另外一種我從沒在他身上見過的輕盈步伐，靈活地走向門口，黑色大衣的下襬隨之輕飄飛舞。門在他身後關上，聲音清脆，甚至有點歡快。我獨坐在黑漆漆的房裡，微微感到驚愕。一個人做出關鍵性舉動之前，內心若沒有事先有所定奪，就會出現這種感受。一個小時後，勤務兵謹慎地敲我房門，遞給我一封信，藍色的信紙，尺寸十分熟悉。我受到同情心驅使，意志薄弱許下了承諾，直到此時，我才明白自己將要承擔多大的責任。

「我們後天動身，我已經答應爸爸了。請您原諒我這幾天的舉動，但一想到自己對您而言或許是個負擔，我就恐懼得要發狂。現在我清楚自己為什麼要恢復健康，為了誰一定要痊癒了。現在我什麼也不怕了。請您明天盡早過來一趟。我從未如此迫不及待想見您。您永遠的艾。」

「永遠。」一看到這兩個字，我猛地一陣冷顫。這兩個字將牢牢困住一個人，永無盡期，不可挽回。現在沒有退路了。我的同情心再一次比我的意志更強大。我把自己交出去了，再也不屬於自己。

第二十六章

振作精神，我對自己說道。這是他們能夠從你身上奪走的最後東西，永遠不可能實現的半個承諾。只要再容忍一、兩天這荒謬的愛慕就行了，之後他們就動身離開，屆時你便又贏回自己了。然而，越逼近下午，我越來越煩躁，越來越不自在。一想到要心裡揣著謊言，面對她溫柔信賴的目光，我就倍感折磨。我盡可能裝得輕鬆自在和同志閒聊，卻只是白費力氣。我清清楚楚感覺到大腦裡滴答作響，神經剝剝顫動，咽喉忽然乾得要命，彷彿有股被壓抑的火開始悶燒冒煙。我本能點了杯白蘭地，一口氣灌下。但無濟於事，喉嚨依然乾得教人難受。於是我再要了一杯。等到點了第三杯，才發現自己其實無意識想借酒壯膽，免得上他們家去時，顯得一時懦弱或者容易傷感。我內心有些感受，希望能事先麻醉一下，也許是恐懼，也許是羞怯，也許是良善的感受，也或者是非常邪惡的情緒。是的，就是這麼回事，只有這個原因——難怪衝鋒陷陣前，要發給士兵雙份的燒酒飲用——我希望自我麻痺，鈍化自己的感覺，才不會清晰感受到我即將面對的棘手局面，甚至是危險狀況。然而三杯酒下肚，最初的效果只有雙腳變得沉重，腦裡嗡嗡作響，好似牙醫的機器在真正鑽到痛處前磨不停的聲音。我走在這條漫長公路——難道只有這次才覺得此路漫長無盡嗎？——絕非內心安穩、頭腦清晰，更談不上開朗愉快，而是心臟噗通直跳，躑躅不決，勉勉強強走向那棟可怕的宅邸。

然而命運把情勢安排得比我想像容易多了。另外一種更令人心醉神迷的麻痺感正等待著我，一種比我在劣酒中尋找的，還要細緻、純粹的微醺醉意。虛榮心也會使人昏頭，感激之情也會使人陶醉，柔情蜜意也會迷惑得人飄飄欲仙。正直的老約瑟夫在門口一看見我，又驚又喜說：「啊，少尉先生！」他吞了口唾沫，激動難耐，不時抬眼偷覷我，就像在教堂裡瞻仰聖像一樣——我找不到其他說法形容。「請少尉先生馬上到會客室！艾蒂絲小姐已經等候少尉先生好一會兒了。」他低聲說道，語氣激動，有種不好意思的亢奮情緒。

我不禁訝然自問道：為什麼這個萍水相逢的人，這個老僕人如此欣喜若狂？他為什麼這麼喜愛我？在別人身上看見良善和同情，真也會使人心情愉快，幸福洋溢嗎？若是如此，康鐸說即使只幫助一個人，也會實現自己的生命意義，就是對的了。那麼不遺餘力幫助他人，甚至赴湯蹈火，也確實值得了。如此一來，任何犧牲都有其道理，即使是謊言，只要能使他人幸福，也比一切真相重要許多。忽然間，我感覺腳步踏實，腳底穩穩踩在地面。知道能為別人帶來快樂，走起路來也虎虎生風，步伐完全不一樣。

伊蘿娜這時迎面走來，笑顏逐開，眼神彷若兩隻深色的溫柔雙手擁抱著我。她握著我的手，展現出前所未有的親切熱情。「謝謝您。」她的聲音彷彿穿透夏日溫暖溼潤的雨傳來。「您真的不知道您對那孩子做了什麼好事。您救了她，上天明鑑，您真的救了她！您快過來，我實在無法描述她等您等得多心焦。」

這時，另一扇門輕輕動了一下，感覺有人站在門後偷聽。老人走了出來，但是神情與昨日截然不同，眼睛裡不再充滿死亡與驚恐，而是綻放溫柔光芒。「您來了，真是太好了。您會訝異她簡直判若兩人。發生不幸這麼多年來，我從來沒看過她那麼開心，那麼幸福。奇蹟，真的是奇蹟啊！上天啊，您為她、為我們做了多大的好事啊！」

他深受感動，情緒激動得說不下去了，嚥了一口唾沫，老淚縱橫，同時又為自己的失態難為情。他的激動也逐漸感染了我。面對如此真情流露，感激涕泗，有誰能無動無衷呢？我希望自己不要成為愛慕虛榮的人，砥礪自己不可孤芳自賞，自視甚高，即使是今日，我也不相信自己心腸良善，不相信自己的力量。但是，他人狂熱的、銘感五內的熱情，卻將一股迷人的自信感注入我心裡。一切恐懼與怯懦，忽然間被一陣金色的風兒吹散。既然能使別人快樂，無拘無束大方接受愛慕又有何妨呢？一想至此，我已經迫不及待想趕快走到會客室去。前天我離開那兒時，心情還悵然絕望呢。

我幾乎認不出扶椅上坐著的那位姑娘。她神采奕奕凝望著我，渾身散發動人光采，一身淺藍色絲綢，更顯嬌羞，更加純真。紅褐色秀髮上，閃耀著潔白鮮花。是桃金娘嗎？扶椅周圍也成排擺滿了花籃，花團錦簇。花是誰送給她的呢？等待多時的她一定老早就知道我進屋了，肯定聽見我和其他人愉快寒暄，以及逐漸走近的腳步聲。然而，這次全然不見神經質的探詢目光，以及嚴密監視的眼神。以前我一走進來，她總是半睇著眼，滿心猜疑拿這種目光打量著我。她今天一派輕鬆，真心誠意端坐在扶椅上，儼然成為一個截然不同的姑娘，因為歡愉而更顯純真，因為美麗而更加嫵媚。我心裡詫異不已，完全忘了毯子下蓋著一位病人，那張扶椅其實是她的監牢。她察覺到我微微的訝異之情，將之當做一種餽贈，欣然收下。她邀請我坐下時，響起昔日無憂無慮相處時的親密聲調：

「終於來了！您終於來了！請過來，坐在我身邊。還有，請您別說話。我有些重要的事情要告訴您。」

我落落大方坐下。受到如此開朗、如此親切的邀請，怎麼可能會心慌意亂，窘迫不安呢？

「只要聽我說一分鐘就行了。您不會打斷我的，對吧？」我感覺她這次是經過深思熟慮才說出每一句話。「您告訴我父親的事情，我全都知道了。我知道您願意為我做什麼事。現在，請您相信我承諾您的一字一句：我永遠不會──請您聽著，永遠不會──再問您這樣做的理由，不管只是看在我父親的面子上，還是真的因為我，或者不過是出於同情，或是……不，請您別打斷我，我都**不想**知道了，我不想要……我不想再深入探究，折磨自己也折磨別人。多虧您，我又活了下來，而且繼續活下去，這樣就夠了。……昨天我才**開始**真正生活。我若是能恢復健康，要感謝的只有一個人。只有您一個人！」

她遲疑了片刻，又接著說下去：「現在請您聽清楚我要承諾的事情。昨晚，我把所有事情從頭到尾都透徹想過了。這是我第一次像個健康的人一樣頭腦清晰思考，而不是以前那個始終心裡不踏實，激憤焦躁的我。我現在才明白，思考時心裡毫無畏懼，竟是那麼美好，真的太棒了。我第一次能預先體會正常人的感受。都要歸功於您，我才能有此體驗，只有您。我會遵照醫生的一切指示，只要能從我現在這副怪模怪樣變成一個真正的人，我什麼都願意忍受。我不會輕言放棄，也不會懶惰懈怠，因為我現在知道這一切關係著什麼。我會使出全身每一根纖維、每一條神經，榨乾每一滴血，全力以赴。我相信皇天不負苦心人的。為了您，我什麼都願意做，換句話說，我不願意您有任何犧牲。但是，如果最後沒有成功……拜託您別打斷我的話！……或者，沒有**完全**成功，我沒有**徹底**恢復健康，像別人一樣靈活……您也不必感到害怕！我會自行承擔一切的。我知道有些犧牲不可以接受，遑論還是心愛的人所做的犧牲。為了這次療養，我賭上了一切，所有的一切！如果最後失敗，您從此不會再聽見我任何消息，永遠不會再看見我。我向您發誓，我絕對不會成為您的負擔，因為我不希望再拖累任何人，尤其是您。好了，我想講的就是這些。現在什麼也不說了！這兩天，我們能夠相聚的時間不過只有幾個小時，我希望能夠盡量開心度過。」

她說話的聲音與平時截然不同，顯得成熟。眼睛也不同了，不再是惶恐不安的孩子雙眼，也不是病人充滿渴望的疲憊眼睛。我感覺她對我的愛也有所改變，一開始那種輕鬆戲謔的愛已不復見，也不是飽受欲望折磨的濃情。而我看待她的眼光同樣出現變化，同情她命運多舛而生的惻隱之心，不再像以前一樣壓抑著我，我用不著憂懼害怕，戰戰兢兢，只要真心誠意，清楚明確就行了。眼前的姑娘因為夢寐以求的幸福即將實現，整個人容光煥發。不知道怎麼回事，我心底第一次對這個嬌嫩的姑娘升起一股柔情。我不知不覺把椅子挪近她身邊，想要握住她的手。這一握，她不像上次因為欲火中燒而顫抖不止，纖弱冰涼的手腕靜靜任我握著，順從乖巧。她的脈搏宛如敲著小槌子似的不疾不徐跳動，我感到非常幸福。

我們無拘無束談論這次的旅程，日常生活中的瑣事，聊著城裡和軍營的趣聞。我實在不理解，我幹嘛要折磨自己，事情不是很簡單嗎？不過就是坐在一個人旁邊，握住她的手，完全不用拘謹，無須隱藏自己，只要真誠以待。也不用抗拒溫柔的感受，接受對方的愛慕之情不需感到羞愧，純粹心懷感激就好了。

隨後我們入席用餐。銀色燭台在燭火搖曳中閃閃發亮，花瓶裡的鮮花燦爛如五彩煙火。水晶吊燈的光芒在一面又一面鏡子之間流轉輝映。四下一片靜謐，黑幕拱如貝殼，罩住殼裡宛如珍珠般光彩奪目的宅邸。敞開的窗戶飄進一陣芳香，我似乎偶爾聽見屋外樹木靜靜吐納的聲息，和風徐暖，低低吹拂過翠綠青草，動人心弦。一切是如此美好，更甚往日任何時光。老人如神父般端坐著，神情莊嚴慎重。艾蒂絲和伊蘿娜活潑開朗，青春美麗，我從沒見過她們這麼歡樂、這麼雀躍。僕人胸前的襯領也潔白得耀眼。平滑的水果外皮，色彩繽紛奪目，前所未見。我們享用美食，暢飲佳釀，開心聊著天，因為能和睦相處而歡天喜地。歡笑聲化做啁啾鳴唱的鳥兒，無憂無慮從這人身上飛到另一人身上，愉快的情緒如波浪嬉戲，忽漲忽落，起起伏伏。僕人在杯子裡斟滿香檳，我首先舉杯祝福艾蒂絲說：「為您的健康乾杯！」大家才乍然安靜下來。

「是的，恢復健康。」她吸口氣說，深信不疑地看著我，彷彿我的祈願主宰著生與死。「為了你，恢復健康。」

「老天保佑！」老父親站了起身，情緒激動得不由自己。他取下淚水沾溼的眼鏡，沒完沒了擦拭起來。我覺得他的雙手忍不住想要碰碰我，我並沒有拒絕。因為我也有股衝動想要表達感謝之意，於是我走過去擁抱他，他的鬍子掠過我的臉頰。他放開我後，我察覺艾蒂絲正凝望著我，朱唇輕啟，微微顫動，彷彿也渴望同樣親密的觸摸。我迅速彎下身子，在她唇上印上一吻。

我們的婚約就此定下。我並不是經過深思熟慮才吻了這位陷入愛中的姑娘，純粹只是出於感動。雖然事情發生非我本願，我也沒有意識到，卻不後悔做出這個小小的、純潔的親暱舉動。因為這位幸福得羞紅雙頰的姑娘不像先前那般，狂野地拱起咚咚直跳的胸脯擠向我，也未緊緊抱著我。她的唇謙卑地迎向我的唇，宛如接受盛重的禮物一般。其他人全都默不作聲。這時，角落傳來一陣怯生生的窸窸窣窣。一開始似乎只是尷尬的清嗓子聲，等我們抬頭一看，才發現僕人站在角落輕聲啜泣。他把酒瓶放在桌上後，便別過頭去，不想讓我們發現他不得體的感動之舉，但是他笨拙的眼淚也引得我們人人熱淚盈眶。忽然間，艾蒂絲的手覆上了我的手。「把手交給我一下。」

我不知道她有何目的，只感覺有個光滑冰涼的東西套進了我的無名指。是枚戒指。「我離家以後，你可以看著這個想念我。」她道歉說。我沒有望著戒指，只是執起她的手，印上一吻。

第二十七章

這天晚上，我是天主，創造了世界，瞧，這世界充滿了良善與正義。我創造了一個人，他的額頭如晨曦般閃耀純潔光輝，雙眸映照出幸福的彩虹。我把山珍海味擺滿餐桌，使果樹結實累累，釀造美酒，烹飪佳餚。各色美味見證我的豐饒多產，盛在晶亮的碗盤與形形色色的籃子裡，猶如貢獻的供品，滿坑滿谷呈放在我面前。佳釀閃爍酒光，水果耀眼可口，入口香甜，滋味芬芳。我在屋子裡造了光，在人的心裡造了光。水晶吊燈的燈光宛如日光，照耀在玻璃杯裡搖曳生輝。潔白的桌巾如皚皚冬雪刺眼奪目。眾人喜愛由我身上散發出來的光，我不由得心生驕傲。我接受他們的愛，沉醉其中。他們向我敬酒，我一口飲盡；向我獻上水果佳餚，我欣然享受餽贈；向我表達敬意與感激，我接受他們的崇拜，就像收受美食佳釀等供品一樣。

這天晚上，我是天主，但不是高踞寶座上，冷淡俯視著我的作品與作為。我平易近人，親切和藹與我的創造物同桌而坐。我彷彿透過圍繞自身四周的銀色雲霧，模模糊糊看見他們的臉龐。左首坐了一位老人，我身上散發出的良善光輝，撫平了他額頭上縱橫密布的皺紋，驅散了黯淡他雙眼的陰影。我趕走糾纏著他的死神，他覺知到我實現於他身上的奇蹟，用死而復生的聲音頻頻表達感激之意。我身旁坐了一位姑娘，曾經罹患重病，困坐囹圄，受盡壓迫，深陷在自己內心的混亂之中。然而，她光采照人，看起來已然恢復健康。我以嘴唇的氣息將她救出恐懼的地獄，提升入愛情的天堂。她的戒指在我的手指上閃爍如晨星。她對面坐著另一位女子，一樣面露感激的笑容，因為我賦予她秀美面容，濃密芬芳的深髮攏聚在光潔的額頭兩旁。這些都是我賜予他們的，我本人親臨現場的這個奇蹟，提高了他們的價值，人人眼裡洋溢著我創造的光。他們彼此對視時，我就是他們目光裡的光亮；彼此交談時，我就是他們話語的意義；即使他們沉默不語，我也逗留在他們的思想當中。因為我就是他們幸福的開端、中心與泉源，唯獨只有我一人。他們若是互相讚嘆，讚嘆的就是我；若是彼此相愛，就會認為我是他們愛情的創造者。我置身我的創造物當中，為他們感到得意、開心，而且親眼見證對他們釋出善意實是件好事。於是，我喝酒時，同時也豪飲下他們的愛；用餐時，也同時享受他們的幸福。

這天晚上，我是天主。我平息了洶湧奔騰的洪水，驅散了他們心頭的黑暗。不過，我也消除了自己的恐懼，我的心安詳寧靜，從未如此靜謐。夜色已深，我從桌旁起身，心裡頓時渲染了一絲絲的哀愁，宛如天主第七天完成創世時所湧現的永恆哀愁。這絲哀愁，也反應在他們空虛氣餒的臉龐上。因為該是告別的時刻了。奇怪的是，大家全都情緒激動，彷彿知道某件無法比擬的事情已近尾聲，難得輕鬆自在的時刻將如雲彩般飄散消逝。我第一次因為要離開姑娘而心生恐懼，像個難分難捨的戀人似的，一再拖延向愛慕我的人告別的時間。我多想再坐在她的床畔，反覆撫摸纖柔羞怯的手，凝望幸福的玫瑰色笑顏照亮她的臉龐啊。但是時間太晚了。於是我飛快擁抱她一下，吻了她的唇。我感覺她屏住了呼吸，彷彿想要永遠保留我氣息的溫暖。然後，我往門口走去，她父親陪著我。我回頭又看了她一眼，再向她致意一次，然後踏著自由穩當的腳步離開。成功完成一件工作，完成一件值得讚揚的舉動後，就會踩出這種步伐。

§

我走了幾步，邁進前廳，僕人已經拿著軍帽和佩劍等著我。要是我快點走掉就好了！真希望能夠無情一點就好了！可是老人仍舊依依不捨，不願與我分開，再一次擁抱我，又一次輕觸我的手臂，一次又一次表達十二萬分的謝意，感謝我為他所做的事。現在他可以安心死去了，那孩子將會痊癒，事事順利，而這一切都是因為我，唯獨因為我一個人。僕人佇立一旁，低垂著頭耐心等候。當著僕人的面如此被人撫摸，受人奉承，我感到十分窘迫。我已經和老人握手道別好幾次了，他卻總是一而二、再而三從頭開始。而我這個受同情心擺弄的傻瓜，只是站著、待著。儘管內心有個模糊低沉的聲音催促道：「夠了，已經太過分了！」我還是找不到力氣掙脫離開。

忽然間，門後傳來一陣不安的騷動。我側耳傾聽。隔壁房間想必發生了爭執，可以聽見有人情緒激動，激烈爭吵。我認出吵架的聲音是伊蘿娜和艾蒂絲時，嚇了一大跳。一個似乎正打算做什麼，另一個卻極力勸阻。「拜託妳，」我清楚聽見伊蘿娜的警告聲，「待在這兒。」艾蒂絲聲音憤怒，粗暴吼道：「不要，別管我，別管我啦。」我越聽越發不安，不再注意老人嘮叨不休的廢話。關上的門後面究竟發生什麼事了？和平為什麼破裂了？我創造的和平，天主在這一天安排的和平呢？艾蒂絲這麼專橫，究竟想做什麼？另一個又想阻止什麼事？這時，驀地傳來令人不舒服的笨重聲響，篤、篤、篤的拐杖頓地聲。老天啊，難道她不打算讓約瑟夫幫助，想要自己走到我這兒來嗎？只聽見篤篤的木頭頓地聲匆忙逼近，篤……篤，右，左……篤、篤……右、左、右、左，我眼前不由自主浮現搖搖晃晃的身影。她現在一定走到了門後。接著，一聲轟隆，響起一陣撞擊，彷彿有個笨重的物體飛撞上門扉，隨即是一陣使力過猛的激烈喘息聲。忽地，嘎嗒一響，有人將門把用力往下一壓。

眼前的景象是多麼可怕呀！艾蒂絲氣喘吁吁靠在門框上，因為用力過度而筋疲力竭。她的左手死命攀緊門框，穩住身子，免得失去平衡，右手拳頭裡一次抓著兩把拐杖。伊蘿娜一臉絕望從後面擠上前，顯然想扶住她或者猛力拽回去。但是艾蒂絲的雙眼射出不耐煩與憤怒的光芒。「別管我，我說過別管我呀！」她對伸出援手的討厭姑娘忿忿吼道。「你們誰也不用幫我，我一個人就能辦到。」

凱柯斯法瓦和僕人還來不及完全反應過來，就發生了不可思議的事。不良於行的姑娘彷彿拚命使勁似的咬緊牙關，杏眼圓瞪，目光灼熱地緊盯著我。她猛地一推，將自己推離支撐身體的門框，宛如泳者蹬離岸邊，打算不借助拐杖，獨力走向我。但她一將自己推離門框後，立刻不穩地晃了晃，彷彿就要跌入屋裡的虛空中。她頓時舉高沒抓住東西的左手和拿著拐杖的右手，揮動了幾下，試圖維持平衡。接著再度咬緊牙關，猛力踢出一腳，再把另一腳拖過來。她的身體因為一左一右、一伸一拐，活像個傀儡木偶似的一抽一顛，動作斷斷續續不連貫。可是她在走路！她在走路！睜大的眼睛牢牢盯在我身上走過來，她在走，好似有條看不見的線操縱著，牙齒深深咬進嘴唇，臉部五官扭曲變形！她在走路，像艘遭遇暴風雨的小船顛顛簸簸，但是她正在走，第一次不靠拐杖和他人的幫助，獨自行走。一定是意志力創造的奇蹟喚醒了她死去的雙腿。一直以來，沒有醫生能夠向我解釋為什麼這一次、這絕無僅有的一次，姑娘的癱瘓雙腿能夠脫離僵硬、虛弱的狀態。我無法精確描述事情經過，因為所有人都僵住了，全看著她欣喜若狂的眼睛，連伊蘿娜都忘了要亦步亦趨保護她。艾蒂絲搖搖晃晃走了幾步，彷彿內在有股風暴推她向前似的。這不能稱之為走路，只能算是貼著地面飛翔，一隻剪斷了翅膀的鳥兒撲簌簌摸索著飛行。然而，意志力這個心裡的惡魔推著她往前走了又走。她已走得很近，因為即將迎向凱旋而得意開心，急切地朝我伸出原本像翅膀不斷揮動以保持平衡的雙臂，緊繃的臉部線條也放鬆了下來，化成心花怒放的幸福笑容。她完成了，就差兩步，奇蹟即將實現，不，只剩一步，最後一步——我簡直能感受到她含笑的紅唇所呼出的氣息——這時，可怕的事情發生了。她預感我會給她一個擁抱，迫不及待過早猛地伸出渴望的雙臂，卻因此失去重心。她雙膝彷彿被鐮刀一刀砍下，突然從中彎斷，她驟然摔倒在地，就跌在我的腳前，拐杖嘎嗒嘎嗒掉在堅硬的地磚上，發出巨響。我乍然受到驚嚇，不由自主往後退，而非自然而然連忙衝過去扶她起來。

反觀凱柯斯法瓦、伊蘿娜和約瑟夫幾乎同時奔過去，扶起不住呻吟的姑娘。我察覺到他們把艾蒂絲抬了出去，但始終沒有辦法望向他們，只聽到她窒息哭泣聲中的絕望憤怒，以及小心翼翼抬著她走出去的拖曳腳步聲。這一剎那，整個晚上遮蔽在我視線的亢奮迷霧頓時散去。內在光亮一閃，我通觀一切，所有事情清晰得可怕。我知道這個不幸的姑娘永遠不可能痊癒！所有人寄望於我身上的那個奇蹟並未發生。我不再是天主，只是個渺小卑微的凡人，因為自身的缺點，卑鄙地傷害別人，因為同情心氾濫，擾亂他人心神，將事情破壞得亂七八糟。我內心清楚，而且是十分清楚自己的責任：現在就向她表達忠誠，或者永遠不做。現在就追過去，坐在床邊安慰她，哄騙她走得很好，一定會恢復健康，否則永遠也不用做了！但是我實在提不起力氣絕望地欺騙她。恐懼當頭籠罩，我萬分害怕看見苦苦哀求的眼神，以及隨時而來的貪婪渴求目光；害怕他們的不幸，因為我無能為力控制。我想也沒想，拿起了軍帽和佩劍。第三次，也是最後一次，像個罪犯似的離開了宅邸。

§

我需要空氣，就算一口也好！我快要窒息了。是林間夜色太悶熱了，還是我飲酒過量，酒精作祟的關係？上衣繃得我好緊，令人作嘔欲吐，我猛力扯開衣領，大衣沉甸甸壓在我的肩頭，我恨不得能丟掉。空氣，只要一口也好！我渾身燥熱、窒塞，血液彷彿要衝破皮膚，蹦射而出，耳朵裡老篤、篤、篤敲著。究竟是可怕的拐杖聲，或者只不過是太陽穴裡脈搏在跳動？我為什麼如此沒命狂奔？究竟發生什麼事情了？我必須好好想一想。到底發生什麼事了？慢慢想，冷靜地想一想，別去聽那篤、篤、篤的聲音！有了，我訂了親，不，是別人給我訂了親……我不願意，我想都沒想過……現在我訂了親了，被束縛住了……喔，不，不……這不會是真的……我可是告訴過老人，只要她痊癒的話……但是她不可能痊癒啊……要兌現我的承諾，只有……不，完全不可能兌現！什麼事也沒發生，根本沒發生事情。但是，為什麼我要親吻她，而且是吻在唇上？……我不是不願意……唉，同情心，這該死的同情心！他們總是利用同情心捆綁我，現在我可給套住了。我真的訂親了，而且合乎禮俗，父親和僕人他們都在場……我不願意啊，我並不願意……現在該怎麼辦？……冷靜下來，好好想一想！啊，真討厭，又是篤、篤、篤沒完沒了的聲音，篤、篤、篤……現在這聲音要震碎我的耳膜，她將永遠拄著拐杖跟著我……事情已成定局，不可挽回了。我欺騙了他們，他們欺騙了我。我訂親，他們給我訂的親。

怎麼回事？樹木為什麼搖搖晃晃，七零八落？滿天的繁星怎麼如此刺目，在夜空上橫衝直撞？一定是我眼花了。頭好沉重！啊，這窒悶的空氣！得想辦法冷卻一下腦袋，才能好好正確思考。或者喝點東西，沖掉喉頭黏呼呼的苦澀感覺。我經常騎馬經過這條路，前面路旁不是有口井嗎？不，我早就已經走過井了。我方才一定像個傻瓜似的跑了起來，怪不得太陽穴跳得這麼劇烈，跳得這麼厲害！只要喝點東西，我應該就能靜下心來思考。我終於看到幾間低矮房舍，其中一扇窗簾半遮著的窗戶，透出煤油燈的昏黃光線。沒錯，我現在想起來了，這是城外一間小酒店，車夫總在大清晨暫歇於此，趕緊喝杯燒酒暖暖身子。上那兒去要杯水，或者要一些辣點或苦點的酒，腐蝕掉黏在咽喉的東西！只要能喝點東西，什麼都好！我沒有多想，猛力推開酒館的門，貪婪的程度猶如一個將要渴死的人。

劣質菸草的汙濁異味從朦朧昏暗的地洞迎面撲來。後面的酒吧擺著劣質燒酒，前面有張桌子，幾個修路工人坐在桌旁打牌。有個輕騎兵靠在吧台邊，背對著我，正和老闆娘談天說笑。他感覺背後有風吹來，一轉過頭看，頓時嚇得張口結舌，馬上立正，兩腳跟啪地併攏。他為什麼如此驚慌失措？哎呀，他八成以為我是督察軍官，而他這時候早就應該躺在軍床上了。就連老闆娘也揣揣不安望向我，工人也全停下手裡的牌局。我身上大概有什麼奇怪的地方吧。我總算想起來了，但為時已晚。這間酒館無疑只有士兵才會來光顧，我身為軍官，根本不該踏進這裡。我本能轉身想離開。

但是老闆娘已經恭恭敬敬擠上前來，詢問我想來點什麼。我覺得有必要為自己沒弄清楚狀況就盲目衝進來致歉，所以對她說我人不太舒服，是否可以給我杯蘇打水和燒酒。「馬上來，馬上來！」她話一說完，轉眼不見人影。我本想在吧台旁趕快喝完兩杯飲料，這時，掛在屋內中央的煤油燈忽然搖晃了起來，酒櫃裡的瓶子上上下下無聲跳動，靴子底下鋪著木板的地面也變得軟綿綿，左搖右晃，我站都站不穩。趕快坐下，我對自己說，於是我使出最後一絲力氣，蹣跚走到一張空桌旁。蘇打水一端來，我立刻一飲而盡。啊，清涼舒服，噁心的味道終於消失了一會兒。趕快喝完燒酒，就可起身離去了。可是我站不起來，雙腳彷彿生長到地裡頭了，頭也昏昏沉沉，怪異地嗡嗡響著。我又點了杯燒酒，等下再抽根菸後，就趕緊離開。

我點燃了菸。再坐一會兒就好了，兩隻手支著昏沉困倦的腦袋，好好想一想，仔細思索，想個透澈，一件一件來。好，我訂親了……別人給我訂的親……但是訂親若要算數，只有……不，別逃避了，已經算數了，是算數的……我吻了她的唇，而且是出於自願。不過，那只是為了安慰她呀，我畢竟很清楚她永遠不可能痊癒……她剛剛才像根木棍似的跌倒在地，不是嗎？……這種人是**無法**與之成婚的，她根本不算真正的女人，不算是……可是，他們不會放過我的，不會再放我自由了……那個老人，那個精怪、那個精怪，那個精怪有著表情憂傷的老實人臉孔，戴著一副金框眼鏡，死命要抓住我，怎麼甩也甩不掉……他始終抓著我的手，抓住我同情心，我該死的同情心，硬要把我拉回去。明天他們就會到城裡大肆宣傳這件事了，登報刊載消息，如此一來將沒有挽回的餘地……現在是不是最好先向家裡報備一下，免得父母親從其他人口中或者報紙上得知消息？向他們解釋我訂親的來龍去脈，告訴他們這婚事不急，完全不是認真的，我純粹出於同情心才蹚了渾水……啊，該死的同情心，該死的同情心啊！軍團裡誰也不會理解這種事，我那些同志理解不了的。史坦胡貝爾是怎麼說巴林凱？「既然要賣身，至少得賣個漂亮的好價錢吶……」噢，上天，他們會怎麼評斷這事呢？連我自己也搞不懂為什麼要和這個人訂親……這個殘廢的姑娘……精明能幹的黛西伯母要是知道了，更不得了了。她絕不容人愚弄，不懂得開玩笑，也別想拿貴族名號或莊園城堡嚇唬她，她會立刻查詢哥達貴族名錄，兩天後，就能查出凱柯斯法瓦以前叫做萊莫爾．卡尼茲，而艾蒂絲有一半的猶太血統。對黛西伯母而言，世上最恐怖的事情莫過於有個猶太親戚……母親比較好說話，金錢就能震懾她。老人不是說過有六、七百萬嗎？但是我才不在乎錢，我根本沒想過要娶她為妻，就算給我全世界的金錢也不願意……我只答應等她痊癒以後，唯獨如此才……但是我該怎麼向他們解釋呢？……軍團裡，大伙本就看老人不順眼了，在這種事情上，他們更是他媽的尖酸刻薄……軍團的榮譽，我早就心裡有底……即使是巴林凱，他們也不願放過。他們譏笑他出賣了自己……把自己賣給了荷蘭母牛。他們要是看見拐杖的話……不，我最好還是別寫信回家，暫時先別讓任何人知道，誰也不准知道，我絕對不能成為全軍團的笑柄！可是，要怎麼躲開他們呢？要不要乾脆到荷蘭去找巴林凱？沒錯，我還沒拒絕他呀，隨時都可溜到鹿特丹去，要康鐸自己收拾爛攤子，一切都是他捅的簍子……他得自己看看該怎麼善後，都是他的錯……我最好現在驅車過去找他，把一切講清楚……我沒辦法繼續下去了……她剛才像包燕麥袋咚地直撲倒地……**不可能**和這樣一個東西成親的……沒錯，我要立刻告訴他，我要退出了……立刻驅車去找康鐸，馬上過去……馬車，過來！馬車、馬車！到哪兒去？弗羅里安巷……門號多少？弗羅里安巷九十七號……馬車跑快點，你可以額外得到豐富的獎賞，快點就是了……給馬兒抽個幾鞭……啊，我們到了，我認得他住的那棟寒傖的房子，我也認出那道噁心齷齪的螺旋梯。幸好螺旋梯很陡……哈哈，這下她拄著拐杖上不來了。她沒法兒上來，我至少不會聽到篤、篤、篤的聲音了……什麼？……那個粗枝大葉的女僕已經站在門口了？那個邋遢的女人？……「醫生先生在家嗎？」「不，不在家。不過請進吧，他馬上就回來了。」波西米亞笨女人！喏，我們就進屋等吧。老是在等那傢伙……老是不在家。喔，上天啊，希望那個失明女人別又拖著腳步走進來……我現在不需要她，神經會承受不了的，老是體貼別人……耶穌瑪利亞呀，她已經過來了……我聽見隔壁房間裡的腳步聲了……不，感謝上天，不，不可能是她，她的腳步聲不會如此堅定有力，走路和講話的一定是別人……可是我認得那嗓音啊……怎麼會？……怎麼會這樣？……那是……那是黛西伯母的聲音啊，還有……怎麼可能？……為什麼貝拉伯母忽然也來了，還有我媽、我哥和嫂子？……荒唐……不可能……我不是在弗羅里安巷等康鐸……我家人根本不認識他啊，為什麼所有人剛好全聚到康鐸家來了？但是沒錯，我認得那嗓音，是黛西伯母尖銳的聲音……我的老天，哪兒有個地洞可讓我快點鑽進去？……隔壁房間的聲音越來越近了……現在門一把打開了……兩扇門扉是自動開啟的……要命吶！他們彷彿要拍照似的圍成了半圓看著我，媽媽一身白色鑲邊的黑色塔夫綢洋裝，那是她參加費迪南婚禮的服裝，黛西伯母穿著泡泡袖洋裝，長柄金絲眼鏡架在高傲的鷹勾鼻上，從我四歲以來，我就痛恨那噁心透頂的尖鼻子！我哥哥身穿燕尾服……大白天穿什麼燕尾服呢？……還有嫂子法蘭姿那張肥臉……啊，討厭、真討厭吶！他們全都目不轉睛瞪著我，貝拉伯母一臉幸災樂禍笑著，彷彿等著看好戲……他們宛如要接受謁見似的圍成半圓形，所有人都等著，等待著……他們究竟在等什麼呢？

這時，我的兄長鄭重走上前來，轉眼間大禮帽已拿在手裡，說：「恭喜！」……我覺得這討厭鬼的口氣似乎有點嘲諷，其他人也跟著紛紛點頭，屈膝致意道賀說：「恭喜你呀……恭喜、恭喜。」……但是怎麼會……他們究竟從何得知的？為什麼大家會聚在一起……黛西伯母和費迪南不是鬧翻了……我自己什麼話也沒對誰說啊。

「這下可以好好祝賀一番了，太好了、太好了……七百萬，可是不小數目唷，你幹得漂亮……七百萬，全家人都能沾點好處。」大家七嘴八舌說著，臉上露出不懷好意的笑容。「太棒了，太好了。」貝拉伯母說：「這樣弗藍茲也有錢上大學啦。是門好親事吶。」「聽說對方還是貴族呢。」我哥哥拿大禮帽掩著嘴無力地說，不過黛西伯母扯著白鸚鵡似的嘈雜嗓音插話道：「是不是貴族，還得好好調查一番。」這時我母親走過來，怯生生囁嚅說：「不過，你不把她介紹給我們嗎？你的未婚妻小姐？」……

介紹？……他們要是看見拐杖可就糟了。我愚蠢至極的同情心究竟給自己造了什麼孽啊……我得提防一點……何況……我究竟要怎麼介紹她呢？我們不是在弗羅里安巷四樓的康鐸家中嗎？……瘸腳的姑娘這輩子也爬不上這八十階樓梯……不過，大家為什麼全轉過頭，彷彿隔壁房間有什麼動靜似的？……我現在也感受到背後傳來的穿堂風了……我們後面一定有人把門打開了。難道真的有人來了嗎？……沒錯，我聽見聲音了……樓梯上傳來呻吟聲，梯子被踩得吱嘎響……有什麼東西氣喘吁吁拖著往上爬……篤、篤、篤、篤……老天啊，她不會真的爬上來了吧！……該不會拄著拐杖，丟光我的臉……我真想在這幫幸災樂禍的親戚面前找個地洞鑽進去……但最可怕的是，果然是她來了，只可能是她……篤、篤、篤、篤，我可是認得那聲音……篤、篤、篤，越來越近……眼看她就要上來了……我最好把門閂上……然而我哥哥已經手拿著大禮帽，向我身後那陣篤、篤、篤彎腰鞠躬……他究竟向誰敬禮，為什麼腰彎得這麼低……忽然間，所有人放聲大笑，笑聲震得窗戶玻璃哄哄響。「原來**如此**、原來**如此**、原來**如此**啊！哈哈……哈哈哈……原來七百萬長這副德性啊，七百萬……哈哈哈、哈哈哈……還附贈一對拐杖呢，哈哈、哈哈哈……」

啊！我忽地驚醒。我在哪裡？我慌亂失措地四下張望。天啊，我一定睡著了，在這寒傖的荒郊小店睡著了。我不好意思，左右掃了幾眼。他們注意到了嗎？老闆娘冷靜地擦拭著玻璃杯，輕騎兵寬厚的背始終頑強地對著我。或許他們什麼也沒注意到。我大概只打盹了一分鐘，頂多兩分鐘吧，摁在菸灰缸裡的菸屁股還冒著煙呢。那個亂七八糟的夢充其量只延續了一分鐘，頂多兩分鐘，卻過濾掉我體內一切窒悶與昏沉。剎那間，我心智澄澈，非常清楚發生了什麼事情。快走，趕快離開這間骯髒的下等酒館！我把酒錢放在桌上，噹啷一響，然後走向門口。輕騎兵倏地向我立正敬禮。我能清楚感受到修路工人從紙牌抬起頭，對我投來異樣的眼光，也知道等我一關上門，他們會立刻開始議論這個穿著軍服的奇怪軍官。從今天起，所有人都會在背後嘲笑我了。所有人、所有的人、所有的人，而且沒人會同情這個濫用同情心的蠢蛋。

第二十八章

現在要往哪裡去？不要回營，反正別回去那個空蕩蕩的房間，別一個人面對這些可怕的念頭！最好再喝點東西，喝點冷的、辣的飲料，因為我又感覺到嘴裡出現那股苦澀的味道了。我想吐掉的或許是這些念頭，把他們沖走、燒毀，把一切抹掉、削去就對了！啊，這種討厭的感覺真令人毛骨悚然！進城去吧！太棒了，市府廣場旁的咖啡館還沒休息，窗簾全放了下來，縫隙間透出光線。啊，現在喝點東西吧，快喝點東西！

我一踏進咖啡館，在門口就看見我們那伙人還坐在平常的老位置上，費倫茲、約士奇、史坦胡貝爾伯爵、軍醫，一個也沒少。但是，約士奇為什麼張口結舌瞪著我？為什麼偷偷拿手肘捅旁邊的人？大家為何全都目不轉睛注視我？談話幹嘛陡然中斷？大伙兒剛才還激烈辯論著，七嘴八舌，大吵大嚷，我在門口就聽見他們的喧譁聲，而現在他們一看見我，立刻默不作聲，還顯得有點尷尬。事有蹊蹺。

他們全看見我了，現在我也無法掉頭就走，只好盡可能裝得一派泰然，輕鬆踱過去。我心裡感覺很不舒服，完全提不起興致和他們插科打諢，談天閒聊。空氣中隱隱有股緊張的氣氛。平常總會有人向我招手，或者大呼一聲「你好」，喊叫聲像顆白鐵皮做成的球似的滾過半個咖啡館。但今天大家全楞坐著，像幹壞事被人贓俱獲的小學生。我一面拉過椅子，一面因為愚蠢的不自在感，而訕訕說：「允許我坐在這裡嗎？」

約士奇怪異地瞪著我。「吶，你們怎麼說？」他向其他人點點頭，「我們是否允許？你們見過這般繁文縟節嗎？是呀、是呀，霍夫米勒今天早上就經歷過一次繁文縟節囉！」

這壞胚子想必有所影射，只見其他人會心一笑，或者忍住了不懷好意的笑容。果然事有蹊蹺。平時我們當中若是有人半夜過來，總會受到盤問，鉅細靡遺，打哪兒來的？為什麼這麼晚才出現？然後隨便瞎猜一通，玩笑取樂。但是今天誰也沒向我追根究柢，大家似乎都有點難為情。我就像顆石頭掉入水中，咚地落進他們舒適的泥沼。最後，約士奇往後靠著椅背，半覷起左眼，彷彿正瞄準射擊似的，開口說道：「現在，可以恭喜你了嗎？」

「恭喜？恭喜什麼？」我刹然吃驚，一時之間還真沒有反應過來他在說什麼。

「喏，藥劑師剛離開，他說城外那棟宅邸的僕人打電話說你和那個……那個……吶，這麼說吧，和他家年輕小姐訂了親啦。」

所有人全看著我，二、四、六、八、十、十二隻眼睛死盯著我的嘴。我知道自己一旦承認不諱，下一瞬間就會爆出喧譁，冷嘲熱諷，取笑奚落，和挖苦人的道賀撲天蓋地淹來。當著這幫肆無忌憚、尖酸刻薄的傢伙，我打死也不會承認！

「胡說八道。」我不滿地說，想救自己脫離困境。不過，他們並不滿意這樣子的閃避推諉。善良的費倫茲打從心底對這件事感到好奇，拍了拍我的肩膀說：「說吧，東尼，我沒說錯吧——這件事不是真的？」

這個老實的傢伙純粹是一片好意，但是他不該要我輕易就說出「不是」兩個字。我對他們粗俗放肆、冷嘲熱諷的好奇心感到噁心至極。要在咖啡館的桌邊解釋連我自己內心深處也仍然一頭霧水的事情，實在荒謬滑稽。於是我沒有多加三思，便惱火說：「門兒都沒有。」

四下靜默了片刻。他們面面相覷，訝然之色躍於臉上，我想多少還帶有點失望，因為我顯然破壞了他們的興致。不過，費倫茲驕傲地把手肘往桌上一撐，洋洋得意咆哮說：「吶！我剛才不就立刻說了嗎？我對霍夫米勒的了解，熟得像自己的褲兜一樣！我剛才不就馬上說那是謊言，是藥劑師的卑劣謊言。那個賣狗皮膏藥的蠢蛋，明天我要給他點顏色瞧瞧，要他去騙別人，而不是來誆我們！我馬上去逮他，賞他幾個耳光。他真是膽大包天！居然莫名其妙破壞正派人士的聲譽！那張大嘴巴竟到處說我們自己人幹了件卑鄙行徑！不過，你們看吧，我就說霍夫米勒不會幹這種事的！他絕不會為了幾個臭錢，出賣自己兩條又長又直的腿！」

他轉向我，沉重的大手友好又坦率地朝我的肩膀大力一拍。

「說真的，東尼，知道這件事不是真的，我他媽的高興死了！若是真的，對你和我們都是恥辱，是整個軍團的恥辱呀。」

「而且是奇恥大辱。」史坦胡貝爾伯爵打岔說。「對象偏偏還是放高利貸老頭的女兒！那老頭拿票據要了烏利．諾伊恩朵夫的命。竟讓這種人中飽私囊，還可以購入莊園，甚至擁有貴族頭銜，真是丟人現眼的醜聞。這還不夠，還妄想把我們的人配給他高貴的千金！流氓！他在街上遇見我時，為什麼要特地避開，他自己心裡有數。」

人聲鼎沸，費倫茲越來越激動。「藥劑師那個無賴，我拿自己靈魂發誓，我恨不得去按他的深夜服務鈴，把他從家裡給挖出來，吃我幾個大巴掌。竟幹出這麼不要臉的事！只憑你到城外去了幾趟，就編造出這麼齷齪的謊言！」

這時候，就連旬塔勒男爵也開口了。他是出身富家的公子哥兒，身材削瘦。

「你知道，霍夫米勒，我不打算干涉你的事，畢竟人各有志嘛！不過，我一開始就不喜歡傳到我耳裡的事，說你一天到晚泡在那戶人家裡。我們軍人必須三思，和他們往來，究竟能給誰臉上增光？我不清楚那個人做什麼買賣，或是幹過什麼勾當，那都與我無關。我不喜歡追究過去。不過，我們多少得有點保留。你也不是不知道愚蠢的閒言閒語已經莫名出現了。不熟悉的人，最好別去碰。我們軍人必須潔身自愛，永不改變。光是不小心觸及，就可能沾染一身腥。喏，我很高興你沒有涉入太深。」

一伙人情緒激動，七嘴八舌喋喋不休，矛頭全指向老人，他們翻出荒誕醜陋的往事，嘲諷他女兒是「瘸腿千金」。席間總有人轉向我，誇獎我沒有真的和那幫「惡徒」攪和在一起。而我，只是默不作聲，僵硬呆滯。他們噁心的誇獎苦苦折磨著我，我恨不得朝他們大吼：「閉上你們下流的狗嘴！」或者尖叫道：「我才是騙子！說實話的是藥劑師，不是我！他沒有騙人，說謊的是我。我，我才是那個可悲懦弱的無賴！」但是我明白已經太遲了，一切都太遲了！現在我無力回天，沒有能力淡化這些事，什麼也無法否認。於是我沉默不語，兀自發呆，緊閉的牙關間咬著熄滅的香菸。但我同時也駭然意識到，自己如此一語不發，對那個可憐的無辜姑娘而言，無疑是種卑鄙狡詐的背叛，是種致命的背叛行徑。啊，真想找個地洞鑽進去！消滅自己！毀掉自己！我不知道自己的眼光該看向何處，不知道那雙會出賣我的顫抖雙手該擺在哪裡。我小心翼翼收回手，使勁捏著手指頭，捏得自己痛得要命，才換得幾分鐘克制住內心的緊張。

就在我死命捏緊手指時，忽然感覺指間有個堅硬的陌生物體。我不由自主摸了摸。是那枚戒指，艾蒂絲一個鐘頭前紅著臉套在我指頭上的！我同意收下的訂婚戒指！我沒有氣力把這個證明我說謊的閃亮信物從手指上拔下來，而是像個賊似的偷偷摸摸把寶石往內一轉，才伸手向同袍道別。

§

市府廣場浸淫在清冽銀白的月色中，鬼魅森然，鋪石地磚的邊邊角角輪廓鮮明，每道線條清晰可見，直上屋頂與屋脊。我的腦袋也一樣清透明澈，我這輩子此刻的思路最為脈絡分明，彷彿清朗晴空，萬里無雲：我知道自己做了什麼事，也知道現在該如何善盡職責。我在晚上十點訂了親，三個小時後，因為懦弱，否認了這個婚約。當著七個證人的面，一位騎兵上尉、兩位中尉、一名軍醫、兩個少尉和見習軍官，手上戴著戒指，接受他們因為我無恥的謊言而給我的誇獎。我背地裡陷害了狂熱愛著我的姑娘，一位受苦受難、弱小無力且被蒙在鼓裡的少女，聽任別人痛斥她的父親也不還口，還做了偽證，讓一名說實話的局外人蒙受騙子的汙名。明天軍團就會獲知我恥辱的行徑，到時候一切就完了。今天像哥兒們拍我肩膀的那群人，明天就會拒絕和我握手、拒絕和我打招呼。欺騙的行為一旦揭發，我也別想繼續待在軍團裡了，更不可能回頭去找遭我背叛、受我汙衊的人，甚至巴林凱那兒也完了。怯懦三分鐘，卻毀了我一生。除了拿手槍自我解決之外，沒有其他出路。

剛才坐在那張桌旁，我已心裡有數，只有這個方法能挽救我的名譽。漫步街上，我心思全在思索執行計畫的方式，腦子裡各色念頭條理分明、井然有序，宛若銀白月光射透軍帽，照得腦袋光亮清透。我彷彿拆解卡賓槍似的，淡然地計畫我生命最後兩、三個小時。乾淨俐落解決掉一切，什麼都別遺漏，什麼都不可忽略！先寫信給雙親，為自己帶給他們痛苦請求原諒，然後也拜託費倫茲，拜託他不要去質問藥劑師，我一死，這事就算了結了。第三封信給上校，懇求他壓下一切騷動，最好把我安葬在維也納，不要派代表，也不要致贈花圈。必要的話，也給凱柯斯法瓦捎個訊息，簡單扼要請他代為向艾蒂絲致上我最誠摯的愛慕，請她別把我當成壞人。最後把宿舍收拾乾淨，一塵不染，把小額欠款明細寫在紙條上，委託別人賣掉我的馬，以償付可能的欠款。我沒有什麼可遺贈他人，錶和一些衣物就送給我的勤務兵。啊，對了，還得將戒指和金色菸盒退還給凱柯斯法瓦。

還漏了什麼嗎？對了，必須燒掉艾蒂絲那兩封信，乾脆把所有信件和照片都燒了！什麼都別留下，別留下回憶，別留下任何痕跡。消失時盡可能別引人注意，就像我活著時也沒引人注意一樣。總之，這兩、三個鐘頭裡，有許多事情得處理，每封信力求寫得工工整整，免得落人口實，說我心裡恐懼或者心煩意亂。最後一件事，也是最簡單的，就是躺在床上，在頭部嚴嚴實實蒙好兩、三床棉被，最後再蓋上厚實的羽絨被，隔壁或者是街上路人才不會聽見射擊的槍聲，當年菲爾柏騎兵上尉就是這麼幹的。他在午夜開槍射死了自己，卻沒人聽到半點聲響。在棉被底下將槍管緊抵在太陽穴。我的手槍剛好前天才上過油，所以值得信賴。而且我知道自己的手很穩。

我的思路這輩子——我再重複一次——從來沒有像當時安排自己的死亡這般清晰精準、條理分明。等我看似漫無目的在街上晃晃盪盪一個小時回到軍營後，一切已處理妥當，每一分鐘都仔細分配過了，彷彿排放得井然有序的檔案櫃，一目了然。這段時間，我的步伐始終沉穩堅定，脈搏跳動規律有致。我來到供夜歸軍官進出營房使用的小邊門，將鑰匙準確插入上頭的鎖孔。發現自己的手不會晃動顫抖，心中不無驕傲。即使夜色昏暗，我也分毫不差摸到了狹小的鎖孔。只要再橫越中庭，爬上三層樓梯就行了！接下來就能獨自一人著手善後事宜，同時了結生命。但是，我走過月亮照得銀白一片的正方形中庭，逐漸接近黑沉沉的樓梯口時，有個人影動了一下。該死，我心想：某個早我幾步回營的夜歸同袍也許想和我打招呼，末了還想聊上個幾句！但是下一秒，我就渾身尷尬不自在，因為從寬闊的肩膀可以看出，對方是前幾天才痛斥過我的布本希克上校。他顯然是故意站在門口通道這兒。我很清楚，這個固執死板的老行伍不樂見我們有人太晚歸營。但是見鬼去吧，這些事現在和我還有什麼關係？明天我就要向另外一個人報到了。於是我心一橫，決定假裝沒有注意到他，繼續往前走。不過，他已經從暗處走出來，無禮的嗓音劈頭就尖銳朝我嚷道：「霍夫米勒少尉！」

我走過去，立正站好。他目光敏銳打量著我。

「現在年輕先生們最時髦的穿著，看來是將大衣半敞著呢。你們以為過了午夜在外頭亂逛，就能像個母豬一樣隨便晃著乳頭嗎？我看接下來就要吊兒郎當光著屁股了！我不允許這副模樣！即使是午夜時分，我的軍官也必須體體面面穿好軍裝，懂嗎？」

我兩腳一併，恭恭敬敬聽令。「遵命，上校。」

他不屑地瞥了我一眼，隨即轉過身去，招呼也沒打一聲，逕自大步邁向樓梯，腳步沉重，寬闊肥厚的背部在月光下使勁左搖右晃。我頓時怒火中燒，我死前最後聽到的話居然是一陣辱罵！這時，發生了一件連我自己都大感意外的事情，我竟不知不覺急忙往前走了幾步，緊追過去。那完全是身體自然而然的動作。我明知自己的行為荒謬無義，在生命最後一個小時向一個冥頑不靈的人解釋或者糾正事情，有什麼意義呢？不過，這種前後矛盾的荒謬行為，幾乎在自殺者身上都能看到。在他們變成扭曲變形的屍體前十分鐘，虛榮心仍舊會作祟，一定要把自己整理得乾乾淨淨才要離開人世（離開這個只有他們不再存在的人世）；在子彈射穿自己的腦袋之前，刮好鬍子（為了誰？），換上乾淨的內衣（為了誰呢？）。是的，我甚至還想起曾經聽說有個婦人先化好妝容，請美髮師燙了頭髮，還噴好昂貴的柯悌香水後，才從五樓縱身一跳。就是這種邏輯上無法解釋的感受，拉動我的肌肉，促使我緊跟著上校——我要特別強調——絕不是因為害怕死亡，或是突然心生怯懦，純粹只是因為荒謬的愛乾淨本能，讓我不想渾身汙穢骯髒、不修邊幅遁入虛空。

上校想必聽到我的腳步聲，他粗暴地猛然轉過身來，濃黑粗眉底下目光咄咄逼人的小眼睛愕然瞪著我。他顯然無法理解這前所未有的無禮行徑，一位下級軍官竟敢未經許可尾隨他！我在他面前雙腳站定，行了個軍禮，冷靜地迎視他危險的目光，開口說話。我的聲音想必和月光一樣蒼白無力。

「報告，上校，我可否打擾您幾分鐘？」

粗黑的濃毛緊蹙成一道彎弓。「什麼？現在？半夜一點半？」

他惱怒地看著我，等下就會劈頭痛斥我，要我滾去辦公室報告。然而我的神情一定不對勁，讓他感到不安。他咄咄逼人的嚴峻雙眼打量我一、兩分鐘後，咕噥了一聲說：「想來準沒什麼好事！隨便你。吶，到我樓上房間去，動作快點！」

第二十九章

我像個癱倒在地的影子般，緊跟著上校穿廊踩梯，煤油燈照得這些空間蒼黃沒有生氣，陰鬱空蕩，只剩漂浮在空氣中的汗味體臭。斯維托薩．布本希克上校是個征戰多年的道道地地老行伍，是最令人畏懼的上級將領。他腿短、脖子短，額頭也低，雜亂的濃眉底下兩隻炯炯有神的深邃眼睛很少愉快地看著人。他的身體結實粗壯，腳步聲又重又實，清清楚楚透露出他的農民出身（他來自匈牙利南部的巴納特）。不過他憑著水牛似的窄額頭和堅硬如鐵的腦袋，不屈不撓，也慢慢晉升至上校軍階。他教育程度低下，談吐粗鄙，動輒罵人，舉止難登大雅之堂，部裡自然而然將他在鄉郊駐防地之間調來調去，他距離能穿上紅鑲帶的將軍褲子遙遙無期，這點在上層領導之間已取得共識。他儘管其貌不揚，鄙俗不雅，在軍營或者操練場上卻無人能與之匹敵。他熟悉規則的所有條目，任一細則都了然於心，猶如蘇格蘭清教徒之於聖經的滾瓜爛熟。對他而言，這些條目絕對沒有彈性——不像其他比較機敏的長官會靈活運用，使其自圓其說——反而像是宗教戒律，軍人無權討論是否有意義、是否合乎情理。他獻身至高無上的軍旅生涯，就像信徒虔信天主一般。吃喝嫖賭他樣樣不沾手，從沒進過劇院或者聽過音樂會，而且和他的統帥弗朗茨．約瑟夫一世一樣，除了《勤務規章》和《但澤軍事報》，其他書刊一概不讀。世上除了奧匈帝國的陸軍之外，其他都不存在。而在陸軍之中只有騎兵隊，騎兵隊中只有輕騎兵，輕騎兵只有他的團。總歸一句話，他的生命意義在於，自己帶領的團在各方面都必須表現得比其他團還要優秀。

目光狹隘的人一旦取得權力，不管在哪裡，都令人無法忍受，然而在軍隊裡卻是最為可怕。因為在軍隊服役，需遵守上千條吹毛求疵的規則，其中大多已過時、僵化，只有狂熱的老行伍才背得出來，只有蠢蛋才會要求人一字不漏確實執行。軍營裡，面對這位信奉神聖規條的狂熱分子，沒人能感到安心。一絲不苟的恐怖，化成馬背上那個肥短的形體，震嚇四方。他威儀十足高踞餐桌旁，目光鋒利如針，餐廳和辦公室裡，人人對他畏懼萬分。每當他出現，總有一股恐懼的寒風先發而至。如果全軍團列隊等待檢閱，布本希克騎著矮小的閹馬緩緩踱來，微低垂著頭，宛如要往前衝撞的公牛一般，這時隊伍就會整個僵住，彷彿對面的敵軍正卸下重砲，準備瞄準。大家心知肚明，第一砲隨時可能發射，避免不了，也阻擋不了，而且誰事先也說不準第一砲會不會命中自己。甚至連戰馬也猶如凍僵似的文風不動，耳朵顫也不顫，大氣不敢喘一下，也聽不見靴刺叮噹作響。獨裁的暴君從容騎著馬，顯然非常享受自己身上散發出來的懾人恐怖氣場。他目光敏銳，仔仔細細檢查一切，什麼都逃不過他訓練有素的鋼鐵般雙眼，能抓出戴低了一吋的軍帽，沒有擦乾淨的鈕釦，佩劍上的鏽跡，馬匹身上的汙泥。一發現不合規定的行徑，即使是瑣碎至極，一樣刮起狂風暴雨，或者比較貼切的形容是，一道謾罵的狂暴泥流撲天蓋地沖來。他狹窄制服衣領下的喉結中風似的迅速鼓脹，宛如患了急性腫瘤，剃短的頭髮底下，額頭漲成豬肝紅，粗大的青筋一路爬到太陽穴。粗嘎的聲音接著劈哩啪啦破口大罵，不論受害者有錯還是無辜，整桶穢物髒水一律劈頭澆下，有時候他的咒罵實在不堪入耳，軍官個個憤憤不平瞪著地面，為他在士兵面前感到羞愧。

士兵懼怕他就像害怕真正的撒旦一樣。一點瑣事，就把人抓去關禁閉，有時候盛怒之下，還會揮動他結實的拳頭動手打人。我就親身經歷過，這個「肥青蛙」——他生氣時，肥短的脖子總是鼓脹得像要炸了似的，所以我們都這麼叫他——有次在馬廄大發雷霆，一個魯塞尼亞的輕騎兵嚇得在隔壁畫著俄羅斯十字架，嘴唇哆嗦著喃喃念頌祈禱文。布本希克當時把可憐的士兵操得死去活來，筋疲力盡，要他們重複操練卡賓槍，練得手臂都快斷了，還命令他們騎上最桀傲不馴的馬匹，一直騎到褲子都滲出血來。但是出人意料的是，這些老實單純的受虐農民子弟竟然敬愛他們的暴君，愛得盲目魯鈍，愛得戰戰兢兢，甚至超過敬愛其他態度溫和卻有距離感的軍官。彷彿有某種本能告訴他們，他的嚴肅姿態是出自於一種擇善固執的狹隘意圖，希望符合天主期望的秩序。除此之外，我們這些軍官也沒有受到更好的待遇，多少也安慰了那些可憐的傢伙。即使自己被砍得遍體鱗傷，一旦知道鄰人的背部同樣遭到大刀猛力一砍，也會覺得好過一點。暴力強權被公平正義神祕地抵銷了。士兵總是津津樂道年輕W親王的事，藉以取暖，聊表欣慰。W親王和至高無上的皇室有親戚關係，就以為自己能隨心所欲。但是布本希克照樣不留情面，判處他十四天禁閉，就像處罰某個村民的兒子一樣。即使許多高官從維也納打電話來關切，一樣白費力氣。布本希克沒幫那個素行不良的人減少一天的懲罰。話說回來，他如此頑固不通，也因此斷送了自己的前途。

不過更加匪夷所思的是，即使是我們這些軍官，也擺脫不了對他的某種依戀。他公正無私，強硬無情的態度中，帶有一種傻氣的真誠，尤其待人無條件有志一同、休戚與共的精神，直教我們心悅誠服。正如同他無法忍受輕騎兵制服有一絲灰塵，馬鞍上有任何穢物，他同樣也不能容忍任何不公不義之事。軍團只要出現醜聞，儼然就像打擊了他個人的榮譽。我們屬於他，而且心裡十分清楚，若是有誰闖了禍，最明智的作法就是直接去找他，雖然一開始他會把人臭罵一頓，後來仍會挽起袖子，想辦法救人脫離困境。若是要幫軍官爭取晉升機會，或者幫生活困頓的人向阿爾柏瑞希特基金會預支津貼，他也二話不說，立刻驅車前往部裡，拿他的厚腦袋硬鑽，不把事情辦成不會罷休。不論他怎麼惹怒我們、怎麼折磨我們，在所有人心底某個隱密的角落，還是能感覺到這個來自巴納特的莊稼漢，即使粗魯矮胖、目光狹隘，卻比其他貴族軍官更加忠誠、更加真摯地捍衛軍隊的意義與傳統，捍衛這看不見的光輝。在我們這些收入微薄的下級軍官內心深處，與其說靠著軍餉過活，倒不如說是仰賴這種看不見的光輝維生。

我們軍團的劊子手，斯維托薩．布本希克上校就是這樣一個人，這時我正跟在他後面走上樓梯。他有男子氣概，行事正直，但目光狹隘，有點愚蠢，不過他這樣對待我們，終其一生同樣也如此要求自己。後來在塞爾維亞戰役中，波提歐瑞克指揮的軍隊大舉潰敗，出兵前軍容煥發、刀槍晶亮的輕騎兵隊，最後只剩下四十九人活著渡過薩瓦河，只有上校一人留在河對岸的敵軍區。他眼睜睜看著驚慌撤退、潰不成軍的場面，不啻感到軍隊榮譽受到奇恥大辱，於是做了大戰所有領袖和高階將領中只有微乎其微的人在戰敗後才會做的事：拿起沉甸甸的軍用手槍，往自己的腦門射進一顆子彈，以免目睹奧地利分崩離析。他憑著遲鈍的感受，從驚慌敗逃的軍團所呈現的可怕畫面，似乎已預知了奧地利的失敗。

§

上校打開門鎖，我們走進他的房間。房裡可說家徒四壁，斯巴達式的簡樸，比較像是大學生宿舍。一張鐵製的行軍床——他不希望自己的床鋪比弗朗茨．約瑟夫一世皇宮裡的床還要舒適——兩張彩色印刷品，右邊是皇帝肖像，左邊是皇后，還有四、五張裝幀便宜的紀念照片，拍的是退伍典禮和軍團晚會，以及兩把交叉的佩劍和兩把土耳其手槍。這些就是全部的物品。沒有舒適的沙發椅，沒有書籍，只有四張硬邦邦的藤椅，圍放在一張粗糙堅硬的桌旁，桌上空無一物。

布本希克煩躁地捻著八字鬍，一次、兩次、三次。我們全都熟悉這種激烈動作，在他身上，那明顯表示他極度焦躁，後果可能一發不可收拾。他呼吸急促，最後也沒請我坐下，咕噥著：「不必拘謹！有話直說，別拐彎抹角，說吧。是手頭緊迫，還是和女人搞出亂子了？」

必須站著說話讓我覺得很難堪，尤其置身刺眼的光線中，我感覺自己在他焦躁的目光逼視下幾乎無所遁形。於是我迅速反駁說根本和金錢沒有關係。

「那麼就是女人搞不定了！又來了！你們這些傢伙就是沒辦法安分一點！以為世界上沒有女人了，是嗎？他媽的，要得手還不容易呀！繼續說，少說廢話，問題出在哪裡？」

我盡可能言簡意賅報告說我今天和凱柯斯法瓦先生的千金訂了親，三個小時後又徹底否認了這項事實。不過請他別誤會，我並非想要事後粉飾自己不名譽的行為，相反地，我來此見他這位上級長官，純粹希望私下知會他，我身為軍官，十分清楚自己錯誤行為所招致的後果。我知道自己的責任，而且會承擔責任的。

布本希克睜大眼睛，不解地瞪著我。

「你胡說八道些什麼啊？不名譽的行為和後果？哪來這些玩意兒，究竟怎麼回事？這種事沒什麼嘛。你說和凱柯斯法瓦的千金訂了親？我見過她一次。你的品味真古怪，她不是畸形又殘廢嗎？好，所以你事後大概又把這件事思索了一遍。這種事沒什麼大不了的。以前也曾有個人幹過這種事，他也沒有因此成了無賴啊。還是說，你……」他往我走近了一點。「還是說你和她發生了不正常的關係，現在捅出簍子了？若是如此，自然是不光采的事了。」

我又氣又羞。他這種輕浮的態度，甚至刻意輕描淡寫的語氣，顯然誤會了我的意思。於是我兩腳一併，立正說：「上校，請容我向您報告：我在咖啡館當著軍團七個同袍的面撒了彌天大謊，謊稱說我並沒有訂親。我因為怯懦和窘迫，欺騙了自己的同志。明天費倫茲．哈夫立策克少尉就會跑去質問那個告訴他正確消息的藥劑師，全城的人將得知我在軍官席上說了不符事實的話，做出有失身分的行為了。」

他瞠目結舌抬頭看著我，遲鈍的腦袋顯然終於開始運轉了。只見他的臉色越來越陰沉。

「你說在哪兒？」

「在咖啡館我們常聚會的軍官席上。」

「你說當著同袍的面講的？所有人都聽見了嗎？」

「是的。」

「而藥劑師知道你否認這件事了？」

「他明天就會知道。他，還有全城居民。」

上校激動地又捻又扯他濃密的八字鬍，彷彿想要拔掉似的。看得出來，他低窄的額頭底下正在運轉著。他惱怒地踱來踱去，兩手反剪在身後，來回踱了一次、兩次、五次、十次、二十次，沉重的步伐踏得地板微微晃動，靴刺輕輕作響。最後他終於在我面前站定。

「喏，你說，你打算怎麼做？」

「只有一條出路，上校應該也知道。我來此只是想辭別上校，請求您費心，在事後默默了結一切，盡量不要引起騷動。不要因為我的關係，玷汙了軍團的名譽。」

「胡說八道！」他喃喃地說。「胡說八道！就為了這種事！你這麼一個身體健康、風度翩翩的正派年輕人，就為了一個殘廢的姑娘尋死尋活!?八成是那個老狐狸拐騙了你，而你採用一般正當的方法仍沒辦法脫身。我才不在乎那些人，他們與我何干！但是，同袍和藥劑師那個愚蠢傢伙都知情了，事情自然棘手難辦了！」

他又開始踱來踱去，比之前走得更急。他似乎絞盡腦汁思索著。每次他踱了一趟折回來，臉色就漲得更紅，太陽穴上的青筋暴露蔓生，像又粗又黑的根。最後，他終於果斷地停下腳步。

「好，仔細聽好了。這種事情必須快刀斬亂麻。若是傳得人盡皆知，到時候就不好收拾。首先，告訴我有哪些人在場？」

我把名字講給他聽。布本希克從胸前口袋拿出聲名狼藉的紅色皮革小記事本，他只要逮到軍團出現違規事宜，就會立刻掏出記事本記錄，猶如拔出武器似的。要是在記事本上被記上一筆，不必奢望下次休假有自己的分了。他按照農民的習慣，先把鉛筆拿到舌頭上沾了沾，指甲寬大的粗短手指再鬼畫符似的一一寫下名字。

「這些就是所有人了嗎？」

「是的。」

「確定就這幾個？」

「是的，上校。」

「好的。」他把記事本塞回胸前口袋，動作宛如插劍入鞘。結尾這一聲「好的」，也一樣鏗鏘有力。「好的，事情算是解決了。明天趁這七個人腳還沒踏進操練場前，我會一一叫過來。會談之後，若還有誰膽敢記得你說過的話，只能請上天垂憐他。我會再個別找藥劑師談談，好好哄哄他。你放心好了，我會編造些說辭，也許說你正式公開婚訊之前，必須先取得我得同意，或是……或是，等等，」他忽然湊到我眼前，近得能感受到他的氣息。他眼神銳利地看著我，「說實話，絕對要老老實實回答：你之前有沒有喝酒？我的意思是在你做出這件蠢事之前喝過酒嗎？」

我羞愧不已。「是的，上校，我出城前確實是喝了幾杯白蘭地，到了那兒之後……用餐時又喝了不少……可是……」

我預期會遭到一頓痛罵，沒想到他臉上卻忽然綻放光采，笑得合不攏嘴。他兩手一拍，放聲大笑，笑聲震耳欲聾，自鳴得意。

「太棒了，太棒了，我有辦法了！這下我們可擺脫困境了。事情現在已一清二楚！我只要告訴大家你喝得爛醉如泥，像頭死豬，根本不知道自己說了什麼就行了。你沒以人格保證吧？」

「沒有，上校！」

「那麼一切就妥當了。我會告訴他們你喝醉了，這種事不是沒發生過，甚至還發生在一位大公爵身上呢！你喝得酩酊大醉，完全沒頭緒自己胡扯了什麼，也沒有好好聽別人說話，還誤會了他們的問題。這樣一切就說得通了！至於藥劑師，我會私下坦率告訴他，我狠狠訓了你一頓，因為你醉醺醺衝到咖啡館去，跌跌撞撞不成體統。好，算是解決了第一步。」

我心裡不由得火冒三丈，他竟然如此誤解我。我氣憤的是，這個其實心腸很好的死腦筋完全想幫我找台階下，以為我是因為膽怯，才拉住他的袖子，求他救我脫離困境。見鬼去吧，他為什麼壓根兒不願意理解我的作法有多麼卑劣可恥呢！於是我精神一振，說道：「報告上校，我認為這樣做，完全沒有解決事情。我很清楚自己做了什麼事，也知道我沒辦法再正眼迎視正派之士的臉孔。我是個流氓無賴，我不想繼續苟活下去，而且……」

「住嘴！」他打斷我。「喔，抱歉，請讓我安靜思考一下，別對我喋喋不休。我知道自己必須採取何種行動，不需要一個乳臭未乾的小伙子教導我怎麼做。你以為這件事只關係到你嗎？不，親愛的，這不過是第一步罷了，接下來還有第二步：你明天一大早就走，我這兒不需要你了。這種事得盡快淡忘掉，你不准在此多留一天，否則會有人愚蠢地打探消息，到處閒言閒語，我可不喜歡這樣。我軍團裡的人絕不許他人隨便探聽不休，側目而視。我無法容忍……明天起，你調到恰斯拉夫當預備軍官……我親自寫調任令，並給你一封信交給中校，至於信裡寫什麼，就不關你的事。你只管悄悄離開，我要做什麼，是我的事。今夜就和你的勤務兵收拾行李，明天一大清早趁全團官兵尚未起床前，趕緊上路，離開軍營。中午定期報告時，我會宣讀你有緊急任務，已經調派他處，免得有人刨根問底。至於你事後要怎麼處理老人和那姑娘的事情，與我無關。自己捅的簍子，得自己收拾。我只在乎這事惹出的臭味和閒言閒語會不會流到軍營裡來……好，就這麼決定了。明天一大早五點半到這兒來，一切準備就緒，我把信給你，你拿了信就上路！懂嗎？」

我遲疑不決。這不是我來此的目的，我並非想要逃之夭夭。布本希克察覺到我內心的抗拒，於是又威嚇重複道：「懂了嗎？」

「遵命，上校。」我一板一眼冷靜回答，內心卻對自己說：「隨便這個老傻蛋想說什麼就說吧，我還是要完成該做的事。」

「好，現在到此為止吧。明天一大早，五點半。」

我立正站好。這時他朝我走來。

「沒想到幹出這種蠢事的人偏偏是你！我真不願意把你送給恰斯拉夫那幫人。軍團的年輕人中，我一直最欣賞你。」

我感覺他正在考慮是否要伸出手來。他的眼神柔和許多了。

「還需要什麼嗎？只要我使得上力，別不好意思，儘管開口，我很樂意幫忙。我不願意大伙兒認為你被掃地出門。什麼也不需要嗎？」

「不需要，上校，謝謝您。」

「那更好。好，再會。明日清晨五點半見。」

「遵命，上校。」

我凝視著他，彷彿要看他最後一眼。我知道他是我在這世間最後一個說上話的人，明天也將只有他一人知道真相。我兩腳併攏，抬頭挺胸，肩膀一抬便向後轉。

不過，即使是這個遲鈍的人，也察覺到事情不對勁。我的眼神或步伐想必讓他起了疑心，只聽他在我背後厲聲命令道：「霍夫米勒，回來！」

我轉過身來。他挑起雙眉，仔仔細細打量我，然後語氣刻薄卻不無好心咕噥說：「你這傢伙，我不喜歡你這樣子，你心裡還有事。我覺得你把我當傻子，其實你已經決定要幹蠢事了。但是，我絕不容許你因為這件屁事而做出傻事……拿手槍或是之類的東西……我絕不容許……你聽懂了嗎？」

「遵命，上校。」

「什麼，別給我來『遵命』這一套！別想唬弄我，我可不是今天才出來混的。」他的聲音忽然變得輕柔，「手伸出來。」

我聞言照辦。他緊緊握住我的手。

「現在，」他直視著我，目光銳利。「霍夫米勒，你現在以人格擔保，今晚絕不會做傻事！人格保證你明天五點半會出現在此，然後動身前往恰斯拉夫。」

我無法迎視他的目光。

「上校，我以人格保證。」

「好，這就好了。你知道嗎？我就擔心你氣頭上會幹出蠢事。沒人知道你們這些衝動的年輕人會幹出什麼事來……隨時就想了斷一切，說動槍就動槍……過陣子，你的頭腦會清醒一點。這種事牙一咬就撐過去了。霍夫米勒，你不會看見這事可能產生不好的後果，絕對不會！我會處理得妥妥當當，這種蠢事不會在你身上發生第二次。好，現在回房吧。你這樣的人若是出了事，那可就遺憾了。」

第三十章

我們所做的決定絕大部分會受到環境和情勢左右，兩方相互依存的程度，遠超過我們願意承認的地步。我們的思維有相當可觀的部分在於自動繼續處理既有的印象與影響，尤其從小接受嚴格軍事紀律教育的人，受制於服從命令這種精神疾病，就像屈從於不可抗拒的壓力。任何一道軍事命令，都會在他身上施展一股邏輯上全然無法理解且會瓦解人意志的威力。穿上了軍裝，就像穿上了精神病人的約束衣，即使知道委派給自己任務毫無意義，也會像個夢遊者似的毫不抵抗，幾乎在不知不覺中完成規定事項。

我活了二十五年，其中形塑性格的十五年都在官校或者軍營裡度過，所以一收到上校的命令那刻起，我立即停止獨立思考或者獨自行動。我不再推敲斟酌，純粹服從命令。我的大腦只知道五點半必須收拾好行囊，在此之前無怨無尤做好一切準備。於是我叫醒勤務兵，簡短通知他我們因為收到緊急命令，明天必須前往恰斯拉夫。我和他一件件打包我的行李，好不容易整理完畢，五點半一到，我就遵照命令，出現在上校房間裡，收下公文，然後聽從他的吩咐，悄悄離開了軍營。

我仍舊置身軍事權力範疇，尚未徹底完成任務時，意志始終處於催眠似的麻痺狀態。但等到啟動火車的機器猛然一拉，麻醉狀態從我身上脫落，我才猛地驚醒，像個受到砲彈爆炸氣浪衝擊的人，搖搖晃晃爬起來，訝然發現自己竟然毫髮無傷。我首先感到驚訝的是自己居然還活著，接著詫異發現自己坐在一列行駛的火車中，正在遠離日常習慣的生活。我才剛開始回想，往事立刻紛沓湧來。我想要了結生命，但有人奪走了我手中的槍。上校說他會妥當安置一切，但我駭然驚覺那只限於軍團和我身為一位軍官所謂的「榮譽」。軍營裡，同袍們現在或許正站在他面前，信誓旦旦以榮譽向他保證絕不會洩漏與此事有關的一字一句。但是，他們內心要怎麼想，沒有任何命令可以制約。他們想必都發現我像個懦夫似的溜之大吉。藥劑師剛開始說不定也會被說服。但是艾蒂絲呢？她父親和其他人呢？誰會通知他們？誰能向他們解釋？早上七點，她已經醒了，腦海一定先想到了我，說不定已在露台上——啊，露台，為什麼我一想到欄杆就渾身哆嗦？——拿望遠鏡眺望操練場，看著我們軍團奔馳演練，不知道也意料不到裡頭少了一個人。下午她就會開始等待，但我沒有出現，也沒人告訴她任何訊息。我沒留給她隻字片語。她會打電話，得知我已經調職，然後一頭霧水，無法理解。或者更可怕的是，她懂了，立刻就明白了，接著……我眼前驀地浮現康鐸的臉，眼鏡底下的目光咄咄逼人。我又聽見他對我吼道：「那是犯罪，是謀殺！」緊接著，另一幅畫面交疊其上：她當時從扶手椅上撐起身子，撲向露台欄杆，露出要縱身一跳的自殺眼神。

我必須採取行動，立刻動作！一到火車站，我就拍電報給她，隨便寫點東西都好，務必阻止她在絕望中做出不可挽回的魯莽事。不，康鐸說過，不可魯莽做出傻事的人是我，一旦發生嚴重的事情，要我立刻通知他。我親口答應他了，以人格保證會通知他。謝天謝地，我在維也納還有兩個小時可以辦這件事，火車要到中午才會繼續行駛。或許我還能找到康鐸。我**一定**得找到他。

一抵達火車站，我即刻把行李交給勤務兵，要他馬上乘車前往西北車站等我。然後我驅車趕往康鐸家，心中暗自祈禱（我平常不是個虔誠的人）：「主啊，請讓他待在家裡，讓他待在家裡！我只能向他解釋，只有他能了解我，只有他能伸出援手。」

可是只有女僕懶洋洋曳步朝我走來，頭上綁著花布，似乎正在打掃。她說醫生先生不在家。我問能否等他回來？「喏，他中午前不會回來。」她知不知道他人在哪兒呢？「欸，不知道。他老是一家看過一家。」我能否見見醫生夫人呢？「我問問看。」她抓了抓胳肢窩，走進了屋裡。

我等待著。和上次一樣，同樣的房間，同樣的等候。謝天謝地，隔壁現在響起同樣輕輕拖著腳步的聲音。

門打開了，怯生生的，猶豫不定。就像先前一樣，彷彿風吹開了門，只不過這次傳來了親切友善的聲音。

「是您嗎，少尉先生？」

「是的。」我又幹了同樣的傻事，向這位雙目失明的人鞠躬。

「啊，我先生一定會覺得很失望啊！希望您能夠等他，否則我知道他會感到很遺憾的。他最晚下午一點就回來了。」

「不了，可惜我沒辦法等他。但是……但是事情非常重要……我能不能打個電話到某個病患家中找他？」

她輕嘆一聲。「不行，恐怕不可能辦得到。我不知道他人在哪裡……而且，您也知道……他最喜歡醫治的那位病人，家裡根本沒有電話。不過，或許我能親自……」

她走向前，臉上掠過羞怯的表情。我看得出來她想說些什麼，卻又感到不好意思。最後她終於開口試探道：「我……我看得出……我感覺到事情非常急迫……若是有可能，我一定會……我當然一定會告訴您怎麼找到他。但是……但是……或許等他一回來，我可以親口告訴他……應該是和鄉下那位可憐的姑娘有關吧，您一直待她不薄……如果您願意，我很樂意接手……」

這時，我又做了件荒謬的事，我竟然不敢直視她失明的眼睛。不知道為何，我感覺她似乎明白了一切，猜到了所有事情。我覺得無地自容，話說得結結巴巴。

「夫人，您人真好，只是……我不希望麻煩您。如果您同意，我也可以留張字條給他，寫下重要的內容。不過，他肯定兩點之前能回到家吧？因為兩點鐘一過，就有班火車會開了，而他必須到鄉下去，也就是說……請您相信我，他絕對有必要過去一趟。我真的沒有誇大其詞。」

我感覺她沒有懷疑我的話。她再次往前走，一隻手不知不覺做出想要安撫我，使我冷靜下來的姿勢。

「既然您這麼說，我當然相信您。您別擔心，他能辦到的事，一定全力以赴。」

「我可以寫張字條給他嗎？」

「當然，您儘管寫……請到那兒。」

她出奇穩定地走在前面，只有十分熟悉屋內陳設的人，才能如此放心邁步。一天當中，她充滿警覺性的手指想必摸索過、整理過他的辦公桌十幾次，只見她就像視力正常的人一樣，熟稔地從左邊抽屜準確拿出三、四張紙，不偏不倚地擺在我面前的寫字墊上。「您可在那兒拿到筆和墨水。」她又精準地指到正確的位置上。

我一口氣寫了五頁。我懇求康鐸，請他務必立刻到鄉下去，我在「立刻」底下畫了三次線。我把一切全告訴了他，寫得粗略潦草卻坦率真誠。我告訴他，我沒有堅持住，在同袍面前否認了婚約。只有他一開始就看出我因為害怕他人的眼光，因為可悲地恐懼流言蜚語，所以造就了我的懦弱。我毫不隱瞞自己想要了結性命，上校卻不顧我的意願，將我救了回來。不過，在此之前，我想到的只有自己，現在才明白我還連累了另一個無辜的人。他了解事態的嚴重性，請他**立刻**過去一趟——我在「立刻」底下又畫了一道線強調。——告訴他們真相，整個來龍去脈。他無須粉飾事實，不必把我說得很美好，別說我是無辜的。如果她因此還能原諒我的軟弱，那麼這個婚約對我比以往都更要神聖。**現在**這婚約對我而言才真正是神聖的。如果她允許，我立刻一同前往瑞士，並辭掉軍職。不論她是否很快痊癒，或者需要很長時間才治得好，甚至無法治癒，我都會留在她身邊。只要能彌補我的懦弱、我的謊言，我什麼都願意做。我的生命只有一個價值：向她證明我沒有欺騙她，只欺騙了其他人。請他把一切原原本本告訴她，說出全部的真實狀況。我現在才知道自己對她負有多大的責任，大過對於其他人、對於同袍、對於軍隊應盡的責任。只有她能審判我，只有她能原諒我。如今她是否原諒我，決定權操之在她手裡。這件事攸關生死，請他放下手邊所有事情，搭乘中午的列車到鄉下去，務必在四點半抵達那兒，不可晚於這個時間，一定要準時，平常這個時間她都在等我。這是我最後一次請求他。只有這次，他務必要幫我的忙，立刻——我又在催促人的「立刻」底下畫了四道線——到鄉下去，否則一切就太遲了。

我放下筆後，即刻明白我現在才第一次做出最後決定。寫信時，才意識到自己做出了正確的事。我同樣也第一次感謝上校救了我的命。從現在開始，我知道自己只對一個人負有責任與義務，就是那位熱愛著我的姑娘。

這個時候，我也才察覺雙目失明的婦人始終文風不動站在我旁邊。我心中又湧起荒謬的感受，她似乎讀完信中的一字一句，知道了我所有的事。

「請您原諒我的無禮。」我立刻彈起。「我完全忘了……只是……只是……這件事對我非常重要，所以我必須馬上通知您先生……」

她露出微笑。

「我稍微站一下，並沒有大礙，您這件事情才要緊。您要求的事情，我先生一定盡力而為……我一下子就感覺到——我可是很熟悉他的各種口氣唷——他很喜歡您，特別喜歡您……所以請您別煩心了。」她的聲音越來越溫暖。「請您別折磨自己……一定很快就會沒事的。」

「但願天主保佑！」我誠心誠意希望著。不是有人說過盲人有預知的能力嗎？

我彎下腰，親吻她的手。等我起身一看，頓時無法理解自己一開始為什麼會覺得這位頭髮灰白，嘴巴線條生硬，看不見的眼睛裡含有憤恨痛苦的女子長得其貌不揚呢？她此時的臉龐綻放出愛與同情的光輝。那雙永遠只映照出黑暗的眼睛，似乎比雙眼明澈觀看世界的人，更了解生活的現實。

向她道別時，我感覺自己宛如大病初癒的人。忽然間，我不再覺得自己是個犧牲者了，因為在這個鐘頭裡，我重新許諾了另外一位遭到生活屏棄而心慌意亂的姑娘，給予她永久的承諾。不，不必去愛身體健康、自信滿滿、驕傲自大、心情愉快、開心快活的人，他們根本不需要別人的愛！他們態度倨傲，漠不在乎，接受愛情就像是接受別人獻上的敬意，是他人應盡的義務。別人的愛慕，只不過是種附屬品，是髮上的頭飾，胳臂上的手鐲，而非生命的意義和幸福。唯獨受到命運虧待的人，唯有那些六神無主、遭人鄙視、喪失信心、樣貌醜陋、受盡屈辱的人，才能藉由愛情獲得幫助。將自己的人生獻給他們，也就彌補了生命從他們身上奪走的東西。只有他們懂得愛與被愛，知道如何去愛，那就是心懷感激，謙卑恭順。

§

我的勤務兵忠實地在車站大廳等候我。「來吧。」我對他笑說。說也奇怪，我忽然覺得輕鬆不少，如釋重負的感受前所未有。我終於做出正確的事了。我拯救了自己，也救了另一個人。我不再後悔前一夜荒謬的膽怯行徑。相反地，我對自己說，這樣比較好。事情這樣發展比較好。衷心相信我的那些人，現在明白我不是英雄，不是聖人，也不是高踞雲端的天神，大發慈悲將可憐的生病姑娘升高到自己跟前來。不是的，如今請求原諒的人是我，要寬恕人的是她。這樣反而比較好。

我從未感到如此安心踏實。只有一次，恐懼的陰影仍匆匆掠過我心頭。那是在布熱茲拉夫車站，有個肥胖的先生慌慌張張衝進車廂，氣喘吁吁一屁股坐在軟墊座上說：「謝天謝地，幸好趕上了。若不是誤點六分鐘，我就要錯過列車啦。」

這句話不由自主戳進我心裡。如果康鐸中午沒有回家怎麼辦？或者太晚回到家，趕不上午間列車又怎麼辦？一切心血不就白費了！她會一直等著，等了又等。露台上可怕的景象忽地閃過我腦海：她的雙手死命攀著欄杆，朝下張望，俯身向著底下深淵。我的天啊，她一定要及時得知我有多後悔自己的背叛行為！在她絕望透頂，甚至可能在發生駭人聽聞的事情之前，務必及時得知！我最好在下一站打個電報，寫幾個字，給予她信心，以防康鐸來不及通知她。

一到布爾諾，我立即跳下火車，跑到火車站的電報局。但是，怎麼一回事啊？門前擠了一大堆人，摩肩擦踵，紛紛亂亂，好似一大窩黑壓壓的蜜蜂。人群情緒激動，正在閱讀一張告示。我不得不使出蠻力，動作粗魯，不顧一切用拐子鑽出一條路，擠進郵局的小玻璃門口。快點，快給我一張表格！要寫什麼？別寫太多！「艾蒂絲・馮・凱柯斯法瓦。凱柯斯法瓦莊園。旅途中，致上十二萬分的問候與忠誠的思念。公務在身，不久即返。康鐸會告知詳情。一抵目的地，即去信通知。衷心的安東。」

我交出電報。女職員動作慢吞吞，問題大一堆：寄信人、地址，手續一道又一道。再過兩分鐘，火車就要開了。我再次使出蠻力左拐右推，才擠過聚集在告示前的好奇人潮，這時人群越聚越多了。究竟怎麼回事？我正想開口詢問，火車出發的汽笛聲大作，聲音刺耳。我在最後一刻及時趕上火車。謝天謝地，現在一切都辦妥，她不會心生懷疑，惶惶不安了。緊張了兩天，又度過兩晚不眠的夜，我現在才感覺到自己有多疲累。晚上抵達恰斯拉夫，我使盡全身的力氣，才好不容易搖搖晃晃爬上旅館二樓的房間。我一躺下就睡著了，彷彿沉入了無底深淵。

第三十一章

我想我一定剛躺下就陷入沉睡，所有感官似乎都已麻痺，不斷往下墜，墜入一個深不見底的黝黑洪流，一再下沉、下沉，沉入一個平常觸及不到的自我解脫的底層。過了很久之後，才開始做夢。我不知道夢境的開頭是什麼，只記得自己又站在一個房間裡，我想應該是康鐸的候診室。忽然之間，響起一陣可怕的聲音，這木頭敲擊聲已在我的太陽穴裡敲了好幾天，節奏規律的拐杖聲音，可怕的篤、篤、篤。一開始聲音很遙遠，彷彿從街上傳來，然後逐漸接近，篤、篤、篤，現在非常靠近了，而且來勢猛烈，篤、篤、篤，聲音終於近得駭人，就在門口了……我猛然從夢中嚇醒，整個人都醒了。

我睜大眼睛呆望著黑闃闃的陌生房間。這時又響起篤、篤、篤，是硬邦邦的指關節用力敲擊的聲音。不，我不是在做夢，確實有人敲門。有人在房間外敲著我的門。我從床上一躍而下，急忙開了門。外頭站著值夜班的門房。

「少尉先生，請您接電話。」

我目瞪口呆看著他。我？接電話？這是哪裡……我究竟在哪裡？陌生的房間，陌生的床鋪……原來如此……我在……對了，我在恰斯拉夫。但是這兒我誰也不認識啊，誰這麼晚了還打電話找我呢？真是胡鬧！現在起碼也三更半夜了吧。但是門房催促著：「請您快點，少尉先生，是維也納來的長途電話，我聽不太清楚對方的名字。」

我頓時睡意全消。維也納！康鐸是唯一可能打電話來的人。他一定是要通知我，她原諒我了。事情全部辦妥了。我喝斥門房說：「快下樓去！說我立刻就來。」

門房隨即不見人影，我迅速披上大衣，底下只穿了件襯衫，便急忙追著他去。電話放在一樓辦公室角落，門房已經把話筒拿在耳邊。我急躁地將他推開，即使他說「電話斷了」，也仍舊專心聽著話筒。

但是什麼聲音也沒有……什麼也聽不見。只有從遠處嗡嗡傳來的訊號……嘶……嘶……嘶，就像鐵製的蚊子翅膀拍動的聲音。「喂、喂！」我喊了兩聲，然後等著，等待著。沒有回覆，只聽見無意義的嗡嗡聲發出嘲笑。我凍得要命，是因為身上除了隨手披上的大衣，沒有多穿點其他衣物，還是因為心底陡然竄升的恐懼？或許東窗事發了？或者，說不定……我等待著，將話筒熱乎乎的橡皮圈緊緊貼在耳朵上專心傾聽著。終於傳來喀啦……喀啦……轉接線路的聲響，接著聽見接線生說：「您接通電話了嗎？」

「沒有。」

「但是剛才接通電話了，從維也納打來的！……請等一下，我立刻查查看。」

又是喀啦……喀啦……電話正在轉接，嘎啦嘎啦、喀嚓喀嚓、吱吱咯咯、咕嚕咕嚕，呼嘯作響，波動不停。接著，又是那陣遙遠的嗡嗡響和轉接線路的聲音，越來越微弱。冷不防間，傳來一個粗暴無禮的低沉嗓音：「這個是布拉格駐地司令部。你是國防部的人嗎？」

「不是，不是。」我對著話筒絕望大吼。對方含糊不清地嚷了幾句話，然後又遽然斷線，消失在虛空中。話筒裡再度嗡嗡作響，還有愚蠢的波動音，接著從遠處傳來一片交雜紛亂的說話聲，什麼也聽不清楚。最後終於又傳來接線生的聲音說：

「很抱歉，我剛才查過了。線路已經中斷。現在有通緊急的公務電話。對方若是再度來電，我會立即接過去。現在請您掛掉電話。」

我掛掉了電話，渾身虛脫，大感失望，而且憤怒難抑。遠方的聲音明明已經拉到跟前了，卻沒能把握住，世事荒謬莫過於此了。我的心臟在胸膛裡劇烈跳動，彷彿我馬不停蹄一口氣爬完一座大山似的。怎麼回事？會打這電話的，只有康鐸了。但是他為什麼要在半夜十二點半打給我呢？

門房殷勤地走過來。「少尉先生，請安心到樓上房間等候。電話一接通，我立刻通知您。」

不過我拒絕他的好意。我不希望再錯過電話，一分鐘也不願意浪費。我必須知道究竟出了什麼事，因為我感覺到遠在數里外的地方發生了事情。會打電話來的只可能是康鐸或者鄉下那家人。事情想必非常重要，事態想必相當急迫，否則沒人會大半夜把人從床上挖起來。我全身神經不住顫動：有人需要我，有人非常迫切需要我！某個人有事找我，某個人想要告訴我攸關生死的重要大事。不行，我不可以走開，必須留在自己的崗位上，一分鐘也不能錯過。

我就這樣坐在門房一臉驚訝拿來給我的硬椅上等待著，赤裸的大腿縮在大衣底下，目不轉睛瞪著電話。我等了十五分鐘、半個小時，因為焦慮不安，或者也因為寒冷而全身哆嗦，不時拿襯衫袖子擦拭額頭上陡然冒出的汗珠。終於，叮鈴鈴響起了訊號。我衝向前，抓起話筒。現在，現在我終於能知道發生的一切了！

但是門房立刻提醒我這不過是個愚蠢的錯誤，響起的不是電話，而是外頭門鈴。門房趕緊打開門，讓一對晚歸的情侶入屋。一位騎兵上尉踏步走進來，踩得靴子上的馬刺叮噹作響，身邊帶著一位姑娘，經過時，詫異地瞥了門房辦公室裡的我一眼，顯然認為我是個怪人。我光著脖子，雙腳赤裸，只披了件軍官大衣，直瞪著他。他飛快地打了個招呼，就帶著姑娘消失在昏暗的階梯間。

我現在再也受不了。我搖動電話機的搖桿，詢問接線生：「電話還沒打來嗎？」

「什麼電話？」

「維也納……我想是從維也納打來的……大概半個小時之前。」

「我馬上再詢問一次，請您稍候一會兒。」

這一會兒持續了很久。終於有訊號傳來，但是只聽得接線生安慰道：「我詢問那兒了，目前還沒有回音。請再等幾分鐘，我馬上就通知您。」

又要等！再等幾分鐘！幾分鐘！幾分鐘！只要一秒，人就能死去，命運就此確定，世界就此沉淪！為什麼要我等？讓我等這麼久，簡直就是犯罪行為。這是酷刑，是瘋狂！時鐘指著一點半。我已經在這兒枯坐了一個鐘頭，猛打寒顫，挨凍受寒，無止境地等待。

終於，終於又響起了鈴聲。我全神貫注聽著話筒，但是接線生只是通知說：「我得到回音了。電話已經取消了。」

取消了？什麼意思？取消？「請等一下，小姐。」但是她已經收了線。

取消了？為什麼要取消？他們為何在半夜十二點打電話給我，然後又把電話取消了？一定出了什麼我不知道卻又非得知道的事情。我無法穿越遙遠的距離，穿越時間，實在令人不寒而慄！我該自己打電話給康鐸嗎？不行，深夜別打給他，會驚嚇到他的夫人。說不定他覺得時間已晚，寧可明天一早再打。

這一夜，我實在無從形容，疲憊至極，卻又異常清醒，亂七八糟的畫面不斷掠過，荒謬的念頭四處流竄。我豎起全部神經等待著，側耳傾聽樓梯和走廊上的腳步聲，傾聽外頭街上的陣陣叮鈴聲響，注意著每一個動靜，每一種聲音，同時又累得蹣跚搖晃，精氣盡失，心力交瘁。最後我終於睡著了，睡得非常沉，非常久，如死亡般無始無終，如虛無般深不可測。

我醒來時，日上三竿，房間亮晃晃一片。一看錶，十點半。老天啊，上校命令我必須立刻報到呀！在我還來不及思考私人的事情前，軍隊的事和公務已經在我腦中自動運轉。我穿戴好軍裝，急忙跑下階梯。門房想攔下我。不行，其他事情晚點再說！首要之務是先去報到，我以人格向上校擔保過了。

我依照規定斜背好彈帶，走進辦公室，但是裡頭只坐著一個矮小的紅髮下士。他一看到我，嚇了一跳，抬起眼呆望著。

「少尉先生，請趕快聽從命令下樓。中校明確下達明令，要駐地所有軍官和士兵準時十一點集合。

請您快點下去。」

我急忙奔下階梯。果不其然，駐地裡所有官兵全聚集在庭院裡了。我剛好走到隨軍神父旁邊站定，師長已經走了出來。他步伐特別緩慢莊嚴，展開一張紙，開始宣讀，聲音迴盪得很遠。

「發生了一件駭人聽聞的犯罪，奧匈帝國與整個文明世界對此事深惡痛絕。」什麼事？我驚慌想著，全身不由自主直打哆嗦，彷彿犯下此罪的人是我。「狡詐陰險地謀殺了……」什麼謀殺？「我們備受愛戴的奧匈帝國皇儲殿下，法蘭茲．斐迪南大公及其夫人，」什麼？有人謀殺了皇儲？什麼時候的事？對了，難怪昨天在布爾諾的公告前面擠了那麼多人。原來如此！「使得我們尊貴的皇室陷入深沉的悲傷與驚愕之中。然而，奧匈帝國軍隊，當務之急……」

接下來的內容，我已經聽不清楚了。不知道為什麼，「犯罪」、「謀殺」這兩個詞像把槌子似的敲擊著我的心。假如我真是那個凶手，受到的驚嚇也不甚於此。犯罪、謀殺，康鐸也說過這些話。忽然之間，我再也聽不見前面那位胸前配戴勳章、身穿藍色軍服、頭戴羽飾軍帽的人喋喋不休，高聲叫嚷。我驀然想起昨夜那通電話。康鐸為什麼不早上再給我消息？莫非最後真的出事了？我利用宣讀命令後的紛亂場面，沒向中校報到就趕緊跑回旅館。說不定這段時間內，已經來了通電話。

門房遞給我一份電報。他說電報今天一大早就送到了，但是我急急忙忙奔過他身旁，所以沒辦法把電報給我。我撕開信封。乍看之下，我一頭霧水。沒有署名！內容完全令人費解！接著我才恍然明白，這只不過是份郵局通知，我在三點五十八分從布爾諾發出的電報無法送達。

無法送達？我瞪著上頭的字。發給艾蒂絲．馮．凱柯斯法瓦的電報無法送達？那個小地方上，人人都認識她啊。現在我再也按捺不住焦急的心情，立刻要門房幫我接通電話到維也納找康鐸醫生。「很緊急嗎？」門房問道。「是的，事態緊急。」

二十分鐘後，接通了電話——但這是個不好的奇蹟！康鐸竟然在家，還立刻親自接了電話。三分鐘後我完全獲悉一切。長途電話，畢竟沒有多少時間讓人娓娓道來。一次意外鬼使神差毀掉了一切，不幸的姑娘沒有機會獲悉我的悔恨、我誠摯的決心。上校想要掩飾此事的苦心安排，也白費心機。那天晚上，費倫茲和一幫同袍出了咖啡館後沒有立刻回營，又轉到了一家酒館去，不幸遇見藥劑師和他一大群朋友。費倫茲那個善良的蠢蛋護我心切，當場就對藥劑師大發脾氣。他當著所有人面前質問藥劑師，譴責他不該散播如此卑劣的謊言，破壞我的名譽。這可是天大的醜聞，隔天全城就傳得沸沸揚揚。藥劑師不甘聲譽嚴重受損，一大清早氣呼呼衝到軍營，想要找我對質。一聽見我已經離開的消息，懷疑事有蹊蹺，立刻又驅車前往凱柯斯法瓦莊園。他在老人的辦公室裡大發雷霆，咆哮叫嚷，震得窗戶也叮噹作響。他怒罵凱柯斯法瓦一家人拿那通「拙劣的電話」唬人，身為世代居住此地的市民，他絕不容許那幫狂妄的軍官放肆無禮。他已經了解我為什麼怯懦溜之大吉，沒人可以欺騙他這只不過是個玩笑。此事背後，也掩蓋著我這個人卑鄙無恥的行徑，就算會槓上國防部，他也要把事情查個水落石出，絕不允許那幫小流氓在公共場所辱罵他。

凱柯斯法瓦費了九牛二虎之力才安撫了氣急敗壞的藥劑師，送他離開。老人震驚之餘，只希望艾蒂絲沒有聽見那番亂七八糟的粗野猜疑。然而不幸的是，辦公室的窗戶大大敞開著，所有內容一字不差飄過庭院，清清楚楚傳到坐在會客室裡的艾蒂絲耳中。當下她或許就做出計畫已久的決定了，但是她無疑掩飾住內心的情緒，要人拿新衣裳給她看，與伊蘿娜開心大笑，對待父親熱情親切，還詢問大大小小的瑣事，這個、那個有沒有準備好，打包了沒有？然而私底下她卻吩咐約瑟夫打電話到軍營，打聽我何時歸營，是否留下了訊息。軍營裡的勤務兵如實報告，說我因公調動，時間未定，也沒有給誰留下隻字片語。這番話是壓垮駱駝的最後一根稻草。她心情焦灼，痛苦煎熬，一天也等不了，一個小時也等不了了。我讓她徹底絕望，給她致命的打擊，她不願意再相信我。我的懦弱竟不幸造就了她的堅毅。

晚餐後，她差人送她到露台。不過伊蘿娜覺得艾蒂絲愉快的態度異乎尋常，心裡隱約有種模糊的預感，所以一步也不願意離開她身邊。但是四點半時——正好是我平常上門拜訪的時間，也幾乎是我的電報和康鐸同時抵達的前十五分鐘——她懇求忠實的表姊幫她拿某一本書。不幸的是，伊蘿娜熬不過這個看似沒有邪念的請求。內心焦灼的艾蒂絲，控制不住自己的情緒，趁機利用不到一分鐘的時間，實踐了自己的決定。就如同她之前在同一個露台上向我預示的一樣，就如同我在夢魘中看見的情景，她完成了那件可怕的事情。

康鐸發現她時，她仍一息尚存。不可思議的是，她單薄的身子完全沒有任何顯著的外傷。他們趕緊叫救護車將失去意識的姑娘送到維也納。一直到深夜，醫生們依舊抱持能夠救活她的希望。康鐸晚上八點從療養院給我打了通緊急電話。但是六月二十九日那一夜，皇儲正好遭到暗殺，皇室各廳室陷入一片騷動，電話線路全被民事機關和軍事部門聯絡公務所占用。康鐸白白等了四個鐘頭，線路始終不通。過了午夜，醫生確定挽救無望，康鐸遂取消了電話。半個小時後，她便與世長辭了。

第三十二章

我非常篤定八月受到徵召上戰場的數十萬士兵中，像我一樣沉著冷靜，甚至迫不及待要上前線一搏的人，只有寥寥數個。倒不是因為我驍勇好戰，而是那對我而言是條出路，是個救贖。我就像罪犯遁入黑暗似的逃進戰爭中。決定出征前四個星期，我在自我蔑視、迷惘混亂的絕望中度過，今日回想起來，那段時間比殺戮戰場上的可怖時刻，還令我膽顫心驚。因為我相信，由於自己的懦弱，由於自己一開始體貼而後逃避的同情心，謀殺了一個人，一個唯一熱烈愛著我的人。我從此不敢走上小巷，請了病假，成天蜷縮在房間裡。我寫信給凱柯斯法瓦，表達我的關切與同情（唉，確實都是導因於我的同情啊），他沒有回信。寫信向康鐸解釋，長篇累牘，為自己的行為辯護，他也沒有回信。我那些同袍沒人給我一字半語，我的父親也毫無音訊——其實是因為在情勢危急的那幾個星期裡，他們部裡異常忙碌。但是，我認為這些人一致沉默無聲，是共同協議好後給我的判決。我逐漸陷在妄想中，覺得大家都判處我有罪，就像我對自己的判決一樣；他們全都將我視為凶手，正如我也是如此看待自己一樣。整個帝國因為激動而震顫不安，全歐洲慌亂失措，所有線路因為傳遞恐怖消息而熾熱地顫抖，交易所動盪飄搖，軍隊紛紛動員，未雨綢繆者已經收拾好行李，我的心思唯獨只在自己怯懦的背叛行徑上，只想到自己的罪過。徵召我上戰場，對我不啻是解脫。奪走數百萬無辜生命的戰爭，卻拯救了我這個有罪之身免於陷入絕望（但我絕非因此稱頌戰爭）。

矯情做作的言詞令我作嘔欲吐，所以我不會說自己當時是去尋找死神，只會說我無所畏懼，至少比大部分的士兵還不害怕，因為回歸故里，面對清楚我罪過的知情人士，比前線種種殘酷恐怖還使我膽驚心顫。何況，我又能回到哪兒呢？有誰需要我，還愛著我？教我為誰而活、為何而活？如果勇敢意味著無所恐懼，而非指涉更崇高的事情，那麼我就能心安理得老實宣稱我在戰場上確實是勇敢無懼，因為即使是我最具男子氣概的同袍認為比死更可怖的事情——像是斷手缺腿，變成殘廢——也沒有把我嚇退。我大概認為，就算自己孤立無助，成了一個殘廢，也是對我的懲罰，是施於我的公正報復，因為我自己的惻隱之心在當時極度懦弱，過於膽怯，所以現在讓我成為他人同情心的犧牲品。若說死神沒有找上我，那可不是我的疏忽。我視死如歸，好幾十次眼神淡漠正面迎向死神。哪兒戰事告急，需要自願兵，我就往那兒去；前線戰況激烈的地方，我反而感覺舒爽自在。首次受傷後，我要求調到機槍連，接著轉調去當飛行員，我駕駛那些簡陋老舊的飛機顯然贏得了大大小小的勝利。然而只要在公告上看見「驍勇善戰」與我的名字印製在一起，就感覺自己是個騙子。若有人目光銳利盯著我的勳章看，我就趕快繞道而行。

無休無止的漫長四年過去，經歷過風風雨雨，我發現自己又可以生活在以前的世界裡，也不由得大感意外。因為我們這種從陰間歸來的人，看待事情的角度已經有所不同。良心上負載著一條人命，對於參加過世界大戰的士兵和對於和平世界的人來說，自然有所不同。我個人的罪過，在碩大無垠的血泊泥沼中，已徹底溶於一般的罪過裡。因為同一個我，同一雙眼睛，同一雙手，也架起了機關槍，在利馬諾瓦將第一批衝上前的俄國步兵，擊倒於我們的壕溝之前。事後，我透過望遠鏡看見被我射死的人蒼白可怕的眼睛，看見因我而受傷的人，倒臥在鐵絲網上呻吟好幾個小時，最後才悲慘死去。我在戈里齊亞擊落一架飛機，飛機在空中先是翻了三個筋斗，才撞擊在石灰岩上，冒出熊熊烈焰，摔得粉碎。也曾經親手根據兵籍牌，搜尋還冒著煙的焦黑屍體。成千上萬與我並肩列隊在行伍當中的人，拿著卡賓槍、刺刀、噴火器、機關槍，甚至是赤手空拳，全都幹了同樣的事情；我們這代數十萬、數百萬的人在法國、俄國、德國，全都在幹一樣的事。在這場史無前例、規模空前，慘烈程度甚於以往千萬倍的荼毒生靈大屠殺中，一件私人的罪過又算得上什麼呢？

還有一件令人欣慰的事，那就是後方世界已經沒有證人能夠指認我了。沒人能夠指控我這位因為英勇奮戰而備受獎賞的人，過去曾經是個膽小的懦夫，沒人能夠指責我那遭致不幸的軟弱性格。凱柯斯法瓦在女兒過世幾天後也撒手人寰，伊蘿娜成了平凡的公證人之妻，住在南斯拉夫一個村子裡，布本希克上校在薩瓦河畔開槍自殺，我那些同袍要不陣亡，要不早就忘了這段微不足道的插曲——在宛如末日般的四年戰爭期間中，「往昔」的一切，就如早期的貨幣一樣，一文不值，毫無效用。沒人能夠控訴我，沒人能夠審判我。我就像個把被害者屍體掩埋在樹林裡的凶手，埋完屍後大雪剛好紛紛落下，又綿又密，雪白一片。我心裡明白再過幾個月，白雪將會掩蓋罪行，永遠抹滅掉痕跡，讓事件不會敗露。於是我鼓起勇氣，又重新開始生活。由於沒人提醒我，我也就忘記了自己的罪孽。人心迫切想要遺忘時，是有能力忘得徹底，忘得一乾二淨的。

回憶，只有一次從彼岸返回。我當時坐在維也納歌劇院裡最後一排的靠邊位置，想要再度聆聽格魯克的《奧菲斯》，這齣歌劇純淨又節制的憂傷，比其他音樂更加撼動我心。序曲演奏完畢後，休息時間很短，所以沒有開燈照亮黝黑的觀眾席，不過還是讓幾個遲到的觀眾進場，有機會摸黑走到自己的座位上。我這排也有兩道影子接近，一男一女。

「抱歉，借過一下。」男士彬彬有禮彎身對我說。我沒有仔細注意，也沒有抬頭看，就起身讓路。不過，那位男士沒有立刻在我身邊的空位上落坐，反而先小心翼翼、呵護有加地幫女士領路。他彷彿幫她鏟平道路似的帶領著她，而且還貼心地先幫她翻下座椅，才扶她在椅子上坐好。這種體貼入微的舉動實在太不尋常，不禁引起我的注意。啊，原來是位盲人啊，我心想，不由自主同情地看了她一眼。這時，身形微胖的男士在我旁邊坐下。我的心忽然一揪，認出了對方。是康鐸！世上唯一知道一切，了解我的為人，深深熟悉我滿身罪過的人，現在就坐在我旁邊，近得能感受到他的氣息。他的同情心不似我的那般軟弱得置人於死，而是充滿犧牲奉獻的力量。他是唯一有資格審判我的人，我只在他面前羞愧得無所遁形！中場休息時，水晶吊燈一亮，他肯定立刻會認出我。

我猛打哆嗦，急忙拿手遮住臉，黑暗中多少有所保護。我的心臟劇烈跳動，之後再也聽不進心愛歌劇的一弦半音。世界上唯一清楚我底細的人就近在身邊，我心頭倍感負擔。黑暗中，我彷彿赤身裸體置身在衣冠楚楚、體面端莊的人群中。我膽顫心驚，害怕等會兒一旦燈光亮起，我將暴露無遺，無處躲藏。於是我趁著第一幕結束，開始落幕時燈光要明未明的短暫空檔，趕緊低著頭，從中間走道離開。我想自己應該逃得夠快，所以他沒有看見我，沒有認出我。不過，從此以後我又再次明白：只要良心有知，沒有任何罪過能被遺忘。

（全文完）

國家圖書館出版品預行編目（CIP）資料

焦灼之心 / 史蒂芬.茨威格(Stefan Zweig)著；李雪媛,
管中琪譯. -- 初版. -- 臺北市：商周出版：家庭傳媒城
邦分公司發行, 2015.03
面； 公分. -- (商周經典名著；49)
譯自：Ungeduld des Herzens
ISBN 978-986-272-739-3(平裝)

875.57 104000310

商周經典名著 49

焦灼之心

作　　者／史蒂芬．茨威格（Stefan Zweig）
譯　　者／李雪媛、管中琪
企畫選書／余筱嵐
責任編輯／羅珮芳

版　　權／黃淑敏、吳亭儀、江欣瑜
行銷業務／周佑潔、黃崇華、張媖茜
總 編 輯／黃靖卉
總 經 理／彭之琬
事業群總經理／黃淑貞
發 行 人／何飛鵬
法律顧問／元禾法律事務所王子文律師
出　　版／商周出版
台北市104民生東路二段141號9樓
電話：(02) 25007008 傳真：(02)25007759
E-mail：bwp.service@cite.com.tw
發　　行／英屬蓋曼群島商家庭傳媒股份有限公司城邦分公司
台北市中山區民生東路二段141號2樓
書虫客服服務專線：02-25007718；25007719
服務時間：週一至週五上午09:30-12:00；下午13:30-17:00
24小時傳眞專線：02-25001990；25001991
劃撥帳號：19863813；戶名：書虫股份有限公司
讀者服務信箱：service@readingclub.com.tw
城邦讀書花園：www.cite.com.tw
香港發行所／城邦（香港）出版集團
香港灣仔駱克道193號東超商業中心1F E-mail: hkcite@biznetvigator.com
電話：(852) 25086231 傳眞：(852) 25789337
馬新發行所／城邦（馬新）出版集團【Cite (M) Sdn Bhd】
41, Jalan Radin Anum, Bandar Baru Sri Petaling,
57000 Kuala Lumpur, Malaysia.
電話：(603) 90578822 傳眞：(603) 90576622
Email: cite@cite.com.my

裝禎設計／廖韡
內頁排版／立全電腦印前排版有限公司
印　　刷／中原造像股份有限公司
經 銷 商／聯合發行股份有限公司
地址：新北市231新店區寶橋路235巷6弄6號2樓
電話：（02）2917-8022 傳眞：（02）2911-0053

■2015年3月 5 日初版
■2021年9月22日初版3刷
定價360元

Printed in Taiwan

城邦讀書花園
www.cite.com.tw

· ISBN 978-986-272-739-3
本書由德國施特拉倫歐洲譯者工作中心（Europäische Übersetzer-Kollegium in Strahlen）贊助。